FRANZISKA STEINHAUER

Die Stunde des Medicus

GEGEN DEN REST DER WELT Im Herbst 1813 entdecken Angler die Leiche einer Frau im Unterholz. Ihr Körper weist unzählige Verletzungen auf, ihre Kehle wurde zerfetzt. Schnell kommen Gerüchte auf, ein riesiger Wolf treibe sein Unwesen in der Gegend, sei als Ausgeburt der Hölle gesandt, um die Menschen zu strafen. Der Wolf wird allerdings von niemandem gesehen. Dr. Prätorius, angesehener Wundarzt, ist fest davon überzeugt, dass ein menschliches Wesen der Täter ist. Die Truppen Napoleons sammeln sich, in den Dörfern ziehen die Gegner ihre Soldaten zusammen. Aufgeheizte Stimmung überall, die Versorgungslage ist schlecht, die Kommunikation innerhalb der Heere funktioniert nur unzureichend. Und schon bald wird wieder eine Tote gefunden. Muss man den Täter unter den Soldaten suchen? Warum sterben nur junge Frauen? Wird es weitere Morde geben? Dr. Prätorius wird zu den Franzosen gerufen, um einen Kranken zu behandeln, und gerät selbst in tödliche Gefahr ...

© Michael Helbig

Franziska Steinhauer wurde 1962 in Freiburg geboren und lebt seit 1993 in Cottbus. Sie studierte Pädagogik mit den Schwerpunkten Psychologie und Philosophie. Ihre psychologisch fundierten und ausgefeilten Kriminalromane ermöglichen dem Leser tiefe Einblicke in pathologisches Denken und Agieren. Um ihr Wissen im Bereich der Kriminaltechnik auf eine breitere Basis zu stellen, studiert sie Forensic Sciences and Engineering an der Brandenburgischen Technischen Universität (BTU) in Cottbus im Masterstudiengang.

Bisherige Veröffentlichungen im Gmeiner-Verlag:
Kumpeltod (2013)
Zur Strecke gebracht (2012)
Spielwiese (2011)
Sturm über Branitz (2011)
Gurkensaat (2010)
Wortlos (2009)
Menschenfänger (2008)
Narrenspiel (2007)
Racheakt (2006)
Seelenqual (2006)

FRANZISKA STEINHAUER

Die Stunde des Medicus

Ein Roman zur Völkerschlacht

Original

GMEINER

Besuchen Sie uns im Internet:
www.gmeiner-verlag.de

© 2014 – Gmeiner-Verlag GmbH
Im Ehnried 5, 88605 Meßkirch
Telefon 0 75 75 / 20 95 - 0
info@gmeiner-verlag.de
Alle Rechte vorbehalten

Lektorat: Claudia Senghaas, Kirchardt
Herstellung: Mirjam Hecht
Umschlaggestaltung: U.O.R.G. Lutz Eberle, Stuttgart
unter Verwendung des Bildes: http://commons.wikimedia.org/wiki/
File:Vernet-Battle_of_Hanau.jpg
Druck: Libri Plureos GmbH, Friedensallee 273, 22763 Hamburg
Printed in Germany
ISBN 978-3-8392-1501-2

»Das ist doch nicht dein Ernst!« Corinna von Blanstaff knallte das Buch zu, in dem sie gelesen hatte, und warf es wütend auf den Tisch. »Das hast du nicht wirklich getan!«

Ihr Mann, groß und stattlich, senkte bedrückt den Kopf. Ich habe schließlich geahnt, dass es Ärger gibt, dachte er bitter, das muss ich nun eben aushalten, er wird sich verziehen.

»Dein Bruder hat sich dein Wort erschlichen – und was unternimmst du? Nichts! Schlimmer noch: gar nichts!«, keifte seine Frau.

»Nun, Corinna, so ist es nicht gewesen«, begann er leise seine umfassende Beichte. »Es entsprach meinem Wunsch, dass er bei Hofe vorsprechen solle. Ich selbst machte …«

Corinna fiel mit einem eigenartigen Laut tiefer in ihren Sessel zurück. Hartwig musterte sie einen Augenblick besorgt, entspannte sich aber sofort, als er den tiefen Hass in ihren Augen lodern sah. Alles in bester Ordnung. Es bestand kein Anlass für die Befürchtung, seine Frau könnte gesundheitlichen Schaden nehmen.

»So wird er statt deiner vorstellig?«

»Ja.«

»Und wird mit Amalie nach Dresden umziehen?«

»Nun, bekommt er die Position als Berater – natürlich.«

»Und was wird aus dir?« Hartwig wunderte sich über die plötzliche Ruhe in ihrem Ton. Ihm schien, es könne nichts Gutes bedeuten, wenn Corinna nach dieser Neuigkeit nicht geifernd durchs Wohnzimmer lief. Wahrscheinlich, schloss er, spart sie sich ihren Atem für den ganz großen Streit auf, bastelt schon an beleidigenden, verletzenden Formulierungen, die sie mir dann voller Genuss vor die Füße speit.

»Ich bleibe hier und kümmere mich um das Gestüt, wie ich es schon mein Leben lang gehalten habe. Mir steht nicht der Sinn nach höfischem Treiben. Dort frönt man nur den eigenen Eitelkeiten und muss ständig mit Intrigen und Boshaftigkeiten rechnen. Nein, nein. Ich lebe lieber beschaulich – und meine Pferde hintergehen mich nicht.«

Corinna schoss aus dem Sessel hoch, reckte ihre zehn krallenbewehrten Finger vor sich in die Luft, zielte damit genau auf Hartwigs Gesicht. Aus ihrer Brust drang ein tiefes Grollen, ähnlich dem Knurren eines hungrigen Kettenhundes.

Mit Erstaunen sah der Gatte seine Frau heranfliegen. Ihre verzerrten Gesichtszüge.

Die Speichelfäden, die aus ihrem Mund flogen, wie der Geifer von den Lefzen seiner Jagdhunde. Die kalten Augen.

Kurz bevor ihre Hände ihm ernsthaft gefährlich werden konnten, packte er Corinnas Handgelenke und drückte fest zu, bis beide Hände blau wurden. Seine Frau versuchte nach seiner Nase zu schnappen wie ein tollwütiges Tier. Laut klapperten ihre großen Zähne nach jedem vergeblichen Versuch aufeinander. Sie trat gegen seine Schienbeine gleich einem ungebärdigen Pferd, versuchte sich aus der eisenharten Umklammerung zu befreien.

»Aber ich bin mit diesem Leben nicht zufrieden!«, schrie ihr Mund. »Ich will diese Langeweile nicht länger ertragen müssen. Hier gleicht ein Tag genau dem anderen. Die größte Aufregung ist die Jagd – und an der nehme ich nicht teil, weil mein Gatte der Meinung ist, das sei keine adäquate Beschäftigung für die Dame des Hauses! Bei Hofe gibt es zu jeder Stunde Zerstreuung. Soirees, Matinees, Konzerte, Theater, Belustigung!«

»Nun, du sorgst im Moment jedenfalls für meine Belustigung. Welch alberner Auftritt, Corinna!«

Die zornbebende Frau funkelte ihren Gatten an. »Dir geht es nur um dich«, fauchte sie. »Deine Ruhe, deine immer gleiche Tageseinteilung, an die sich alle sklavisch halten müssen. Alles durchorganisiert. Mir fehlt Leben und Abwechslung. Zerstreuung!«

»Zerstreuung benötigen nur jene, die nichts mit sich selbst beginnen können, ist für all die bedauernswerten Geschöpfe, die sich mit sich selbst langweilen. Intelligenten Menschen ist diese Empfindung fremd, ihnen ist der Geist Zerstreuung genug.«

Der Schlag hatte getroffen.

Mitten ins Schwarze.

Bleich rang Corinna um Fassung. Das ist es also, schrie ihre innere Stimme gepeinigt, nur weil ich seine Genügsamkeit nicht teile, hält er mich für ein dummes Püppchen, zu nichts zu gebrauchen und von der Ödnis seiner Tage abgestoßen. Er glaubt, er hat ein Recht darauf, mich hier lebendig zu begraben – und wenn ich mich wehre, beweise ich damit in seinen Augen nur meine Einfältigkeit.

Hartwig schob die schmale Gestalt in den Sessel zurück, drückte sie fest in die Polster. Dann stützte er seine Hände auf den Armlehnen ab, beugte sich weit zu ihr hinunter, bis seine überraschend bewegliche Nasenspitze beinahe ihre berührte.

»Wenn du je an den Hof geladen werden willst, so solltest du dich mit meinem Bruder und seiner Frau gutstellen!«, wisperte er gefährlich. »Ich nämlich werde dich nicht dorthin bringen. Und – ich denke, Theodor und Amalie haben genug Schicksalsschläge erlitten. Sie verdienen diese Chance, all das hinter sich lassen zu können. Wage es nicht!«

Damit stieß er seinen schweren Körper vom Sessel hoch, hieb mit der Reitgerte einmal entschlossen gegen die hohen, glänzenden Stiefel, machte auf dem Absatz kehrt und verließ das Haus ohne jeden Abschiedsgruß.

Corinna zuckte zusammen, als die schwere Tür ins Schloss schepperte.

Ihr Atem ging schwer, das Herz rammte heftig gegen das Mieder, als wolle es ein Loch hineinschlagen.

Hinter Corinnas Stirn tobten die Teufel.

Ich bringe dich um, dachte sie, diesmal bist du endgültig zu weit gegangen!

Schon bald beruhigte sich ihr zitternder Körper bei der Planung eines Anschlags auf Hartwigs Leben. Gift? Nein, verwarf sie die erste in der Erregung geborene Idee, ein Reitunfall wäre so viel besser! Erst als die Nebel des Zorns wieder Licht in ihr Bewusstsein dringen ließen, erkannte sie, dass sie auf diese Weise zwar Hartwig los wäre, allerdings wahrscheinlicher ins Zuchthaus als in die Gesellschaft bei Hofe gelangen würde. Sie verschob den Mord bis auf Weiteres, denn eine neue Frage begann sie zu beschäftigen: Welche Regelungen hat er eigentlich für den Fall meines Witwentums getroffen?

Corinna atmete tief durch und klingelte nach dem

Mädchen, wies es an, ihre schönsten Kleider herauszulegen, und hatte beim Anziehen schon einen völlig neuen Plan, wie sie die Absichten Hartwigs vereiteln könnte. Ein wenig Geschick wäre schon vonnöten, Selbstbeherrschung war oberstes Gebot. Aber die würde sie schon aufbringen. Ab sofort ging es um alles!

Denn – das wusste Corinna genau – hier wollte sie nicht im Pferdegestank untergehen!

»Mutter!«, zischte sie in den Spiegel, in dem sie das Ergebnis ihrer Verschönerungsbemühungen bewunderte. »Du hast mich ins Verderben verheiratet. Deine Tochter an einen Langweiler verschenkt, dem jeder Apfel Pferdescheiße mehr ist als seine Frau!«

Zwei Stunden später ratterte sie vom Hof.

Die Fahrt würde deutlich länger dauern als gewöhnlich.

Durch die anhaltenden Truppenbewegungen waren die breiten und bequem zu befahrenden Straßen von Soldaten blockiert. Sie musste auf die holprigen Waldwege ausweichen, die nicht dazu geeignet waren, schweres Kriegsgerät zu transportieren. Nervös tastete Corinna nach dem Russischwörterbuch in ihrer Reisetasche und atmete auf, als ihre Fingerspitzen es erspürten. »Französisch ist ja sehr angenehm – aber die Sprache der Völker des Zaren ist nicht leicht zu erlernen. Da ist es gut, vorbereitet zu sein. Schließlich weiß man nie, mit wem man auf der Strecke zusammentrifft!«, erklärte sie sich selbst, um ihre Ängste zu vertreiben.

Wer zaudert, erreicht sein Ziel nicht, wusste sie sicher, also werde ich nicht zaudern!

DIE ERSTE FRAU

WAHRSCHEINLICH WIRD KEINER VON UNS den Tag je vergessen. Den nicht und was danach folgte wohl auch nicht.

Mein Bruder Klaus und ich waren zusammen mit Onkel Matthäi aufgebrochen, um unser Geschick im Fischfang zu verbessern. Meine Mutter war der Meinung, es könne nicht schaden, wenn wir in der Lage wären, den Speisezettel der Familie deutlich zu erweitern. Natürlich kannte ich den wahren Grund. Meine Mutter, eine sehr kluge Frau, wusste, dass Brüder unseres Alters ihre Kräfte und ihr Können messen müssen. Sicher, es stimmte was im Dorf geredet wurde, nämlich dass sie deutlich klüger als schön war, uns jedoch störte das nicht.

Wir drei hatten also unsere Rucksäcke gepackt. Wegzehrung für uns, Köder für die Fische, unsere selbstgebastelten Angelruten. Es würde für die Fische nicht einfach sein, uns zu entkommen, denn wir waren schon recht geübte Angler.

Außerdem stand der Mond auf unserer Seite.

Lorenz, ein kauziger Mann aus dem Dorf, von dem niemand sagen konnte, wie alt er war oder woher er stammte, hatte uns im Sommer erklärt, nach Neumond und vor Vollmond würden die Fische besonders gut beißen.

Und in der letzten Nacht hatte sich der Mond gar nicht am Himmel gezeigt.

Klaus und ich waren sicher, wir würden so viele fangen, dass wir Hilfe beim Heimtragen bräuchten.

Matthäi führte uns zu einer Stelle an der Parthe, die

ein wenig versteckt lag. Das dunkle Wasserband machte hier eine Biegung, das Ufer verschwand fast vollständig unter Gestrüpp und kam erst weiter flussabwärts wieder zum Vorschein. Matthäi behauptete, hier fühlten die Fische sich sicher, fänden Schatten, und die anderen Fischfänger kämen nur selten her zum Angeln, weil sie sich durch das Unterholz arbeiten mussten, das sei vielen zu beschwerlich. Klaus watete durchs Wasser, was nach den vielen Regenfällen, die selbst den kleinen Fluss hatten anschwellen lassen, gar nicht so einfach war, und setzte sich an der gegenüberliegenden Uferseite auf einen Stein.

Wir warfen unsere Ruten durch die Luft, ließen die Regenwurmköder eintauchen und warteten. Schweigend.

Sehr lange.

Wortlos. Lautlos.

Ich beobachtete, wie Klaus eine stattliche Forelle fing und in seinen Eimer warf.

In meinem schwammen nach kurzer Zeit auch schon drei, unser Onkel war auch erfolgreich. Mehr Beute, als wir zum Abendessen allein verzehren konnten.

Die Sonne krabbelte am Himmel empor. Es wurde erst warm, dann unerwartet heiß für einen Herbsttag.

»Matthias«, erklärte mir Onkel Matthäi, »ich glaube, wir machen noch eine Stunde weiter. Die beißen heute so gut, da fällt genug an für eine Ladung in der Räucherkammer. Deine Mutter wird sich freuen.«

Klaus war auch einverstanden, er hatte wohl einen Rückstand auszugleichen, und so blieben wir am Fluss.

Ich glaube, es war Matthäi, der sich zuerst beschwerte. »Es stinkt!«

Und das stimmte tatsächlich.

»Kommt vom Wasser«, behauptete Klaus. »Hier ist wenig Strömung. Es wird brackig.«

Erneutes Schweigen.

Wir behielten unsere Angeln fest im Blick.

Nach einer Weile maulte Matthäi: »Es stinkt nicht nach verdorbenem Wasser!«

Mein Onkel konnte manchmal nervtötend rechthaberisch sein.

»Sind bei euch auch so viele Wespen?«, fragte ich, denn, wenngleich ich es nicht zugegeben hätte, die Stiche waren schmerzhaft, das Gesumme lästig.

Dem Lärm nach zu urteilen, musste das Nest im Gebüsch hinter mir sein.

»Bei mir nicht«, rief Klaus grinsend, doch Matthäi, der ein paar Meter von mir entfernt stand, nickte. Bei ihm waren die Biester also auch.

»Du bist am anderen Ufer«, stellte ich fest. »Vielleicht mögen die nicht übers Wasser fliegen. Dann hast du die bessere Seite gewählt.«

Ich beobachtete, wie Matthäi aufstand und im Unterholz verschwand.

Der viele Tee vom Frühstück drückte, nahm ich an.

Nach einer Weile kam er zurück.

Nahm wortlos seine Rute wieder in die Hand.

Starrte ohne Regung aufs Wasser.

Überraschend begann er heftig zu würgen.

In meinem ganzen Leben hatte ich noch nie jemanden so kotzen sehen.

»Mensch, Matthäi! Was ist dir?«, ich lief zu ihm und

bemerkte sofort, wie ungewöhnlich bleich er war. Deutlich weißer als sein Hemd.

Langsam kam er wieder zu Atem. Spülte sich den Mund mit Flusswasser aus.

Starrte mit glasigen Augen vor sich hin.

»Besser?«, erkundigte ich mich, und mein Onkel nickte und schüttelte gleichzeitig den Kopf.

»Sollen wir nach Hause gehen?«, fragte Klaus, der angewatet kam.

»Nein, nein«, stöhnte Matthäi. »Wir können sie doch nicht einfach so da liegen lassen.«

Dieser Satz ergab keinen Sinn. Schließlich waren wir nur zu dritt; und keiner von uns weiblich.

Vorsichtshalber legte ich meine Hand auf seine Stirn. Bei meinem letzten heftigen Fieber hatte ich jede Menge Unfug geredet, hatte Dinge gesehen, die außer mir keiner sah. Drachen, die sich in der Schublade räkelten, Zwergengesichter an der Wand hinter meinem Bett, seltsame Fabelwesen, die durch das Zimmer tobten.

Doch Matthäi war nicht heiß.

Klaus nahm eine Handvoll Wasser und schleuderte es ins Gesicht unseres Onkels. »Der hat einen Sonnenstich!«

»Verdammt, hört auf damit«, fluchte Matthäi. »Da hinten liegt eine tote Frau.«

»Wo soll hier eine tote Frau herkommen?« Klaus gab sich gern herb männlich. »Hattest du was in deinem Tee? Von den seltsamen Pilzen, die wir für den Medicus gesammelt haben? Die gegen Schmerzen helfen sollen? Wer weiß, vielleicht erzeugen sie auch Trugbilder.«

»Sie liegt da. Ganz still«, gab Matthäi mit sonderbarer Stimme zurück und deutete vage auf das Dickicht. »Einfach so.«

»Wo genau?« Ich schluckte aufgeregt.

»Dort. Wo die Wespen sind.«

Als wir nachsehen wollen, hielt mein Onkel uns mit eisernem Griff zurück. »Entweder alle zusammen oder keiner.«

Allein hätten Klaus und ich uns wohl ohnehin nicht dorthin gewagt.

Eine Tote.

So etwas hatten wir noch nie zuvor gesehen. Kaninchen und Mäuse, ja, gelegentlich eine Katze oder einen Hund, aber noch nie einen verstorbenen Menschen. Verpassen wollten wir das ganz sicher nicht. Falls sie wirklich dort lag und kein Hirngespinst war.

Matthäi rappelte sich auf und schleppte sich voran.

Es kam uns vor, als mache er immer einen Schritt vorwärts und drei zurück.

Und dennoch näherten wir uns. Das Brummen der Wespen wurde stetig lauter.

Obwohl Klaus und ich – anders als mein Onkel zuvor – auf das vorbereitet waren, was wir finden sollten, traf es uns wie ein mächtiger Hieb in Magen und Knie.

Eine Wolke übelsten Gestanks hing über der kleinen Lichtung.

Wir schoben unsere Nasen in die Ellenbeuge, legten dann die Hand des anderen Armes auf die Schulter, um zu verhindern, dass sie etwa rausrutschten.

Wespen sind nicht leicht zu beeindrucken.

Es dauerte ziemlich lang, bis sie sich mehrheitlich dazu entschlossen, den abziehenden Fliegen und Brummern zu folgen.

Als sich der schwarze, schillernde Teppich gehoben hatte, sahen wir sie.

Die Frau war vielleicht zu Lebzeiten eine Schönheit gewesen, erkennen konnte man das jetzt allerdings nicht mehr.

Die Tiere des Waldes hatten sich an ihr gütlich getan, die Insekten ebenfalls. Die Oberlippe fehlte ganz, und so erkannten wir den Kieferknochen und ihre Zähne. Zwei oder drei fehlten in der Reihe, aber das konnte nach ihrem Tod passiert sein. Ich hatte unter einer toten Ratte auch schon deren Zähne entdeckt. Das musste keine Folge eines Kampfes gewesen sein.

Die Lider fehlten ebenfalls.

Von den Augen war nichts zu erkennen, die bedeckte eine sich bewegende weißliche Masse.

Selbst an der Nase und den Ohren war schon gefressen worden.

Unterhalb des Halses schien sie auf den ersten Blick unverletzt.

Zarte, weiße Haut.

Blonde, gelockte Haare. Eine Hochsteckfrisur, aus der sich im Sterben viele Strähnen gelöst hatten. Glatte Arme wie aus Porzellan. Ein glänzendes rotes Kleid, ein grüner Unterrock. Das Kleid musste aus Seide sein, es schimmerte im Licht. Die Verschnürung des Mieders hatte sich gelöst, ihre Brüste waren nur noch teilweise bedeckt.

Zwischen den Falten ihres Kleides, auf ihrem Körper, in ihrem Gesicht, überall krochen weißliche Maden herum. Ich hatte gar nicht gewusst, dass es um einen toten Körper so laut zuging. Die Luft vibrierte förmlich vor Rauschen, Summen und Brummen. Vielleicht war ein verendetes Eichhörnchen nicht groß genug, um derart viele Fresser anzulocken. Fliegen, Wespen und Käfer, an einem Arm hatte ein wildes Tier geknabbert, vielleicht ein Wildschwein.

Die Finger zeigten eine seltsame grün-violett-schwarze Farbe, die Kuppe war nicht an allen zu entdecken. Ich zählte. Sechs. Insgesamt.

Klaus starrte sie unverwandt an. »Bist du sicher, dass sie tot ist?«, fragte er dann überflüssigerweise. Er flüsterte, als wolle er die Ruhe der Fremden nicht stören.

Auch Matthäi wisperte nur: »Daran kann es wohl keinen vernünftigen Zweifel geben. Das halbe Gesicht fehlt! Und sieh nur all das Leben, das auf ihr herumkrabbelt.«

»Sie war bestimmt sehr schön. Was meinst du, ist ihr passiert?«

»Das kann ich dir auch nicht sagen«, brummte mein Onkel, der nicht ganz so nah an sie herangetreten war, wohl, weil ihm schon wieder übel wurde. »Frauen wie diese sind normalerweise weder bei Tag noch gar nach Einbruch der Dunkelheit allein unterwegs. Außerdem: Was sollte sie hier an der Parthe denn gewollt haben?«

»Angeln?«, schlug Klaus vor.

»Sei nicht so dumm!«, wies ich ihn zurecht. »Weibsleute angeln nicht.«

»Stimmt«, unterstützte mich Matthäi, »die flanieren. Gehen bei teuren Putzmacherinnen einkaufen.«

Stumm sahen wir auf die Tote hinunter. »Ich weiß nicht, irgendwie kommt sie mir bekannt vor. Bestimmt habe ich sie schon mal in der Stadt gesehen. Obwohl man das ja nur schwer sagen kann …naja, ihr seht ja selbst, das Gesicht … und auch sonst«, murmelte unser Onkel kopfschüttelnd.

Jetzt erst fielen mir die vielen Wunden auf, die an den unbedeckten Stellen ihres Körpers zu sehen waren, der verfärbte Schal über ihrem Hals und die Flecken auf ihrem glänzenden Kleid.

Ich fröstelte in der Mittagshitze.

Klaus streckte seine Hand nach dem Saum des Kleides aus, zwei Finger griffen sacht danach. Langsam versuchte er, den Rock anzuheben. Matthäi bemerkte seine Absicht und schlug ihm kräftig auf die Wange. »Lass das! Du solltest dich schämen!«

Klaus trat bebend einen halben Schritt zur Seite mit rotem Gesicht, geschwollener linker Wange und Tränen der Wut in den Augen.

»Sieht fast so aus, als wäre sie eingeschlafen und hätte das Aufwachen verpasst.« Mit einem zärtlichen Ausdruck in den Augen, den ich bei ihm noch nie zuvor bemerkt hatte, strich Matthäis Blick über das stille Gesicht der Toten.

Ich hatte eine ungewöhnliche Bewegung entdeckt. »Nein, das tut es nicht«, widersprach ich laut und zog mit einer raschen Bewegung den Seidenschal von ihren schmalen Schultern.

»Oh Gott!« Selbst der so neugierige Klaus wich erschrocken zurück. »Die Kehle ist ja völlig zerfetzt.«

Da ich seit einigen Monaten beim Medicus als Gehilfe arbeiten durfte, wusste ich sehr genau zu sagen, was man in den Tiefen der Wunde sehen konnte: Wirbelknochen. Wer auch immer das getan hatte, war mit äußerster Gewalt vorgegangen. Alles Gewebe war zerrissen, die Blutgefäße, Muskeln und Sehnen. Der Kopf war so gut wie abgetrennt.

»Da kriecht dieses Gewürm auch schon drinnen rum. Obwohl der Schal darüber gebunden war.« Matthäi wandte sich angewidert ab.

»Wir müssen es jemandem sagen!«, forderte ich.

»Wem?« Klaus sah mich verblüfft an.

»Wir könnten es Mutter erzählen. Sie weiß sicher, was zu tun ist.«

»Die Geschichte glaubt uns doch keiner. Was sollen wir denn sagen? Dass wir zufällig beim Angeln eine tote Frau gefunden haben?«, höhnte mein Bruder.

»Hört mir zu!« Ich war inzwischen richtig wütend. Sie konnten doch nicht tatsächlich diesen Fund verschweigen wollen! »Diese Frau wird vielleicht schon vermisst. Solche wohnen nicht im Dorf oder bei einem der Bauern. Solche leben eher im Herrenhaus. Sicher sucht ihre Familie längst nach ihr. Wenn wir es nicht erzählen und das rauskommt, handeln wir uns eine Menge Ärger ein!«

»Vielleicht kann es wenigstens noch für ein paar Tage unser Geheimnis bleiben. Wenn sie bis dahin nicht gefunden wurde, zeigen wir sie deiner Mutter.« Matthäi schmiedete gern Kompromisse. Streit war ihm ein Gräuel.

»Da bin ich dabei!«, rief Klaus und schlug die Handflächen so fest zusammen, als müsse er angestaute Kräfte abbauen.

Was blieb mir übrig?

»Wir könnten den Medicus holen. Der ist doch Fachmann für solche Dinge. Vielleicht kann er uns auch sagen, wer oder was sie so zugerichtet hat.« Die Mienen der beiden anderen verdüsterten sich, und ich redete schnell weiter: »Ich meine ja nur: Wenn es ein wildes, böses Tier war, gefährden wir durch unser Schweigen womöglich das ganze Dorf!«

Die beiden starrten mich an.

»Im Wald ist es immer gefährlich. Selbst beim Angeln. Ein Hecht könnte dir zum Beispiel den großen Zeh abbeißen.« Klaus nahm Dinge nicht gern ernst. Vielleicht wollte er sich auch einfach nicht mit diesem Problem beschäftigen.

Wir kehrten also an den Fluss zurück, als sei nichts geschehen.

Warfen die Angeln aus. Lustlos. Freudlos. Uninteressiert.

Stierten schweigend ins Wasser.

Viele Fragen rumorten in mir – und den Geruch des Todes wurde ich auch nicht mehr los.

Ich hatte den Eindruck, meine eigene Haut dünste ihn aus.

Eine Frau wie diese geht normalerweise niemals allein im Wald spazieren, überlegte ich, sie muss also einen Begleiter gehabt haben. Als das wilde Tier angriff – ist er da geflohen? Oder wurde er ebenfalls zur Beute? Lag er auch irgendwo im Unterholz? Ich werde mich zum Medicus schleichen, beschloss ich, er wird mir raten können. Gleich heute Nacht besuche ich ihn!

Als ich einmal aufsah, war Klaus verschwunden.

Kurze Zeit später kam er zurück. Seine Finger zitterten so sehr, dass er die Rute nicht aufnehmen konnte. Sein Gesicht war rot, als habe es eine erbarmungslose Wüstensonne verbrannt.

Mir war sofort klar, was er getan hatte.

Als ich Matthäis Blick begegnete, sah ich, dass er es ebenfalls wusste – und noch mehr. Nämlich, dass ich Klaus ein wenig um seinen Mut beneidete.

Und ich erkannte in seinen Augen, wie sehr wir ihn anwiderten.

»Das hat dir gefallen, wie?«, flüsterte die schmale Gestalt, und die plumpe neben ihr produzierte ein zustimmendes Geräusch. Wohlig und zufrieden klang es.

»Es war alles, wie du es wolltest, nicht wahr? Die kurze Hatz, der erfolgreiche Schlag, das Entdecken des Körpers, die zarte Haut, das weiche Fleisch. Ich kann mir vorstellen, dass du bald wieder so ein Erlebnis haben möchtest. Die Leipziger wird es trotz der ganzen Belastungen durch die Soldaten, die vielen Kranken und Verletzten treffen. Wir haben ja nicht irgendein dahergelaufenes Weibsstück geschlagen, nicht wahr?«

Die grünen Augen des plumpen Wesens begannen zu leuchten, Geifer troff von seinem Kinn, der Atem ging schneller – es war, als verstünde es jedes Wort. Besorgt bemerkte die schmale Gestalt, dass Gier und Aufregung in den kraftstrotzenden, massigen Körper zurückkehrten, der sie selbst um mindestens zwei Köpfe überragte.

»Wir suchen uns schon bald ein anderes Opfer, ich ver-

spreche es dir!«, beeilte sie sich zu versichern. »Diesmal war es die Tochter des Stadtschreibers, mal sehen, wer uns das nächste Mal vor die Klauen läuft.« Ein prüfender Blick in die Augen des anderen. Gut, lang können wir nicht auf die nächste Beute warten, das ist wohl nicht zu übersehen, dachte die schmale Gestalt, während sie weiter beruhigend über den Rücken des Jägers streichelte, ich muss dir schon sehr bald neue Beute zuführen.

»Hier können wir jedenfalls nicht mehr herkommen. Man wird sich schon bald um diesen stinkenden Körper versammeln.«

»Wollt ihr wohl hier bleiben?« Die raue Stimme war besorgt. Sie flüsterte nur. Doch das schien rein gar nichts zu bewirken. Offensichtlich waren sie einen anderen Ton gewohnt, einen energischen und unnachgiebigen. Er sah sich um. Traute sich etwas lauter zu werden. »Hiergeblieben!« Auch das verfing nicht. Das kann nicht wahr sein, die verraten mich noch, dachte Baltus besorgt. Soldaten und Gesindel trieben sich genug herum.

»Ihr seid nicht zum Weglaufen eingesetzt!«, fauchte er ihnen wütend nach. »Ihr sollt – im Gegenteil – zusammenhalten und aufpassen!«

Die beiden Hunde schienen ertaubt zu sein.

Zielstrebig setzten sie ihren Weg fort.

Der Hirte warf einen prüfenden Blick auf die Schafe, befand, er könnte sie wohl einen Moment allein zurücklassen, und folgte den ausgerissenen Hütern. Bevor er im Unterholz verschwand, drehte er sich noch einmal zur Herde um. »Wehe, wenn nachher auch nur eines fehlt.

Wenigstens ihr könntet ruhig hier weitergrasen und auf uns warten.«

Die Hunde waren nicht zu sehen und Baltus fluchte herzhaft. Er blieb stehen, lauschte. Wandte sich dann entschlossen nach links. Wenn das meine Hunde wären, na, denen würde ich schon ordentlich Bescheid stoßen! Einfach die Herde und den Hirten im Stich zu lassen, so etwas ist unglaublich. Drei Tage bei Wasser und Brot! Das wäre die gerechte Strafe. Wenn mir jetzt die Viecher abhauen, muss ich ganz allein dafür bei den Bauern geradestehen. Glaubt mir doch keiner, dass die Misthunde weggelaufen sind, wühlte sich der Ärger durch sein Denken. Ihm wurde heiß, wenn er daran dachte, wie er begründen müsste, warum die Hälfte der Schafe ... In Zeiten wie diesen geriet der Hirte selbst schnell in Verdacht für den eigenen Bedarf oder zum Verhökern ... Er mochte sich gar nicht ausmalen, was man ihm noch alles unterstellen könnte.

»Wo seid ihr bloß?« Er kam nur langsam voran, stolperte immer wieder über Wurzeln und Zweige, die knapp über den Boden krochen. Da! In einiger Entfernung konnte er die Hunde winseln hören. Ein neuer Schrecken durchfuhr ihn. Waren die beiden in die Falle eines Wilderers geraten? Die Hirtenhunde waren gut ausgebildet, auch wenn sie das gerade nicht beweisen wollten, und teuer waren sie außerdem. Wenn er die beiden verlöre, erginge es ihm nicht besser als beim Verlust der Schafe. Sein Magen randalierte. Vorsichtig schlich Baltus weiter. Schon nach wenigen Schritten wurde ihm der Gestank bewusst, der im Unterholz hing wie Pesthauch.

»Miasma!«, murmelte er erschrocken. Doch die Sorge um die Tiere trieb ihn tiefer ins Gestrüpp.

Als er die beiden Tiere und die Frau fand, zuckte er zurück.

»Wart ihr das?«, fragte er die Hunde und wusste schon, dass die beiden Ausreißer nichts mit dem Tod dieser Frau zu tun haben konnten. Sie roch nicht nach frisch geschlachtetem Fleisch, ein wenig blutig – nein, sie stank bestialisch. Fliegen summten herum, und er starrte auf das Gewusel der Würmer, die über ihren Körper krochen. Wie bei den Schafen, die er manchmal erst lange nach dem Abfließen des Hochwassers hatte finden können. Nein, nein, diese Frau war schon länger tot. Er rief die Hunde, die nun bereitwillig folgten, packte sie am Halsband und zerrte sie von der Stelle fort.

Als der Medicus, den das Gerücht über den Fund erreicht hatte, an den Fluss kam, wusste er schon in groben Zügen, was er vorfinden würde. Matthias hatte den Zustand der Frau recht genau beschrieben. Er beugte sich über den Körper, schnüffelte, schob die Brille auf der Nase zurecht und inspizierte die Wunden voller Interesse. Aus seiner kleinen Ledertasche nahm er Papier und Bleistift, begann damit, Form und Verteilung der Verletzungen sorgfältig zu skizzieren. Dabei öffnete er das Mieder der stillen Frau etwas weiter, drehte den Leichnam hin und her, hob den Rock an. Schauderte.

»Bisse. Und tiefe Kratzer. Aber manche auch nur oberflächlich. Hm. Ausgeweidet.« Der Bleistift huschte eilig übers Papier. Denn nun, da die Kunde schnell die Stadt erreichen würde, blieb ihm nicht viel Zeit, mit der Toten – wie er es nannte – Zwiesprache zu halten. »Sieht fast so aus, als wäre derjenige, der für deinen Zustand verantwortlich ist, in den Tagen nach deinem Tod mehrfach hier gewesen. Jedes Mal kamen Verletzungen hinzu. Hier, diese unter dem Arm, ist wohl von heute?«

Die Tochter des Stadtschreibers, wusste er. Ein braves Mädchen, das nach dem frühen Tod der Mutter mit dem Vater allein wohnte und ihm den Haushalt führte. »Was wolltest du nur hier? Hatte er dich geschickt?« Das ist unwahrscheinlich, dachte Prätorius, der Stadtschreiber ist immer sehr besorgt um das Kind, er lässt es in diesen unruhigen Zeiten nicht allein in den Wald gehen.

Von fern schnaubte ein Pferd, das offensichtlich gegen den widerlichen Gestank protestierte, ein hölzerner Wagen quietschte. Der Leichenkarren. Man kam, um den Kadaver in die Stadt zu holen.

Als er von Weitem die aufgeregten Stimmen hörte, die von der Ankunft Schaulustiger aus Leipzig kündeten, erhob er sich rasch und verschwand.

Dass zwei Paar Augen ihn bei seinem Tun beobachteten, bemerkte er nicht.

»Meinst du, das Vieh ist noch in der Nähe?«, fragte einer der Männer ängstlich, die das Fräulein aufladen und in die Stadt bringen sollten. Dabei wanderten seine Augen wie Irrlichter über die Büsche.

»Nee. Bei dem Lärm, den all die Leute gemacht haben? Ist sicher abgehauen.«

»Wer oder was auch immer die Ärmste angefallen hat,

es war mit Sicherheit nicht heute. Sie ist schon seit einer ziemlichen Weile tot«, beruhigte Karl, der seit vielen Jahren für den Bestatter arbeitete, die beiden anderen.

»Aber es wäre durchaus vorstellbar, dass dieses Untier zurückkommt. Gerade wegen der Stimmen. Klingen für das Vieh eben nahrhaft.« Bernhard war nicht so mutig, wie er vorgab. Er lauschte während der Arbeit ständig auf ein verräterisches Geräusch, war jederzeit wachsam und bereit, das Fräulein fallenzulassen, um sein eigenes Leben zu sichern. Sie war ja schon tot und er wollte es so bald nicht sein.

»Bernhard!«, zischte Karl ihn wütend an.

»Aber ist doch wahr«, sprang ihm der Freund bei. »Ich hab ja auch gedacht, es lauert noch. Irgendwie habe ich das Gefühl, wir werden beobachtet.« Dabei wirbelte er einmal um die eigene Achse.

Zu entdecken war niemand.

»Ja«, bestätigte auch Bernhard, »ich spür es auch, jemand guckt uns zu. Ganz deutlich. Ist wie Jucken zwischen den Schulterblättern, und danach kriecht so ein unangenehmer Schauer …«

»Schluss jetzt!«, herrschte Karl die beiden Hasenfüße an. »Wir laden auf und bringen sie nach Hause zurück. Hier kann sie auf gar keinen Fall bleiben. Also!«

Sie hoben die Tote möglichst pietätvoll auf den Karren, was gar nicht einfach war, denn ihre Arme fielen zur Seite, der Kopf ließ sich nur schlecht halten, insgesamt war sie überraschend schwer zu greifen. Das weiche Gewebe gab nach, je fester sie packten, desto entschlossener wich es aus. Als es endlich geschafft war, setzten sie sich in Bewegung. Bernhard ging hinten und behielt die Umgebung im Auge, falls ihnen das Biest folgen sollte.

Karl murrte: »Mein Schwager sagt, als er den Brotwagen über die Dörfer gefahren hat, sind ihm überall Soldaten begegnet. Die Leute in Liebertwolkwitz haben sich schier nicht zum Kaufen an den Wagen getraut, dabei würden die am Ende wohl ohne die Brotversorgung verhungern. Überall Soldaten und Kanonen, haben sie erzählt, viele verschiedene Uniformen. Das ist die Vorbereitung, ihr werdet schon sehen. Hier findet demnächst eine ganz große Schlacht statt. Darüber solltet ihr euch Sorgen machen. Das Biest tut uns schon nichts. Im Krieg ist sich's schnell gestorben! Da kann dir keiner helfen.«

Kurz vor Einbruch der Dunkelheit besuchte Peter Prätorius den Stadtschreiber.

Der verzweifelte Vater saß trotz der Kälte der aufziehenden Nacht auf der Bank vor seinem Haus und starrte in eine Finsternis, die nur er sehen konnte. Er hatte den Kopf in die Hände gelegt, die Ellbogen auf den Oberschenkeln aufgestützt.

Der Medicus schob sich leise neben ihn.

»Ach, Peter! Was für ein grausames Schicksal! Erst meine Frau und nun mein Augenstern.« Tränen schwangen mit, waren aber nur zu hören, nicht zu sehen.

»Was wollte sie allein dort am Fluss?«, fragte der Arzt.

»Das weiß nur der Herr. Sie bekam eine Nachricht von ihrer Tante. Sie solle die Schwester ihrer Mutter zu einem Konzert bei Hofe begleiten. So käme sie in gute Gesellschaft. Natürlich erlaubte ich ihr die Reise.« Der

Vater seufzte schwer, hob das Gesicht aus den Fingern und meinte »Ich bin schuld. Hätte ich, wie es vernünftig gewesen wäre, diese Fahrt der Unwägbarkeiten wegen verboten, könnte meine Julia heute bei mir sitzen.«

»Aber! Du konntest doch den schrecklichen Ausgang der Geschichte nicht erahnen! Wann wollte sie denn wieder nach Hause kommen?«

»Vor ein paar Tagen schon. Ich habe mir keine Gedanken gemacht, weil ich glaubte, sie hat sicher einen schmucken jungen Mann kennengelernt, der ihr den Hof macht, und meine Schwägerin möchte der Kleinen die Gelegenheit bieten, mit ihm näher bekannt zu werden. Ich Esel! Und während ich von ihrer Liebe träume, liegt sie tot ganz in der Nähe! Angefallen und getötet von einer widerlichen Bestie!«

»Oh, ist es das, was vermutet wird?«, staunte Prätorius.

»Alle reden über das Tier! Es muss sehr groß gewesen sein. Und stark. Es hat sie erbeutet und dann achtlos liegenlassen.« Der Vater begann leise zu weinen. »Sie musste einen grausamen Tod erleiden. Fern von mir oder einer anderen Unterstützung, ganz allein.«

»Weißt du denn, ob sie überhaupt bei deiner Schwägerin angekommen ist?«, hakte der Medicus vorsichtig nach.

»Oh mein Gott! Du glaubst, sie wurde direkt nach der Abreise …? Wie entsetzlich!«, ächzte der Stadtschreiber. »Nur weil ich sie nicht begleiten wollte, konnte sich alles auf diese schreckliche Weise entwickeln. Hätte ich doch bloß meine Abneigung überwunden und wäre mitgefahren! Wie ich es drehe und wende: Ich bin schuld an ihrem Tod!«

»Deine Abneigung? Gegen das Fahren in einer Kutsche?«

»Sei nicht töricht, Peter! Nein! Gegen jene Frau in Dresden! Sie ist, nun, wie drücke ich es am besten aus? Schwierig. Das ist ein mildes Wort für ihre Eigenheiten. Ich wollte meiner Julia die Reise nicht verweigern, nur weil ich ihre Tante nicht ausstehen kann.«

»Hat die Tante deine Julia abgeholt?«, wollte Prätorius wissen.

»Nicht einmal das kann ich mit Bestimmtheit sagen. Ich wollte ihr nicht begegnen. So verließ ich unter einem Vorwand früh das Haus und fand es bei meiner Rückkehr leer vor. Und so wird es nun bis ans Ende meiner Tage bleiben: leer und stumm, freudlos und dunkel.«

Wortlos saßen sie nebeneinander.

»Eine Reisetasche hatte sie gepackt? Eher zwei? Und die Hutschachteln?«, unterbrach Prätorius nach einer Weile die Stille.

»Ja, ich weiß es schon: Nichts davon wurde in ihrer Nähe gefunden.«

»Hm. Kannst du mir sagen, was sie mitgenommen hat?«

»Schwerlich. Ihre schönsten Kleider. Eines war smaragdgrün und stand ihr besonders gut.« Wieder starrte der Vater in die Nacht. Dann meinte er: »Wenn ich herausfinde, dass der Kutscher mit ihrer Habe geflohen ist, statt ihr in ihrer Not beizustehen, bringe ich das Schwein um!«

Nun, dachte Prätorius, diese Haltung kann man ihm nicht verdenken.

Als er seinem eigenen Haus zustrebte, überdachte er die Dinge, die der Vater ihm erzählt hatte. Die Tante wollte angeblich der Nichte eine Männerbekanntschaft ermöglichen, eine gute Partie. Zu diesem Zweck lud sie das Mädchen nach Dresden ein. Der Vater konnte keine Angaben zur Reise oder Rückreise der Tochter machen. Bestimmt war er davon ausgegangen, sein einziges Kind werde von einer Vertrauensperson begleitet. Aber vielleicht musste Julia allein fahren? Warum hatte sich die Tante nicht gemeldet? Sie erwartete ihre Nichte zu einem festen Termin, sorgte sie sich gar nicht, als das Mädchen ausblieb?

Nach einigen Schritten begannen seine Gedanken um das Tier zu kreisen.

Die Bisse hatten nicht nach den Zähnen einer gefährlichen Bestie ausgesehen!

Von riesigen Reißzähnen keine Spur!

Er war so in Gedanken versunken, dass er nicht merkte, wie ihm jemand folgte.

Der Leiter der Leipziger Bürger-Nationalgarde war mehr als überrascht.

Seit dem Nachmittag hatte er keine ruhige Minute mehr gehabt. Ganz Leipzig, so meinte er, sei in Aufruhr. Und diesmal ging es nicht um die französischen Truppen, nein, heute hatten die aufgebrachten Bürger ein völlig anderes Anliegen.

Vor den Toren der Stadt hause eine blutgierige Bestie. Das wurde tatsächlich allenthalben behauptet.

Es habe schon ein Todesopfer gegeben und man sei sicher, es würden noch weitere folgen – es sei denn, er würde eine Gruppe von erfahrenen Jägern zusammenstellen und sie dem Untier auf den Pelz hetzen.

Nun, dann würde er das tun.

Er beauftragte einen jungen Soldaten, die notwendigen Leute zusammenzurufen.

Jäger und Treiber.

Je mehr, desto besser.

Und wären sie am Ende erfolgreich, fiele der ganze Ruhm auf ihn zurück! Die Leipziger würden ihm, dem Retter, endlich mit der ihm zustehenden Achtung begegnen! Und er musste kaum etwas dafür tun.

Im Morgengrauen fand sich im Regen eine überraschend große Anzahl von Jägern zusammen.

Schnaps machte die Runde.

Es war schließlich für diese Tage viel zu kalt, und die ewige Feuchtigkeit bahnte sich ziemlich rasch den Weg bis auf die Haut. Selbst die Pferde zeigten deutliche Anzeichen von Unwillen. Den nächsten Schnaps trank man – und das hätte natürlich keiner der Männer zugegeben – gegen die Angst. Schließlich wusste man nie, was man im Wald antraf und in diesem speziellen Fall schon gleich gar nicht. Sie waren auf der Pirsch auf ein Ungeheuer.

Über Nacht war die Bestie in den Berichten und Erzählungen derer, die das tote Fräulein gesehen hatten, mehr und mehr gewachsen, hatte unglaubliche Dimensionen angenommen.

Ein riesiger Bär?

Inzwischen klangen die Beschreibungen derer, die das Biest genauso wenig zu Gesicht bekommen hatten wie er selbst, so, als könne das Untier mühelos über das Dach des Kirchenschiffes der Thomaskirche sehen.

»Wir sollten versuchen, das Tier in Richtung Mulde zu treiben. Auf jeden Fall weg von der Stadt. Selbst wenn wir es nicht erlegen können, ist es dann jedenfalls weit entfernt.«

»Ha!«, höhnte einer der Jäger. »Was, wenn es umkehrt und zurückkommt, kaum dass wir abgezogen sind? Für solch ein Monstrum ist der Fluss keine Grenze.«

»Ach, der Grünschnabel hat Ahnung? Wie viele Bären hast du eigentlich schon erlegt?«

»Wenn wir hier noch lange diskutieren, bekommen wir ihn heute ohnehin nicht mehr zu sehen.«

»Na, dann los!«

»Ihr zögert nur, weil ihr euch fürchtet!«

Das gab den Ausschlag.

Der Tross setzte sich in Bewegung. Als unordentlicher Haufen zunächst, doch je weiter sie die Stadt hinter sich ließen, desto klarer wurde der Auftrag.

»Wir könnten ihn von der Parthe ausgehend Richtung Stadt scheuchen. Eine Kette Jäger bleibt hier und wartet, Gewehr im Anschlag. Eine weitere begleitet die Treiber zum Fluss. Dort angekommen bilden wir ein möglichst langes Band und jagen ihn aus der Deckung. Wenn er flieht, schießen die Jäger am Ufer, wenn er zu euch hinaufkommt, seid ihr dran.«

Der Vorschlag wurde angenommen.

Einige Reiter und Jäger zu Fuß verteilten sich in einem weiten Bereich, die anderen machten sich auf in Richtung Fluss.

Der Regen nahm an Heftigkeit zu.

Der Alkohol wärmte.

Die Zeit dehnte sich wie die Predigt des Pfarrers beim sonntäglichen Kirchgang.

Da! Plötzlich kam Bewegung ins Gestrüpp.

Es wurde laut gegrölt, mit Stöcken gegen Bäume geschlagen, geklatscht.

Die Jäger brachten ihre Gewehre in Anschlag.

Etwas Gewaltiges brach aus dem Gestrüpp.

Sofort eröffneten die Jäger das Feuer.

Als sich der Pulverrauch verzogen hatte, hörten sie eine Stimme von weit her rufen: »Um Himmels willen, hier liegt noch eine Leiche! Kommt her! Wie schrecklich!«

Der Leiter des Trupps zog die Augenbrauen bis zum Haaransatz. »Eine? Wer hat denn den Kerl zählen gelehrt?«

1

Zwei tote Frauen, auf dieselbe Weise getötet, zerbissen, zerfetzt, grübelte der Medicus, und wir kommen nun schon seit Tagen keinen Schritt weiter bei der Aufklärung. Beide Mädchen aus gutem Hause, beide waren durch ein Schreiben aus dem Haus gelockt worden. Eine Bestie, die schreiben kann? Und doch wollten die Leipziger lieber an ein Untier glauben, als an einen menschlichen Mörder. Der frühere Bürgermeister war völlig gebrochen, seit man ihn zu der Stelle am Fluss geführt hatte, an der seine Jüngste lag. Seither ging er nicht mehr aus dem Haus, verbarrikadierte sich und die ganze Familie, die anderen Mädchen durften nicht ohne Begleitung durch die Straßen der Stadt gehen. Auch er beteuerte, er glaube, ein wildes Tier habe seine geliebte Tochter gerissen. Nur gut, dass die Gräfin von Blanstaff sich überall deutlich dafür aussprach, einen Täter unter den Leipzigern zu suchen und nicht zuzulassen, dass noch mehr Frauen diesem grausamen Mörder zum Opfer fielen. Er seufzte, fuhr sich mit den Fingern durch sein in der Mitte gescheiteltes kinnlanges Haar. Wer käme nur für solche Gräuel in Frage, ließ ihn der Fall nicht los, war es wirklich bei beiden Opfern der gleiche Täter oder sollten sie nach zwei verschiedenen Mordbuben suchen. Der eine konnte ja vom anderen gelernt haben, oder? Gedankenverloren kickte er einen kleinen Stein vor sich her.

»Pssst!«, zischte es direkt neben ihm.

Erschrocken fuhr Prätorius zusammen. Warf nervöse Blicke über seine Schulter in die Umgebung.

»Pssst!«

Im Gebüsch? Prätorius trat näher an das stachlige Strauchwerk heran.

In Zeiten wie diesen galt es besondere Vorsicht walten zu lassen, wenn einem das Leben lieb war. Der Wald gehörte längst nicht mehr den Dörflern allein.

»Hier!«, krächzte es verhalten.

Angesichts der Stacheln der Pflanze war er froh, dass er Handschuhe trug.

Prätorius bog die Zweige auseinander.

Sah direkt in die weit aufgerissenen, intensiv grünen Augen eines blonden Mannes, dessen Gesicht die deutlich aufgeworfenen Lippen etwas Sinnliches verliehen.

»Markus! Verflixt. Musst du mich so erschrecken?«

»Ach Prätorius, tut mir auch leid. Ich hab ja gesehen, dass du mit wichtigen Gedanken beschäftigt warst. Willst du dich Eleonora endlich erklären? Bei ihrem Vater um ihre Hand anhalten?« Der wütende Blick des Medicus brachte ihn für einen Herzschlag zum Schweigen. »Entschuldige, das geht mich natürlich gar nichts an. Deshalb habe ich auch nicht hier auf dich gewartet. Stell dir vor, ich habe wieder eine gefunden! Eine von den ausländischen. Schonthall hieß die, glaube ich jedenfalls.«

»Schon wieder eine? Du meinst, sie sieht aus wie die beiden anderen?«

Markus nickte heftig. Jaulte dann leise auf, weil er mit der Nase an die Stacheln geraten war.

»Komm schon. Es blutet nicht einmal«, tröstete Prätorius. »Also, wo hast du sie gesehen?«

»Unten im Uferdickicht. Ich führ dich hin. Und es ist ihr ergangen wie den anderen, ganz genau wie den anderen.«

Markus eilte voran.

Immer darauf bedacht, möglichst wenig Geräusche zu verursachen.

Prätorius wusste, dass der junge Mann sich vor dem Untier fürchtete. Wie viele Bürger Leipzigs zitterte er vor der riesigen Bestie, von deren Existenz Prätorius so gar nicht überzeugt war.

Eine halbe Stunde später kniete der Medicus neben dem leblosen Körper.

Die Kehle der Frau war zerfetzt, der Körper übersät mit Verletzungen, die Augen trübe und tief in die Höhlen gedrückt, einzelne Finger fehlten, Lippen und Nase waren angefressen, die Haut schimmerte grün.

»Ist eine Weile her, dass sie sterben musste, sie ist kalt«, murmelte Prätorius mehr zu sich selbst denn zu seinem Begleiter. »Auf der anderen Seite ist der Körper noch an manchen Stellen steif. Sehr lange liegt der Tod also auch nicht zurück. Drei Tage, vielleicht vier.«

Er beugte sich näher über das Gesicht.

»Seltsam«, meinte Markus.

»Was?«

»Keine Tiere, die an ihr fressen. An den anderen waren Unmengen zu finden, eklige Tiere. Und Käfer. Hier ist nichts davon zu sehen.«

»Zu kalt, würde ich meinen. Fliegen mögen es nicht, wenn es so nass und eisig ist. Der ständige Regen hält sie vom Erkunden der Gegend ab. Käfer sind ganz gewiss zu finden, aber vielleicht eher unter dem Körper.«

»Vor drei Tagen lag sie hier noch nicht.«

»Das weißt du genau?«

»Ja. Ich war auf der Jagd, als ich hier vorbeikam. Du weißt, es ist auch mit dem Jagen schwierig geworden. Zu viele Leute mit zu großem Appetit.«

Prätorius nickte. Die Soldaten waren nicht zimperlich, wenn es um das Stillen ihres Hungers ging.

»Du sagst, es sei eine von den ausländischen Frauen. Warum denkst du das?«

»Ach so – das. Ich habe sie vor ein paar Tagen gesehen. Sie unterhielt sich mit einem Soldaten. Hinter einem dicken Baum. Bestimmt dachten sie, niemand könne sie dort bemerken. Jedenfalls habe ich gehört, dass er Schonthall zu ihr gesagt hat. Ist doch kein Name bei uns«, pumpte Markus aufgeregt.

»Konntest du verstehen, worüber sie gesprochen haben?«

»Nicht ein Wort!«

»Hm. Vielleicht hast du recht. Auf jeden Fall bedeutet die Sache Ärger.«

»Ja. Das ist nicht zu übersehen. Jemand hat einen der bösen Geister geweckt. Sogar in der Stadt reden sie davon. Eine riesige Bestie, die über junge Frauen herfällt. Der Pfarrer wird eine Messe lesen und das Böse bannen. Die Leute tuscheln, der Teufel habe uns das Tier geschickt.«

»Der Teufel! So ein Unsinn. Derjenige, der hier tötet, ist nicht der Hölle entstiegen. Er ist aus Fleisch und Blut, wie du oder ich.«

»Also doch! Aus Fleisch und Blut sagst du? Ein riesengroßer Wolf, nicht wahr? Wie auf der Zeichnung in einem der Bücher bei dir. Sieben Fuß hoch, wenn er sich aufrichtet.« Markus sah sich nervös um. Senkte seine Stimme zu heiserem Flüstern. »Es soll sogar welche geben, die bei Vollmond zu unfassbarer Größe anschwellen und alle Bewohner eines Dorfes in nur einer Nacht verschlingen.«

»Das glaube ich nicht. Es ist schon die dritte tote Frau. Wie sollte ein Wolf – und sei er noch so groß – Männer von Frauen zu unterscheiden wissen?«

»Das tut er vielleicht gar nicht. Frauen riechen besser, sicher ist ihr Fleisch zarter, und man kann sie leichter fangen. Das weiß der Wolf bestimmt.«

Dazu fiel Prätorius auf die Schnelle kein Gegenargument ein.

In einem Reisebericht hatte er gelesen, dass es in weit entfernten Ländern Tiere gab, die gelernt hatten, Menschen als schnell zu erlegende Beute zu erkennen. Markus konnte demnach durchaus recht haben. Auch wenn es diese Tiere in Sachsen natürlich nicht gab – und Prätorius nicht an die Mär vom riesigen Wolf glauben mochte.

Langsam und bedächtig hob er den Rock der Frau.

Selbst die Unterröcke waren blutdurchtränkt. Prätorius hob die nächste Lage an.

Markus wurde unruhig. »Du kannst doch nicht … Also wirklich! So geht das nicht, Medicus. Lass das mal besser bleiben. Frauen sind in diesem Punkt ziemlich heikel, solltest du wissen«, plapperte er, während Prätorius sich unbeeindruckt von den Einwänden Schicht für Schicht voran arbeitete.

Als er die Scham freigelegt hatte, schauderte er, Bauch und das gesamte darunter befindliche Gewebe waren aufgebrochen und zerfetzt.

»Himmel!«, kreischte Markus schrill auf. »Wie kannst du ernsthaft behaupten, dieses Untier entstamme nicht auf direktem Weg der Hölle!«

2

»Eleonora! Habe ich da nicht gerade ein Stück Schinken in deinem Korb verschwinden sehen?«

Das Mädchen spürte, wie die Röte sich in ihre Wangen brannte.

»Nur ein bisschen Brot. Es wird uns nicht fehlen«, beteuerte Eleonora schnell. »Vielleicht erlaubst du mir, noch einen Krug Wein mitzunehmen«, trat sie dann entschlossen die Flucht nach vorn an. Ich muss tollkühn sein, dachte sie dabei, wie kann ich nur so vorlaut sein?

»Ich habe es dir doch schon oft genug verboten, oder irre ich mich da? Du bist von ihm für seinen Haushalt eingestellt worden, nicht dafür, dass du unsere Speisekammer für ihn plünderst. Der feine Herr Medicus soll mal schön seinen eigenen Geldbeutel bemühen! Aber so ergeht es den kleinen Leuten eben immer«, lamentierte die Mutter lautstark und warf ihre kräftigen Arme in einer hoffnungslosen Geste in die Luft. »Außerdem sag ihm, ich dulde nicht länger, dass du allein durch die Straßen läufst. In Zeiten wie diesen ist das zu gefährlich. Er kann dir jemanden als Begleiter senden. Oder«, sie machte eine Pause und meinte dann listig, »nein, das ist besser. Wir schicken einen Begleiter mit, den er entlohnen soll. Sein Bursche ist viel zu jung und einer solchen Aufgabe sowie der damit verbundenen Verantwortung gewiss nicht gewachsen.«

»Mutter! So weit ist es nun auch wieder nicht. Schließlich liegt sein Haus nur 20 Minuten Fußweg von der Stadt entfernt, nicht in unerforschtem Gebiet. Lass mich nur schnell den Korb zu ihm hin tragen, dann kehre ich sofort zurück«, bettelte Eleonora uneinsichtig.

Die Mutter seufzte. »Komm mit in die Stube. Wir müssen uns unterhalten.«

Artig folgte die Tochter. Widerstand war zwecklos.

Die Mutter griff nach ihrer Stickarbeit und setzte sich in einen bequemen Sessel. Sie prüfte die Spannung des Stoffes zwischen den runden Rahmen, zog ihn dann ein wenig fester und wählte eine neue Farbe für die Blütenblätter aus.

Die Tochter setzte sich auf das Fußbänkchen und wartete schweigend ab, bis alle Vorbereitungen für die Nadelmalerei abgeschlossen waren.

»Ich war heute bei Katharina Ambrosia!«

»Mutter! Wie konntest du nur? Jeder weiß, dass ihre Weissagungen nichts taugen. Die Ambrosia erzählt einfach jedem, was sie glaubt, das er hören will! Niemand weiß, was die Zukunft bringt, weder die eigene, noch die Fremder«, empörte sich die Tochter. »Wenn Vater davon erfährt!«

»Still! Dir fehlt es an ausreichend Lebenserfahrung, um über solche Dinge sprechen zu können. Die Ambrosia hat in ihre Kristallkugel gesehen. Und sie war ganz aufgeregt wegen der Geschehnisse, die dort erschienen sind, Kind. Prätorius wird in eine gefährliche Handlung verstrickt, die auch dich miterfasst. Sie hat euch in Lebensgefahr gesehen. Allerdings meinte sie im gleichen Atemzug, dass der Medicus in Kürze etwas tun wird, das die Geschicke des ganzen Landes betrifft und alles zum Guten wendet.«

»Ach, Mutter!«

»Vielleicht wird der König krank und er wird zu ihm gerufen, um ihn zu behandeln«, mutmaßte die Frau des Bäckers und zuckte mit den Schultern. »Genauer wusste es auch die Ambrosia nicht zu sagen«, schloss sie trotzig.

Eleonora träumte sich fort. Raus aus der Wohnstube, aus der Enge der elterlichen Fürsorge.

Plötzlich holte die Mutter tief Luft und begann zu erzählen. »Peter Prätorius, der Medicus, wie man ihn auch nennt, ist der Sohnessohn von Wolf und der Sohn von Gustav Prätorius. Wie du weißt, umgab und umgibt sie auch noch heute ein Geheimnis. Von jeher beschäftigten sie sich mit Dingen, die unser Herr nicht gutheißen kann. Sie nannten es Experimentieren. Aber viele in der Stadt glauben, sie wählten dieses Wort nur, um zu verschleiern, dass sie in Wahrheit mit dem Teufel im Bunde sind. Sie heilten gar Kranke, die bereits die letzte Ölung erhalten hatten! Wer anderes als der Teufel wird sich derart um eine Seele bemühen? Und die Seele eines Prätorius muss für ihn von besonders großem Interesse gewesen sein.«

»Aber Mutter! Das ist doch nur das Gerede derer, die nicht verstehen, was Dr. Prätorius tut. Schon sein Großvater und Vater waren sehr geschickt darin, Kräuter mit Heilkraft zu finden, aus denen man Tee kochen oder Tinkturen zubereiten kann. Kräuter, von denen bis dahin niemand vermutet hatte, sie könnten überhaupt eine heilsame Wirkung besitzen. Es ist die Natur, die gegen so manches Leiden hilft. Teufelswerk oder Zauberei sind nicht mit im Spiel.«

»Du dummes Kind«, rügte die Mutter zornig. »Wolf Prätorius hat des Nachts bei Vollmond höchst eigenartige Dinge getrieben. Die Alten wissen davon zu berichten, wie er schreiend um einen Kessel rannte, von Dämonen gejagt, die er um Hilfe angerufen hatte, um seinem Gebräu Wirksamkeit zu verleihen.«

»Diese Geschichte kenne ich schon. Ich habe Dr. Prätorius danach gefragt und er erklärt das anders. Seiner Meinung nach hat man sich das ausgedacht, damit die Leute in der Stadt die Familie Prätorius meiden. Manch einem ist es nicht recht, dass ein Arzt Prätorius Krankheiten heilen kann, bei denen andere keinen Erfolg erzielen konnten!«, verteidigte Eleonora vehement die Ehre ihres Arbeitgebers.

»Ach ja? Und was soll seiner Meinung nach dahinterstecken? Die, die wirklich heilen können, gehen auch davon aus, dass bei Prätorius etwas nicht mit rechten Dingen zugehen kann. Ist dir schon mal aufgefallen, mein Kind, dass er Linkshänder ist? Die halten es nicht mit dem Herrn, die stehen von Geburt an dem Teufel nah! Ein guter Mensch und Christ mit reinem Gewissen benutzt die rechte Hand!«

»Aber Mutter! Das klingt fast so, als glaubtest du auch daran, dass Rothaarige mit der Hölle im Bund sind.«

»So ist es doch! Sieh dich um. Allenthalben bieten diese Rotschöpfe ihre Hexendienste an. Sie verwirren gute Familienväter, stürzen sie in die Sünde! Sei nicht so blind!«

Eleonora seufzte.

»Wenn du einer ganzen Gruppe von Linkshändern begegnen würdest, die gottesfürchtig sind und Menschenfreunde, dann kämest du nach Hause und würdest von einem unfassbaren Zufall berichten. Doch ein einziger Linkshänder mit zweifelhaftem Verhalten bestätigt deine Vorurteile sofort und mauert sie fest in die Erde! Und ich bin sicher, so viele Linkshänder sind dir in deinem Leben nicht begegnet.«

Die Frau des Bäckers wischte den Einwand mit ungeduldigem Wedeln der Hand beiseite.

»Es gibt Dinge, die weiß man eben! Dir fehlt es an Lebensweisheit, die wächst erst mit den Jahren. Und diese Familie Prätorius! Denk nur an die junge Frau, die eines Tages davonlief, um sich von Gustav Prätorius von ihrer Übelkeit kurieren zu lassen, die ihr die Mitarbeit im väterlichen Betrieb unmöglich machte. Man sah sie noch auf dem Weg zum Haus – danach war sie unauffindbar verschwunden. Die halbe Stadt suchte nach ihr. Erfolglos. Monate später tauchte sie plötzlich auf, sah wohl und gesund aus. In ihren Armen hielt sie einen Knaben, behauptete, der Vater des Kindes sei auch der Großvater. Das wollte natürlich niemand glauben. Ihr Denken schien sich verwirrt zu haben. Sie berichtete, sie habe die ganze Zeit in einer geheimen Höhle gelebt, sei von den Geistern des Waldes aufs Beste versorgt worden. Den Weg dorthin konnte oder wollte sie jedoch nicht zeigen. Nun, für sie selbst ging die Geschichte gut aus. Ihre Familie nahm sie wieder auf, und man kümmerte sich liebevoll um den Kleinen. Doch die ganze Stadt wusste, dass Prätorius hier seine Finger im Spiel hatte. Mit Sicherheit hielt er die Schwangere versteckt und ermöglichte ihr so, in Frieden das Kind zu bekommen, ohne die Schande der unehelichen Mutterschaft ertragen zu müssen. So wie es eine jede tun muss, die sich vor der Ehe hingibt! Und als ihr Vater kurz nach ihrer Rückkehr auf dem Totenbett lag, verkündete er, es sei die reine Wahrheit, wenn sie behaupte, er sei der Vater seines Enkels. Das stand auch in seinem Testament. Schwarz auf weiß. Glauben mochten es jedoch nicht alle, wenngleich die Ehre der Tochter nun wiederhergestellt war.«

Eleonora kannte die Geschichte, wie beinahe jeder in Leipzig.

Die warme, weiche Hand der Mutter streichelte zärtlich über den Kopf der Tochter. »Ach mein Augenstern. Ich möchte nur verhindern, dass dir Schlimmes widerfährt. Nicht auszudenken, wenn dir etwas zustieße.«

»Aber Mutter. Was soll mir denn zustoßen?«, fragte Eleonora selbstbewusst zurück. »Mir tut keiner was.«

»Das haben die jungen Mädchen sicher auch gedacht, die am Fluss gefunden wurden«, rief ihr die Mutter ins Gedächtnis. »Das erste Opfer dieses Höllentieres war immerhin die Tochter des Stadtschreibers. Die Familie wird ihren Tod wohl nie verwinden.«

»Mir ist auf meinem Weg noch niemals ein wildes Raubtier begegnet. Der Medicus meint, die Geschichte von dem riesigen Wolf könne nicht stimmen, es habe nie Spuren seiner Pfoten gegeben. Nicht in der Nähe der Toten und auch nicht sonst irgendwo im Wald.«

»Ja, er erzählt viel, dein Brotherr. So viel, dass einige schon glauben, es sei gut möglich, dass er selbst die Bestie auf die jungen Frauen hetzt.«

»Mutter!« Empört sprang Eleonora auf, stieß dabei das Fußbänkchen um.

»Nun, nun, nun. Beruhige dich. Ich habe ja nicht gesagt, dass ich das auch glaube! Du denkst doch nicht, ich würde zulassen, dass meine Tochter jeden Tag in ein Haus geht, in dem das leibhaftige Böse wohnt!« Sie lauschte dem Nachhall ihrer eigenen Worte, und tief in ihrem Inneren wuchs die Sorge um ihr Kind. Woher konnte sie so sicher sein, dass dem nicht so war, dass dieser sonderbare Mann nicht doch Schuld am Unglück der jungen Frauen trug. Sicher, Eleonora war ihm von Herzen zugetan, doch einem Mädchen ihres Alters fehlte es noch an ausreichend Wissen und Erfahrung, um das Wesen und den Charakter eines Mannes zu erkennen. Sie begann zu zittern. Mit schwankender Stimme sagte sie dann: »So packe deinen Korb. Ich will den Knecht des Nachbarn bitten, ihn zu Prätorius zu tragen.«

»Nein! Das werde ich allein tun!« Trotzig stampfte die Tochter mit dem Fuß auf, funkelte ihre Mutter wütend an.

»Eleonora! Sei vernünftig!«

»Lässt du mich nicht gehen, so schleiche ich mich heimlich aus dem Haus!«

Die Ohrfeige, die gegen ihre Wange knallte, war durchaus berechtigt, wusste das Mädchen, dennoch fachte der Schlag ihren Zorn nur noch weiter an.

»Du und deine Märchen! Es wäre besser, du würdest nicht all jenen Geschichtenerzählern Glauben schenken, die sich nur selbst wichtigmachen wollen, indem sie schaurige Lügen über andere in die Welt setzen. Für Leichtgläubige wie dich! Peter Prätorius ist ein Kundiger, der seine Dienste auch jenen zur Verfügung stellt, die ihn dafür nicht entlohnen können. Das ist manch einem ein Dorn im Auge. Doch selbst du musst zugeben, dass dieses Verhalten ein gottgefälliges ist – gleich ob er nun mit der linken oder rechten Hand heilt! Mit dem Teufel ist so einer ganz sicher nicht im Bunde.«

Das Gezeter der Frauen hatte den Vater auf den Plan gerufen.

Polternd schob sich der schwere Mann in den Raum, stellte sich breitbeinig auf, stemmte die Fäuste in die Seiten.

»Was geht hier vor?«, donnerte sein Bass wie ein Unwettersturm durch die Stube. »Was bildet ihr Weibsleute euch eigentlich ein? Ich dulde kein albernes Gezänk in meinem Haus! Wollt ihr wohl damit aufhören – ansonsten will ich euch schon so viel Arbeit anschaffen, dass zum Streiten keine Kraft mehr bleibt und die Puste fehlen dürfte.«

»Eleonora will zu Dr. Prätorius laufen. Um diese Zeit. Das habe ich nicht erlaubt«, plusterte sich die Mutter auf. »Den Korb mag der Knecht des Nachbarn zu ihm tragen.«

Der Vater sah von einer Frau zur anderen, runzelte die Stirn, packte dann seine Tochter am Handgelenk und zerrte sie, während sie sich vergeblich gegen seinen eisernen Griff wehrte, die Treppe hinauf.

Den Rest des Abends und die ganze Nacht verbrachte Eleonora eingeschlossen in ihrem Zimmer.

3

Der Boden kam einfach immer näher.

Er konnte nichts dagegen tun.

Knut, ein Mann wie ein Baum, stürzte wie gefällt.

Wälzte sich wie eine rollige Katze im Schlamm zwischen Haus und Abtritt, stöhnte vor Pein.

Ich sterbe, dachte er, diese Schmerzen bedeuten das Ende, kein Mensch kann das aushalten.

Ein neuer Schwall von Übelkeit schwappte über sein Denken hinweg. Die Kolik nahm sogar noch zu. Er wimmerte, presste seine Hände fest gegen den Leib und konnte doch nichts ausrichten.

Seine Frau Anne hörte ihn jammern.

Eilig kam sie herbei, fand Knut in seinem Erbrochenen liegen, mit Schlamm beschmiert und vom Durchfall gezeichnet, hilflos und schwach.

Mühsam nur bekam sie ihn wieder auf die Beine, sprach vernünftig auf ihn ein, überredete ihn, sich ins Bett zu legen und dort auf den Arzt zu warten. Während sie ihn auszog und den Schmutz abwusch, überlegte sie, wie viel Geld sich noch in der kleinen Holzkiste befinden mochte. Sie hoffte, es würde für eine wirksame Medizin reichen, damit Knut bald wieder zu Kräften kam. Besorgt registrierte sie seine tief in den Höhlen liegenden Augen, aus denen sonst der Schalk fröhlich blitzte und die nun tot und trübe waren, die eingefallenen Wangen und die gesamte Kraftlosigkeit seines Körpers. Er wehrte sich nicht einmal, als sie ihm die Bettdecke bis zum Hals zog.

Leise verließ sie das Zimmer, die stinkende Schmutz-wäsche nahm sie mit.

Als sie das dreckige Bündel zum Waschzuber tra-gen wollte, stieß sie auf ihre Schwiegermutter. In ihrem bodenlangen weißen Nachthemd, barfuß und mit dem langen weißen Haar, das sie stets offen trug, sah sie aus wie ein Hausgespenst.

Anne stieß erschrocken einen spitzen Schrei aus, als sie so unvermutet auf die alte Frau traf, die um diese Zeit normalerweise schlief.

»Was kreischst du hier rum, wenn du mich siehst? Haus und Hof sind mein Besitz! Es kann dich nicht über-raschen, mich hier zu treffen!«, zeterte die gekrümmt auf einen Stock gelehnte Gestalt.

»Nein, natürlich nicht. Entschuldigung, ich war ganz in Gedanken«, beeilte sich Anne zu versichern.

»Das will ich nicht hoffen! Wenn eine wie du sich Gedanken macht, na, da mag was dabei rauskommen. Wo ist mein Sohn? Mir schien, ich hätte ihn rufen hören.« Die blassen Augen der Alten hielten das Gesicht der ande-ren mit lauerndem Ausdruck fest. Anne wagte es nicht, zu Boden zu sehen. Was soll ich ihr nur sagen, überlegte sie hastig, sie wird nur noch mehr schimpfen. Auf der anderen Seite würde die boshafte Alte ihr den ganzen Tag hinterherlaufen und nach Knut fragen, wenn sie ihr die Antwort schuldig blieb.

»Knut ist krank«, seufzte Anne schließlich.

»Krank? Mein Sohn ist niemals krank, das hat er von seinem Vater. Knut ist von robuster Konstitution, also, lüg mich gefälligst nicht an, Schlampe!«

Anne zucke zusammen, als habe die Schwiegermutter sie geschlagen.

Es fühlte sich auch tatsächlich körperlich so an, als habe ihr die Alte den Stock in die Seite gerammt.

»Er kann nicht aufstehen. Seine Leibschmerzen sind zu heftig«, versuchte die Ehefrau einen zweiten Vorstoß.

Doch die Greisin stieß den Stock in den Boden. »Wärest du nicht selbst zum Kinderkriegen zu dumm, so hätten wir nun einen ganzen Stall voller Jungen, die mit anpacken könnten. Aber nicht einmal das, was jede Frau kann, ist dir gelungen! So wirst du nun selbst das Vieh versorgen müssen. Danach gehst du in die Stadt und holst Medizin. Vergiss nicht, das Essen pünktlich auf den Tisch zu bringen – ich habe immer um Punkt zwölf Uhr Hunger.« Sie drehte sich um, murmelte die folgenden Worte so, dass Anne sie gut verstehen konnte, ohne sich besonders darum bemühen zu müssen. »Welch ein Jammer, dass diese wilde Bestie nur schöne Weibsbilder tötet. Ansonsten hätten wir eine Chance gehabt, dich loszuwerden, Schlampe!«

Als Anne zur Haustür hinauslief, rief ihr die Alte nach: »Wehe, wenn du ihn unter deinen Händen sterben lässt, Schlampe! Hast du etwa Gift in sein Essen gemischt? Bei mir traust du dich das ja nicht, weil ich den Hund immer alles zuerst probieren lasse! Aber dem Knut hast du schon mit deinem Liebestrank den Kopf verdreht – der will einfach nicht sehen, was auf diesem Hof vor sich geht!«

Die junge Frau rannte in den Stall.

Selbst Juli, die alte Stute, schien ihre Traurigkeit zu spüren und stupste sie zärtlich mit dem weichen Maul an die Schulter. Anne wischte die Tränen ab und machte sich an die Arbeit.

Als der Stall ausgemistet, die Hühner und die Kuh versorgt, das letzte Schwein gefüttert und Juli angespannt war, lief sie ins Haus und warf einen Blick in die Holzkiste mit ihrer eisernen Finanzreserve. »Oh Gott, nur so wenig ist noch übrig«, erschrak sie, als sie alles gezählt hatte. Zur Sicherheit drei Mal, es wurde nicht mehr. Ob das für einen Arzt und seine Medizin reichen würde?

Ihr sank das Herz.

Nur Augenblicke später hatte sie die Münzen in einen Lederbeutel geklimpert und machte sich mit dem Wagen auf in die Stadt.

»Nicht noch einer!«, rief der Arzt aus, als er von Knuts Symptomen hörte. »Laufen Sie nur weiter. Ein Fluch hat sich wie ein Totenhemd über die Stadt gelegt, ich kann nichts für Sie tun.«

Sie wedelte mit dem dürren Geldsäckchen, ließ die Münzen leise verführerisch klappern, doch er lachte nur höhnisch. »Dazu braucht es viel mehr davon. Was glauben Sie denn, wen Sie vor sich haben? Ich arbeite doch nicht für solch einen Hungerlohn. Bezahlen Sie mich anständig, so will mir vielleicht wenigstens ein Mittel gegen die Schmerzen einfallen.«

Traurig schlich Anne davon.

Vor der Tür zog sie ihren Mantel enger um den Körper, schob die langen braunen Haare ordentlich unter die Haube zurück und bemühte sich darum, ihre Tränen zurückzuhalten. Was soll ich jetzt nur tun, überlegte sie düster, und jeder Schritt fühlte sich an, als habe ihr jemand Bleimanschetten um die Knöchel gelegt. Knut erwartet doch Hilfe von mir, und ich kann ihm nun nicht einmal ein Mittel zur Linderung beschaffen.

Überall bleiche Gesichter.

Gestank hing wie eine Käseglocke über der Stadt.

Kein Wunder, gab es doch viel mehr Kranke in Leipzig als Gesunde. Rückkehrer des Russlandfeldzugs, Verwundete aus Schlachten und Scharmützeln um Dresden und kleineren Ansiedlungen in der Nähe von Leipzig. Und dann wütete auch noch diese Seuche, die mit den Soldaten in die Stadt gekommen war!

»Eine todbringende Scheißerei!«, hatte sie aufgeschnappt. »So gut wie jeder, der sie bekommt, geht daran zugrunde«, und ihre Angst um Knut nahm zu. Bestimmt ist es nicht diese schreckliche Krankheit, versuchte sie sich zu trösten, oder die Leute reden es schlimmer, als es ist.

Die Straßen waren voll von blassen, besorgten Mienen, die sich kaum vom fahlen Grau des Himmels abhoben. Das war ihr bisher gar nicht aufgefallen. Muss wohl schlimmer geworden sein, schlussfolgerte Anne, vielleicht weil es stimmt, was der Arzt behauptet hatte, nämlich dass so viele Menschen krank sind.

Ich mache noch einen Umweg über den Markt, beschloss sie dann, wenn ich schon keine Medizin bekommen kann, kaufe ich einige Dinge ein, die Knut besonders gern isst.

Leergefegt.

Das, was die ewig hungrigen Soldaten übrig gelassen hatten, war ungenießbar.

Wenn ich meiner Schwester Veronika von Knuts

Zustand erzähle, wird sie mir vielleicht ein Huhn für ihn schlachten, damit ich eine Brühe kochen kann, die ihn zu Kräften bringt. Dieser Einfall beflügelte ihren Schritt und brachte ein wenig gute Stimmung zurück.

Sie hörte die Glocke der Thomaskirche.

Bemerkte eine große Gruppe Schwarzgewandeter, die sich sputeten, um rechtzeitig zum Gottesdienst einzutreffen. Als die Frauen an ihr vorbeihasteten, wehten Gesprächsfetzen zu Anne herüber. Sie fing Sätze auf wie: »Die Ärmste, so ein qualvoller Tod« oder »Es ist wie eine Seuche« und »Die halbe Stadt leidet schon darunter, es ist wie ein Pesthauch«.

»Ganz Leipzig ist ein einziges Lazarett! Gäbe es nicht das vor der Stadt, so lägen die Verwundeten und Kranken wohl auch noch in den Gassen und stöhnten!«

»Die Franzosen sind auch nicht geschickter als unsere Ärzte. Ich habe gehört, es sterben täglich bis zu 90 der behandelten Patienten!«

»Nach dem letzten Aufruf habe ich kaum mehr genug sauberes Leinen übrig, um die Betten zu beziehen. Natürlich verstehe ich, dass man Verbandsmaterial braucht, aber auf den blanken Strohsäcken zu liegen ist nun wahrlich nicht angenehm. Bezüge für die Deckbetten habe ich schon seit Monaten nicht mehr. So viele Verletzte! Neulich habe ich einen gesehen, dem haben sie beide Arme amputiert! Nur noch Stümpfe am Oberarm. Erstaunlich, dass der Mann das überlebt hat. Aber nun braucht er jemanden, der sich um ihn kümmert, er kann ja nicht mal ein Glas Wasser zum Munde führen.«

Schaudernd zog Anne das grobe wollene Tuch enger

um ihren Körper. Dass sie den anderen langsam nachging, war ihr gar nicht bewusst.

»Wie sie zu Tode kam, werden wir wohl nie wirklich erfahren«, meinte eine kräftige Frau mit der Art gesunder Gesichtsfarbe, wie sie in diesem Herbst eher selten anzutreffen war. »Ist schon sonderbar, dass sich die wilde Bestie ausgerechnet Mädchen als Beute sucht, blutjunge zumal. Schließlich gibt es viel mehr Männer im Wald.«

»Die arme Kleine. Sie muss entsetzlich gelitten haben. Ihr Gesicht und Körper waren so entstellt, dass der Sarg sofort verschlossen und vor der Beisetzung nicht mehr geöffnet werden durfte. Der Vater hat sie natürlich gesehen, bestimmt hat ihm das geschadet«, mutmaßte eine andere.

»Ganz bestimmt hat sie bemerkt, dass sie belauert wurde. Spürt man ja, wenn Augen einen beobachten. Ob sie wohl versucht hat, sich durch Flucht zu retten?«, fragte eine kleine dünne Frau sensationslüstern.

»Oh, wie grässlich. Wenn ich mir das nur vorstelle, bekomme ich schon weiche Knie! Der stinkende Atem des Untiers trifft den Nacken, seine spitzen Krallen strecken sich aus, bohren sich tief in dein Fleisch – und es ist niemand in der Nähe, der dir zu Hilfe eilen könnte.« Die junge Frau bebte bei der Vorstellung dieser Hilflosigkeit des Opfers. Sie musste stehen bleiben und tief durchatmen. Die anderen nahmen sie in ihre Mitte und tätschelten tröstend ihren Rücken.

»Aber«, schaltete sich nun die erste Stimme wieder ein, »das ist doch das Seltsamste überhaupt. Der Stadtschreiber schwor Stein und Bein, dass seine Tochter niemals allein in den Wald gegangen wäre. Sie verließ die Stadt nicht, kannte sich dort an der Parthe auch gar nicht aus. Und doch hat man weder einen verletzten oder gar toten Begleiter in der Nähe gefunden, noch hat sich jemand zu erkennen gegeben, der mit ihr dort unterwegs war.«

Die junge Frau mit der blühenden Fantasie schrie entsetzt auf: »Du meinst, er wurde gefressen! Mit Haut und Haaren? Selbst die Knochen?«

»Nein«, korrigierte eine andere kalt. »Sie meint, dass, falls es einen Begleiter gab, dieser zu feige ist, sich zu entdecken! Weil er die Ärmste im Stich gelassen hat!«

»Ich traue mich jedenfalls kaum noch vor die Tür«, ließ die junge Frau die anderen wissen. »Was ist, wenn die Bestie in die Stadt kommt?«

»Es ist schon unglaublich, dass niemand wirklich etwas zum Schutz der Frauen unternimmt. Die Gräfin von Blanstaff hat völlig recht, für die Hausarbeit sind wir gut genug, doch wenn wir in Gefahr schweben, springt uns keiner bei! Das muss sich endlich ändern – egal ob ein Mensch oder ein Untier uns bedroht! Wir sind doch nicht weniger wert als ein Mann!«, redete sich die Ältere in Rage.

»So oder so – ich habe jedenfalls Angst!«, wiederholte die junge Frau und sah sich dabei um, als erwartete sie, die grässliche Fratze der Bestie um die Ecke biegen zu sehen.

Die Erste sah die Sprecherin einen Augenblick lang höchst verwundert an, dann antwortete sie wenig nett: »Dieses Höllentier tötet nur schöne Frauen!«

Bevor jemand diese Aussage kommentieren konnte, stießen andere Frauen zu der Gruppe, und Anne erfuhr, dass man den Stadtschreiber zu Grabe tragen wolle.

»Ach, der bedauernswerte Mann! Erst läuft ihm die Frau mit dem Lehrer davon, dann wird auch noch die Tochter getötet. Das ist zu viel für eine zarte Seele.«

»Zarte Seele? Bist du sicher, dass wir vom selben Mann sprechen?«

Und schon begann das Tuscheln erneut. »Geschlagen hat er seine Frau. Und die Tochter auch, wenn sie das Essen nicht pünktlich auf dem Tisch hatte.«

»Das ist doch Unsinn. Er war ein liebenswerter Mann. Nie habe ich von ihm ein böses Wort gehört. Nicht einmal gegen seine treulose Gattin.«

»Was redet ihr denn da? Gestorben ist seine Frau! Wenn man nicht aufpasst, redet sich die ganze Stadt an den erfundenen Geschichten heiß! Ich war sogar auf ihrer Beerdigung! Es einziges Geschluchze. Sie war eine liebenswerte Person, ohne Fehl!«, empörte sich eine Frau, die im Vorbeigehen das Gerede der anderen aufgeschnappt hatte. »Unglaubliches Getratsche!«

Und schon war sie weitergeeilt, ohne die Gruppe noch eines weiteren Blickes zu würdigen.

»Wer war das denn?«, fragte die Älteste. Schulterzucken antwortete ihr.

Unbeeindruckt nahmen die Frauen den Gesprächsfaden wieder auf.

»Wie ist er denn eigentlich gestorben?«, fragte eine neue Stimme, die einer hochgewachsenen Frau gehörte, die weder Busen noch Po vorzuweisen hatte.

»Ich habe gehört, sie haben ihn aus der Elster gezogen. Sein Bruder musste ihn ansehen. Er kam ganz grün zurück. Die Fische hatten wohl schon kräftig an ihm gefressen.«

»Johanna. Erspare uns die unappetitlichen Einzelheiten lieber! Jedenfalls gab es Leute, die haben behauptet, er habe sich von der Brücke gestürzt oder vom Ufer aus ins Wasser geworfen. War sehr hart für ihn, der Verlust der Tochter!«

»Wie kann jemand nur leichtfertig so etwas behaupten!«, empörte sich die Stimme der Ältesten. »Er war traurig, ja, natürlich. Aber deshalb geht ein Mann nicht ins Wasser! Wenn da etwas Wahres dran wäre, würde man ihn doch jetzt nicht auf dem Gottesacker beisetzen! Und die Grube ist schon ausgehoben, ich habe sie mit eigenen Augen gesehen. Wie kann man nur so ein Gerücht in die Welt setzen.«

»Es kommt von einem, der ihn gut kennen muss. Aber selbst mir ist aufgefallen, wie unglücklich er in der letzten Zeit war. Nicht einmal mehr ein Lächeln für die Kinder, die zwischen den Verkaufsständen herumrennen, hatte er übrig. Es könnte doch sein, dass so ein gelehrter Mann empfindsamer ist als die groben Klötze, mit denen unsereine verheiratet ist!«

Verhaltenes Gekicher antwortete ihr.

»Wenn ich Opfer der Bestie würde, wäre der Meine nur darüber ungehalten, dass niemand mehr für sein leibliches Wohl sorgt. Er kann sich ja nicht einmal ein Ei selbst braten!«, schloss sich der Kreis des Gesprächs und knüpfte wieder beim Ursprungsthema an.

Anne wandte sich ab und eilte zu Pferd und Fuhrwerk zurück.

Wenn sie noch ein Huhn bei ihrer Schwester erbetteln wollte, musste sie sich sputen, sonst würde die furchtbare Vettel mit ihrem Geschrei um Punkt zwölf den armen Knut wecken.

4

DR. PETER PRÄTORIUS SAH ZU, wie seine Instrumente in einem Topf mit Kräutersud kochten. Tücher lagen bereit, um später je ein Set aus Skalpellen, Schere, Nadel und Haken aufzunehmen. In dem kleinen Haus hing feuchter Dunst.

»Warum kochen Sie die Instrumente? Das tun andere Ärzte nicht.« Matthias stierte in die blubbernde zartgrüne Flüssigkeit.

»Ich hab's gern sauber. Beim Kochen löst sich alles von den Instrumenten ab. Und wenn ich meine Tasche öffne, riecht es nach Melisse und Pfefferminze – nicht nach Vitriol. Das beruhigt die Kranken. Weißt du, mir will auch scheinen, dass ein Zusammenhang zwischen dem Kochen und der Heilung der Wunden besteht. Die Ergebnisse sprechen eindeutig dafür.«

Matthias grinste. »Ich habe neulich die alte Klausnerin getroffen. Sie sagt, Sie hätten ihre Schmerzen weggehext. Sie nahm mich beiseite, erzählte, Sie hätten ihr geraten, ganz besondere Steine in den Händen zu halten, sie leicht zu bewegen. Dein Prätorius, meinte sie, hat freundlich mit mir geredet und mir dann geraten, die Steine für die Nacht in Fäustlinge zu stecken und diese anzuziehen. Dabei schüttelte sie zwar den Kopf, aber mir scheint, sie ist sehr zufrieden mit dem Ergebnis. Jedenfalls seien die Schmerzen so gut wie weg.«

»So hat es also gewirkt. Wie schön!«, freute sich der Arzt. »Diese Steine kommen aus dem Süden Badens. Ich habe sie von einer Reise zu einem befreundeten Arzt von dort mitgebracht. Die Menschen in der Gegend wissen um die heilsamen Kräfte, können aber nicht erklären, worin sie bestehen. Das geht uns bei vielen Therapiemöglichkeiten so. Vielleicht wird man irgendwann herausfinden, dass eine Art Kraft oder etwas wie ein Spiritus curens von ihnen ausgeht, das ist das Wahrscheinlichste, aber nicht bewiesen. So lange müssen wir sie eben ohne Erläuterung anwenden, zum Nutzen der Kranken.«

»Die Klausnerin ist richtig glücklich. Und ihr Sohn erst! Jetzt kann die Mutter wieder mit anpacken auf dem Hof«, lachte der junge Mann. »Sie kocht auch wieder, das schien mir, war das Wichtigste für ihn.«

»So sind alle zufrieden. Bestens!«

Doch plötzlich verdunkelte ein Schatten Matthias' Gesicht. Seine Fröhlichkeit war aus den Zügen radiert. »Ach, auf dem Marktplatz reden die Leute nicht gut über Sie. Einige behaupten, Sie seien ein Schn…, nein. Ich habe das Wort vergessen, aber ich weiß, dass es eine Beleidigung war!«

»Scharlatan«, half Prätorius seufzend aus.

»Genau!« Die Ratlosigkeit in der Stimme veranlasste Prätorius zu einer Erklärung. »Nun, Matthias, ein Scharlatan ist einer, der nur so tut, als könne er – zum Beispiel – heilen. Die Menschen werden aber nicht wirklich gesund durch das, was er tut. Er blendet und vernebelt, lässt sich gut entlohnen und ist über alle Berge, bis der arme Kranke bemerkt, dass er eben nicht geheilt wurde.«

»Wie kann das sein?«, ungläubig schüttelte der junge

Mann den Kopf. »Ich merke doch sofort, ob der Schmerz noch da ist oder nicht!«

»Es liegt in der Natur des Menschen. Wenn der selbsternannte Heiler nur energisch und charismatisch genug auftritt, ist der Schmerz zunächst nicht mehr zu spüren.«

»Das verstehe ich nicht!«

»Du kennst aber den Spruch: Des Menschen Wille ist sein Himmelreich? Das hast du doch gewiss schon einmal gehört? Oder: Der Glaube versetzt Berge?«

Matthias nickte verhalten.

»So ungefähr kann man dieses Phänomen deuten. Der Patient möchte an die Heilkünste des anderen glauben, deshalb wirken sie zunächst auch. Viel hängt von der Persönlichkeit desjenigen ab, der behauptet, die Krankheit von dir nehmen zu können. Doch der Körper merkt letztlich schnell den Betrug.« Prätorius zog den Topf vom Feuer. »Aber zu diesem Zeitpunkt ist der Scharlatan längst weitergezogen und betrügt in einer anderen Stadt auf einem anderen Marktplatz willige Kranke um ihre Gesundheit. Die meisten dieser Kerle haben Glück und werden auf ihren Reisen nie von ihrem schlechten Ruf eingeholt.«

Matthias fragte erschrocken: »Kann man an einer solchen Behandlung nicht auch sterben?«

»Sicher kann man das. Einmal direkt durch die Heilmethode, zum anderen schon deshalb, weil der Kranke keinen richtigen Arzt aufsucht, so lange er an den Scharlatan glaubt. Doch wer will am Ende entscheiden, ob der irrige Glaube an die Genesung zum Tode führte oder die Erkrankung selbst ohnehin nicht aufzuhalten gewesen wäre.«

»Und Sie? Sie können doch richtig heilen! Das habe ich selbst erlebt.«

»Ja, das ist schon richtig. Ich habe studiert und bin gleichzeitig ausgebildeter Wundarzt. So kann ich in vielen Fällen tatsächlich alles zum Guten wenden. Doch manchmal kann ich nicht helfen, dann bleibt nur, dem Kranken die Angst vor dem Tod zu nehmen und seine Schmerzen zu lindern.« Sein Mund zuckte. Matthias wusste, dass der warmherzige Mann jetzt an das kleine Mädchen dachte, das man ihm vor wenigen Monaten ins Haus gebracht hatte. Trotz aller Maßnahmen war am Ende nur geblieben, ihm beim Sterben beizustehen. Prätorius seufzte: »Es gibt so viele Krankheiten, deren Entstehung wir noch nicht kennen und die sich unserem Wirken entziehen. Doch die Medizin schreitet im Erkennen voran – und so bleibt uns die Hoffnung, dass viele von ihnen in einigen Jahren ihren Schrecken verloren haben werden.«

Matthias nickte.

»Es ist schon sonderbar, dass so viele Frauen genau dann sterben, wenn sie neues Leben hervorbringen. Der Herr Pfarrer sagt, Gottes Ratschluss sei nicht zu hinterfragen«, er grinste breit. »Was wohl nur bedeutet, dass er nicht erklären kann, was Gott sich dabei denkt, wenn er kurz nach der Niederkunft erst die Mutter und dann das Kind in sein Reich holt.«

Prätorius schwieg. Sah auf seine Hände, die Tücher glattzogen und damit begannen, die Instrumente darauf zu ordnen.

»Der Pfarrer meint, Gott sei frei in seinen Entscheidungen, und wir müssten das eben hinnehmen. Aber der Entschluss, Mutter und Kind sterben zu lassen, ist doch nicht sinnvoll!«, schimpfte der junge Mann.

»Nun, Matthias, es wäre doch auch möglich, dass Gott nicht in unseren Kategorien denkt. Sinnvoll, gerecht, verständlich, angemessen – oder eben nicht –, das mag für ihn vollkommen ohne Belang sein.«

Wortlos arbeiteten sie weiter. Der Gehilfe zerstieß in einem Mörser Kräuter, während der Arzt die Tücher zu kleinen Päckchen faltete, die er mit Bändern umwickelte und mit einer Schleife sicherte, damit nichts herausfallen oder hineingelangen konnte.

»So!« Zufrieden verstaute er alles in seiner geräumigen Arzttasche.

Für Matthias war das Thema noch nicht beendet. »Aber wenn Gott anders denkt als wir, wie können wir dann sicher sein, dass wir ihn richtig verstehen? Wir glauben nur, wir wüssten, was er sich unter einem gottgefälligen Leben vorstellt, doch in Wahrheit meint er etwas völlig anderes damit?«

»Nun«, Prätorius räusperte sich mehrfach, »wir haben ja die Kirche und den Herrn Pfarrer, die uns helfen, nicht fehlzugehen. Der Pfarrer erklärt in seinen Predigten, wie Gott dieses oder jenes gern verstanden haben möchte.«

Es klopfte.

»Wer ist da?«

»Wir!«, antwortete eine Stimme gepresst, was nicht

unbedingt erhellend war, denn Prätorius erwartete niemanden.

Er ging zur Tür, überlegte, ob nun wohl doch jemand bei ihm zur Einquartierung vorgesehen war.

Langsam öffnete er.

Draußen standen zwei Männer, Bauern aus der Gegend, die der Arzt vom Sehen kannte, die in ihrer Mitte einen Dritten stützten, so gut es eben ging. Der Mann trug Uniform. Welche es war, konnte man des Drecks wegen nicht mit Sicherheit sagen.

»Kommt rein. Setzt ihn auf einen Stuhl. Ist er verletzt?«

»Woher sollen wir das denn wissen?«, gab der eine Bauer, der, wie Prätorius plötzlich einfiel, Clemens hieß, patzig zurück.

»Wir haben ihn draußen in der Nähe der Pleiße gefunden. War völlig durchgeweicht der Arme. Im Moment ist er still, aber wenn er den Mund aufmacht, redet er wirres Zeug.«

Da der Soldat nicht allein auf dem Stuhl sitzen konnte, legten sie ihn einfach auf den Dielen ab.

»Wir gehen dann wieder. Sie werden sich ja um ihn kümmern, nicht?«

Prätorius nickte und gab Matthias ein Zeichen, er möge den beiden etwas als Entlohnung geben.

Dann wandte er sich dem fremden Mann zu.

Seine Haut war blasser, als er es vor dem Krieg je bei einem Menschen gesehen hatte, der noch nicht verstorben war. Die Augen lagen tief in den Höhlen, die Jochbeinknochen traten so deutlich hervor, dass man fürchten musste, sie könnten die pergamentene Haut einfach durchstoßen. Der Mund war leicht geöffnet, und so drängte sich dem Arzt die Information auf, dass dem Mann eine größere Anzahl Zähne fehlte. Dem Körper entströmte ein Geruch nach Schmutz und Aas. Vorsichtig begann der Medicus damit, den Soldaten zu entkleiden.

»Der ist ja nur noch Haut und Knochen!«, entfuhr es Matthias, der neugierig hinzugetreten war.

»Abgemagert. Offensichtlich ist er nicht gut versorgt worden. Vielleicht war er nirgendwo einquartiert und musste viele Nächte im Freien übernachten. Gut ist, dass er keine Verletzungen hat, keine Einschüsse, keine Stichwunden. Mach ihm den Rest der Suppe heiß, die wir zu Mittag hatten.« Der Arzt wickelte den Mann in mehrere warme Decken ein, hängte die Uniform in die Nähe des Feuers, damit sie trocknen konnte.

»Schwarz«, murmelte er dabei vor sich hin, »Hose und Jacke, die Knöpfe waren vielleicht goldfarben. Kein Franzose jedenfalls. So viele Flickstellen am Wams – hm, dies ist nicht dein erster Einsatz.«

Fürsorglich schob er ihm ein Kissen unter die schmutzsteifen Haare. Schlich leise in die Küche, um nach der Suppe zu sehen.

»Was hat er denn?«, erkundigte sich der junge Mann.

»Wenn die Soldaten über lange Zeit kein Dach über dem Kopf haben, sich nie aufwärmen können und zu wenig zu essen haben, werden sie schnell krank. Schließlich verlangt ihr Kommandeur von ihnen, dass sie weite Strecken marschieren und dabei womöglich noch die schwere Artillerie hinter sich herziehen. Das zehrt den

Körper aus, irgendwann sind alle Kraftreserven aufgebraucht. Die Franzosen nennen es Biwakkrankheit, weil sie besonders oft die Männer befällt, die kein Quartier beziehen konnten.«

»Und wo ist sein Zelt?«, wollte Matthias wissen.

»Genau das ist das Problem! Es gibt kein Zelt. Wer Glück hat, besitzt einen Mantel. Wer nicht ...«

»Brrrr!«, machte der Gehilfe und rieb sich die Oberarme. »Er sucht sich einen schützenden Busch? Feuer ist wohl nicht erlaubt, oder? Damit man die versprengten Truppenangehörigen nicht orten kann?«

»Mag sein. Jedenfalls ist mir nicht aufgefallen, dass in der Nacht viele kleine Feuer zu sehen sind. Wir warten, bis er aufwacht, dann geben wir ihm zu essen und sehen, wie es ihm bekommt.«

Unerwartet klopfte es erneut.

»Los, fass mit an. Wir müssen ihn aus dem Zimmer in die Stube hinten ziehen. Das sind vielleicht Kameraden, die glauben, er sei desertiert und bei uns untergekrochen«, flüsterte Prätorius, und so zerrten sie gemeinsam den Kranken aus dem Zimmer, über den Flur bis in die letzte Stube. Der Mann grunzte nur leise, schlug aber die Augen nicht auf. »Er wird wohl noch eine ganze Weile schlafen. Sehen wir nach, wer uns da besuchen will!«

Jemand schlug offensichtlich mit dem Knauf eines Stockes gegen die Holztür.

»Wer ist da?«

»Miriam«, antwortete eine herbe Männerstimme. »Miriam und ihr Vater!«

Prätorius schmunzelte.

»Die habe ich ja ganz vergessen! Nimm ihn mit in die Küche und biete ihm einen Kaffee an. Sei vorsichtig bei dem, was du sagst. Er ist sehr sehr reizbar«, zischte er Matthias ein paar Anweisungen ins Ohr, dann öffnete er schwungvoll und ließ die beiden Besucher eintreten. Dabei stellte er sich so, dass die trocknende Uniform von ihm weitgehend verdeckt wurde. Er würde unauffällig einen Paravent davorschieben, sobald der Vater in der Küche verschwunden war.

Wenn nur der Soldat nicht unverhofft aufwacht und Lärm macht, dachte er besorgt.

Miriam nickte dem Arzt scheu zu, huschte an ihm vorbei.

»Guten Tag, Miriam«, hielt er sie auf. »Geht es Ihnen gut?«

Wieder nickte sie nur. Wortlos.

»Da sehen Sie das Problem!«, der korpulente Falstaff schlug die Pranken über dem Kopf zusammen. »Sie sagt nichts, zu niemandem. Dabei ist sie gerade im richtigen Alter. Und wer wird sie schon nehmen – stumm wie ein Fisch.«

Matthias mischte sich verabredungsgemäß ein: »Begleiten Sie mich doch in die Küche. Ich koche einen vorzüglichen Kaffee.«

Schnaubend ließ der Vater zu, dass seine stille Tochter bei Prätorius blieb.

»Was macht er denn jetzt mit ihr?«, hörte man seinen Bass fragen, bevor sich die Tür zum Behandlungsraum schloss.

»Na, Miriam, haben Sie das Gefühl, nach unserem zugegeben kurzen Gespräch, es ist Ihnen bekommen?«, erkundigte sich der Medicus sanft und führte das Mädchen zu einem Sessel am Fenster. Setzte es hinein. Zog einen Schemel heran und stopfte ein Kissen in ihren Rücken.

»Angst haben Sie ja nun nicht mehr vor mir. Ich schlage also vor, dass wir genau dort fortfahren, wo wir beim letzten Mal aufhören mussten.«

Ein Lächeln glitt über ihr Gesicht, wie ein Windhauch.

»Sehen Sie, hier ist das Pendel ...«

»Also, raus mit der Sprache! Was macht er mit ihr?«, verlangte Weller in gereiztem Ton zu wissen. »Es ist schon der zweite Termin und sie hat nach dem ersten nicht mehr gesagt als in den ganzen letzten Wochen. Nämlich nichts!«

»Dieses spezielle Heilverfahren braucht seine Zeit. Es wirkt nicht sofort, aber am Ende wird es helfen.« Matthias hielt mit fragendem Gesichtsausdruck eine Flasche mit klarer Flüssigkeit in die Höhe.

Weller leckte sich die Lippen.

Bekam ein kleines Glas des Schnapses, bis zum Rand gefüllt.

»Dr. Prätorius meint, wenn jemand auf die Sprache verzichtet, muss er schlechte Erfahrungen mit Worten gemacht haben. So wie bei jemandem, der von einem Hund gebissen wurde – der geht dann anderen Hunden aus dem Weg.« Matthias lauschte, ob von dem Soldaten etwas zu hören war. Doch alles blieb ruhig. Erleichtert setzte er Wasser auf. »Es könnte auch sein, dass bei diesem Menschen etwas im Hals feststeckt – also nicht wirklich, im übertragenen Sinn. Es kommt ihm vor, als blockiere etwas das Sprechen.«

»So ein ausgemachter Blödsinn! Selten eine größere Dummheit gehört! Wir sind hier, weil der Quacksalber in Leipzig nicht helfen konnte. Im Gegenteil. Miriam wurde steif wie ein Schrank, wenn wir nur auf sein Haus zugingen. Und dann beweg das Kind mal! Beim letzten Mal hatte ich schon Sorge, dass jemand sich einmischt. Sieht ja aus, als täte ich dem Kind Gewalt an – auf offener Straße am helllichten Tag! Und die Leipziger sind schnell dabei mit dem Prügel in der Hand.«

Matthias' Augenbrauen ruckten überrascht fast bis zum Haaransatz. Sollte das bedeuten, bei Dunkelheit an einer abgeschiedenen Stelle hätte er ihr schon handgreiflich klargemacht, dass sie weitergehen musste? Prätorius' Worte über die getöteten Frauen fielen ihm wieder ein. Weller war einer, dem man getrost alles zutrauen konnte, selbst das Unvorstellbare. Hält sich dieser Mann eine gefährliche Bestie? Zum Beispiel für die Jagd?

»Dr. Prätorius ist ein besonderer Mann. Ich habe selbst erlebt, wie er mit dieser Methode Erfolg hatte. Wenn Worte krankmachen, können sie auch heilen, sagt er. Das habe man schon im antiken Griechenland gewusst. Ich glaube, Aristoteles hat das als Erster behauptet.«

»Worte können nicht krankmachen, Junge!«, fuhr Weller den Gehilfen an. »Das ist nur dummes Gerede! Verdorbenes Essen, sich nicht warm genug anziehen, die falschen Pilze essen oder vom Pferd fallen – das macht krank. Lass dir nicht irgendwelche Flausen in den Kopf setzen.«

Matthias schenkte Weller vorsichtshalber noch einen Schnaps ein, goss dann das Wasser über den Kaffee in der Kanne.

»Stell dir nur vor«, kicherte der Mann plötzlich, »wie wir dann in Zukunft Kriege führen würden! Statt zu schießen, muss man nur die richtigen Worte finden, und schon werden die gegnerischen Truppen von Krankheit befallen, Heere werden kampfunfähig. Natürlich müssten sich die Rufer kleine Leinenpropfen in die Ohren stopfen, damit sie sich selbst nicht hören und Opfer der Wirkung ihrer eigenen vernichtenden Worte werden.« Weller bog sich vor Lachen, wischte sich die Tränen ab, die über seine Wangen rollten, schlug sich klatschend auf die Oberschenkel. »Frag doch mal deinen Medicus, ob Worte auch töten können. Das wäre freilich noch viel besser, als nur eine Krankheit auszulösen.«

Matthias unterdrückte ein Stöhnen.

Weller war zwar reich – aber das hatte keinerlei Wirkung auf seine grobe Art oder gegen seine bemerkenswerte Dummheit.

Miriam starrte das Pendel an, als sei es ein ekelerregendes, giftiges Insekt, das sich jederzeit von der Kette lösen und auf sie herunterstoßen könne.

Sie war so damit beschäftigt, es nicht aus den Augen zu lassen, dass sie die angenehme Stimme des Medicus nur noch von fern hörte. »Miriam, stellen Sie sich vor, Sie spazieren über eine Wiese. Es ist warm, die Sonne scheint, Sie sind guter Dinge. Schließen Sie die Augen, um die Sonne auf der Haut Ihres Gesichtes genießen zu können.«

Zufrieden beobachtete Prätorius, wie das Mädchen seiner Aufforderung nachkam. Die Züge der jungen Frau entspannten sich, ein fast unmerkliches Lächeln spielte an ihren Mundwinkeln.

»Folgen Sie dem Weg über die Wiese. Bunte Blumen sehen aus wie Farbsprenkel in dem üppigen Grün. Schauen Sie sich um. Niemand ist zu sehen. Sie sind ganz allein hier. Das ist Ihnen angenehm. Der Weg macht eine Biegung, Sie gehen sorglos weiter. Am Ende stoßen Sie auf eine Treppe, die hinabführt. Sie ist aus Holz gezimmert, stabil, mit breiten Stufen. Sie gehen hinunter. Langsam. Stufe für Stufe. Unten ist es dunkler, kühler. Sie fürchten sich nicht, es ist angenehm nach der Wärme auf der Wiese. Dieser Schatten fühlt sich wie ein warmer, schützender Mantel an, leicht und streichelnd.«

Miriam Wellers Körperbewegungen zeigten an, dass sie bereit war, sich diese Interpretation zu eigen zu machen. Behaglich wand sie den Oberkörper, ihr Gesicht präsentierte ein scheues Lächeln.

»Erzählen Sie mir von den beiden Tagen, bevor Sie Ihre Sprache verloren«, forderte Prätorius die junge Frau energisch auf.

Miriams Mund wurde spitz, als wolle sie pfeifen, dann zog sie die Lippen breit, spitzte sie erneut. Die Zunge zitterte hinter der Oberlippe über die Zahnreihe.

»Ich sitze im Garten«, verkündete sie plötzlich mit ungeübter Stimme.

»Ich wusste es!«, polterte zur gleichen Zeit Weller in der Küche. »Dieses Mädchen hat seine Stimme gar nicht verloren. Miriam spielt uns gekonnt ein Theaterstück vor. Na, der werde ich den Kopf zurechtzusetzen wissen! Die kann sich auf mehr Ärger gefasst machen, als ihr in ihrem gesamten bisherigen Leben begegnet ist.«

Matthias beobachtete besorgt, wie Wellers rotes Gesicht von Sekunde zu Sekunde blauer wurde. Fast erwartete er schon, Dampf aus den Ohren schießen zu sehen.

»So ist es nicht«, beeilte er sich zu versichern. »Es liegt an der Therapiemethode. Er führt sie zu einem Tag zurück, an dem das Sprechen ihr Freude gemacht hat. So erfährt er vielleicht, warum es ihr nun keine Freude mehr macht.«

»So ein Unfug. Entweder man kann es oder eben nicht. Ich kann es manchmal? Das gibt es nicht. Das ist, als wäre ein Mädchen heute mal schwanger, morgen nicht, nächste Woche wieder.«

»Haben Sie auch gehört, dass wieder eine getötete junge Frau am Fluss gefunden wurde?«, lenkte der Gehilfe rasch zu einem anderen Thema um.

Der Ablenkungsversuch gelang. »Was! Wann soll das gewesen sein?«, reagierte Weller empört. Er war es nicht gewohnt, als Letzter solch spektakuläre Neuigkeiten zu erfahren.

»Heute. Am späten Vormittag. Dr. Prätorius hat sie gesehen. Er meint, die Verletzungen seien die nämlichen wie bei den anderen.«

»Mein Gott! Wieder eine junge Dame aus gutem Hause? Man kann seine Töchter nicht mehr unbeaufsichtigt lassen!« Weller rieb sich mit seiner Pratze das

Kinn. »Wer weiß, vielleicht haben die Soldaten das Höllenvieh eingeschleppt. Bestimmt die zaristischen, kennt man ja. Die halten auch Bären an Ketten und lassen sie tanzen! Und so ein hungriger Bär ist zu allem fähig.«

Weller hob sein leeres Schnapsglas leicht an, und Matthias schenkte noch einmal kräftig nach, goss dann den schwarzen Kaffee in eine große Tasse.

Als Weller das leere Glas mit lautem Knall auf dem Tisch abstellte, wirkte er nachdenklich. »Es kann einen schon Wunder nehmen, dass noch nie jemand die Bestie gesehen hat. Die Kunde von einem solchen Untier hätte doch schnell die Runde gemacht.« Er runzelte die Stirn. »Auf der anderen Seite muss ja gar nicht stimmen, dass sie noch nie gesehen wurde. Was, wenn alle, die ihr je begegneten, das mit dem Leben bezahlen mussten?«

Matthias nickte schweigend.

»Oder wenn nur derjenige der Bestie ansichtig wird, der durch sie sterben soll. Für alle anderen bleibt sie unsichtbar! So geht es zu, wenn der Teufel seine Hand im Spiel hat.«

»Warum sollte der Teufel Töchter aus gutem Hause töten wollen?«, wagte der Gehilfe einen Einwand.

Weller hob den Kopf und verzog die fleischigen Lippen voller Verachtung. »Warum wohl? Weil er sie selbst besitzen will! Sie sind jung, sie sind schön, der Augenstern ihrer Familien – genau das, was er sich gerne zur Gesellschaft nimmt!«, polterte er verärgert über so viel Unwissenheit.

Matthias kam zu dem Schluss, dass es ihm nicht anstand, Weller zu fragen, woher er denn so genau wisse, was und wen der Teufel gern um sich scharte. Stattdessen erklärte er: »Sieben Fuß hoch soll die Bestie mindestens sein, wenn sie auf den Hinterläufen steht – munkelt man jedenfalls in den Gassen. Allerdings wurden noch nie Trittsiegel von ihr entdeckt, auch nicht in der Nähe der Getöteten. Und bei der angenommenen Größe müssten die riesig sein.« Der junge Mann deutete mit seinen Händen an, wie der geschätzte Umfang sein müsse. »Etwa so.«

»Das ist keine große Überraschung! Bei den ständigen Überschwemmungen in diesem Jahr! Andauernd regnet es wie aus Kübeln. Da darf es einen nicht verwundern, dass keine Spuren zurückbleiben.«

»Dr. Prätorius glaubt nicht an ein wildes Tier und schon gleich gar nicht an eine Bestie aus dem Schlund der Hölle.«

»Ach, tatsächlich? Dein Doktor hat sicher auch eine andere einleuchtende Erklärung anzubieten? Er weiß also, was diesen jungen Frauen zugestoßen ist?«, erkundigte sich Weller in sonderbarem Ton.

Matthias spürte eine seltsame Angst in seinen Eingeweiden. Sie wühlte darin herum, ließ seine Knie schwach werden. Glaubte der Mann etwa, der Arzt wisse mehr, weil er der eigentliche Täter war? Vielleicht sollte er Weller berichten, was Dr. Prätorius glaubte? Nämlich, dass ein Mensch aus Fleisch und Blut für die Morde verantwortlich war.

Er entschied sich dagegen. Ein jeder, der in diesen Tagen behauptete, ein Mensch wäre der Täter setzte sich nur Hohn und Spott aus – und falls Weller wirklich Prätorius unter Verdacht hatte, würde er ihm mit diesem Hinweis nur in die Hände spielen.

»Es ist nicht aufgefallen, dass ein so großes Raubtier in den Wäldern haust. Und gerade jetzt, wo doch so viele Bauern dort mit ihren Familien und einigem Vieh Zuflucht gesucht haben, hätte es dort Beute machen können und man hätte uns davon berichtet. Es ist leichter, ein Schaf zu reißen, als eine Frau zu überwältigen. Außerdem hat es nicht an den Körpern gefressen. Spricht nicht für großen Appetit.«

Weller lachte dröhnend, hielt sich mit beiden Händen den mächtigen Wanst, über dem eine seidene, gestreifte Weste sich bemühte, alle Masse zusammenzuhalten. »Das wirst du in ein paar Jahren vielleicht auch verstehen, du Grünschnabel. Was auch immer da unterwegs ist, es ist dem Liebreiz der Frauen nicht abhold.«

»Was? Ich soll denken, dass Ihr Untier Frauen liebt?«

»Wer weiß, was es sonst noch besonders mag. Vielleicht haben wir bisher nur noch nicht herausgefunden, was ihm sonst noch gefällt Die toten Frauen sind besonders augenfällig. Alles andere wird sich bald erweisen«, orakelte Weller düster.

Miriam sah sich um.

Die Stille im Wald war angenehm.

Ihr Atem ging ruhig, sie fühlte sich leicht, fast beschwingt.

Unerwartet trat jemand aus dem Unterholz neben sie.

»Vater!«

»Liebes, hast du denn keine Sorge, allein im Wald umherzustreifen? Denk an die Bestie! Und an all das Gesindel, das sich neuerdings hier herumtreibt.«

»Niemand ist hier!«

»Doch!«, ertönte eine Stimme ganz in ihrer Nähe. »Ich

bin hier und ich bin gekommen, um dich mit mir zu nehmen!«

Miriam zuckte unter den eisigen Augen der abscheulichen Kreatur zusammen. Halb Mensch, halb Bär überragte er sie doch nur um Haupteslänge. Das Gesicht war ihr bekannt, merkte sie beim zweiten Blick, es ist einer der Offiziere, die im Haus des Vaters Quartier bezogen hatten. De Valpas, erinnerte sie sich, Frederic de Valpas ist sein Name.

»Dies ist Frederic de Valpas. Du bist ihm gelegentlich schon begegnet, zuletzt im Haus deiner Cousine«, stellte ihr Vater vor.

Miriam verneigte sich kaum merklich. Ein Knicks wollte, der seltsam wackeligen Knie wegen, nicht recht gelingen.

»Er war vom ersten Augenblick von dir angetan.«

»So reden Sie doch nicht derart um den heißen Brei herum!«, forderte die Schimäre und grapschte mit der krallenbewehrten Hand nach dem Kleid des Mädchens. Der seidig schimmernde Stoff bekam sofort einen tiefen Riss. Etwas Feuchtes trat aus, stellte das Mädchen verwundert fest, lief in der Falte entlang. Blut? Plötzlich war die rötliche Spur verschwunden.

»Nun denn«, druckste der Vater weiter, »Monsieur de Valpas hat bei mir um deine Hand angehalten …«

»Und sie bekommen!«, triumphierte das Wesen. Die Kreatur legte die Pranken über den Bauch und stützte ihn, als er beim Lachen hüpfte. Miriam bemerkte erst jetzt die Ringe, die an den Klauen steckten, deren Aussehen an riesige Hühnerbeine erinnerte – an jeder einer, mit bunten Edelsteinen besetzt.

Das Mädchen warf ihrem Vater einen entsetzten Blick zu. »Aber Vater ...«

»Beschlossen ist versprochen!«, verkündete Frederic de Valpas siegessicher, als habe er das Mädchen meistbietend ersteigert und dabei viele Mitbewerber hinter sich gelassen.

Ohne Vorwarnung verfiel Miriam in brütendes Schweigen.

»So gibt es einen anderen, den Sie lieben?«, erkundigte sich Dr. Prätorius mit einem tiefen Seufzen.

Miriam nickte.

»Und de Valpas stört es, dass er nun eine Frau bekommen soll, die nicht mit ihm sprechen kann?«

Wieder ein Nicken.

»Ich zähle jetzt bis drei, dann schlagen Sie die Augen auf, fühlen sich frisch und erholt, wie nach einem Schlummer im Garten. Eins, zwei, drei ...«

Sofort schlug das Fräulein die Augen auf. Schenkte Dr. Prätorius einen freundlichen Blick – und schwieg.

»Miriam, ich möchte, dass Sie in der nächsten Zeit regelmäßig zu mir kommen. Sie werden hier bei mir Tee trinken und mit mir zusammen Ihre Stimme wiederfinden. Wenn Sie das möchten.«

Verstörung flackerte in ihrem Blick.

»Und ich möchte, dass Sie jeden Abend ein paar Zeilen an mich schreiben. Ich schicke einen Boten, der sie abholen wird, damit die kleinen Briefe und ihr Inhalt unser Geheimnis bleiben.«

Die junge Frau reichte Dr. Prätorius ernst die Hand, als wolle sie damit einen Bund besiegeln.

»Dieser Monsieur de Valpas logiert noch immer im Haus Ihres Vaters?«

Nicken.

»Dass Sie ihn nicht ausstehen können, verstehe ich schon, das haben Sie deutlich zu verstehen gegeben. Mir scheint, er ist sehr reich. Das verkompliziert die Angelegenheit ein wenig.«

Ihre Augen weiteten sich vor Schreck in der Erkenntnis, dass sie sehr viel vom Innersten preisgegeben hatte.

»Keine Sorge. Es wird sich schon nach Ihren Wünschen entwickeln. Am besten gehen Sie in die Küche und lassen sich von Matthias einen seiner wunderbaren Tees zubereiten, während ich noch ein paar Sätze mit Ihrem Vater wechsle.«

Gehorsam erhob sie sich, ordnete ihre Kleider und die langen gedrehten Locken, die aus einem Knoten locker über ihre weißen Schultern fielen.

»So! Also, nur heraus mit der Sprache!«, forderte Weller und lachte über seinen doppeldeutigen Witz. »Was wird es mich kosten, das Kraut, das meiner Tochter die Sprache wieder schenkt? Hauptsache es wirkt schnell. So ein großes Problem kann es ja nicht sein, konnte ich doch hören, dass sie sie nicht vollständig verloren hat.« Weller schleuderte achtlos ein prallgefülltes Säckchen mit Münzen von einer Hand in die andere.

»Etwas Baldrian wird Ihrer Tochter gute Dienste leisten. Er bringt erholsamen Schlaf und beruhigt allgemein. Das ist wohl wahr.«

»Ach! Ihr fehlt es nur an Schlaf?«

76

»Nein. So einfach liegen die Dinge nicht. Die Behandlung wird eine Weile dauern, mehrere Wochen schätze ich, doch die Chancen auf Erfolg stehen nicht schlecht.« Prätorius unterdrückte ein Schmunzeln, als er die einschießende Röte bemerkte, die Wellers Gesicht förmlich anschwellen ließ.

»Wochen?«, brüllte der Vater los. »Wochen?«

»Nun, es ist ein bisschen wie bei einem Droschkenunfall. Die Verletzung ist schnell gesetzt, auch die Bergung der Droschke und des Pferdes gehen möglicherweise flink von der Hand, doch die Heilung der Wunden braucht ihre Zeit.«

Weller knurrte wie ein Hofhund an der Kette.

»Übrigens wäre mir lieber, Sie könnten Miriam mit einem Kutscher und einer Hausangestellten schicken. Wenn Sie es wünschen, stellen Sie eine kleine wehrhafte Eskorte zusammen. Ihre eigene Anwesenheit ist bei den nächsten Terminen nicht vonnöten.«

5

Eleonoras Vater wusste um den widerspenstigen Charakter seiner Tochter.

Während er von dicken Kissen gestützt auch in dieser Nacht dem wütenden Schluchzen des Mädchens aus der Nachbarkammer lauschte, sann er auf eine Möglichkeit, ihr einen Bewacher an die Seite zu stellen, der statt seiner auf sie achtgeben konnte. So konnte es nicht weitergehen, das war für ihn beschlossene Sache. Er vermutete eine Liebelei. Zu recht. Und war dagegen. Seine einzige Tochter durfte sich nicht an einen Mann mit solch zweifelhaftem Ruf verschwenden! Da würde er einen Riegel vorschieben, bevor es zu spät war.

Seine Frau stieg etwas ungeschickt in ihr Bett. Stöhnte laut. Zog sich die Bettdecke bis unter das mehrfach geschichtete Kinn. »Wieder ein Mädchen!«, ächzte sie.

Seine Augen schossen herum. Wanderten entgeistert über ihr Gesicht. Fassungslosigkeit weckte seine Eingeweide und verursachte ein Gefühl des körperlichen Verfalls an allen Muskeln, Sehnen und Knochen. Das konnte nicht sein! Hatte sie ...? Nein, das wäre mir doch aufgefallen, versuchte er sich zu beruhigen, Säuglingsgeschrei habe ich auch nicht gehört.

»Weib!«, herrschte er sie an. »Nicht doch!«

»Was soll ich sagen? An der Parthe haben sie schon wieder eine getötete junge Frau gefunden. Diesmal eine von den ausländischen Frauen, niemand aus der Stadt. Als wäre es nicht genug, dass sich hier eine Schlacht ankün-

digt, der Krieg uns schon seit so langer Zeit im Würge-
griff hat! Nun haust auch noch solch eine Bestie vor den
Toren der Stadt und bringt unsere Töchter um!«

Der Gatte rang um Fassung.

Er war also glücklicherweise nicht wieder Vater geworden, schon gar nicht einer Tochter. Ein großes Missverständnis.

Heiser vor Erleichterung und um Ernst bemüht fragte
er: »Schon wieder eine mit zerfleischter Kehle?«

»Aber ja! Zerfleischt und zerbissen von den Reißzähnen eines Raubtiers. Wie die anderen.« Sie begann zu
wimmern. »Bald wird diese Kreatur dort draußen nicht
mehr genug zu fressen finden. Dann kommt sie in die
Stadt und jagt in den Straßen und Gassen Leipzigs.« Ihr
gewaltiges Zittern ließ das gesamte Bett erbeben.

»Frau! Wie soll das gehen? Die Stadt ist voller Menschen. Fast überall gibt es Einquartierungen, Soldaten
bis unter das Dachgebälk. Wie soll eine solche Bestie da
unbemerkt durch die Straßen schleichen, um Beute zu
machen? Würde sie gesichtet, verbreitete sich die Nachricht schneller als ein Lauffeuer und niemand ginge vor
die Tür. Die Bürgergarde würde sie erlegen und wenn
nicht die, dann die Soldaten Napoleons!«

Die Gattin schien für einen Moment beruhigt.

Ihr Wimmern wurde leiser.

Doch gerade als er die Kerze löschen wollte, legte sie
ihre eiskalte Hand auf seinen Arm.

»Eleonora braucht jemanden, der sie begleitet. Sie erledigt viele Gänge für uns. Ganz abgesehen davon, dass sie
diesem Dr. Prätorius den Haushalt führt. Es ist unver-

antwortlich, sie allein gehen zu lassen.« Sie schwieg einen Augenblick. Trotzig. Vorwurfsvoll. »Ich wollte, du verdientest so gut, dass unsere Tochter nicht bei anderen Menschen Lohn und Brot suchen müsste. Sie begibt sich jeden Tag in große Gefahr.«

»Du weißt, dass wir es uns nicht leisten können, sie im Haus zu behalten. Es ist nicht, weil wir nicht genug haben, es ist, weil niemand wissen soll, was wir besitzen. Und das wird auch so bleiben. In unsicheren Zeiten wie diesen ist es besonders wichtig, nach außen ein nicht allzu wohlhabendes Bild abzugeben. Oder wäre dir lieber, wenn man uns im Schlaf überfiele und totschlüge? Oder uns die Neider mit gierigem Blick verfolgten? Gerüchte über uns streuten? Unseren guten Leumund zerstörten?«

Seine Frau grunzte etwas Unverständliches, glitt tiefer unter die Decke und schloss demonstrativ die Augen.

»Aber ich habe schon nachgedacht, wie ich unser Kind vor Unheil bewahren kann«, begann der Gatte versöhnlich, »und nebenbei dafür sorge, dass sie endlich den richtigen Mann fürs Geschäft findet. Es wird Zeit, dass diese verliebte Schwärmerei für Prätorius aufhört und das Mädchen unter die Haube kommt. Zwei Fliegen schlagen wir mit einer Klappe. Du wirst schon sehen«, prophezeite er, benetzte seine Finger mit Speichel und brachte der Kerzenflamme ihren zischenden Tod.

»Schlaf nur ruhig. Alles wird sich zum Guten wenden«, war das Letzte, das seine Gattin von ihm zu hören bekam, bevor er laut zu schnarchen und zu pfeifen begann.

Auch andernorts war man besorgt.

Eine Gruppe Marketenderinnen hatte sich mit ihren Wagen in der Nähe eines Dorfes versammelt.

»Die meisten Leute hier sind schon abgehauen. War denen wohl zu unsicher.«

»Ach – wenn du deinen Hof hier hättest, wärest du auch abgetaucht. Und dann geht hier auch noch dieses Untier um.«

»Ich traue mich schon gar nicht mehr mit einem Kerl ins Gebüsch. Wer weiß, was da lauert.«

»Die Tote am Fluss war Chantal!«, schluchzte plötzlich eine von ihnen auf. »Meine Freundin! Wir wollten doch nur ein Stück ab vom großen Glück.«

Eine der Älteren verdrehte die Augen. »Hört euch doch bloß mal dieses romantische Gesäusel an! Ein Stück vom Glück! Was hast du eigentlich gedacht wird dich in der Nähe von Soldaten erwarten? Dreck, Blut, Schweiß, Gestank. Unser Versorgungsangebot hält sie am Leben – die eigenen Nachschublinien funktionieren nicht immer zuverlässig. Wir schon. Wir sind da. Aber mit Glück hat das nicht das Geringste zu tun. Das ist Geschäft. Wenn ich genug verdiene, kann ich im Winter hoffentlich zu Hause bleiben. Bei meiner großen Tochter. Weil ich mich dann nicht durchfuttern muss, sondern Brot und Wurst kaufen kann!«

»Nach Geschäft sieht es hier nicht aus«, heulte die Freundin der Toten weiter. »Wir haben kaum genug, um uns über Wasser zu halten. Wie soll ich ihren Eltern nur erklären, warum Chantal nicht mit zurückkommt?«

»Wenn du weiter jammerst, kommst du auch nicht

zurück und musst niemandem etwas erklären!«, entgegnete die Alte unfreundlich.

»So, nun hört auf zu streiten!«, mischte sich eine dralle Blondine ein. »Das Feuer ist entfacht. Rückt näher heran. Wenn jeder was dazugibt, können wir eine Suppe kochen und uns wärmen.«

»Ja, ja. Wie schön, dass es immer wieder jemanden gibt, der meint, es ginge darum, die Gemeinschaft unter uns zu erhalten!«, schimpfte die Alte laut. »Du Träumerin! Ein jeder kämpft hier für sich.«

»Suppe für alle gibt es nur, wenn alle etwas geben. Ansonsten esst ihr Brot und einen kalten Wurstzipfel. Aber das könnt ihr tun und lassen, wie ihr wollt. Auf jeden Fall wird das Feuer uns vor dem wilden Tier beschützen.« Die Blonde drehte sich um und setzte sich auf einen Stein. »Morgen sind wir ohnehin alle aufeinander angewiesen. Jeder muss mit anpacken, sonst kriegen wir die Wagen nicht aus dem Schlamm.«

Zögernd kamen nun immer mehr Frauen im wilden Schein der Flammen zusammen. Die Blonde kochte in einem Topf Wasser, in das eine jede ihre Kräuter werfen konnte, wenn sie es in die Blechnäpfe goss. Das wärmte auch, wenngleich nicht so gut wie eine Suppe.

»In diesem Dorf gibt es nicht mehr ein Stück Vieh. Alles abgeschlachtet. Bei dem einen Bauernhof stand das Blut knöcheltief hinter dem Haus. Wenn der Bauer heimkehrt, wird er nicht erfreut sein.«

»Ja. Das habe ich auch gesehen. Dabei werden die Soldaten angeblich bestraft, wenn sie plündern.«

»Hat mir auch mal ein Offizier erklärt. Die sollen so

etwas nicht tun, weil die Leute in der Gegend sonst nicht mit ihnen zusammenarbeiten wollen. Und man weiß nie, wer morgen Freund oder Feind ist. Da ist es besser, sich mit allen gutzustellen«, kicherte Nina.

Es klapperte leise, wenn das Wasser eingeschenkt wurde.

Die Kanne wanderte von einer Hand zur nächsten. Der Duft von Pfefferminze und anderen Kräutern heiterte die gedrückte Stimmung etwas auf.

»Wenn ich meinen Wagen verlasse, habe ich jetzt immer das hier dabei«, eine der Frauen, die sich Eva nannte, was gewiss nicht ihr wahrer Name war, präsentierte ein Messer mit langer, spitzer Klinge. »Es wird mich schützen.«

»Es kann dich nur schützen, wenn du im Zweifel auch den Mut aufbrächtest, es der Bestie in den Hals zu rammen. Man munkelt, das Tier sei mehr als sieben Fuß hoch. Stell dir vor, wie sie mit weit aufgerissenem Maul nach dir schnappt, ihr stinkender Atem dich anweht – und dann male dir aus, wie du nicht schreist und wild um dich schlägst, sondern zustößt!« Die Alte bewies einmal mehr ihr außerordentliches Geschick, Zweifel zu säen und Zuversichten zu zerstören. »Und wenn jemand deine Waren stehlen will, fürchtet der sich nicht vor einer Klinge in der Hand einer Frau!«

»Ich kann sie führen!«, behauptete Eva trotzig. »Ich habe nicht vor, in einem der Gräber am Wegesrand verscharrt zu werden. Ich gehöre zu denen, die nicht kampflos den Kopf zwischen die Beine stecken und hoffen, der Tod ginge dann achtlos vorüber und bemerke mich nicht. Nein! Mein Vater hat mich gelehrt zu kämpfen.«

»Oh, wir haben also eine Nachfahrin der Jeanne d'Arc unter uns«, lästerte die Alte. »Dann kann uns ja kein Unglück mehr geschehen! Wir vertrauen auf dich, Mädchen!«

Die Runde kicherte und Eva war froh, dass man im diffusen Schein nicht sehen konnte, wie sich ihr Gesicht vor Wut verzerrte.

Dr. Prätorius war auf dem Rückweg. Unzufrieden.

Wieder einmal hatte er vergeblich versucht, den Leiter der Bürgergarde davon zu überzeugen, dass es keine wilde Bestie gab. Gelacht hatte man über ihn, den Medicus, der keine Ahnung von wilden Tieren habe und deshalb nicht wüsste, was sie anrichten konnten.

»Und Sie kennen sich offensichtlich nicht mit Bestien in Menschengestalt aus«, hatte Prätorius sich leidenschaftlich gewehrt, was eine neue Lachsalve ausgelöst hatte.

Der Leiter hatte sich zu seinem Besucher über den Tisch gebeugt und gefragt: »Woher wissen Sie das denn so genau?«

»Zwei der drei jungen Frauen wurden durch Briefe aus dem sicheren Haus gelockt. Beim letzten Opfer weiß ich noch nicht, ob es sich ebenso verhielt. Also kann die Bestie zumindest mit Feder und Papier umgehen. Es gab keine Spuren eines riesigen Raubtieres bei den getöteten Frauen. Keine Abdrücke von Pranken im weichen Boden. Ich suchte das Unterholz ab und fand nirgendwo Fellreste eines wilden Tieres, wie es hätte sein müssen, wenn ein so großer Räuber durchs Dornengestrüpp schleicht. Stattdessen fand ich Schaffell.«

»Nun, es ist ein sehr geschicktes Tier. Und der Boden konnte die Spuren nicht halten. Er ist vielleicht nicht nur weich, sondern gar zu weich!«, hielt der andere dagegen.

Nach einer Stunde hatte Prätorius genug. Das Gespräch führte zu nichts. Im Gegenteil. Es gipfelte in der Frage: »Wenn Sie so genau wissen, dass es kein Tier, sondern ein Mensch ist, muss ich mich fragen, ob diese spezielle Kenntnis darauf basiert, dass Sie selbst der Mörder sind oder ihn zumindest sehr gut kennen. Ich rate Ihnen also, mir nicht noch mehr von diesem Unfug zu erzählen. Im Augenblick ist die Stimmung aufgeheizt, die Leute würden sich über ein kleines Lynchspektakel gewiss freuen. Und die Garde kann ja nicht überall sein, um derartige Übergriffe zu verhindern, das werden Sie doch sicher einsehen. Die Zahl von zweitausend Gardisten haben wir nicht erreichen können, die paar, die uns angehören – aber ich werde gleich morgen nach Tagesanbruch versuchen, Freiwillige zu finden, die sich an einer Treibjagd beteiligen wollen. Wenn es sich dort draußen versteckt, scheuchen wir es auf und bringen es zur Strecke. Dann ist dieses Problem wenigstens erledigt. Wenngleich es nicht so einfach sein wird, freiwillige Jäger zu finden. Nach dem Fiasko beim letzten Versuch, das Untier zur Strecke zu bringen, hat der Jagdeifer bei den meisten deutlich nachgelassen. Drei tote Jäger und ein erlegtes Wildschwein – nur weil die, die vor dem Gebüsch lauerten, voreilig schossen, als die anderen hinter dem Schwein aus dem Dickicht brachen. Tragisch. Ich werde mich dennoch um eine Gruppe Freiwilliger bemühen. Mehr kann ich nicht zusagen. Es ist fast so, als habe Leipzig die Soldaten und die drohende Schlacht vergessen. Alle klatschen nur noch über die Bestie!«

»Weil man gegen einen Mörder, sei es nun ein Mensch oder ein blutgieriges Tier, durchaus vorgehen kann. Soldaten und Krieg sind wie ein Unwetter, die Menschen sehen nicht, wie sie sich dagegen wehren sollten.«

»Sehen Sie sich vor! Solche Äußerung kann einen wie Sie schnell die Freiheit oder gar das Leben kosten!«

Prätorius hatte darauf verzichtet zu bemerken, er sei sicher, es würde noch mehr Opfer geben. Ihm war nur allzu bewusst, dass die Erfüllung dieser Prophezeiung tatsächlich seinen eigenen Tod hätte heraufbeschwören können.

Schlechter Stimmung betrat er das Schankhaus und suchte nach einem ruhigen Tisch.

Er bestellte ein einfaches Mahl und einen Krug Bier.

Während er wartete, sah er sich in der Gaststube um. Am Tresen hatte sich eine Gruppe von Offizieren eingerichtet. Man prostete sich zu, war ins Gespräch vertieft. Worüber sie sich unterhielten, war nicht zu verstehen, es wehten nur einzelne Wortfetzen zu ihm herüber. Doch fiel Prätorius auf, dass die Franzosen jederzeit wachsam die Gäste im Auge behielten. Es war in der letzten Zeit zu Pöbeleien von Leipzigern gegen die Soldaten gekommen, offensichtlich wollten die Offiziere frühzeitig bemerken, wenn sich Ähnliches zusammenbrauen sollte.

»Der Platz hier ist frei, nicht?«, schnarrte eine Stimme neben ihm, und ehe er noch aufschauen konnte, hatte sich der Fremde schon den Stuhl unter das Hinterteil gezogen.

Neugierig maßen sich die Männer mit Blicken. Schließlich schmunzelte der Medicus: »Jetzt nicht mehr!«

»Tja – in der Tat, kann man nicht leugnen.«

Nach diesem tiefsinnigen Wortwechsel kehrte Schweigen zwischen den beiden ein. Als der Fremde seinen Krug Bier bekam, hob er ihn kurz an und nickte seinem Gegenüber zu.

»Hans Bäumler!«

»Peter Prätorius!« Sie prosteten sich zu.

Nach einer Weile beugte sich Bäumler plötzlich über den Tisch und fragte leise: »Sie sind der, von dem man sich hier Wunderdinge berichtet, nicht wahr?«

»Wunder bewirke ich nicht. Für Wünsche dieser Art ist die Kirche zuständig.«

Der Fremde grinste, nickte, wie um zu zeigen, dass er diese Auffassung teile. »Man berichtete mir, Sie hätten überraschende Heilungserfolge mit speziellen medizinischen Methoden. Sicher wird man sich das Maul über Sie zerreißen, wie das den wahren Genies ja immer ergeht. Aber es gibt genug Menschen, die sich sehr lobend über Ihre Heilkünste äußern.«

»Nun, hier und da konnte ich Kranken von Nutzen sein«, wehrte Prätorius die aufdringliche Begeisterung des anderen ab.

»So! Das trifft sich gut!«, stellte Bäumler zufrieden fest. Er nahm endlich den schwarzen breitkrempigen Hut ab, der bislang sein Gesicht wirkungsvoll im Schatten verborgen hatte.

Prätorius seufzte innerlich, weil er davon ausging, dieses Gespräch münde in eine Konsultation. Er mochte es schon von jeher nicht, an jedem beliebigen Ort um seine Dienste gebeten zu werden. Wahrscheinlich würde der Kerl gleich seinen Mund aufreißen und verlangen, dass er seinen Rachen inspiziere, denn ihn plage schon seit Tagen starker Schmerz beim Schlucken.

Umso erstaunter war er, als Bäumler, der sich nun im schwachen Schein der Kerze und des Kaminfeuers als Mann in den besten Jahren entpuppte, mit dichtem braunen Haar und wachen, leuchtend blauen Augen ihm zuflüsterte: »Ein Mann mit Bildung. Genau nach Ihnen habe ich gesucht. Ich kann Ihnen ein faszinierendes Angebot unterbreiten. Sie werden überrascht sein.«

»Mir? Was lässt Sie glauben, ich wolle hier ein Geschäft abschließen?«

Unbeirrt redete der Mann weiter, als habe er den Einspruch gar nicht gehört. »Genau. Ihnen. Mit Ihrem Beruf hat es freilich, wenn überhaupt, nur am Rande zu tun. Allerdings wird es mit Sicherheit Ihr Interesse wecken. Meine Offerte betrifft, gerade ihrer Einzigartigkeit wegen, eine wahre Kostbarkeit.«

»Aha?« Prätorius' Neugier war keineswegs angestachelt. Er erwartete, der Händler würde bestenfalls eine Alraune aus dem Beutel ziehen und ihm ihre Wunderkräfte anpreisen.

Die dicke Klara, die heute bediente, stellte vor jedem der beiden Gäste einen Teller ab, verpasste Bäumler, dessen Hand sich auf ihr ausladendes Gesäß verirrt hatte, klatschend einen Hieb auf den Unterarm, was von den Nebentischen mit lautem Gejohle kommentiert wurde.

»Wenn du so etwas suchst, dann sieh dich anderswo

danach um!«, empfahl sie ihm noch, bevor sie mit stolz erhobenem Haupt zum Tresen zurückschritt.

»Lassen Sie es sich schmecken!« Bäumler schien vollkommen unbeeindruckt von der ungewollten Aufmerksamkeit, die ihm zuteil geworden war. Stach seine Gabel in die pralle Wurst. Kauend sprach er weiter. »Ich komme nämlich gerade von einer längeren Reise zurück. In meinem Beruf als Händler bin ich ständig auf der Suche nach dem Besonderen, dem Außergewöhnlichen. Schließlich wollen die Kunden von meinem Angebot nicht gelangweilt werden, sie wünschen sich von mir Dinge, die sie noch nie zuvor gesehen haben und die ihre Fantasie anregen. Auf meiner letzten Fahrt machte ich zufällig die Bekanntschaft eines anderen Reisenden, der mir etwas sehr Spezielles zum Kauf anbot.«

Fett troff aus seinem Mundwinkel.

Er wischte es mit dem Ärmel ab, schob die Gabel unter die Bratkartoffeln, hob eine beeindruckende Portion in seinen Mund, schloss die Augen und seufzte genießerisch. »So gut wie in Sachsen schmecken sie nur in wenigen anderen Gegenden.«

Prätorius kaute nachdenklich. Überlegte, ob er vielleicht irgendwann mit Eleonora an seiner Seite die Welt erkunden könnte. Er spürte ein heißes Sehnen nach ihrer Stimme, ihrem Duft, ihrer Freundlichkeit. Wenn da nur nicht der widerborstige Vater wäre, der bisher allen hoffnungsvollen Zukunftsplänen im Weg stand. Ein Arzt war ihm nicht gut genug für seine Tochter, nein, ein Bäcker oder zumindest einer, der es werden wollte, musste es sein!

»Nun? Wollen Sie nicht wissen, was ich für Sie habe?«, fragte Bäumler mit vollem Mund. Prätorius schrak aus seinen Gedanken auf.

»Ich bin im Moment nicht daran interessiert, etwas zu erwerben. Sei es noch so kostbar und einzigartig. Die Zeiten sind unruhig, mir steht der Sinn nach anderem«, ließ er den Mann wissen, der, keineswegs entmutigt, begeistert weiterberichtete.

»Dieser Reisende kam von weit her. Gewiss haben Sie schon von Amadeus Mozart gehört? Selbstverständlich, das dachte ich mir. So ist Ihnen sicher auch bekannt, dass der begnadete Komponist vor ungefähr zwanzig Jahren verstorben ist.«

Während Bäumler ein weiteres Stück der Wurst in den Mund schob, nickte Prätorius bedächtig. Worauf wird dieses Gespräch wohl hinauslaufen?, fragte er sich, empfand die Gesellschaft des lebhaften Mannes inzwischen eher als angenehm, denn lästig.

»Dieser Mozart eben, ja, man erzählt gern, er sei in einem Armengrab beigesetzt worden. Nun, das, so meinte meine kundige Bekanntschaft, stimme nicht. Es handelte sich nicht um ein Armen-, sondern um ein Gemeinschaftsgrab.«

»Eine merkwürdige Art der Bestattung, meinen Sie?«, hakte Prätorius nach.

»Für diesen Mann! Ich persönlich bin der Auffassung, man hätte ihn ruhig würdiger beisetzen können.«

»Das liegt an den Gesetzen in Österreich«, wusste der Medicus. »Man fürchtet sich dort vor Krankheiten, die von den Toten auf die Lebenden übergehen könnten.

Deshalb muss man einen großen Abstand zu Häusern einhalten, und bei begrenztem Platz ist es eine passable Lösung, gemeinschaftlich zu beerdigen.«

»Wie dem auch sei. Es gab auch andere, denen es nicht gefallen wollte, dass der Komponist so schmucklos unter der Erde verschwand. Manch einer hätte sich so etwas wie eine Pilgerstätte gewünscht, einen Ort, an dem er dem Verstorbenen – und nur ihm – nah sein konnte.«

»Mag sein. Was habe ich in Ihrer Geschichte zu tun? Selbst der fähigste Arzt kann einem Verstorbenen nicht zu neuem Leben verhelfen.« Prätorius musterte den Fremden kritisch. Er hatte durchaus Charakterzüge eines Rosstäuschers, und der Medicus beschloss, auf der Hut zu sein, um nicht einem üblen Trick zum Opfer zu fallen. Sein voller Bauch sollte es nicht schaffen, ihn einzulullen und seine Aufmerksamkeit zu dämpfen. Also spülte er mit einem Schluck Bier nach und setzte sich aufrechter.

»Oh, ich weiß! Nach so langer Zeit unter der Erde ist selbst von einem genialen Musiker nicht mehr viel übrig!«, lachte der Kerl roh. »Einer der Totengräber wollte nach der Frist von 20 Jahren, wenn das Grab aufgehoben würde, den Leichnam Mozarts enterdigen und neu, diesmal würdig, bestatten. Berufsbedingt war ihm bewusst, dass die Körper sich nach dem Tode verändern und er Schwierigkeiten haben würde, die Gebeine Mozarts wiederzufinden und von denen der anderen zu unterscheiden. Dieser Totengräber nun, man sagt, sein Name sei Josef Rothmayer gewesen, kam auf den klugen Gedanken, den toten Körper zu markieren. Zu diesem

Zwecke band er einen Draht um den Hals des Künstlers. So, dachte er, wäre es ein Leichtes, die sterblichen Überreste später wiederzuerkennen.«

Die Augen Bäumlers, die während seines Berichts ständig in der Schankstube umhergeirrt waren, nicht länger als einen Wimpernschlag an einer Stelle verharrten, kamen plötzlich zum Stillstand und bohrten sich mit intensivem Ausdruck in die des Medicus.

Die schmutzigen Finger der Rechten Bäumlers verließen den Tisch, kamen alsbald mit einem Lederkasten darin wieder zum Vorschein. Prätorius atmete heimlich auf. Hatte er doch schon damit gerechnet, in den Lauf einer Pistole zu blicken, sobald die Hand wieder auf dem Tisch lag. Die Geschichte, so die Befürchtung, die für mehrere Herzschläge anhielt, habe nur als Ablenkungsmanöver gedient, um den Überfall einzuläuten.

»Hier drinnen ist er: Mozarts Schädel!«, verkündete Bäumler in dramatischem Flüsterton, legte dann eine Pause ein, als erwarte er einen Tusch.

Ratlos starrte der Medicus die veredelte Kiste an.

Von der Größe her für einen menschlichen Schädel ausreichend, befand er.

»Warum nur der Schädel?«, fragte er leise, wenngleich er die Antwort natürlich kannte.

»Nach nur zehn Jahren wurde das Gemeinschaftsgrab geöffnet. Rothmayer fand den Schädel, der Unterkiefer war verlorengegangen, und alle weiteren Knochen hatten sich mit denen der anderen Leichen vermischt. Beim Schädel jedoch war er sich sicher, der trug ja noch den Draht.«

»Sie wollen mich also den Schädel des Komponisten sehen lassen? 1791 starb er, wenn ich mich recht erinnere. Woran ist bis heute nicht bekannt, oder?«

»Es gibt viele Gerüchte. Man erzählt sich, die Krankheit wäre ganz plötzlich über ihn hereingebrochen. Schmerzen habe er gehabt und sein Leib sei unnatürlich aufgequollen gewesen. Anfang Dezember ist er dann gestorben.«

»Und wie sind Sie nun in den Besitz dieses Schädels gekommen?«

»Während der Beräumung der Grabstätte nahm Rothmayer den Schädel kurzerhand an sich. Er bewahrte ihn bei sich zu Hause auf und hütete ihn wie seinen Augapfel. Bis auf den fehlenden Unterkiefer hatte er keinerlei Schaden erlitten. Besagter Rothmayer, tja, wie drücke ich das jetzt aus, hm, war direkt verliebt in den Anblick.«

Prätorius hätte dem Fahrenden erklären können, warum der Unterkiefer nicht mehr gehalten hatte, unterließ es jedoch. Er war schließlich nicht hier, um Unterricht in Skelettkunde zu erteilen.

»Ich hänge an ihm. Immerhin begleitet er mich schon eine geraume Weile. Aber wenn ich wüsste, dass er in die Hände eines gebildeten Menschen kommt, könnte ich mich dazu entschließen, ihn zu verkaufen.« Ein listiges Blinzeln schlich in seine Augen, und ein nervöses Zucken machte sich an seiner linken Augenbraue zu schaffen.

»Und da dachten Sie an einen Arzt? Wer hat Sie an meinen Tisch verwiesen?« Prätorius schob den leeren Teller von sich, lehnte sich zurück und verschränkte die Arme vor der Brust.

»Aber, ich muss schon sehr bitten: Dass Sie gebildet sind, ist nicht zu übersehen. Jedermann hier kennt Sie. Und der Ruf, der Ihnen vorauseilt, ist sehr gut, von den paar Neidern in Ihrer eigenen Zunft will ich nicht sprechen.« Der Händler lachte leise und gewährte dabei seinem Gegenüber einen Blick auf sein lückenhaftes Gebiss. »Ihre Kollegen sind Ihren Methoden gegenüber sehr kritisch, aber das ist Ihnen sicher nicht neu.«

»Und – was denken Sie, sollte jemand wie ich mit Mozarts Schädel beginnen?« Prätorius stützte die Ellbogen auf den Tisch und beugte sich weit über die Mitte der Holzplatte.

»Vielleicht wollen Sie erst mal einen Blick darauf werfen? Sie wollen nicht die Katze im Sack kaufen, das ist verständlich.« Er begann mit seiner Linken in der Tiefe seiner Jackentasche zu tasten. »Man hat mir versichert, Kundige könnten die Klänge eines Klavierkonzerts von ihm hören, wenn sie den Schädel in der Hand hielten.«

»Da hat man Ihnen einen gewaltigen Bären aufgebunden!«, grinste der Arzt und sah doch neugierig zu, wie die plumpen Finger des Händlers einen winzigen Schlüssel aus der Tasche fischten und ungeschickt in das kleine Schloss schoben.

Es klickte fast unhörbar.

Dann hob der seltsame Händler den Deckel langsam an.

Prätorius ertappte sich dabei, wie er sich halb von seinem Stuhl erhob, um hineinsehen zu können. Und da lag er: ein schmutzig beigefarbener menschlicher Schädel.

»Warum soll ich nun glauben, dass dies tatsächlich Mozarts Schädel ist?« Der Medicus sah Bäumler amüsiert an, wartete darauf, was dieser ihm nun als Beweis für seine fantasievolle Geschichte anbieten würde.

»Weil«, sagte Bäumler und zog aus dem violetten Seidenfutter, mit dem die Kiste ausgeschlagen worden war, ein gefaltetes Schreiben hervor, »hier auf diesem Zertifikat steht, dass Rothmayer genau diesen Kopf gekennzeichnet und später geborgen hat. Er versichert vor Gott und einem Rechtskundigen die Echtheit.« Wieder griff er in eine der Futtertaschen. »Und dies hier, das ist der Draht, den er dem toten Komponisten um den Hals schlang.« Er präsentierte stolz ein Stück verrosteten Draht.

Bäumler reichte den Brief über den Tisch.

Prätorius entfaltete den Bogen schweren Papiers, vertiefte sich in den juristisch formulierten Schriftsatz.

Um sie herum waren die Gespräche verstummt.

In die Stille hinein knarzte eine Stimme, unangenehm und viel zu laut: »Nehmen Sie sofort die Leichenteile vom Tisch! Sie haben wohl gar keine Manieren? Dies ist ein ordentliches Haus, da hat so etwas auf dem Tisch nichts zu suchen!«

»Genau«, schaltete sich eine weitere Stimme ein. »Es wird nichts Gutes, wenn die Toten und die Lebenden zusammen vom selben Teller essen.«

»Nun red' nicht so großspurig daher«, wies ein neuer Rufer den anderen zurecht. »Hast du nicht gehört, dass ihm der Unterkiefer fehlt? Wie soll er denn da essen?«

Lautes Grölen erfüllte den Schankraum.

Zwei der Offiziere, die bisher uninteressiert die Szenerie vom Tresen aus beobachtet hatten, stießen sich wie auf ein unhörbares Kommando gleichzeitig ab und gingen langsam mit wiegendem Schritt auf den Tisch zu, an dem Prätorius und Bäumler saßen.

Einer der beiden deutete auf die Kiste.

»Lass mal sehen, was du da hast!«

Widerstrebend öffnete der Marketender den Deckel erneut, den er rasch geschlossen hatte, als er der neugierigen Blicke aus der Nachbarschaft gewahr wurde.

Der Offizier warf einen forschenden Blick auf den Schädel. Fuhr, um seine Unerschrockenheit zu beweisen, mit Zeige- und Mittelfinger in die Augenhöhlen und hob das wertvolle Stück heraus. Einen Moment lang hielt er ihn wie eine Trophäe baumelnd in die Luft, drehte sich dann um die eigene Achse, zeigte ihn allen Gästen.

Lautes »Oh!« und »Ah!« belohnte ihn.

»Wessen Kopf hast du gesagt soll das gewesen sein?«, erkundigte er sich scharf bei Bäumler.

»Es ist der von Amadeus Mozart.« So recht unerschrocken wollte die Antwort nicht klingen, obgleich der Händler das sicher geplant hatte.

»Und?«

»Ein Musiker und Komponist aus Wien. Na ja, eigentlich aus Salzburg.«

»Wien?«

Prätorius griff in den Dialog ein. »Zum Geburtstag des Sohns Napoleons führte man im Theater ›Die Entführung aus dem Serail‹ auf. Sie erinnern sich gewiss. Dieses Stück stammt auch von Mozart.«

»Aha. Mir persönlich hat es nicht gefallen. Was sollte man nun also mit diesem ›Ding‹ anfangen?«

»Nun ja …«, stammelte Bäumler.

»Du weißt schon, dass die Österreicher nicht zu unseren Freunden gehören? Oder?« Nun wurde der Tonfall des Franzosen eindeutig drohend.

Die Gäste an den Nebentischen zogen die Köpfe zwischen die Schultern.

Ganz offenkundig stand Ärger ins Haus.

»Was, wenn dieses ›Ding‹ gar nicht von Mozart stammt? Möglicherweise wurde ein Franzose getötet und nun versucht dieses Individuum hier, seinen Kopf meistbietend unter die Leute zu bringen! Warum soll ich glauben, dass du nicht einen der Unsrigen abgeschlachtet hast, um an so ein gutes Geschäft zu kommen?«

Prätorius spürte die Bedrohung tief in seinen Eingeweiden. Für Bäumler wurde die Situation zunehmend gefährlich, am Ende würde er das Gespräch mit dem Medicus noch mit seinem Leben bezahlen müssen.

»Gut, das Geschäft ist abgeschlossen. Kommen Sie morgen zu meinem Haus, dann machen wir den Handel perfekt.«

Der Offizier ließ den Schädel wieder in die Kiste rutschen, stützte seine Fäuste auf die Tischplatte und starrte den Arzt wütend an. »Was mischen Sie sich eigentlich hier ein?«, zischte er, dass der Tisch unter ihm zu beben begann. »Wenn dies der Kopf eines Franzosen ist, wird der Kerl dafür hängen!«

Prätorius erhob sich und erklärte mit fester Stimme: »Aber, aber! Dies ist natürlich nicht der Schädel eines Franzosen, schon gar nicht der eines Soldaten.« Er fuhr mit dem Zeigefinger langsam über die Fugen. »Sehen Sie, das kann man sehr leicht erkennen. Ich habe oft mit derlei Angelegenheiten zu tun, und man braucht große Erfahrung auf diesem Gebiet. Deshalb kann ich sagen, ich weiß, dass es ein Musikus war – und ein Österreicher außerdem.«

»So?«

»Sehen Sie sich diese Schädelnaht an. Bei einem Soldaten sind die Wellen genau andersherum angeordnet. Beim musischen Menschen jedoch schwingen sie von rechts nach links. Es ist eine angeborene Fähigkeit, die sich hier organisch ausdrückt. Und«, Prätorius hob das Corpus Delicti wieder aus dem Futter und drehte es um. »Hier ist das Hinterhauptsloch. An dieser winzigen Nase, die man am oberen Teil ertasten kann, erkenne ich, dass der Mensch zu Lebzeiten aus Österreich kam.«

Hoffentlich ist nicht zufällig einer meiner Kollegen hier, sehnte der Medicus inständig, der den ganzen Blödsinn, den ich hier erzähle, auch als solchen zu identifizieren vermag und sich mit großem Vergnügen daran machen würde, dem skeptischen Franzosen dies auch zu erklären.

Doch niemand stand auf, um einen Kommentar abzugeben.

Rasch schob er den Schädel zurück in die Schatulle und klappte eilig den Deckel zu. Aus den Augen, aus dem Sinn, so sein Plan.

Doch ganz zufrieden war der Franzose noch nicht.

»So haben Sie ihn tatsächlich erstanden? Dann können Sie mir sicher auch sagen, was genau Sie damit anfangen wollen?«

»Selbstverständlich. Gemahlene Knochen von jung Verstorbenen helfen in manchen Fällen die nachlassende Manneskraft zu stärken. Für einen Mann wie Sie gibt es dafür natürlich keinen Bedarf«, log Prätorius, neigte kurz den Kopf, und der Offizier zog sich geschmeichelt wieder an der Tresen zurück, wo sein Kamerad schon wartete.

Der Händler war unbemerkt mit der Kiste aus der Schänke verschwunden. Kluge Entscheidung, dachte der Medicus, gab dem Wirt ein Zeichen und bekam einen weiteren Krug Bier.

Er lehnte sich zurück, hing seinen Gedanken nach, die erneut um Eleonora und ihren Vater kreisten, zum Beispiel um die Frage, wie es ihm gelingen konnte, um Eleonoras Hand anzuhalten, ohne mit dem Prügel aus dem Haus des Bäckers gejagt zu werden, trank langsam und gab so Bäumler genug Zeit zu verschwinden. Erst als der Nachtwächter die neunte Stunde ausrief, machte er sich auf den Heimweg.

Gerade als er sein Pferd im Unterstand auslöste, tauchte unerwartet das Gesicht des französischen Offiziers aus der Schankstube neben ihm auf.

»Sie sind ein Arzt mit besonderem Ruf«, stellte dieser fest. »Ihre Patienten sind voll des Lobes und Ihre Kollegen eifersüchtig auf Ihre Erfolge. Der Zufall will es, dass wir einen Kranken in unseren Reihen haben, dem dringend geholfen werden muss. Unser bester Arzt wurde leider verletzt und kann uns nicht zu Diensten sein. Ihr König …« Der Rest des Satzes blieb unvollendet zwischen den beiden hängen.

Prätorius blieb keine Wahl.

Immer wieder sah er sich um, in der Hoffnung eine Gruppe Leipziger möge sich finden, die von dem Offizier Rechenschaft für sein Tun verlangen würde, doch er musste einsehen, dass ausgerechnet jetzt keiner der pöbelfreudigen Städter unterwegs war.

»Sie sind schon in ihren Betten!«, kommentierte der Offizier, der offensichtlich ahnte, was der Arzt dachte.

»Wenn es einen Kranken gibt, der dringend ärztlicher Hilfe bedarf, warum bringen Sie ihn nicht nach Pfaffendorf? Hinter der Klinik von Dr. Carus wurde doch eigens ein neues Gebäude errichtet, weil er selbst mit zweihundert Neuzugängen pro Tag überlastet war. Unter französischer Verwaltung, soviel ich weiß. Arbeiten dort nicht ausschließlich französische Ärzte? Sollte er nicht mehr Vertrauen zu diesen haben als in einen deutschen Arzt mit zweifelhaftem Ruf?«

»Nun, vielleicht sollten wir so denken. Doch dem widerspricht eine einfache Zahl. An einem einzigen Tag sterben in den Lazaretten Leipzigs 90 Männer.«

Prätorius schluckte hart. »Dass es viele sind, haben wir schon bemerkt. Aber fast 100 an jedem Tag? Das ist unvorstellbar.«

»Wie Sie sich also denken können, handelt es sich bei diesem Patienten nicht um einen gewöhnlichen Soldaten.«

Der Medicus schwieg.

»Was ich nicht begreifen kann ist, dass sich die Leipziger derart viele Gedanken um die vermeintliche Bestie vor der Stadt machen, wenn tagtäglich fast hundertfach in ihrer Stadt gestorben wird. Das ist vielleicht deutsche Art?«

»Nein«, widersprach Prätorius. »Ich denke, es hat andere Gründe. Die toten Soldaten sind keine Bürger, man kennt sie nicht. Sie kommen von Russland zurück oder aus anderen Schlachten mehr oder weniger weit entfernt von hier, sind verletzt und werden sofort in die Lazarette gebracht. Ihre Gesichter sind unbekannt. Aber die getöteten Frauen stammten aus der Stadt, waren Töchter angesehener Familien. Und nicht zuletzt«, er machte eine Pause und schmunzelte dann, »lenkt die Beschäftigung mit diesem Untier von der Angst ab, die den Alltag der Menschen beherrscht. Der Krieg ist eine unbeeinflussbare Gefahr – aber die Bestie könnte man erjagen. Es liegt in der Hand der Menschen selbst. Das beruhigt in ungewissen Zeiten«, erklärte er heute nun schon zweiten Mal.

Wortlos setzten sie ihren Weg fort.

»Ich habe meine Tasche nicht dabei«, stellte Prätorius fest.

»Sie sehen sich den Patienten an und entscheiden danach, was zu tun ist.«

Lange Zeit war nur das Klappern der Hufe auf dem Kopfsteinpflaster zu hören.

»Nein. Ich werde möglicherweise spezielles Werkzeug benötigen, um Ihrem Mann helfen zu können«, widersprach der Medicus mutig, der davon ausging, eine Kugel an einem unzugänglichen Ort vorzufinden, die er herausangeln sollte. »Wir holen erst die Tasche. Für prekäre Eingriffe zum Beispiel an delikaten Stellen. Manches ist nur mit geeigneten Instrumenten zu entfernen.«

Der Mann zauderte auffällig.

Rang sich dann aber zu einem Entschluss durch.

»Bon!« Der Offizier schien den Weg genau zu kennen, denn er bog ohne weiter zu zögern nach links ab. »Wir haben Sie gewählt, weil Sie besonders gut in Ihrer Kunst sind. Also werde ich nicht mit Ihnen über Ihre Tasche

streiten. Aber warum glauben Sie, einen Gegenstand entfernen zu müssen? Das wird nicht von Ihnen erwartet.«

Matthias kniete neben dem entkräfteten Soldaten und versuchte, ihm löffelweise Suppe einzuflößen. Prätorius wehte
herein, nickte gehetzt und erklärte: »Niemand darf ihn hier
finden. Ich bin ziemlich sicher, dass er einer der schwarzen
Jäger aus Preußen ist. Wenn die Franzosen ihn entdecken,
ist sein Leben verwirkt und deines wie meines ganz sicher
auch. Kümmere dich darum, dass er warm und bequem
liegt, ausreichend zu essen und zu trinken bekommt.« Er
hob seine Tasche vom Tisch. »Ich selbst muss einen französischen Offizier begleiten. Wer weiß, ob ich zurückkehre.
Hab ein waches Auge auf Eleonora – immerhin wusste der
Fremde auch sehr genau, wo ich wohne. Vielleicht hat er
noch mehr über mich in Erfahrung gebracht. Wer kann
das sagen? Sie soll nicht allein durch die Straßen gehen –
hörst du«, setzte er atemlos hinzu, »lass niemanden ein.«

»Er spricht Deutsch. Manchmal, wenn es scheint, als
wolle er aufwachen, schreit er: ›Ich habe die Bestie gesehen!
Ganz nah bei mir. Ein grauenvolles Untier!‹ Er wirft sich
dann wild herum. Es sieht aus, als versuche er zu fliehen.«

Prätorius starrte seinen Gehilfen sprachlos an. Soll ich
mich so geirrt haben, fragte er sich, gibt es doch ein solches Untier? Eine Bestie wie aus einer der Legenden, die
junge Frauen erbeutet? Dann gab er sich einen Ruck und
hetzte zurück zu seinem Pferd, befestigte die Tasche am
Sattel und schwang sich hinein.

»Fertig!«

»Bon!«

6

SEIT DER SCHICKSALHAFTEN Entscheidung Hartwigs war Corinna oft gesehener Gast im Hause ihres Schwagers. Erwartungsgemäß war es ihr gelungen, sich dort beinahe unentbehrlich zu machen. Als Gesprächspartner für Amalie, ihrer Schwägerin, oder bei Aufgaben, die man am liebsten innerhalb der Familie erledigt wissen möchte.

Auch an diesem Nachmittag saßen die beiden Frauen, die unterschiedlicher kaum sein konnten, mit ihrer Handarbeit am Fenster im Salon.

Zu Corinnas großem Ärger war der Schwägerin bis zum späten Nachmittag nicht viel Neues über den demnächst geplanten Auftritt bei Hofe zu entlocken gewesen. Ihr Gespräch hatte sich um Alltäglichkeiten und Belangloses gedreht. Nach einem Austausch über die zu erwartenden Gaumenfreuden stand Corinna nicht der Sinn und sie hoffte, das Gespräch würde an Tiefe gewinnen, wenn der Schwager zu Hause einträfe. Der brächte sicher Neuigkeiten mit.

So fieberte sie der Ankunft von Theodor, dem Bruder ihres Mannes, regelrecht entgegen, konnte kaum mehr ruhig sitzen und stach sich gar bei der Stickarbeit mit der Nadel so heftig in den Finger, dass es blutete. Nimm dich zusammen, mahnte ihre innere Stimme, wenn du nicht aufpasst, geht dir am Ende noch deine Schlagfertigkeit verloren. Dann wirst du nur mit offenem Mund dasitzen und zuhören, statt die Fäden in der Hand zu halten.

»Hast du auch vom schrecklichen Tod Julias erfahren?« Amalie schnitt das Thema an, das im Moment so viele bewegte.

»Furchtbar. Sich vorzustellen, welche Qualen das arme Kind erlitten haben muss, bevor das Vieh ihr die Kehle zerfetzte!« Corinna saugte an ihrem Finger.

»Welch ein Glück, dass sie noch nicht dort lag, als du bei deinem letzten Besuch zu einem Spaziergang aufgebrochen warst. So ein Anblick kann eine zarte Seele auf Dauer beschädigen.«

Corinna empfand es als sonderbar, von ihrer Schwägerin so falsch eingeschätzt zu werden, verzichtete aber auf eine Korrektur. Vielleicht galt man bei Hofe mehr, wenn einem der Ruf vorauseilte, zart und empfindsam zu sein.

»Aber meine Liebe, die Tochter des Stadtschreibers wurde doch erst nach meiner Abreise entdeckt. Ich glaube von diesen jungen Burschen, die sich gern dort herumtreiben.«

»Matthias und sein Bruder. Ihr Onkel arbeitet bei uns. Er ist sehr geschickt mit den Pferden. Nun, ich fürchte, den beiden ist das Angeln auf Dauer vergällt. Der Ältere, Matthias, ist robust. Er hat gerade seine Stelle als Gehilfe bei Dr. Prätorius angetreten und ist begeistert von diesem Mann und seinen Heilkünsten.«

»Von ihm kann man gewiss viel lernen. Ich hoffe, der junge Mann hält Augen und Ohren gut offen, damit ihm nichts entgeht«, meinte Corinna, und ihrem Tonfall nach zu urteilen war sie nicht davon überzeugt, der Gehilfe sei dazu wirklich in der Lage. »Ich habe Dr. Prätorius auch gelegentlich konsultiert und muss sagen, seine Methoden sind manchmal sehr ungewöhnlich, doch am Ende führen sie zum Erfolg. Und das ist es ja schließlich, was für den Kranken am wichtigsten ist.«

»Er ist ein gefragter Arzt. Eleonora, die Tochter meiner Cousine zweiten Grades, versorgt seinen Haushalt. Und ich denke, es bekommt ihm gut, dass eine weibliche Hand sich um seine Angelegenheiten kümmert«, kicherte Amalie leise. »Er sieht wohler aus, seine Jacken und Mäntel sind ordentlich gebürstet, und gibt es doch einmal einen Riss, so wird der flink und gut geflickt.«

»Bestimmt kocht sie gut. Ich kann mich erinnern, dass deine Tante Rezepte von Reisen in alle Welt mitbrachte und hier ausprobierte. Erzählt Eleonora denn manchmal von dem, was in seinem Hause vor sich geht?«

»Wo denkst du hin! Kein Wort. Die Kleine ist von Natur aus nicht schwatzhaft veranlagt. Und Dr. Prätorius hätte sie sicher nicht in seinen Diensten behalten, müsste er befürchten, dass seine Angelegenheiten auf dem Markt diskutiert werden. Aber ihre Mutter ist in Sorge, sie könnte sich in den schmucken Arzt verguckt haben.« Sie seufzte versonnen. »Eigentlich soll das Kind ja einen heiraten, der die Bäckerei übernehmen kann«, setzte sie dann vernünftig hinzu.

»Er hat einen eigenartigen Ruf. Mit seinem Pendel versetzt er Menschen in eine Art Wachschlaf. Wenn sie zu sich kommen, können sie sich nicht an alles erinnern, was während ihrer geistigen Abwesenheit vorgefallen sein mag oder gesprochen wurde. Die Eltern fürchten wohl nicht so sehr eine Hochzeit mit ihm als eher, dass er …«, Corinna schlug züchtig die Augen nieder, schaffte es sogar, leicht zu erröten. »Du weißt schon.« Hinter den Augenlidern suchte ihr Blick das Gesicht ihrer Gesprächspartnerin. Die schüttelte entschieden den Kopf.

»Nein, nein. Diesen Ruf hat er nun wirklich nicht.« Amalies blonde Locken glänzten im Licht, ihre geröteten Wangen und ihr voller Mund verliehen ihr etwas Jungmädchenhaftes. »Es geht um die Bäckerei. Seit Generationen wird oder ist man Bäcker – und so soll es eben auch bleiben.«

»Und das will die Tochter nicht einsehen. Große Mode heutzutage. Wohin man hört, überall lehnen sich die Kinder auf. Dabei haben diese Regeln ihren Sinn. Und die Liebe wächst nach der Heirat mit der Zeit.« Corinna gab sich Mühe zuversichtlich und glücklich auszusehen, war aber froh darüber, dass ihre Schwägerin mit der Nadelmalerei so beschäftigt war, dass sie nicht zu ihr hinübersah. Sie war sich keineswegs sicher, ob sie wirklich in der Lage war, so viel eheliche Harmonie erfolgreich vorzutäuschen.

»Nun, vielleicht möchte man nicht, dass das Kind sein Herz an jemanden verliert, der mühelos das Gerede der Leute entfacht. Du weißt, wie das ist, wenn man nicht so recht versteht, was der andere tut. Die Leute fangen an zu fabulieren, zimmern sich ihr eigenes Wissen für das zurecht, was sie sich im Grunde nicht erklären können. So entsteht allerhand Klatsch und Tratsch. Neulich hat er einen Patienten operiert, alle waren sicher, er würde an Wundbrand sterben. Doch Prätorius' Heilkunst hat geholfen. Wieder ein Thema für den Markt!« Die Schwägerin lächelte nachsichtig. »Manche glauben, er sei mit dem Teufel im Bunde. Die wissen es eben nicht besser, und so ist, was sie nicht kennen, Teufelswerk.«

»Nun«, Corinna nahm Anlauf für ihren schmerzhaftesten Schlag, »wenn er ein so guter Arzt ist, kann er sicher auch für Friedrich etwas tun.«

Fasziniert beobachtete sie die Veränderung, die mit der Schwägerin vor sich ging, kaum dass sie den Namen ausgesprochen hatte. Blass wurde sie – bis in die Lippen. Die Nasenflügel bebten und der Blick trübte sich, die Hände, die den Stickrahmen hielten, begannen heftig zu zittern.

»Ihm kann keiner helfen«, flüsterte sie dann, legte die Handarbeit zur Seite, erhob sich müde und trat ans Fenster, um in den Garten hinauszusehen. »Dr. Prätorius besucht ihn regelmäßig, aber er macht uns nur wenig Hoffnung. Immerhin meint er, der Zustand könne durch gezielte Maßnahmen zumindest gebessert werden.« Corinna stellte fest, dass ihre Schwägerin unregelmäßig und schnell atmete, so, als versuche sie, Tränen zurückzuhalten.

»Was wird mit ihm?«, bohrte die andere unerbittlich. »Soll ich …«

»Du tust bereits mehr als genug. Ich werde eine Lösung finden. Ich weiß, seiner Krankheit wegen passt er nicht in die Gesellschaft bei Hofe.«

Das laute Trappeln von Hufen unterbrach das Gespräch, es zeugte von der Ankunft des Schwagers, der gewiss Neuigkeiten mitbrachte.

Corinna wusste, dass sie sich würde gedulden müssen. Bei ihrem letzten Besuch war der Herr des Hauses überraschend deutlich geworden, hatte ihr unverblümt erklärt, er habe den Eindruck, sie störe die Ruhe der Familie, stecke Friedrich mit ihren Flausen an. Es war besser, ihm nicht direkt bei seiner Heimkehr über den Weg zu laufen. Wohlerzogen erklärte sie daher: »Oh, da kommt er schon. Ich ziehe mich zurück. Sicher hat er viel zu berichten, da stören Dritte nur.«

Sprach's und rauschte zur Tür hinaus.

7

Prätorius hatte in der Dunkelheit rasch die Orientierung verloren.

Wohin führte dieser schweigsame Soldat ihn nur? Immerhin wusste er inzwischen, dass er mit Monsieur Maurice de Carant unterwegs war. Mehr an Informationen waren ihm nicht zu entlocken gewesen.

»Ist es noch weit?«, erkundigte sich der Medicus. »Ich habe für morgen einige Arzneien vorzubereiten, und mein Gehilfe wird sich Sorgen machen, wenn ich nicht bald wieder heimkehre.«

Jemand, der sich mit derlei auskannte, hätte sicher aus den Abzeichen den Rang zu erkennen gewusst, ja, wäre vielleicht gar in der Lage gewesen, aus dem Namen etwas über die Position des Franzosen innerhalb des Heeres abzuleiten. Prätorius jedoch, der für dergleichen kein Interesse aufzubringen vermochte, konnte weder das eine noch das andere deuten. Immerhin glaubte er sich erinnern zu können, gehört zu haben, de Carant sei ein enger Vertrauter des Französischen Kaisers. Das mochte nun stimmen oder nicht.

An der momentan ungemütlichen Lage änderte es nichts.

»Sie werden sich in Geduld üben müssen«, brummte de Carant ungnädig.

Nach einem scharfen Ritt tauchten in der Ferne unerwartet Zelte auf.

Aus dem Unterholz trat ein Soldat auf den Weg, legte sein Gewehr an und fragte knapp: »Qui est là?«

Geraschel.

Bewegung im Buschwerk.

Prätorius erkannte, dass mehrere Gewehrläufe auf sie gerichtet waren. Seine Nackenhaare stellten sich schmerzhaft auf. Um keinen Argwohn zu erregen, bekämpfte er den Impuls, sie mit der Hand glattzustreichen. Ein nervöser Soldat reagierte möglicherweise auf eine plötzliche Bewegung mehr als hysterisch. Prätorius wollte nicht durch eigenes Ungeschick eine Kugel ins Herz riskieren.

»Maurice de Carant avec Peter Prätorius!«

Prätorius hätte sich unter anderen Umständen über diese Art Sicherheitsmaßnahmen amüsiert. So wie die Dinge aber lagen, fragte er sich, ob man ihn deshalb so ohne Verschleierung durchschleuste, weil er das Lager ohnehin nicht mehr verlassen sollte, er also keine Gelegenheit bekommen würde, die Informationen mit jemandem zu teilen.

Kälte breitete sich in ihm aus. Es war längst beschlossene Sache, dass er Eleonora nie mehr wiedersehen sollte! Und dabei hatte er noch nicht einmal Gelegenheit finden können, ihr seine Liebe zu gestehen!

De Carant musterte seinen Begleiter misstrauisch.

»Parole du jour?«, wollte die Wache noch wissen.

»Tulpen blühen nie im Herbst«, behauptete Carant mit fester Stimme.

»Weiterreiten!«

Als sie außer Hörweite der Männer waren, erkundigte sich Prätorius: »Was, wenn wir die Posten nun getötet hätten? Schnell und lautlos. Mit einer Schlinge zum Beispiel? Dann könnten wir jetzt vollkommen unbehelligt ins Lager reiten.«

Der Medicus hörte mehr, als er sah, dass der Offizier in seinem Sattel unbehaglich hin und her rutschte.

»Es standen noch mehr Soldaten bereit. Sie hätten keine Gelegenheit gehabt, jemanden zu töten«, antwortete er dann mit überraschend fester Stimme. »Niemals könnte jemand unbefugt vordringen. Ausgeschlossen!« Nach einer kurzen Pause wiederholte er: »Niemand!«

Der Arzt sah sich nervös um. Noch mehr Wachen? Wurden sie die ganze Strecke über von Soldaten mit Gewehren im Anschlag beobachtet?

Und tatsächlich. Sie waren nicht weit vorangekommen, da tauchte der nächste Soldat aus dem Strauchwerk auf, die Szene wiederholte sich – doch die Parole war eine andere. Diesmal ging es um Maiglöckchen am Wegesrand.

Beim dritten Wachtposten ein dritter Satz, der das Weiterreiten ermöglichte.

»Sehen Sie, man müsste schon alle drei täuschen – oder überwältigen. Das wird nicht gelingen. So, beim nächsten Posten wird abgesessen. Der kontrolliert die Satteltaschen und das Gepäck.«

»Sie haben mich zu diesem nächtlichen Ausflug genötigt. Da ist es nur recht und billig, dass Sie mich durchs Tor bringen, ohne dass jemand seine Finger in meine Taschen steckt. Soweit müssen Sie mir schon vertrauen.«

»Das ist unüblich. Alle Besucher werden visitiert.«

»Genießen Sie denn nicht das uneingeschränkte Vertrauen Ihres Kaisers und Ihrer Soldaten?«, erkundigte sich Prätorius provokant.

»Selbstverständlich vertraut man mir unbesehen!«

»Nun, so mag dies für uns beide reichen. Sonst mache ich kehrt.«

De Carant lachte kehlig und so tief, dass es sich beinahe wie ein Knurren anhörte. »Wie wollen Sie dann an den Wachposten vorbeikommen? Ich schieße einmal in die Luft und schon springen aus jedem Busch Soldaten hervor, um Sie zu ergreifen. Haben Sie Pech, werden Sie dabei erschossen.«

»Meinen Sie wirklich, dies ist eine Einladung, der man gern Folge leistet?«, fragte Prätorius zähneknirschend zurück.

»Gern oder nicht – das spielt in Ihrem Fall bedauerlicherweise nicht die geringste Rolle. Sie besuchen einen Patienten.« Nach einer Pause setzte er flüsternd hinzu: »Und ich möchte Ihnen dringend raten, ihm helfen zu können. Sie haben drei Tage.«

Prätorius lief bei dieser unverhohlenen Drohung ein kalter Schauer über den Rücken.

Unwillkürlich zog er den Kopf tiefer zwischen die Schultern.

Sie passierten den letzten Kontrollpunkt, ohne dass jemand ihre Taschen oder das Gepäck durchsuchte. Immerhin, dachte der Medicus, das kann Carant bewirken, er muss demnach doch eine machtvolle Position innehaben. Wahrscheinlich ist der Kranke von großer Bedeutung für den weiteren Feldzug, sonst hätte man nicht einen solch ranghohen Offizier geschickt, einen einfachen Arzt zu eskortieren.

»Nehmen Sie Ihr Pferd kurz und kommen Sie mit. Achten Sie darauf, wohin Sie Ihre Füße setzen.«

Der Boden war tief und glitschig.

Pferd und Reiter versanken bei jedem Schritt um mehr als zwanzig Zentimeter im Morast.

Ein übler Gestank lag in der Luft, den nicht einmal der Duft des Schweins, das sich vor dem Küchenzelt am Spieß über dem Feuer drehte, vertreiben konnte.

»Ich dachte, es gibt keine Feldlager mehr«, staunte der Arzt. »Wegen der größeren Mobilität der Truppen, die nicht auch noch Zelte auf- und abbauen und mitschleppen müssen.«

»Einige gibt es schon. Dieses für genau drei Tage noch. Ist Ihr Patient bis zum Abmarsch nicht gesund, werden Sie keine Kranken mehr behandeln.« Carant blieb stehen und sah Prätorius direkt in die Augen. »Und Ihre hübsche Geliebte wird Ihr Versagen mit dem Tode bezahlen.«

Prätorius konnte ein Ausgleiten nur verhindern, indem er sich am Sattel festkrallte. Pferd und Arzt gerieten ins Straucheln, fingen sich aber wieder.

»Sie sehen, wir haben uns gründlich über den Mann informiert, den wir als Arzt haben wollten«, erklärte der Franzose süffisant, grinste, war offensichtlich sehr zufrieden über die Wirkung seiner Worte.

Der Medicus beschloss, das Thema zu wechseln. »Sie haben Durchfallerkrankungen im Lager, nicht wahr?«

»Das ist beinahe normal.«

»Haben Sie die Latrinen weit genug entfernt? Bei den starken Regenfällen könnte es sonst passieren, dass die Jauche zwischen den Zelten hindurchfließt.«

Die beredte Wortlosigkeit de Carants war ihm Antwort genug.

»Wenn Sie verhindern wollen, dass die Krankheit auch die anderen befällt, müssen Sie dafür Sorge tragen, dass die Gesunden eigene Latrinen benutzen können. Sonst wird sie sich ausbreiten, und in drei Tagen finden Sie niemanden, der noch kräftig genug ist, die Zelte abzubauen.«

Der Offizier reagierte nicht. Er bog kommentarlos an der nächsten Ecke links ab.

Blieb dann unvermittelt stehen, die Zügel fielen lautlos in den Dreck, er schlich zwei Schritte zurück bis zu der Plane, die den Eingang verdeckte. Legte warnend seine Finger über die Lippen, damit der Arzt begreife, dass er schweigen solle.

Lauschte.

Laute Stimmen. Gegenstände flogen wohl umher. Schläge klatschten auf Körper. Es wurde geächzt und gestöhnt.

De Carant riss mit einer harten Bewegung den Zugang auf und brüllte hinein: »Wollt ihr wohl damit aufhören! Spart euch eure Kraft und den Kampfeswillen gefälligst für den Feind auf!« Mit wütend verzogener Miene sah er sich um. »Oder wollt ihr vielleicht die Truppen der anderen mit blauen Augen und blutenden Platzwunden so erschrecken, dass sie die Flucht ergreifen?«

»Aber«, stammelte einer der Soldaten, »der Kerl hat meinen Tornister ausgeräumt – mein letztes Brot gefressen.«

»Halt dein Maul, Soldat! Wisch dir die blutige Visage ab! Hier wird nicht geprügelt und nicht gejammert. Et toi, tu es un voleur et une espéce du con!«, Carant winkte den zweiten Prügler mit dem Zeigefinger heran, »Du solltest wissen, dass du deinen Kameraden nicht bestehlen darfst! Wie ist dein Name?«

»Frederic Parler.«

»Bon, Monsieur Parler«, der Offizier dehnte die Worte, zog sie lang wie Honigfäden, süßlich und klebrig. »Ich werde dich lehren, was Disziplin heißt.« Damit wandte er sich um, ging zügig in Richtung Ausgang, zerrte unverhofft eine Gerte aus dem Gürtel, drehte sich blitzschnell um und schlug dem überraschten Infanteristen das gespaltene Leder quer über das Gesicht.

Der junge Mann heulte auf. Vor Überraschung oder Schmerz war nicht zu sagen. Griff nach der klaffenden Wunde, starrte dann schreiend auf seine blutverschmierten Finger. Die anderen Soldaten wandten sich rasch ab, taten beschäftigt, schwiegen, versuchten unsichtbar zu werden.

»Kerl!«, knurrte Carant. »Canaille! Deinen Namen merke ich mir, und deine Visage werde ich ab jetzt überall sofort erkennen. Wenn du mir noch einmal auffällst, wirst du mehr zu erwarten haben! Attention!«

Prätorius schauderte. Er hätte gern die Wunde behandelt, wusste aber, es wäre höchst unklug, sich hier einzumischen. Seine eigene Gesundheit, sein eigenes Leben galt hier weniger als das eines Soldaten.

»Kommen Sie!«, dirigierte ihn sein Begleiter weiter, als habe es diesen Zwischenfall nie gegeben.

»Musste das sein?«, wagte der Medicus nach einer Pause zu fragen.

»Wir müssen hier einen Haufen undisziplinierter junger Männer zusammenhalten. Die Zeiten, in denen überwiegend erfahrene Kämpfer, gedrillte Soldaten und Kürassiere mit mir an die Front zogen, sind vorbei. Und diese Hitzköpfe muss man gelegentlich zur Räson bringen, damit nicht das ganze Lager im Chaos versinkt.«

Trotziges Schweigen.

»Unser Arzt ist – sagen wir es mal so – ausgefallen«, setzte de Carant versöhnlicher hinzu, als habe er die Gedanken des Medicus gelesen. »Wenn nachher noch Zeit bleibt, können Sie diesem Nichtsnutz meinetwegen die Wange verbinden. Ich weiß, ihr Ärzte wollt immer gleich Hand anlegen. Meiner Meinung nach schadet es ihm nicht, etwas zu leiden.«

Mehrere Ecken weiter blieb er plötzlich erneut stehen.

Die Ordonnanz vor dem Zelt trat unaufgefordert beiseite und hob die Türplane für die Besucher an, ein Soldat übernahm die Zügel der beiden Pferde.

Prätorius sah sich neugierig um.

Bestimmt das Zelt eines Generals, dachte er, vielleicht eines besonders fähigen Strategen, der den Aufmarsch der Truppen festlegte, Hinterhalte plante – zumindest, wenn er gesund war. Unverzichtbarer Mann für die Schlacht, die in der Luft lag.

»Wie geht es ihm?«, erkundigte sich de Carant mit gedämpfter Stimme.

»Er fiebert. Und von den Mahlzeiten kann er so gut wie nichts bei sich behalten. Sein Blick ist getrübt, die Stimme sehr schwach«, gab die Ordonnanz Auskunft.

»Ich habe jemanden mitgebracht, der ihn heilen wird.« Der Offizier gab Prätorius ein Zeichen, neben ihn zu treten.

Gemeinsam sahen sie auf den kleinen Mann hinunter.

Seine dunklen Haare klebten schweißnass an der Stirn, die Augen hielt er fest geschlossen. Prätorius bemerkte die unregelmäßige Atmung seines Patienten schon im Näherkommen, griff nach dem Handgelenk des Kranken und erschrak über dessen schnellen und kraftlosen Puls.

»Er wurde verletzt? Klagt er über Schmerzen?«, fragte der Medicus.

»Ja. Die Wunde am Bein – sie will sich nicht schließen.«

»Ich werde die Decke zurückschlagen und mir die Verletzung ansehen«, kündigte Prätorius sicherheitshalber an und verlangte, man möge ihm die Tasche vom Sattel seines Pferdes holen.

Vorsichtig beugte er sich über den Fiebernden, legte seine Hand auf dessen Stirn, befingerte die Ohren, berührte flüchtig die Nase. Der Kranke reagierte nicht.

»Wie lang befindet er sich schon in diesem Zustand?«

»Er ist einer, der nicht viel spricht. Klagen ist seine Art nicht. Aber es geht ihm seit Tagen nicht gut. So schlecht allerdings erst seit heute.«

»Und seit wann steht er nicht mehr auf?«, präzisierte der Arzt seine Frage.

»Seit zwei Tagen«, antwortete der junge Mann, der als Ordonnanz für den Mann sorgte.

»Wurde etwas unternommen, um seinen Zustand zu bessern?«

»Nun«, mischte sich der Offizier an dieser Stelle ein, »wie gesagt, unser eigener Arzt ist unpässlich.«

Prätorius zog eine Augenbraue hoch.

Dann packte er die Decke an einem der unteren Zipfel und schlug sie energisch zurück.

Ein schmutzstarrender Verband am linken Unterschenkel deckte die Stelle ab, von der das Übel auszugehen schien. Vorsichtig entfernte der Arzt einige der Verbandsschichten. Ein schwieriges Unterfangen, denn durch das Wundsekret waren sie fest miteinander verbacken.

»Eiter. Ich denke, Sie riechen es auch. Ich brauche mehrere Schüsseln mit heißem Wasser und eine mit kaltem. Und natürlich sauberes Leinen und Verbände. Sorgen Sie dafür, dass das Wasser mit kräftigen Blasen gekocht hat!«

Die Ordonnanz zögerte.

»Ich muss sonst die alte Binde mit Kraft vom Fleisch reißen. Da ich nicht weiß, was sich darunter verbirgt, erscheint mir ein solches Vorgehen nicht klug und ich würde es gern vermeiden.«

De Carant murrte: »Nun los! Er wird ihm nicht schaden. Er hat einen ganz besonderen Ruf. Und wir werden erst mal seine Wünsche erfüllen.«

»Mon General!« Der junge Soldat sputete sich.

Aha, das also ist sein Rang. Ein so wichtiger Mann wird zu mir geschickt? Sonderbar, überschlugen sich die Gedanken hinter Prätorius' Stirn, nach außen blieb er ruhig.

»Er klagt sicher schon seit Tagen über Magenschmerzen.« Das war nicht als Frage formuliert, klang, als wisse der Arzt das mit Sicherheit.

Der General starrte ihn perplex an.

»Wer hat Ihnen das zugetragen?«, erkundigte er sich misstrauisch, und eine steile Falte spaltete seine Stirn.

»Keine Sorge, ich habe keinen Informanten im Lager. Aber meine Nase ist empfindlich«, antwortete Prätorius augenzwinkernd. »Ich rieche, dass sein Magen zu viel Säure produziert. Dazu muss man sich nur über sein Gesicht beugen.«

Ein lastendes Schweigen schaffte neue Distanz zwischen den Männern.

Ganz offensichtlich fragte sich de Carant, was der Mann, den er mitgebracht hatte, sonst noch riechen konnte.

Der Medicus zog seinen Mantel aus, warf ihn nachlässig über einen Stuhl. Langsam begann er damit, sich die Ärmel seines Hemdes aufzukrempeln. Versuchte sich zu beruhigen. Er hatte seinen Patienten erkannt!

»Welche Art Speisen hat man ihm denn angeboten? Und was hat er getrunken?« Prätorius wartete die Antwort nicht ab, sondern warf einen indiskreten Blick in die Speischale neben der Lagerstatt. »Fleisch? Rotwein? Hm. Nicht gerade das, was ihm im Moment zuträglich ist. Ich werde aufschreiben, was er zu sich nehmen sollte.«

Prätorius stellte die Schale wieder ab. »Man sollte denken, dass Sie Ihren Kaiser mit mehr Sorgfalt behandeln.«

»Das Problem besteht darin, dass er sich, wenn er bei bestem Bewusstsein ist, nicht behandeln lässt!«, gab der General grantig zurück. »Und sein Arzt, nun ja …«

Die Ordonnanz kam zügig mit zwei Helfern zurück.

Prätorius wusch sich in der einen Schüssel die Hände, putzte gründlich seine Brille, setzte sie auf die Nase zurück, tränkte das Leinen im warmen Wasser der anderen Schüssel und befeuchtete damit die Binde, löste dann sanft Schicht für Schicht ab, bis er die Verletzung freigelegt hatte.

Er sog scharf Luft durch die Nase ein, als er genauer inspizierte, was er da heilen sollte.

Ein langer, offener Riss oder Schnitt, mehrere Zentimeter tief, in dem ein grünlich-gelber Schleim schwamm, die Ränder zeigten schwarze Verfärbungen, und der gesamte Unterschenkel war um die Hälfte dicker als sein Pendant und schien nun, da der einengende Verband entfernt war, schnell anzuwachsen, das Gewebe leuchtete so intensiv rot, dass es deutlich vom Gesunden abstach.

»Ein Säbelhieb? Oder von einem Bajonett? Was hat die Wunde verursacht?«, wollte der Arzt wissen.

»Das weiß niemand zu sagen. Es war eng, die Männer kämpften Seite an Seite – da konnte keiner sehen, was passiert ist. Er hat es selbst erst nicht recht bemerkt. Nach der Rückkehr ins Quartier meinte er noch, mit ein bisschen Ruhe wäre die Sache rasch vergessen.« Der junge Mann war beim Blick auf Napoleons Bein ganz blass geworden, rang um Fassung.

»Die Wunde sieht wirklich übel aus. Sie zieht sich über das Knie aufwärts. Zunächst muss ich sie reinigen, danach entferne ich die abgestorbenen schwarzen Fleischfetzen am Wundrand. So kann der Rest besser und vor allem schneller heilen. Das Bein muss absolut ruhig gehalten werden. Aber ich denke, es wird ihm ohnehin nicht nach langen Spaziergängen zumute sein.«

Der Medicus arbeitete schnell und sicher.

Er wusste, dass er sich kein Zittern der Hände erlauben konnte, wenn er nicht wollte, dass Zweifel an seinem Können aufkämen. Wer ahnte schon, ob das nicht sein sofortiges Todesurteil gewesen wäre. Geheimhaltung um jeden Preis war offensichtlich oberste Maxime und ein unnützer Mitwisser ... Prätorius würgte diese Gedanken ab, verließ sich auf das, was er in jahrelanger Ausbildung zum Wundarzt von seinem Meister gelernt hatte. Er war dankbar für den Dämmerzustand, den das Fieber verursachte und der verhinderte, dass der Patient wild zuckte oder schrie. Das wäre nicht vertrauensbildend gewesen.

Mit einem Skalpell trug er abgestorbenes und trockenes Gewebe vom Rand der nässenden Verletzung ab. Hob mit einer Pinzette den Rand an und arbeitete dann geschickt mit dem Chirurgenmesser. Gelegentlich, wenn ihm bewusst wurde, an wessen Bein er hier arbeitete oder er die Gefahr für Eleonora und sich spürte, brach ihm heftig der Schweiß aus und er sah sich gezwungen ihn abzutupfen, damit er nicht in den Augen brannte. Sollte sich jetzt der Blick trüben, könnte er leicht ins Gesunde schneiden, was es natürlich zu vermeiden galt. Bald war der gesamte Wundsaum gesäubert, der Eiter abgewaschen. Stück für Stück hatte er das Gewebe in einen Streifen Linnen gewischt, der nun aussah, als habe er einem Schlachter zum Reinigen des Messers gedient. Prätorius warf es ins Feuer und begann mit dem abschließenden Versorgen der Wunde. Er entnahm seiner Tasche ein Glas mit goldgelber, träger Flüssigkeit.

Er öffnete es und bestrich die Wunde großzügig damit.

Der junge Mann neben ihm ächzte. »Was tun Sie denn da?«

»Wie kommt es Ihnen vor?«, fragte Prätorius freundlich zurück.

»Aber was soll das? Sie können doch nicht Honig … direkt auf die offene Stelle?«

De Carant beugte sich über das Glas und schnupperte.

»Tatsächlich! Honig! Warum nähen Sie die Wunde nicht zu?«, fragte der Offizier dann mit zornigem Unterton. »Unser Arzt tat das immer. Er sagt, so gibt es keine große und schmerzhafte Narbe! Wenn das alle Ärzte wissen, warum Sie nicht?«

Prätorius ließ sich nicht provozieren.

»Weil es nicht heilen kann, wenn ich die Wunde verschließe. Sie eitert bereits. Nähe ich sie zu, so wird der Eiter das Gewebe platzen lassen und es gibt eine schlimmere Wunde, als wir sie jetzt schon haben. Möglicherweise muss dann das Bein amputiert werden – im schlimmsten Fall aber stirbt der Patient«, antwortete er ruhig.

»Aber Honig! Direkt auf das wunde Fleisch. Das habe ich in all den Jahren, die ich nun von einer Front zur nächsten ziehe, nicht gesehen! Wenn er stirbt … Ich habe Sie gewarnt!«

»Er wird ganz gewiss nicht an meiner Honigmethode sterben. Ganz im Gegenteil. Dieser besondere Wundverschluss sorgt dafür, dass die verletzte Stelle nicht austrocknet, die Ränder geschmeidig bleiben. Ich habe bisher nur allerbeste Erfahrungen damit gemacht. Bei den Bauern in der Umgebung ist sie anerkannt, sie sehen den raschen Erfolg.«

»Dies ist kein Bauer! Dies ist der Kaiser von Frankreich!«, gab de Carant empört zurück.

»Umso schlimmer, dass Sie solange damit gewartet haben! Meine Bauern wissen, dass sie mit solchen Verletzungen am besten gleich kommen.«

De Carant holte tief Luft, wie zu einer lauten Erwiderung, entschied sich aber doch für Schweigen.

Als das Bein fast fertig verbunden war, wandte Dr. Prätorius sich an die Ordonnanz. »Sie wissen doch sicher noch, was Ihre Mutter getan hat, wenn Sie Fieber hatten?«

Der junge Mann nickte. »Kalte Umschläge um die Beine.«

»Genau das wird hier auch helfen. Die Wadenwickel legen Sie an beiden Unterschenkeln an – aber vorsichtig: Sorgen Sie für warmes Wasser, das vorher heftig gekocht hat, und halten Sie, wenn es lau geworden ist, den Verband damit feucht, ist es abgekühlt, verwenden Sie es für die Umschläge. Denken Sie daran, dass es auf jeden Fall blasig gekocht haben muss – meine Erfahrungen zeigen, dass es nur dann die Wundheilung unterstützen kann. Sind Sie in diesem Punkt nachlässig, kann es Ihrem Kaiser schaden! Legen Sie ihm auch ein kühles Tuch auf die Stirn und eines in den Nacken. Schützen Sie das Kissen mit einer Lage trockener Tücher, wenn es doch nass geworden ist, tauschen Sie es gegen ein neues aus. So können Sie immer eines am Feuer trocknen.«

Die Ordonnanz nickte wieder. Es schien, als habe es dem jungen Mann die Sprache verschlagen.

»Sie haben sich tapfer gehalten. Bei solch einem Anblick fallen oft auch erprobte Soldaten um. Es muss Ihnen nicht peinlich sein, dass Ihnen übel ist. Und ich bin sicher, Sie werden meine Anweisungen bestens umsetzen.«

Für einen Moment zuckte ein Schimmer von Stolz über das Gesicht des Soldaten, war aber so schnell verschwunden, dass Prätorius nicht ausschließen konnte, Opfer einer Sinnestäuschung geworden zu sein.

»Hier schreibe ich auf, was der Kranke essen sollte. Am besten Brot, ohne Aufstrich und nicht backfrisch. Wenn Sie welche auftreiben können, versuchen Sie es mit Milch. Verträgt er die nicht, dann reines Wasser. Natron lasse ich hier, das kann man leicht in warmem Tee auflösen. Pfefferminze bringe ich beim nächsten Besuch mit. Die ist für den Magen bekömmlich. Versuchen Sie es mit klarer Brühe. Klar heißt ohne Einlagen! Bestenfalls können Sie ein rohes Ei darin verrühren, bis es gestockt ist. Auf keinen Fall bekommt er Fleisch und rohes Gemüse! Und Wein ist Gift in seinem Zustand. Können Sie das alles noch einmal für mich wiederholen?«

Die Ordonnanz rekapitulierte fehlerfrei.

Dr. Prätorius legte eine Schiene aus Holzlatten am verwundeten Bein an und gab der Ordonnanz Weisung, dafür zu sorgen, dass eine Krücke ans Bett des Verwundeten gestellt wurde, damit er, sollte er tatsächlich das Bett verlassen wollen, das Bein entlasten könne. »Aber das Bein selbst darf so gut wie nicht bewegt werden. Sonst wird sich bei einer Ausbreitung der Entzündung eine Amputation nicht verhindern lassen. Erklären Sie ihm das, wenn er unruhig wird.«

Er wusch sich zum Abschluss die Hände, runzelte dann die Stirn und entnahm seiner Tasche ein Glas mit einem leicht bräunlichen Pulver. »Dies ist ein Pulver aus

Weidenrinde. Es wirkt gegen die Schmerzen. Lösen Sie am besten viermal am Tag einen Löffel davon in Tee auf. Wenn er es trinkt, wird auch die Heilung rascher fortschreiten.«

Als er nach gut zwei Stunden seine Instrumente einpackte, bemerkte er, dass sich die Atmung seines Patienten verändert hatte.

Sie klang nun ruhiger, gleichmäßiger – auch der Puls raste nicht mehr.

»Das ist alles, was ich für den Moment tun kann.«

»Morgen hole ich Sie wieder ab. Wenn es ihm nicht besser geht, so werde ich persönlich dafür Sorge tragen, dass Sie es tief bereuen, ihm nicht geholfen zu haben! Wir reiten in Kürze zurück. Also verlaufen Sie sich nicht zwischen den Zelten.« De Carant hob die Plane an und bedeutete Prätorius, er möge in den Regen hinaustreten.

»Es wird ihm bessergehen, wenn Sie überwachen, dass meine Anweisungen auch eingehalten werden. Die kalten Umschläge senken das Fieber, morgen früh wird er mit Ihnen sprechen wollen. Sagen Sie ihm dann eindringlich: Wenn er das Bein bewegt, dehnt sich die Entzündung aus und wir müssen amputieren. Das wird ihn zur Ruhe bringen. Und: Halten Sie sich an die Ernährungshinweise. Es wird ihm nicht schaden, sollte er etwas an Gewicht verlieren!«

»Nehmen Sie Ihr Pferd und gehen Sie voraus. Am Küchenzelt treffe ich Sie. Dann führe ich Sie zurück nach Leipzig. Über das, was Sie hier gesehen haben, verlieren Sie nicht ein Wort. Nicht einmal eine Silbe! Niemand darf erfahren, dass Napoleon Bonaparte im

Augenblick nicht kampfbereit ist! Sie lieben doch Ihre kleine Freundin – also riskieren Sie besser nicht Ihrer beider Kopf!«

Nachdenklich trotteten Arzt und Pferd Richtung Küchenzelt.

Der Medicus sah in jedes entgegenkommende Gesicht in der Hoffnung, er könne den Soldaten finden, dem de Carant den Schmiss übers Gesicht verpasst hatte. Doch zu seinem Bedauern begegnete er ihm nicht. Die Wunde würde also wohl unversorgt bleiben.

Der Boden war nicht mehr nur tief – er hatte sich in weichen Schlamm verwandelt, eine Schicht, etwa einen halben Meter mächtig, bot weder Füßen noch Hufen nennenswerten Widerstand.

Ob der Frauenmörder selbst bei diesem Wetter dort draußen in seinem Versteck hockt und auf eine gute Gelegenheit wartet?, fragte er sich im Weitergehen. Auf eine Frau, die leichtsinnig genug war, allein in den Wald zu gehen? Sitzt er vielleicht gerade jetzt mit vor Gier brennenden Augen am Ufer des Flusses? Lauert? Und plötzlich erkannte Prätorius, dass dieser Täter nicht auf eine Gelegenheit wartete, die sich ergeben konnte oder nicht – nein, er plante sorgfältig, vergeudete seine Zeit nicht mit sinnlosem Warten. Sie kamen, weil in den Briefen jeweils etwas stand, das sie unweigerlich dazu brachte, sich auf den Weg zu ihm zu machen. Der Kerl spioniert seine Opfer vorher gründlich aus, wurde ihm klar, er umschleicht sie, hält sich tagelang in ihrer Nähe auf, forscht die Nachbarn in vermeintlich harmlosen Gesprächen aus. Bringt alles an Privatem in Erfahrung – wie de Carant es bei ihm getan hatte.

Gänsehaut kroch über seinen Rücken bis unter den Haaransatz im Nacken.

8

Corinna spürte eine unbefriedigende Stagnation.

So recht wollte kein Schwung in ihre Bemühungen kommen, mit dem Schwager einen Weg an den Hof zu finden, obschon sie sich unendlich viel Mühe gegeben hatte. Selbst ihre jüngst unternommenen Versuche, Amalie für die mögliche Untreue des Gatten die Augen zu öffnen, schienen allesamt ins Leere zu laufen.

In der Stadt und den umliegenden Dörfern gab es viel Gerede – aber nicht über die herzlosen Eltern, die nach Dresden ziehen würden und ihren Sohn in Leipzig zurücklassen wollten – nein. Es gab nur ein Thema, an dem sich alle delektierten und zu dem offensichtlich ein jeder etwas zu sagen hatte: Die Bestie! Ein gefährliches Raubtier, das im Wald hauste. Selbst das Personal im Hause des Schwagers konnte sich nicht mehr davon lösen. Natürlich wusste niemand mehr, wer das Gerücht ursprünglich aufgebracht hatte, doch nun, einmal in Umlauf, hielt es sich hartnäckig. Versperrte, Corinnas Meinung nach, den Menschen den Blick auf das, was dort draußen tatsächlich vor sich ging: Junge Frauen starben qualvoll! Dieser Umstand geriet bei all dem sinnentleerten Gerede über das Tier völlig in Vergessenheit. Aber lang würden sie die Augen nicht mehr verschließen können! Tier!

Und es gab doch wirklich noch andere Themen. Zum Beispiel die ungeheuerlichen Dinge, die man sich über das Treiben der Soldaten erzählte. Sie nähmen sich in den kleinen Weilern jede Frau ohne Ansehen ihres Alters zum schieren Vergnügen, zwängen die Söhne zum Militär, schlachteten wie im Blutrausch jedes Stück Vieh, dessen sie habhaft werden konnten. Das hätte ihr Schwager mal bei Hofe vortragen sollen! Doch er hatte nur abgewunken, meinte frech, das sei keine neue Entwicklung, sondern das, womit man im Krieg eben zu rechnen habe. Das würde schon immer so gehandhabt. Der Hof sehe keinen Grund hier einzugreifen.

Es würde auch keine vom König angeordnete Jagd auf das Untier geben, hatte er Corinnas zweiten Vorschlag abgeschmettert. Ihr Argument, eine solche Treibjagd würde entweder das Tier zu Tage fördern oder die dummen Gerüchte zum Schweigen bringen, hatte er mit einer gelangweilten Handbewegung weggewischt. Unfassbar!

Corinna schleuderte die Stickarbeit in die Ecke, sprang auf und begann unruhig in ihrem Gästezimmer hin und her zu laufen. Die ganze Sache läuft nicht, wie ich mir das vorgestellt habe, resümierte sie zornig. Amalies Mann ist noch bornierter als Hartwig, der nur in Pferden denkt. Theodor behandelt Frauen, als wären sie des selbstständigen Denkens nicht mächtig. Ich brauche einen neuen Plan, überlegte sie und sah in den Dauerregen hinaus. Diesmal muss ich es so anlegen, dass niemand mehr die Augen vor den Tatsachen verschließen kann. Vielleicht kommt so Bewegung in meine Angelegenheiten, ich muss nur aufpassen, dass ich nicht in die falsche Richtung gespült werde. Voller Vorfreude rieb sie sich die Hände, nahm dann die Stickarbeit vom Boden auf und verfiel in finsteres Brüten.

Eleonora wollte es nicht glauben.

Fassungslos starrte sie erst den Vater, dann Heinrich an.

»Der?«, ächzte sie.

»Oh ja. Er hat besondere Qualitäten, die dir bestimmt bisher nur entgangen sind. Heinrich ist ein guter Kämpfer!«, erklärte der Bäckermeister bestimmt.

Und Heinrich beugte zum Beweis den Unterarm an und zeigte seinen winzigen Bizeps.

»Ha!«, machte Eleonora und tat es ihm gleich. »Sieh nur, meiner ist doppelt so gut wie der deine. Zum Prügeln reicht das allemal!«

»Und Heinrich ist schweigsam. Er wird dir nicht mit irgendwelchen Liebesschwüren den Kopf verdrehen!«

»Nein, das wird er sicher nicht. Heinrich mag nur Schafe!«, spuckte das Mädchen zornig dem Vater vor die Füße.

Der magere Knecht nickte heftig.

»Und er weiß sich zu benehmen. Ich werde mit deiner Mutter sprechen müssen – sie hat es bei dir an einem gerüttelt Maß Erziehung fehlen lassen!«

»Nein, mit Heinrich gehe ich nicht! Ich brauche niemanden, der auf mich aufpasst!«

»Nun denn, das ist deine Entscheidung. Entweder mit Heinrich oder gar nicht.« Der Vater stemmte seine prallen Fäuste an die Stelle, an der sein fassförmiger Körper den größten Umfang aufwies und die Schürze für einen tiefen Einschnitt in den Leib sorgte.

Eine Stunde später lieferte Heinrich Eleonora bei Dr. Prätorius ab.

Zu ihrer Überraschung zeigte dieser sich erleichtert darüber, dass sie nun jemanden zum Schutz an die Seite gestellt bekommen hatte.

»Heinrich! Vielen Dank, dass Sie mir Eleonora gesund hergebracht haben!«, freute sich der Arzt aufrichtig, hatte er doch nach seinem Abenteuer im Lager der Franzosen schlaflos in seinem Bett gelegen und gefürchtet, de Carant könnte seinen Drohungen dadurch Nachdruck verleihen, dass er Eleonora festsetzen ließ.

Als Heinrich großzügig entlohnt und gegangen war, zog er Eleonora in sein Behandlungszimmer und erklärte dem Mädchen, dass er im Augenblick unter Beobachtung durch die französischen Truppen stünde.

»Und warum?«

»Weil ich etwas weiß, das niemand sonst erfahren darf. Ich möchte, dass du gut auf dich achtgibst. Man hat viel über mich in Erfahrung gebracht. Unter anderem ist man sehr genau darüber informiert, wer in meinem Haushalt ein- und ausgeht«, blieb er ungenau und spürte doch, wie die Hitze in seine Wangen stieg.

»Gut. Ich werde aufpassen. Mir geschieht schon nichts. Und nun sagen Sie mir, wem gehört der schwarze Mantel, der neben dem Ofen trocknet?«

»Du bemerkst einfach alles. Ich habe einen Patienten, von dem auch niemand etwas wissen darf.«

»So?«

»Er schneite gestern Abend herein. Ein Soldat, entkräftet und krank. Ich will versuchen, ihn wieder aufzupäppeln.«

»So ist es keiner von den Franzosen. Darum müsste

man ja nicht so ein Geheimnis machen«, antwortete sie aufgeregt. »Was für ein Landsmann ist es denn? Ein Russe? Oh weh, ich weiß gar nicht, wo ich mein russisches Wörterbuch hingelegt habe.«

»Du hast ein russisches Wörterbuch?«, amüsierte sich der Arzt.

»Aber natürlich. Mein Vater kaufte es mir, als die Russen kurzzeitig in Leipzig hausten. Da hatten die Verlage ganz schnell welche gedruckt, damit wir uns verständigen konnten, das wissen Sie doch sicher noch! Aber bevor ich einen reichen Zarewitsch kennenlernen konnte, der auch noch für die Bäckerei taugt, kamen die Franzosen zurück und die Russen machten sich aus dem Staub.«

Prätorius' Miene verdüsterte sich.

»Ich verstehe nicht, was dein Vater gegen mich hat!«, schimpfte er. »Wenn ich ihm begegne, sieht er mich immer so feindselig an, als hätte ich meine Rechnung nicht bezahlt.«

Eleonora war ebenfalls ernst geworden. »Es gefällt ihm nicht, dass ich bei einem Prätorius arbeite. Ich soll bald jemanden heiraten, der die Bäckerei übernimmt. Schnell. Ihm wird die Arbeit zu viel und ein Schwiegersohn soll ihn entlasten. Familienerbe. Lassen Sie nur erst wieder ruhigere Zeiten einziehen, dann wird er mir einen präsentieren, den er für tauglich hält, Bäckermeister zu werden.« Unter ihrer Stimme schwangen Tränen. Schon wollte Prätorius nach ihrer zarten Hand greifen und ihr seine Liebe gestehen, da überzog ein trotziges Lächeln ihr Gesicht und sie lachte die Besorgnis weg: »Und jetzt mach ich mich an die Arbeit, sonst bekommen Sie heute kein Essen!«

Fröhlich sprang das Mädchen auf, legte den Mantel ab und band sich eine Schürze um, tauschte die warme Mütze gegen eine Haube.

Verliebt sah der Medicus ihr dabei zu.

Dann riss er sich von ihrem Anblick los und ging nach hinten, um nach dem Soldaten zu sehen. Den verräterischen Rock nahm er mit.

»Nun Matthias, wie geht es ihm?«, fragte er leise in den Raum.

»Er fiebert noch. Aber die Krämpfe haben nachgelassen. Suppe hat er ein paar Löffel gegessen, allerdings nicht viel. Und er faselt immer wieder von dem riesigen Tier, dem er nur knapp entkommen konnte.«

»Gut. Wir entkleiden ihn noch einmal vollständig. Vielleicht habe ich etwas übersehen. Bereite warmes Wasser vor und einige Tücher. Danach lege ein Paar Hosen und ein Hemd von mir zurecht. Außerdem müssen wir seine Uniform verschwinden lassen. Selbst Eleonora hat gleich erkannt, dass der Rock einem Soldaten und zwar keinem französischen gehört. Nicht auszudenken, wenn dieser Carant die Kleidung hier irgendwo entdeckt. Dann ist mein Leben keinen Pfifferling mehr wert.«

»Und wenn er zu seinen Kameraden will, sobald es ihm gut genug geht? Dann hat er keine Uniform mehr. Die erschießen ihn, weil sie ihn gar nicht als einen der ihren erkennen«, wandte Matthias ein.

»Du hast recht. Wir werfen sie also nicht ins Feuer. Aber wir verstecken sie im alten Brunnen. Dort mag er sie holen, wenn er sie braucht.«

Als Matthias gegangen war, fühlte Prätorius nach dem Puls des Mannes.

Er fieberte noch, aber längst nicht mehr so hoch wie am Vortag. Der Gestank, der von seinem Körper ausging, war nach wie vor aasig und unangenehm.

»Wenn ich deiner Uniform sage, wo der Brunnen zu finden ist, läuft sie von ganz allein dorthin, nicht?«

Mit einem feinen Kamm fuhr er dem Soldaten durch die Haare. »Läuse auch. Nun gut. Wir verpassen dir eine hübsche Essighaube.«

Die Wanzen waren mit bloßem Auge zu erkennen.

Sie versuchten über die Decke zu fliehen, als der Arzt damit begann, dem Soldaten das Hemd aufzuknöpfen, das er ihm am gestrigen Abend übergestreift hatte. Kaum hatte er es ihm ausgezogen, warf er es zum Fenster hinaus. »Das hängen wir für einen Tag in den Rauch. Ich denke, damit vertreiben wir das meiste Viehzeug. Danach waschen wir es gründlich und es wird sogar zum Kirchgang taugen.«

Matthias grinste.

Er wusste, dass der Medicus nur zu Beerdigungen oder Hochzeiten von Freunden und Taufe von deren Nachkommen in die Kirche ging.

Dann putzte der Arzt seine Brille und inspizierte die Haut des Oberkörpers.

»Schädlinge und Lästlinge, wie erwartet. Nun, wir waschen dich gründlich und sehen mal, wie das den kleinen Bewohnern gefällt. Krätze. Du bist schon verflixt lange nicht mehr zu Hause gewesen.«

Den Gürtel zu lockern war schwierig, er rutschte nur unwillig durch die Metallschnalle. Als Prätorius dem

Mann die Decke vom Leib zog, fand er den gesamten Unterkörper voller Getier.

Mit dem warmen Wasser wischte er Würmer und Egel fort, beließ die, die sich schon festgebissen hatten. Andere Blutsauger saßen ebenfalls fest in der Haut. Prätorius arbeitete vorsichtig mit der Pinzette, lockerte sie so lange, bis sie freiwillig von ihrem Wirt abließen. Er wusch dem Mann die Haare und schlang ein Handtuch wie einen Turban um den knochigen Schädel, nachdem er den Essig aufgetragen hatte.

»Siehst du, Matthias, der Mensch hat kaum Fell, aber die Tiere lieben ihn doch. Läuse, Filzläuse, Flöhe, Wanzen – die Franzosen nehmen Vitrioldämpfe, um all die Plagegeister zu vertreiben. Ein Soldat mit massivem Juckreiz ist an der Front ein Risiko.«

Als der Mann frisch angekleidet war, schlug er die Augen auf, sah sich erschrocken um.

»Wo bin ich hier?«, eine Stimme wie ein Reibeisen und doch so schwach, dass das Flüstern leicht hätte überhört werden können. Der Kranke warf unruhig den Kopf hin und her. »Ist das Untier noch in der Nähe?«

»Nein, Sie sind hier sicher. Man hat Sie zu einem Arzt gebracht. Bei uns sind Sie in Sicherheit. Aber verhalten Sie sich ruhig. Die Franzosen sind nie weit entfernt.«

»Sie werden mich erschießen.«

»Nein. Bisher weiß niemand von Ihnen. Wie ist denn Ihr Name?«

»Alexander Bries.«

»Ich bin Dr. Prätorius. Dies ist mein Gehilfe Matthias. Wir werden dafür sorgen, dass es Ihnen bald besser geht.«

Ob der Soldat die letzten Worte noch mitbekommen hatte war ungewiss. Er hatte die Augen wieder geschlossen und sah aus, als schliefe er.

»Völlig entkräftet«, diagnostizierte der Medicus.

Es klopfte.

»Wer mag das sein? Ich erwarte niemanden«, murmelte der Arzt und ging zur Tür, sah aber vorsichtshalber durch das kleine Fenster im Nebenraum, um zu sehen, ob de Carant etwa schon draußen stand.

Eine Frau.

Anne war gerade im Begriff, zu ihrem Wagen zurückzukehren. Den Mut, ein zweites Mal zu klopfen, brachte sie nicht auf. Doch da wurde ihr überraschend doch noch geöffnet.

»Dr. Prätorius?«, fragte sie schüchtern den schlanken Mann, der trotz seiner starken Brillengläser, die seine Augen unnatürlich vergrößerten, sehr freundlich aussah.

Er nickte. »Wie kann ich helfen?« Seine warme, angenehme Stimme nahm die letzte Angst von ihr.

»Anne vom Braunerhof. Mein Mann, Knut, er ist krank. Kann nicht aufstehen und nicht arbeiten. Meine Schwiegermutter hat mich im Verdacht, ihm Gift ins Essen gemischt zu haben. Sie lässt sogar ihren räudigen Köter alle Speisen probieren, die ich ihr vorsetze – um sicherzugehen. Wenn Knut nun stirbt, wird die Alte wohl Sorge tragen, dass man mich wegen Mordes anklagt!«, sprudelte es aus der Besucherin heraus. »Dabei bin ich meinem Knut von Herzen zugetan. Nie würde ich …

nie!« Sie schluchzte und presste schnell ein zusammengeknülltes Taschentuch vor den Mund.

»Kommen Sie herein«, lud Prätorius die Frau ein und führte sie in den kleinen Raum, in dem er gewöhnlich seine Tinkturen mischte. »Erzählen Sie mir von Knuts Krankheit.«

»Vor zwei Tagen bekam er Leibschmerzen. Fieber mag auch dabei sein. Er kann nichts bei sich behalten, hat eine üble Scheißerei. Seit gestern kann er nun nicht mehr aufstehen – und mein Knut ist ein Baum von einem Kerl!«

»Was haben Sie denn schon probiert?«

»Brotsuppe. Ich stelle ihm Wasser hin – aber selbst das bleibt nicht drin. Er ist so entkräftet, ich habe Angst, dass er stirbt. In Leipzig selbst sterben auch so furchtbar viele daran.«

»Nun«, der Arzt tätschelte beruhigend den Arm der Fremden, »nur weil er Durchfall hat, muss es nicht die gleiche Krankheit sein wie in der Stadt. Suppe ist eine gute Idee. Können Sie ein bisschen Fleisch mitkochen? Hähnchen ist bekömmlich.«

»Meine Schwester hat mir gestern eines geschlachtet. Auf unserem Hof ist nicht mehr viel Federvieh. Der alte Hahn hat nur noch zwei Hennen, von denen brauchen wir die Eier. Wir haben noch ein Schwein – aber bei diesem kalten Regenwetter geht es dem nicht gut. Ist zu feucht. Wenn ich sie schlachten muss, sind alle Vorräte aufgegessen und wir werden im Winter Hungers sterben.«

»Der Winter wird wohl für uns alle eine große Herausforderung. Die Nahrungsmittel sind schon jetzt knapp«, bestätigte der Arzt und begann in seinem Vorrat von Medikamenten zu kramen.

»Nicht einmal ausreichend Heu gibt es. Weil die erste Überschwemmung schon so viele Wiesen hat verderben lassen«, meinte Anne besorgt.

Sie sah sich neugierig im Raum um.

Auf einem Brett standen hohe, mit einer klaren Flüssigkeit gefüllte Gläser mit Deckel.

In manchen waren Kräuter oder kleine Zweige eingelegt, in anderen jedoch entdeckte sie Tiere, die sie noch nie zuvor gesehen hatte. Eine seltsame Apparatur, die messingfarben glänzte, fesselte ihre Aufmerksamkeit. Eine lange Röhre führte zu einer Kippfläche, darunter war ein Spiegel befestigt. »Was ist das?«

»Ein Mikroskop. Wenn man oben hineinsieht auf die Dinge, die man auf dem Tischchen festklemmt, kann man sie größer und genauer sehen als mit dem Auge oder einer Brille.«

»Und dies? Wozu benötigt man so etwas?«

»Eine Geburtszange. Manchmal kommt es vor, dass das Ungeborene feststeckt. Dann kann man Mutter und Kind mit dieser Zange helfen und das Kind leicht herausziehen.«

Auf dem untersten Brett im Regal lag eine Sammlung von Klistieren. Daneben stand eine kleine lederbezogene Kiste. Anne beugte sich etwas vor, um das Schild darauf entziffern zu können.

»Oh, darin ist Mozarts Schädel. Ein Händler hat ihn mir angeboten und behauptet, wahre Musikliebhaber könnten die Tonfolge eines Klavierkonzerts hören, wenn sie ihn in der Hand hielten.« Prätorius lachte leise. »Ich bin wohl keiner. Als ich es ausprobierte, habe ich jedenfalls weder ein Klavierkonzert noch andere Musik wahrnehmen können.«

»Und das?« Sie zeigte auf ein Glas, in dem ein beiges Etwas lag, das einer Frauengestalt nicht unähnlich war.

»Alraune. Man sagt, sie könne Wunder bewirken. Die Manneskraft stärken, einen Liebesrausch auslösen, allerhand Krankheiten heilen. Aber«, er zuckte bedauernd mit den Schultern, »gegen Durchfall hilft sie nicht.«

»Vielleicht gegen den bösen Blick meiner Schwiegermutter?«, fragte Anne hoffnungsvoll.

»Ich fürchte, dagegen ist auch sie machtlos. Aber dies hier mag dem kranken Bauern helfen. Es ist gemahlene Kohle. Wenn es nicht die Krankheit aus der Stadt ist, hilft es vielleicht. Rühren Sie ihm etwas davon in Wasser oder Tee ein – wenn es nicht anders geht, nehmen Sie Kaffee, darin fällt die Farbe nicht so auf.«

Er reichte der Frau einen kleinen Tiegel.

Vorsichtig schraubte sie den Deckel ab.

»Ein schwarzes Pulver? Du liebe Güte! Wenn meine Schwiegermutter das bei mir findet, schlägt sie mich tot«, rief Anne entsetzt aus.

»Nun, so ist es sicher besser, ihr nichts davon zu erzählen.« Er zwinkerte der Bäuerin zu. »Wenn ich es einrichten kann, komme ich morgen vorbei. Versprechen kann ich im Moment aber nichts.«

Anne nestelte an ihrer Rocktasche und förderte das schwindsüchtige Geldsäckchen hervor.

»Stecken Sie das ein und kaufen Sie davon etwas Stärkendes zum Essen ein. Damit Knut schnell zu Kräften kommt, wenn es ihm besser geht.«

Die junge Frau errötete kräftig, bedankte sich stammelnd und lief eilig zur Tür hinaus.

Im Flur hatte Prätorius sie wieder eingeholt.

»Es ist wichtig, dass Sie und Ihre Schwiegermutter nicht die gleiche Latrine benutzen wie Knut. Die Erfahrung zeigt, dass es gut ist, wenn Kranke einen Ort für ihre Bedürfnisse haben – die Gesunden aber auch.«

Prätorius wusste nicht zu zählen, wie oft er in den letzten Tagen diesen Hinweis weitergegeben hatte. Es war schwierig den Menschen die Gefahr bewusst zu machen, in der sie schwebten. Wer die Krankheit aus der Stadt bekam, konnte meist nicht vor dem Tod bewahrt werden. Doch wie sollte man Durchfall von Durchfall unterscheiden?

»Wegen des Miasmas. Ich weiß.«

»Gut, meinetwegen nennen Sie es Miasma. Auf jeden Fall ist es klug, nach meinem Rat zu verfahren.«

Anne nickte. Sie würde tun, was er ihr auftrug.

»Wenn ich Gelegenheit finde, sehe ich morgen nach Knut.«

»Sie wollen einen Krankenbesuch auf dem Braunerhof machen?«

Die Bäuerin war entsetzt.

Das würde sie ihm nie entgelten können.

»Wir sind keine wohlhabenden Leute«, wisperte sie und spürte, als sie die Haustür ins Schloss zog, wie die Tränen in ihre Augen drängten.

Kaum hatte der Medicus damit begonnen, die einzelnen Fundstücke von den Mordorten am Fluss zu sortieren, die er unter dem Mikroskop genauer betrachten wollte, da klopfte es erneut, diesmal direkt an der Zimmertür.

Eleonora trat ein.

Verängstigt.

Prätorius eilte ihr entgegen, die Arme weit nach vorn ausgestreckt, so als fürchte er, sie könne das Bewusstsein verlieren und stürzen.

»Eleonora? Was ist?«

»Da ist ein Offizier«, hauchte das Mädchen mit farblosen Lippen. »Er will Sie mitnehmen!«

Tatsächlich. Hinter Eleonora drängte sich die unerwünschte Bekanntschaft vom Vorabend ins Blickfeld. Maurice de Carant.

»Genau. Sie werden mich sofort begleiten!«, forderte er zackig in militärischem Ton, der keinen Widerspruch duldete.

Prätorius war verärgert – aber klug genug, den Franzosen das nicht sehen zu lassen.

»Nun, einen Moment wird es schon noch dauern. Mein Pferd ist nicht vorbereitet«, antwortete er also statt der zornigen Erwiderung, die ihm auf der Zunge lag und ihm Erleichterung verschafft hätte.

»So dann, frisch ans Werk«, forderte der General und unterstrich seine Worte mit eindeutiger Gestik.

Im Vorübergehen drückte der Arzt beruhigend Eleonoras Hand.

Das Mädchen drängte sich hastig an den beiden Männern vorbei und verschwand in Richtung Küche.

Das Pferd war schnell gesattelt. De Carant behielt Prätorius die ganze Zeit über fest im Blick, als fürchte er, der Medicus könne sich zur Flucht entschließen.

Als er draußen aufsitzen wollte, rief de Carant: »Halt! Haben Sie Ihre Tasche mit all den seltsamen Arzneien?«

»Sicher. Sie steht direkt hier auf der Mauer bereit.« Langsam bugsierte der Medicus seine Stute zur Gartenmauer und griff nach seiner Tasche, hängte sie am Sattel ein.

»Vergessen Sie nur nichts!«, mahnte der Franzose mit besorgtem Unterton.

Wenig später trabten die beiden ungleichen Reiter nebeneinander her.

»Wie geht es denn meinem Patienten?«, erkundigte sich Prätorius im leichten Plauderton, der seine Unruhe verbergen sollte. Warum nur war der Franzose so schnell wieder bei ihm aufgetaucht?

»Sagen wir es so: Er ist bisher nicht verstorben – was ein großes Glück für Sie ist«, gab der andere patzig zurück.

»Ach, hatten Sie das tatsächlich angenommen?« Ein angestrengt amüsiertes Lächeln zog die Lippen des Arztes in die Breite.

»Nach dieser Prozedur? Natürlich! Sie haben die Wunde gespalten, Stücke aus dem Bein geschnitten. Ihre Behandlungsmethode wäre schon für einen Gesunden lebensgefährlich. Und Ihr Patient ist nicht bei Kräften.«

»Aber ich entnehme Ihren Worten, dass er meine Heilmethode trotz seiner geschwächten Konstitution überstanden hat.«

»Sagen wir es so: Als ich das Lager verließ, war er zumindest noch am Leben«, stellte de Carant ernüchternd klar, während Prätorius gegen eine unnatürliche Schwäche ankämpfte, die ihn im Sattel schwankend machte. Entschlossen bekämpfte er die aufkeimende Besorgnis und war fast vollständig beruhigt, als er dem Schalk in den Augen Carants begegnete. Ein Prätorius lässt sich keine Angst einjagen, nahm er sich fest vor – zumindest würde niemand etwas davon bemerken.

Sie passierten die Kontrollstellen ohne Probleme. Erreichten das Lager.

Prätorius war entsetzt.

In der letzten Nacht war ihm der vom Regen durchgeweichte Boden schon aufgefallen, doch nun, im Licht des grauen Tages erkannte er erst das ganze Ausmaß der Katastrophe. Der gesamte Platz glich einer Schlammsuhle. Bretter, die von einem zum anderen Zelt führten, sollten das Schlimmste verhüten, doch wer einen anderen Weg nehmen musste, sank bei jedem Schritt bis zur halben Wade ein. Überall wurde herb über die Verhältnisse geflucht. Soldaten versuchten, das Bein mitsamt Stiefel aus dem Dreck zu ziehen, nahmen die Hände zu Hilfe und sanken, während sie sich um das rechte Bein bemühten, mit dem linken immer tiefer.

Es stank nach Moder und Fäulnis, nach überforderten Abtritten.

»Könnte man das Lager nicht an einen trockeneren Ort verlegen?«

»Und wo sollte der wohl zu finden sein?«, lachte der Offizier. »Hellas?«

Nun, räumte Prätorius im Stillen ein, wahrscheinlich fand sich im Umkreis von mehreren hundert Meilen tatsächlich kein trockenes Fleckchen. Dieser Herbst war besonders nass und kalt, folgte auf einen verregneten Sommer mit Überschwemmungen. Der Oktober machte gar Anstalten, das Privileg des Winters brechen zu wollen, die Menschen zittern und frieren zu lassen.

»Und die Soldaten demotiviert es nicht, wenn sie unter diesen Bedingungen hausen müssen?«, tat der Medicus unwissend und dachte dabei an den Preußen, den er in seinem Haus versteckte.

Wieder lachte de Carant kehlig. »Was meinen Sie – sollen wir weißes Leinen decken und Champagner zum Kaviar reichen?«

Schwungvoll schlug die Ordonnanz die Plane zurück.

Das Erste, was Prätorius auffiel, war der wachere Blick seines Patienten.

Die Speischüssel war leer. Was natürlich nicht bewies, der Patient habe aufgehört sich zu erbrechen – vielleicht hatte die Ordonnanz sie nur gerade erneuert. An das Fußende des Feldbettes war ein Tisch geschoben worden, auf dem mehrere Schüsseln mit Wasser bereitstanden und sich ein großer Stapel sauberes Leinen türmte. Offensichtlich war seine Anordnung Wadenwickel anzulegen ernsthaft befolgt worden.

Er wusch sich die Hände und reinigte auch gründlich die Gläser seiner Brille in der ersten Schüssel, die danach von der Ordonnanz sofort aus dem Zelt getragen wurde. »Ich hole neues warmes Wasser!«, rief der junge Mann über die Schulter zurück und war verschwunden.

»Ich schlage jetzt die Decke zurück und sehe mir die Verletzung an, Sire«, warnte er den Verwundeten vor.

Der Geruch bewies, dass die Wunde noch immer schwärte.

»Ich lege einen neuen Verband an«, informierte er den Kranken, der sich interessiert in eine halb aufgerichtete Position gebracht hatte, um zu verfolgen, was der Arzt unternahm. De Carant stützte seinen Kaiser fürsorglich.

»Zunächst entferne ich Schiene und Bandage, dann sehe ich mir an, wie weit die Verletzung geheilt ist. Danach versorge ich die Wunde neu, bandagiere mit frischem Leinen.« Prätorius setzte diese Ankündigung sofort in die Tat um, noch während Carant übersetzte.

Die Wunde sah besser, jedoch keinesfalls beruhigend gut aus.

Der Medicus seufzte leise.

Unter der letzten Schicht Gaze hatte es weiter geeitert. Am Rand entdeckte er verbliebene Nekrosen.

Er griff in seine Tasche, entnahm ihr ein Bündel mit Instrumenten und wickelte es vorsichtig aus. Das Skalpell lag gut in seiner Hand. Aus dem Augenwinkel bemerkte er, dass der General kreidebleich wurde. Dann wandte de Carant sich rasch ab und sprach auf Französisch mit dem Patienten.

Napoleon warf einen skeptischen Blick auf Arzt und Werkzeug, nickte dann beinahe unmerklich.

Der Arzt arbeitete zügig.

Der Kaiser der Franzosen ertrug die Prozedur klaglos, zuckte nur gelegentlich mehr oder weniger heftig.

Während er über die Wunde gebeugt an den Wundrändern schnitt, schnappte Prätorius Fetzen der Unterhaltung zwischen seinem Patienten und de Carant auf.

»Österreich zieht Truppen zusammen. Wir …«, hier fehlten ihm zum Verständnis ein paar der französischen Vokabeln, »… ist nicht genau zu erkennen!«

»Ach, das will mir nicht wahr erscheinen. Der Kaiser ist mein Schwiegervater! Es ist vollkommen ausgeschlossen anzunehmen, er könne uns angreifen.«

Die geflüsterte Erwiderung des Offiziers war nicht zu verstehen.

»Natürlich! Ich weiß, dass er uns offiziell den Krieg erklärt hat! Carant, ich hatte Fieber – mein Gehirn funktioniert deshalb aber nicht weniger einwandfrei als zuvor! Ich gehe davon aus, dass meinem Schwiegervater keine andere Wahl blieb. Die anderen Staaten übten Druck auf ihn aus. Niemals wird er seine Truppen gegen den Mann der eigenen Tochter, den Vater seines Enkels ins Feld schicken.«

»Er hat seine Truppen hier in der Gegend konzentriert. Unsere Gewährmänner sind sicher, dass er in eine Schlacht eingreifen würde.«

»Und wenn schon. So mag er die Verbündeten in Sicherheit wiegen. Aber ich bin sicher, es ist eine trügerische! Wer weiß, was hinter seiner Stirn vor sich geht – aber es wird uns kein Österreicher im Wege stehen!«

Ich behandle hier Napoleon, den Kaiser der Franzosen!, schoss es Dr. Prätorius siedend heiß durch Mark und Bein und ihm brach der Schweiß aus. Das darf ich bei allem, was ich tue, nie vergessen!, ermahnte er sich. Wenn ich versage – er mochte sich nicht ausmalen, welche Konsequenzen sein Scheitern für ihn und Eleonora bedeuten würde, wollte sich nicht vorstellen, was man ihnen antun könnte.

Er zwang seine Atmung zur Ruhe. Sorgte dafür, dass seine Finger die sich ausbreitende Erregung nicht verraten konnten, versuchte, das rumpelnde Herz zu einem ruhigen Rhythmus zu überreden, denn er wusste, der Galopp in seiner Brust würde eine verräterische Röte in sein Gesicht pumpen, und daran war ihm wirklich nicht gelegen. Sollte de Carant nur weiter davon ausgehen, er sei derart mit der Behandlung befasst, dass er der Unterhaltung nicht folgen könne.

»Bestimmt sollten wir bei den weiteren Planungen den Wankelmut der Österreicher ins Kalkül ziehen, Sire.«

»Er wird es nicht wagen, eine Witwe und Halbwaisen zu verschulden!« Nun klang die Stimme des Kaisers so deutlich gereizt, dass Carant zu schrumpfen schien. Dennoch wagte er eine weitere Entgegnung.

»Mag sein, Sire. Doch die Österreicher könnten auf die Option verfallen, Frankreichs Kaiser den Verbündeten zu übergeben und ihn bis an sein Lebensende festsetzen lassen. So bleibt er zwar am Leben, verliert jedoch jedweden Einfluss.«

Der Patient produzierte ein unwilliges Geräusch.

Prätorius überlegte fieberhaft, warum man sich in seiner Gegenwart so offen unterhielt. Es war nicht notwendig, den kleinen Leipziger Medicus an solch strategischen Überlegungen teilhaben zu lassen. De Carant konnte diese Dinge zu jeder anderen Zeit vertraulich mit seinem Kaiser besprechen – unter vier Augen und

Ohren. Glaubte man, alle Sachsen stünden fest hinter Napoleon, weil ihr König auch an seiner Seite stand? Oder beobachtete ihn seit einiger Zeit einer der Soldaten ständig? Schließlich hatte de Carant schon im Wirtshaus gewusst, wen er wegen der Wundversorgung ansprechen sollte – und über seine Liebe zu Eleonora war er gar besser informiert als die junge Frau selbst! Ob sie auch von seinem Patienten mit der Biwakkrankheit informiert waren? Nein, überlegte er, dann wäre ich wohl als Verräter erschossen und nicht erneut zur Versorgung des kranken Kaisers abgeholt worden. Er drängte die aufsteigende Wut darüber zurück ausspioniert worden zu sein – auch noch so, dass er selbst es nicht bemerkt hatte. Wie hatte ich nur so unaufmerksam sein können, schalt er sich.

Sicher stand er seit seinem ersten Besuch beim Kaiser unter besonders aufmerksamer Beobachtung. Schon damit man sich seiner sofort entledigen konnte, sollte er etwas von dem ausplaudern, was er hier erfuhr. Kälte durchfuhr ihn. Wenn sie es wagten, Eleonora etwas anzutun, dann …

Äußerlich scheinbar unaufgeregt, verarztete der Medicus die Wunde, legte die Schiene erneut an, lobte die Ordonnanz für ihre Gewissenhaftigkeit bei den Wadenwickeln und der Kontrolle der Diät. Gab weitere Anweisungen und überlies dem jungen Soldaten etwas mehr von der gemahlenen Weidenrinde und Pfefferminze für den Tee.

Als er fertig war, verbeugte er sich leicht.

Napoleon würdigte ihn keines Blickes, de Carant flüsterte dem Kaiser etwas zu und meinte zu Prätorius: »Ich habe noch einige Dinge zu erledigen. Wenn Sie wollen, können Sie Ihre Tasche schon zu den Pferden bringen. Ich stoße so rasch es geht zu Ihnen und begleite Sie zurück.«

»Ach, wenn Sie so vieles regeln müssen, kann ich den Weg wohl auch allein finden.«

Der Offizier grinste zynisch. »Natürlich. Der erste Wachposten wird Sie vom Rücken des Pferdes schießen! Allein gelangen Sie nirgendwohin.«

De Carant wandte sich dem Kaiser zu und Prätorius fand sich wenige Augenblicke später etwas orientierungslos vor dem Zelt wieder. In welcher Richtung standen die Pferde heute? Er musste sich eingestehen, nicht darauf geachtet zu haben, weil ihm klar war, dass er nicht ohne Begleitung zurückkehren würde. Nervös warf er einen Blick über die Schulter. Hatte er auch hier einen Schatten, der seine Schritte im Auge behielt?

Er wandte sich nach links und schlenderte durch die Gasse, schlidderte gelegentlich, fing sich wieder, ging weiter. Immer wenn er strauchelte, nutzte er die Gelegenheit für einen raschen Blick zurück.

Tatsächlich!

Jemand schlich ihm nach.

Der zusammengestoppelten Uniform nach zu urteilen, wenn man sich darauf überhaupt noch verlassen konnte, ein einfacher Soldat.

Prätorius überlegte, ob es ihm wohl gelingen konnte, ihn abzuschütteln. Vielleicht, doch eine gute Idee war es wohl nicht, denn man würde den ohnehin vorhandenen Verdacht, er habe etwas zu verbergen, durch einen solchen Versuch eher bestätigt, denn ausgeräumt sehen.

Seine Aufmerksamkeit wurde von Stimmen abgelenkt, die sich auf Deutsch unterhielten.

Drei junge Männer in Uniform saßen auf einem Baumstamm, dicht an dicht und sprachen leise miteinander.

»Mich haben sie auf der Straße aufgeklaubt. Ich trottete so für mich hin, da wurde ich plötzlich von harter Hand im Nacken gepackt«, erzählte ein schmaler, blonder Mann. »Sie schubsten mich rüde in einen Wagen, einer zwang mich auf eine Bank, ein anderer holte ein Papier heraus und mir gegenüber stand ein Dritter, der ganz beiläufig mit der Waffe spielte. Und was soll ich euch sagen: Irgendwie zeigte der Lauf zufällig ununterbrochen in meine Richtung. Einer hielt mir den Federkiel hin und befahl: »Unterschreib!«, während der Dritte mit der Waffe … Nun, es war schon deutlich, dass ich verstehen sollte, es könne sich jederzeit ein Schuss lösen. Ein tödlicher. Na, was soll ich sagen? Natürlich habe ich unterschrieben.«

»Mit einem Kreuz?«, fragte ein Schwarzhaariger.

»Na, hör mal. Ich kann ja wohl noch meinen Namen schreiben!«, gab der Erste empört zurück.

»Nun, ich habe ein Kreuz gemacht«, lachte der Schwarzhaarige. »Ich dachte, dann kann ich mich rausreden. Aber den Zahn haben die mir ganz schnell gezogen. Sie seien nun wahrhaftig genug Zeugen, ich solle mir mal nicht einbilden, dass sie mich nicht wiederfinden könnten!« Er machte eine kurze Pause und setzte dann kleinlaut hinzu: »Ist mein erstes Mal.«

Der Dritte im Bunde, ein auffällig magerer Kerl, der kaum die sechzehn erreicht haben mochte, fiel schon durch seine weit aufgerissenen grünen Augen und den starren Blick auf, mit dem er in den Dreck der Zeltgasse starrte.

»Was ist denn mit dir? Wie haben sie dich gekriegt?«, erkundigte sich der Blonde.

Der Dritte wurde womöglich noch bleicher.

»Euch ist doch klar, dass wir hier sterben werden. Oder?«, fragte er zurück und strich die roten Haare aus dem Gesicht. »Die französischen Soldaten schicken uns vor. So trifft die erste feindliche Kugel in jedem Fall einen Sachsen und sie selbst bleiben verschont«, orakelte er finster.

»Ach, Rolf. Das glaube ich nicht. Sie entscheiden nach Können, nicht nach Herkunft.«

»Ach ja? Und wenn wir in die zweite Reihe gestellt werden, weil wir so gut stopfen können? Dann ist das auch nicht besser! Die erste Reihe kniet sich hin und schießt – die Kugel des Feindes erwischt den in der zweiten, der gar nicht sieht, was passiert, weil er ja auf die Waffe gucken muss, die er lädt! Wieder stirbt ein Sachse!« Rolf begann zu zittern.

»Nun, vielleicht hat Rolf gar nicht so unrecht«, murmelte der Schwarzhaarige leise. »Ehrlich gesagt, ich könnte mir schon vorstellen, dass sie ihre eigenen Leute schützen wollen. Napoleon braucht seine Soldaten noch.«

»Napoleon? Ich habe gehört, er soll hier im Lager sein.« Rolf löste seine Augen nicht vom Schlamm zwischen seinen Schuhen. »Man sieht aber nichts von ihm. Und das Essen ist auch nicht besser geworden. Vielleicht ist es nicht wahr, eine von den vielen Lügen, die überall kursieren, weil die Tage lang sind.«

»Ich habe das auch gehört. Mir hat sogar einer erzählt, das ganze Lager sei überhaupt nur seinetwegen errichtet worden. Er soll krank sein«, wusste der Schwarzhaarige.

»Wenn Napoleon stirbt, ist dann der Krieg vorbei?«, fragte Rolf hoffnungsvoll.

Aha, schoss es dem Wundarzt durch den Kopf, nicht einmal die Soldaten wissen von der tatsächlichen Anwesenheit und dem Zustand des Kaisers der Franzosen, das ist ja sehr interessant. Sicher wollte man durch die Geheimhaltung Unruhe unter den Truppen vermeiden. Es war also für de Carant doppelt wichtig, dass er, der Arzt, sein Geheimnis auch wirklich für sich behielt.

»Nein«, grinste der Blonde. »Es gibt einen Vertreter, der erst einmal übernimmt, und kurz darauf wird der Nachfolger bekannt gegeben. Die Schlacht bleibt keinem von uns erspart. Und, nur um mit dem Gerede aufzuräumen, der französische Kaiser schone seine Truppen: Ich habe mit einigen der Soldaten gesprochen, die am Russlandfeldzug beteiligt waren. Denen müsst ihr mal zuhören! Da war oft genug die Nachtwache am nächsten Morgen beim Wecken und der Ablösung tot! Erfroren. Andere sind einfach verhungert. Die Russen haben alles vernichtet, was den Soldaten hätte helfen können, wenn die näher an die Dörfer heranrückten. Es gab nichts zu essen und nichts zu trinken. Wegen des Mangels an Brennmaterial konnte man auch den Schnee nicht schmelzen. Einige sagen, sie hätten die Pisse der Pferde getrunken!«

»Pfui Teufel!« Der Schwarzhaarige schüttelte sich angewidert. »Nie im Leben könnte ich das! Pferdepisse trinken? Nein!«

»Wenn du sonst sterben würdest? Ich wette, dann könntest du das auch.«

Der Angesprochene machte ein würgendes Geräusch. Die beiden anderen lachten.

»Wisst ihr, warum die Rückkehrer aus Russland in so desolatem Zustand sind?«, fragte der Schwarzhaarige so, dass die anderen schon wussten, er kannte die Antwort. »Ausgezehrt, mit unversorgten Wunden, mit Lungenentzündungen, Wundbrand ...?«

»Also?«

»Die Soldaten haben nicht damit gerechnet, dass ihre Wundärzte im Krieg verletzt werden oder sterben könnten. Sie hatten nicht dafür gesorgt, dass neue die verstorbenen oder ausgefallenen ersetzen. Also gab es an der Front plötzlich kaum noch jemanden, der Verwundete versorgen konnte. Alles blieb unbehandelt, bis man sie in ein Lazarett ausfahren konnte. Deshalb!«

»Wie schrecklich! Da liegt man irgendwo schwer verwundet, hat Schmerzen – und es ist niemand da, der einem helfen will. Das ist schlimmer als Pferdepisse trinken zu müssen.«

»Die russischen Ärzte kannst du schlecht um Beistand bitten. Die haben kein Interesse daran, dass der Franzose überlebt.«

»Keine gute Sache. Wie sieht es eigentlich bei uns hier mit Wundärzten aus?«, erkundigte sich der Blonde aufgeschreckt. »Also, ich meine ja nur, wenn es in ein paar Tagen wirklich in die Schlacht geht, da will man doch sicher sein, dass im Falle einer Verwundung einer da ist, der sie versorgen kann.«

»Ich will nicht sterben«, sagte der Rothaarige. »Und wir werden alle draufgehen. Ihr werdet es schon sehen.«

So schloss sich der Kreis.

Schweigend starrten die drei Kameraden in die Pfütze, von der das Wasser aufsprang.

In einer anderen Situation hätte das ein fröhliches Bild sein können.

»Sagt mal«, schnitt Rolf ein neues Thema an, »habt ihr auch von dieser Bestie reden hören, die in der Gegend leben soll? Angeblich macht sie Jagd auf junge Frauen.«

»Ja, das hat man mir gestern erzählt. Beim ersten Versuch, das Vieh durch eine Jagdgesellschaft erlegen zu lassen, wurden drei der Jäger getötet.«

»Ach? Durch ein Tier? Und so viele andere konnten nicht helfen? Muss wohl mächtig groß und kräftig sein!«

»Nicht durch das Tier. Das haben sie, glaube ich, gar nicht zu Gesicht bekommen. Nein. Es war so: Die Treiber kamen mit einer Gruppe Jägern vom Wasser her in Richtung Stadt. Als sie durch das Unterholz brachen, dachten die Wartenden … So ist es dann passiert. Jeder von denen weiß nun eine andere Geschichte über die Bestie zu erzählen. Sie muss so groß wie ein Burgturm sein!«

»Nun gut. Den Tod der Jäger hat sie nicht zu verantworten. Aber das Lager ist ein ziemlich lauter Ort. Die Gerüche und der Lärm locken das Ungeheuer vielleicht hierher, zu uns.«

»Stellt euch vor, es schleicht sich an den Wachen vorbei! Solche Tiere verstehen es, sich geräuschlos im Wald zu bewegen. Es dringt ins Lager ein und bringt im Schutze der Nacht jeden von uns um. Und die Wachen bemerken nichts davon!« Rolfs Stimme zitterte.

»Bei Wölfen kommt so ein Verhalten öfter vor«, bestätigte der Blonde. »Bei Wölfen kommt das öfter vor«, setzte er mit Grabesstimme hinzu.

»Meinst du, es ist ein Werwolf?«

»Na, das wäre nicht das Schlechteste, oder?«, feixte der Rothaarige. »Die kommen nur bei Vollmond zum Zuge.«

»Es soll welche geben, die zieht das massenhafte Sterben wie von Zauberhand an. Die wären dann hier bei uns genau richtig.« Nach einer Pause murmelte der andere: »Vielleicht belauert das Vieh uns schon längst.«

Er beobachtete.

Das tat er gern. Aus der Deckung heraus, wenn niemand ihn bemerken konnte. In der Dunkelheit war es wunderbar. Das geheime, tagsüber vollkommen unsichtbare Leben der Menschen! Sie krochen aus ihren Löchern, suchten einander, fanden sich, begegneten sich, tranken miteinander, unterhielten sich am Feuer. Nachts schien vielen das Leben leicht.

Auch ihm.

Seine ungesunde Leidenschaft fiel keinem auf.

Die Marketenderinnen waren seit Neuestem besorgt.

Verständlich.

Ihre Wagen, die zunächst auf der Lichtung verstreut gestanden hatten, bildeten nun eine Art unordentlicher Wagenburg. Man versammelte sich um ein Feuer und konnte einander auf diese Weise besser im Auge behalten. Fatalerweise wirkte sich das Sicherheitsbedürfnis negativ

auf einige der geschäftlichen Unternehmungen aus. Man-
che Kunden scheute es auf einen Kauf oder andere Dienste
vorbeizukommen, wenn so viele Augen und ebenso viele
Ohren Zeugen wurden.

Einige der Damen waren zur Sicherung ihrer Einnah-
men zu einem neuen Verhalten übergegangen.

Er wusste das.

Musste also nur warten.

Würde für seine Geduld, die mit der einer Katze den
Vergleich nicht scheuen brauchte, belohnt werden.

Plötzlich klopfte jemand dem Medicus auf die Schulter.

Er wirbelte herum.

Sah direkt in das Gesicht des Soldaten, dem de Carant gestern die Wange gespalten hatte.

»Schie schind Arscht?«, nuschelte er und hielt dabei eine Hand an die Wunde.

»Ja.«

»Kann nicht eschen und trinken. Spreschen isch auch schwer.«

»Hm. Können wir uns ins Trockene setzen?«

Der Soldat nickte und machte kehrt, führte Prätorius zu einem der Zelte.

»Lassen Sie mich mal sehen«, forderte er den jungen Mann auf.

Frederic Parler nahm zögernd die Hand von der Wange.

»Tut sicher sehr weh. Der Schmiss ist quer übers Gesicht gut zu sehen, an der Wange aber ist er besonders tief. Ich denke, hier ist ein richtiges Loch entstanden.«

Der Soldat nickte.

»Ich kann versuchen, die Öffnung zu verschließen. Es wird nicht besonders gut heilen, die Narbe wird breit sein. Vielleicht werden Sie diese Seite Ihres Gesichts nicht mehr so gut bewegen können wie die andere. Aber wenn Sie wollen, können wir es versuchen.«

Wieder ein Nicken. Unsicher.

»De Carant hat es mir erlaubt. Weder Sie noch ich werden nach der Behandlung bestraft.«

Der junge Mann atmete auf.

Der Medicus begann mit der Arbeit.

Nach einer halben Stunde war das Loch zugenäht.

»So. Ich denke, es wird heilen – aber fassen Sie nicht ständig an die Stelle. Ich weiß, das geschieht automatisch. Versuchen Sie sich zu kontrollieren! Je weniger Sie hinfassen, desto besser. Es wird sicher nicht ohne Schwierigkeiten heilen, die Wundränder habe ich angefrischt, das kann helfen. Hier ist ein Pulver, das gegen die Schmerzen wirkt. Mehr kann ich leider nicht für Sie tun.«

»Isch gut scho.«

»Wenn die Schwellung zurückgeht, können Sie auch besser sprechen. Beim Essen und Trinken benutzen Sie ab sofort bevorzugt die andere Seite. Sie sollten nicht auch noch in die Wange beißen!«

Der Soldat grinste schief.

»Danke!«

Unerwartet riss jemand die Plane zur Seite.

»Hier also!«, knurrte de Carant. »Los. Wir wollen zurückreiten!«, kommandierte er dann unfreundlich und streifte die verarztete Wunde mit einem kurzen Blick.

»Frederic Parler! Pass auf, was du tust! Beim nächsten Mal ist womöglich kein Arzt in der Nähe, der auch noch Menschenfreund ist!«

Damit drehte er sich um und marschierte los.

Prätorius musste sich sputen.

9

Frau von Heimstätt war verärgert.

Nicht, dass dieser Zustand bei ihr etwas Besonderes gewesen wäre, er begleitete sie durch die meisten ihrer Tage, seit ihre beiden jüngsten Söhne in den Krieg gezogen waren. Neu war, dass er diesmal mit ihrem Ältesten zu tun hatte.

Er war, nicht zum ersten Mal, dem Frühstück ferngeblieben. Schon wieder.

Dabei hatte sie, wie sie meinte, unmissverständlich dargelegt, warum sie solch ein Verhalten nicht billige und welches sie in Zukunft von ihm erwarte. Nächtliche Rumtreiberei entsprach dabei nicht ihren Vorstellungen, wenngleich ihr bewusst war, dass Männer im Allgemeinen ab einem bestimmten Alter … Sie seufzte. Es war wohl natürlich. Dennoch nicht unkontrollierbar und ihr schien, genau daran, an männlicher Selbstdisziplin, mangele es ihrem Kind.

Wie dem Vater.

Sie selbst stammte aus einer preußischen Familie. Ihrer Meinung nach zeigte diese Tatsache das ganze Dilemma. Niemals wäre ein solches Benehmen, wie es zum Beispiel ihr Gustav auslebte, von ihren Eltern hingenommen worden!

Disziplin war ein Gut an sich. Eines, das in Zukunft das Überleben des Einzelnen und der Familie sichern würde. Gustav war das gleichgültig. Seine Freude war ihm das Größte. Nur gut, dass die beiden Jüngsten anders waren.

Mit ihnen konnte man sich vernünftig unterhalten, sie verstanden genau, worum es in diesen schwierigen Zeiten ging. Sicher, dass sie sich selbst bei dem schlechten Wetter in der letzten Zeit mit ihr nur im Garten treffen wollten, war sonderbar, aber nicht ganz unverständlich nach der Zeit der Entbehrungen in den Wirren des Krieges. Verständnis für den Bruder hatten sie jedenfalls nicht.

Unbestritten, Gustav arbeitete hart – tagsüber. Das war nicht wegzudiskutieren. Und er verdiente mehr als genug für seinen Lebensunterhalt, so, wie es sich für einen Spross der Familie von Heimstätt gehörte – doch sobald es dunkel wurde …

Glücksspiel. Hatte sie gedacht. In diesem Punkt war sie allerdings gar nicht mehr sicher.

Fröstelnd zog sie den edlen Schal enger über der Brust zusammen. Die Oberarme wurden dadurch beinahe schmerzhaft eng an den Körper gepresst. Selbst das knisternde Feuer konnte die Erinnerung an das unangenehme Gespräch nach dem Frühstück nicht vertreiben, auch die belauschten Worte nicht, die sie vorhin im Vorbeigehen aus der Küche hörte, wo sich das Gesinde versammelt hatte, um die Aufgaben für den Tag zugeteilt zu bekommen.

»Der junge Herr war nicht zu Hause«, hatte Monika, das Mädchen, erzählt. »Sein Bett war unbenutzt. Ich wollte ihn vorhin wecken – aber er war nicht da. Also zog ich nur die Vorhänge auf und öffnete das Fenster wie gewöhnlich zum Lüften.«

»Die Gnädige hat gestern noch lange in der Bibliothek auf ihn gewartet. Als er Schlag Mitternacht noch immer nicht zurück war, ging sie zu Bett«, wusste Maria, eine der Küchenhilfen.

»Nicht alle glauben, dass es ein Tier ist, das all diese Frauen tötet«, meinte Monika in unheilvoll düsterem Ton. »Ich würde mir auch Sorgen machen als Mutter.« Sie ließ offen, welche Art Befürchtung der Mutter sie konkret meinte. Dass der junge Herr Opfer der Bestie geworden sein könnte, von der alle wussten, dass sie bisher nur Frauen getötet hatte, oder er etwa die Bestie war, die sich in finsterer Nacht … Alle am Tisch schauderten.

»Ruhe!« Franz, der Hausdiener, trat hinzu und fuhr der schwatzhaften Versammlung über den Mund. »Wer so weitertratscht, kann sich gern nach einer anderen Anstellung umtun. Das Schicksal hat die Familie genug gebeutelt, da braucht es kein geschwätziges Gesinde, um den Schmerz zu nähren! So: Monika, die Vorhänge in der Bibliothek und den Schlafzimmern müssen abgehängt werden. Heute kommt die Waschfrau und die Schals sind staubig. Sorg dafür, dass die zum Wechseln gebügelt werden und bis zum Nachmittag aufgehängt sind! Die Vitrinen in der Bibliothek müssen ausgeräumt und gründlich ausgewischt werden. Maria, das übernimmst du. Vergiss nicht, die Gläser zu spülen und sorgfältig zu polieren. Und achte darauf, dass nach dem Putzen wieder alles an seinem angestammten Platz steht!« Zur Köchin gewandt fragte er: »Was hast du für heute vorgesehen?«

Die matronenhafte Frau lachte warm: »Alles, was die Kammer hergibt, würde ich meinen.«

Der kalte Blick aus den Augen des Hausdieners brachte das Lachen rasch zum Verstummen.

»Gut«, murmelte sie, »ich sehe, heute ist kein Tag für Scherze. Nach der offensichtlich unruhigen und kurzen Nacht der Gnädigen wäre eine leichte Suppe sicher nicht verkehrt. Vom Huhn. Danach etwas Fisch, gekocht, nicht zu scharf. Etwas Gemüse. Zum Nachtisch Pudding oder einen warmen Kuchen.«

Franz, der inzwischen vor dem Fenster stand, nickte.

»Im Garten ist Laub zu rechen. Hans, auch unter den Büschen! Nicht nur vom Weg, wie du das gern tust. Am Wochenende erwarten die Herrschaften Besuch, da soll der Garten wie gefegt erscheinen.«

Hans, der Gärtner, wackelte mit dem Kopf.

»Aber es ist nass. Da klebt das Laub gern fest. Wird länger dauern, bis ich fertig bin«, maulte er leise.

Franz wertete das als Zustimmung. Er war also verstanden worden.

»Ich werde zuerst den Vorrat an Wein überprüfen. Wenn Ärger ins Haus steht, wird immer ein guter Tropfen benötigt. Und der junge Herr, wenngleich er in einem Alter ist, das ihm einen selbstständigen Lebenswandel erlaubt, wird wohl Rede und Antwort stehen müssen. Fürs Mittagessen suche ich einen leichten, für den Abend einen französischen Rotwein heraus.«

»Bring zwei Flaschen mit. Wenn der junge Herr nach Hause kommt, wird eine nicht reichen.«

Leise und vom Personal unbemerkt hatte sich die Dame des Hauses wieder zurückgezogen.

Schließlich sollte sie niemand beim Lauschen erwischen. Zu peinlich! Immerhin war sie nun um die

Erkenntnis bereichert, dass selbst das Personal über Gustavs Verhalten spekulierte.

Doch das Schlimmste war der überraschende Besuch ihrer Freundin Hermine gewesen.

Gerade, als sie in den Garten gehen wollte, um sich mit ihren beiden jüngeren Söhnen zu besprechen, war ihre Kutsche vorgefahren. Mit schwellendem Widerwillen beobachtete sie, wie die Freundin energiegeladen ins Haus stürmte.

»Ach, meine Liebe!« Schon bei dieser Begrüßung, in schrillem, mitleidigem Ton, bekam die Dame des Hauses eine Gänsehaut.

»Wie schrecklich das alles für dich sein muss«, schnatterte die Freundin munter weiter, während sie ebenfalls am Feuer Platz nahm und sich ein gut gefülltes Likörglas vom Tablett griff. »Ich wusste, heute brauchst du die stützende Hand deiner guten alten Hermine! So ein Desaster aber auch!« Sie kippte den Likör in einem Zug. Franz schenkte nach, stellte die Flasche neben die Gläser auf dem Tablett und zog sich diskret zurück.

Hanna von Heimstätt spürte, wie ihr Herz bei dieser Einleitung zu rasen begann.

»Gustav ist aber auch wirklich ein leichtsinniger junger Mann. Er wird noch deinen guten Namen mit Schmutz besudeln. Und das so kurz nach dem Schrecken über den Verlust seiner Brüder.«

Eigentlich wäre es klug gewesen zu schweigen. Die Dame des Hauses ahnte mit jedem Wort, das sie von sich aus äußerte, zöge eine Katastrophe ins Haus. Dennoch entfuhr ihr in der Aufregung: »Wie kommst du nur darauf?«

Hermines Hand, die auf dem Weg zur Likörflasche war, verharrte schwebend.

»Soll das heißen, du weißt es noch gar nicht?«, staunte die uneingeladene Besucherin und riss die Augen übertrieben weit auf. »Aber Schätzchen, ganz Leipzig spricht doch von nichts anderem mehr.«

Der Dame des Hauses wurde schwindelig. Sie versuchte, aus dem Sessel aufzustehen, wollte zu ihren beiden Söhnen in den Garten, weg von der Besucherin und dieser Stimme, die nur hier war, sie zu quälen. Doch ihr fehlte die Kraft.

»Worüber?«, fragte sie also wie ein Hauch, und die Freundin nickte befriedigt, schenkte sich ein weiteres Glas ein und prostete Hanna zu. »Möchtest du nicht auch eines? Nein? Nun gut. Es würde dir aber guttun.« Hermine hatte sie mit einem seltsam triumphierenden Ausdruck angesehen und verkündete, als sei es ein bemerkenswerter Schlachterfolg: »Gustav ist in der letzten Nacht nicht zu Hause gewesen!«

»Nun, das weiß ich natürlich längst. Er ist alt genug. Schon seit mehr als 20 Jahren bringe ich ihn nicht mehr zu Bett!«, entrüstete sich Hanna, die nicht begreifen konnte, was am Verhalten ihres Ältesten so besonderes sein sollte, dass sich die ganze Stadt dafür interessierte.

»Sicher, sicher. Natürlich«, beruhigte die Besucherin ihre Freundin, kurz bevor sie zum nächsten Schlag ausholte. »Er war in den letzten Wochen oft über Nacht nicht in seinem Bett, nicht wahr? Treibt er sich nicht schon seit September im Dunkeln herum?«

Es entstand eine unangenehme Pause.

Giftige Wortlosigkeit.

Hermine schenkte sich erneut nach.

Hanna starrte schweigend auf das Muster ihres Kleides.

Plötzlich empfand sie die dezenten Blumen unpassend für diesen grauen Regentag. Schwarz hätte sie wählen sollen, doch das gefiel den beiden nicht. Sie wollten ihre Mutter nicht in dunklen Farben sehen, wenn sie zu ihnen auf die Bank an der Hecke kam. Gedankenverloren strich sie mit dem Zeigefinger über eine blaue Blüte. Vielleicht sollte ich den beiden doch etwas zum Essen mit nach draußen nehmen, überlegte sie, krampfhaft sich von der drohenden Wolke im Sessel gegenüber abwendend. Sicher, sie lehnten es immer ab, aber einen weiteren Versuch konnte sie doch unternehmen. Schließlich war es in diesen Zeiten schwierig, sich gut zu ernähren.

»Hörst du mir noch zu?«, bohrte sich Hermines Stimme einen Weg in Hannas Denken.

»Ja. Selbstverständlich. Ganz Leipzig zerreißt sich das Maul darüber, dass Gustav gelegentlich nicht in seinem Bett im Elternhaus übernachtet. Ich kann daran nichts Ungewöhnliches entdecken und verstehe auch in keinster Weise, warum es die Leute zum Tratschen bringt. Und was die Andeutung, er schleiche im Dunkeln herum, meinen soll, will sich mir auch nicht erschließen. Gibt es seit Neuestem eine Verordnung, die bestimmt, junge Männer haben mit Einbruch der Dämmerung bei ihren Familien zu sein?« Vielleicht, hoffte sie, würde ihr rüder Ton die andere endgültig verstummen lassen. Sie wünschte sich, diese Frau würde so schnell verschwinden, wie sie aufgetaucht war, wusste aber gleichzeitig, dass sie das nicht tun würde.

»Nun, manche sehen einen Zusammenhang zwischen seinen schlaflosen Nächten und den Mädchenleichen«, stellte die Freundin kalt klar.

»So ein ausgemachter Blödsinn! Natürlich hat Gustav mit den getöteten Frauen am Fluss nicht das Geringste zu tun! Niemand kann so etwas ernsthaft glauben! Er trifft sich gern mit Freunden, das ist alles.« Hanna von Heimstätt war nun doch aufgesprungen. Die sonderbare Schwäche in den Beinen zwang sie jedoch wieder in den Sessel zurück. »So eine unglaubliche Verleumdung.«

Hermines Augen sprühten Blitze vor Begeisterung: »Aber meine Liebe. Nun nimm es doch nicht so schwer. Vielleicht wird sich alles schnell aufklären. Aufregung ist nicht gut für die Verdauung.«

Nach einer wirkungsvollen Kunstpause holte sie Schwung für den entscheidenden Tritt. »Es ist nur so, dass dein Gustav von den Marketenderinnen gesehen wurde, die sich abends nach Einbruch der Dunkelheit auf der kleinen Lichtung versammeln. Sie haben Angst. Schließlich war das letzte Opfer eine von ihnen. Sie fühlten sich beobachtet und stöberten Gustav im Unterholz auf. Nicht nur, dass er nicht erklären konnte, was er dort trieb – nein: Inzwischen fragt sich ganz Leipzig, wie eine Mutter solch ein Verhalten zulassen kann. Wo bleibt die Erziehung?«

»Aha. Es geht also nicht gegen Gustav. Man verbreitet Gerüchte über mich. Nun, damit kann ich umgehen.«

»Aber nicht doch! Die wenigsten können sich daran erinnern, dass du aus Preußen bist!«, schoss Hermine noch einen Giftpfeil ab.

Hanna beobachtete ihre Hände. Sie bewegten sich ohne ihr Zutun. Flatterten von hier nach dort und wieder zurück, entzogen sich der Kontrolle durch ihren Willen. Nach einigen Minuten des Schweigens gab sie es auf und überließ sie sich selbst.

»Wenn ich gebürtige Sächsin wäre, würde das alles anders aussehen? Wäre Gustav nicht allein deswegen suspekt, weil er nachts zu Huren schleicht?« Nur mit Mühe war es ihr gelungen, ihren Zorn zu beherrschen, der gern erlaubt hätte, dass ihre Hand ins Gesicht der anderen schnellte, die grinsend vor dem Feuer saß und die Situation augenscheinlich genoss. »Wo wird derartig getratscht?

»Oh, so gut wie überall«, wusste die andere zu berichten. »Zum Beispiel auf dem Markt. Seit es nicht mehr viel zu verkaufen gibt, wird eben mehr geredet. Eine Geschichte wie diese findet von dort ihren Weg in jedes Haus.«

Als Hermine endlich gegangen war, starrte Frau von Heimstätt lange in die Flammen.

Es würde viel zu besprechen geben, wenn Gustav nach Hause kam. Wie konnte er nur so dumm sein?, überlegte die Mutter, er pirscht doch sonst auch nicht durchs Gebüsch. Doch mit einem tiefen Seufzer erkannte sie, dass sie vom geheimen nächtlichen Leben ihres Ältesten gar nichts wusste.

Ein neuer Gedanke beunruhigte sie. Was, wenn Gustav gar nicht mehr nach Hause kommen konnte?

Wenn er doch …?

Sie trug Franz auf, einen Boten zu ihrem Gatten ins Kontor zu senden, damit er nach Hause komme.

Dann griff sie nach einem wollenen Tuch und eilte zu ihrer Lieblingsbank im Garten.

»Ludwig, ich glaube, es bekommt dir nicht, dass du im Freien übernachten musst«, begrüßte sie ihren Jüngsten. Dessen lange lockigen Haare hatten sich in der Zwischenzeit von blond nach schmutzig braun verfärbt. »Eingefallene Wangen sind ein deutliches Zeichen dafür, dass du nicht genug auf deine Gesundheit achtest«, meinte sie mit leichtem Vorwurf, als er sich zu ihrer Linken setzte. »Und du siehst auch nicht besser aus«, wandte sie sich an ihren Mittleren, der sich an ihre rechte Seite schob. »Richtig durchscheinend bist du geworden. Ich habe fast den Eindruck, durch dich hindurchgreifen zu können. Völlig verdreckt seid ihr auch. Und eure Uniformen könnten dringend die geschickte Hand des Mädchens gebrauchen. Lauter Löcher vor der Brust. Dass man euch überhaupt so gehen lässt, ist eine Schande! Was sollen denn die Gegner von uns denken? Wahrscheinlich habt ihr recht, die Soldaten der Gegenseite sehen auch nicht besser aus. Nach so langer Zeit im Krieg, ohne zu Hause … Seht mal, ich habe euch etwas zu essen mitgebracht.« Hastig setzte sie hinzu: »Ja, ja. Ich weiß, ihr wollt von mir nichts annehmen, aber glaubt mir, wir leiden keine Not! Sie sind von der Obstwiese, ihr mögt sie doch so gern.« Sie zog für jeden einen Apfel hervor. Als keiner zugreifen wollte, seufzte sie ergeben und legte sie in ihren Schoß. Vielleicht überlegen sie es sich ja noch, dachte sie hoffnungsvoll. »Ich muss mit euch über Gustav sprechen«, eröffnete sie den beiden schließlich. »Ich glaube, er hat einen großen Fehler gemacht.«

August von Heimstätt, der zwei Stunden später vom Wohnzimmer aus in den Garten hinunterblickte, schüttelte bekümmert den Kopf.

»Wie lange sitzt sie schon dort?«, erkundigte er sich bei Franz. Er veränderte dabei weder seine stocksteife aufrechte Körperhaltung, noch drehte er sich zu seinem Hausdiener um. Er hielt die Hände hinter dem Rücken verschränkt, starrte unverwandt auf die graue Hecke, den grauen Rasen, die graue Frau, die inzwischen vom anhaltenden Regen vollkommen durchnässt sein musste. Hannas Frisur hatte sich aufgelöst, das Haar hing wie Seetang über ihre Schultern.

»Seit etwa anderthalb Stunden.«

»Und sie spricht die ganze Zeit über?«, der Hausherr zog die Augen zu Schlitzen zusammen, um besser sehen zu können, was nicht dort sein konnte.

»Ja. Mir erklärte sie, sie wolle die neue Lage mit den beiden besprechen. Sie hätten immer besser über den Bruder Bescheid gewusst als sie selbst.«

»Um Himmels willen, Franz. Niemand darf davon erfahren. Ich hoffe, sie hat zu ihrer Freundin Hermine keine Andeutung gemacht?«

»Bestimmt nicht. Sie hat Angst, dass die beiden nicht mehr kommen, wenn jemand von ihrer Anwesenheit im Garten erfährt.«

Wieder starrte der Gatte in den Regen.

»Nun, wollen wir hoffen, dass Dr. Prätorius recht behält. Er meint, es wird sich geben. Mit der Zeit würden die beiden blasser werden und eines Tages nicht mehr erscheinen. Sie könne nicht akzeptieren, dass sie ihre beiden Jüngsten verloren hat, weil wir ihre toten Körper nicht zur Bestattung bekommen haben.«

»Ja, es ist für Mütter eine schreckliche Situation«, bestätigte Franz vorsichtig.

»Dr. Prätorius glaubt, es fehle die letzte Sicherheit. Da sie die beiden Leichen nicht gesehen hat, klammert sie sich an die Hoffnung, man habe die falschen Namen auf die Liste der Gefallenen gesetzt.« Der Hausherr seufzte tief. »Bleibt nur zu hoffen, dass sie sich bald wieder fängt. Wenn erst das Gerücht die Runde macht, sie sei verrückt geworden, dann …«

Franz schwieg. Gerade im Moment wäre solches Gerede eine Katastrophe. Es würde den jungen Herrn in noch größere Schwierigkeiten bringen. Und offensichtlich hatte er bereits Ärger genug.

»Gustav wird zurzeit vernommen. Ich glaube nicht, dass man ihn ins Gefängnis werfen wird, aber gleichwohl war es eine ausgesprochen dumme Idee, ausgerechnet jetzt die Marketenderinnen zu belauern. Da hilft es nur wenig, dass er behauptete, er habe einen zwielichtigen Kerl verfolgt und wachte zum Schutz der Frauen über das Gelände. Unser Advokat nimmt sich der Angelegenheit an. Gustav!« Der Vater verwandte den Namen in einem Tonfall, der dem ähnlich war, den er auch für einen kräftigen Fluch gewählt haben würde.

Franz zog unmerklich den Kopf tiefer zwischen die Schultern.

Von Heimstätt riss sich vom Blick auf den Garten los.

»Maria soll der Gnädigen ein warmes Bad bereiten. Sie wird wohl durchgefroren sein. Ich gehe sie holen.«

Damit verließ er den Raum und polterte die Treppe hinunter. Franz hörte ihn zu Mantel und Hut greifen, die Tür schlagen.

»Maria!«, rief er in die Bibliothek. »Maria! Richte ein heißes Bad vor und stelle eine Wärmepfanne in das Bett der gnädigen Frau.«

»Ist gut! Ich setze Wasser auf«, wehte es zurück, und Franz machte sich wieder daran, seine eigenen Aufgaben im Haus zu erledigen.

»Meine Liebe!«, von Heimstätt streckte seiner Frau beide Hände entgegen. Sie legte ihre kalten hinein. »Wir sollten ins Haus gehen. Sieh mal, du bist ganz nass.«

Seine Frau blickte sich ziellos um, fuhr mit den Händen über ihre Kleidung und sah ihren Mann erstaunt an, als bemerke sie erst jetzt, dass es regnete.

»Oh, du hast recht. Es ist frisch draußen. Sehr früh in diesem Jahr.«

Sie erlaubte ihm, sie von der Bank hochzuziehen.

Ein kurzes Nicken nach rechts und links.

»Gut, wir können hineingehen«, erklärte sie dann.

»Weißt du, dass Gustav die Marketenderinnen belauert hat?«, fragte sie beim Überqueren des Rasens. Bei jedem Schritt spritzte neben ihren Schuhen das Wasser zur Seite und sie hatte Mühe, den Absatz wieder aus der Tiefe der Wiese herauszuziehen. Ohne auf seine Antwort zu warten, fuhr sie fort: »Bertram und Ludwig glauben nicht, dass er Böses im Sinn hatte. Sie meinen, Hermine wollte mich nur erschrecken und Gustav sei nicht in ernsten Schwierigkeiten. Bertram sagt, sein großer Bruder werde

gewiss alles aufklären und dann käme er nach Hause.«
Ein flüchtiges Lächeln huschte um ihre Lippen, war aber
so schnell verschwunden wie ein Blinzeln.

»Sicher haben die beiden recht«, bestätigte von Heimstätt. »Gustav ist ein guter Junge.« Er schob seine Frau
durch die Haustür, nahm ihr das tropfende Wolltuch von
den Schultern. »Es ist kalt gewesen. Am besten nimmst
du ein warmes Bad und legst dich hin.«

Hanna warf ihrem Mann einen verwunderten Blick
zu. »Ist dir nicht aufgefallen, wie wenig es deinen beiden Jüngsten bekommt, im Freien wohnen zu müssen?«

»Nun, bei diesem Wetter?«

»Besonders Bertram sieht nicht wohl aus. Und wieder
haben sie nichts gegessen«, erklärte die besorgte Mutter,
wies anklagend die beiden Äpfel vor. Folgte dann wider-
spruchslos Maria ins Bad.

Kaum war seine Frau hinter der Tür verschwunden,
rief von Heimstätt nach dem Gärtner.

»Hans, heute kannst du ohnehin nicht viel im Garten bewirken. Nimm dir ein braves Pferd aus dem Stall
und reite zu Dr. Prätorius. Sag ihm, dass ich ihn hier
sehen möchte. Und er möge sich sputen!« Als Hans
sich umdrehte, setzte er noch hinzu: »Nimm nicht die
Straße! Die ist vollgestopft mit Soldaten und Kriegsgerät. Schneller kommst du auf den Wegen durch den
Wald voran.«

Prätorius hatte sich kurz vor der Stadt von de Carant
getrennt. Er beschloss, er könne den angebrochenen Vormittag nutzen, um nach seinem Patienten zu sehen. Wo

genau liegt der Braunerhof?, überlegte er, erkundigte sich bei einem Vorüberkommenden nach dem Weg. Ein gutes Stück entfernt, dachte er, mal sehen, dass ich den Soldaten möglichst nicht in die Quere komme.

Auf dem Hof begrüßte ihn eine kleine Gruppe brauner Hühner. Sie gackerten fröhlich, zeigten sich von Regen und Matsch völlig unbeeindruckt.

»Na, etwas leiser könntet ihr schon sein!«, mahnte der Medicus und grinste. »Euer Lärm mag so manchem das Wasser im Mund zusammentreiben. Gibt viele hungrige Mäuler in der Gegend.«

Er machte ein paar Schritte in Richtung Wohnhaus. »Anne!«

Keine Antwort.

»Anne!«

Wieder blieb alles still.

Der große braune Hund, der ihm fragend in die Augen sah, hatte ein struppiges, räudiges Fell. Prätorius sprach das kalbhohe Tier freundlich an.

Der Hund grollte in der Tiefe seiner Brust, bellte dann halbherzig drohend und kam gleichzeitig schwanzwedelnd auf den fremden Besucher zu.

»Du bist ein wahrhaft kluger Wachhund«, lobte Prätorius. »Wenn der Hausherr krank ist, wäre es dumm, den Arzt vom Hof zu jagen.«

Er schob seine Brille auf die Nasenwurzel zurück und fragte: »So wirst du mir also erlauben, das Haus zu betreten?«

Der Hund wirkte unschlüssig. »Du kannst mir natürlich auch einfach zeigen, wo Anne ist. Dann gehen wir gemeinsam dorthin und du passt die ganze Zeit gut auf mich und deinen Hof auf. Na?«

Sie trotteten nebeneinander her zum Stall.

Doch dort war Anne auch nicht.

Als Prätorius endlich vor der Haustür stand und die Hand nach der Klinke ausstreckte, wurde mit einem plötzlichen Ruck ein Fenster über ihm geöffnet. Ein weißer Schopf über einem kleinen verhutzelten Gesicht erschien.

Aha, die biestige Schwiegermutter, konstatierte der Arzt.

Als er Luft holte, um sich vorzustellen, erschien unerwartet ein schwarzer Gewehrlauf neben der Gestalt, und er erkannte verblüfft, dass die Mutter seines Patienten auf ihn zielte.

»Was willst du hier?«, kreischte die Alte. »Hergelaufenes Pack dulde ich nicht auf dem Hof!«

»Ich bin Arzt. Ihr Sohn ist krank, ich wollte sehen, wie es ihm heute geht.« Er unterdrückte ein Schmunzeln. Als ›hergelaufenes Pack‹ hatte man ihn noch nie bezeichnet. Anne hatte wohl bei der Schilderung nicht übertrieben.

»Ha! Das könnte dir so passen! Sitz auf und reite davon. Den Köter kannst du gleich mitnehmen! Was für ein jämmerliches Exemplar von Wachhund!«

»Ihr Sohn braucht meine Hilfe«, versuchte der Medicus es erneut und fragte sich besorgt nach dem Verbleib der jungen Bäuerin. Sollten ihre düsteren Befürchtungen wahr geworden sein? Prätorius ärgerte sich über sich selbst. Hätte ich ihr geglaubt und sie begleitet, wäre so manches Missverständnis auszuräumen gewesen, schalt er sich.

»Mein Sohn braucht keine Hilfe! Schon gleich gar nicht von einem wie dir! Du warst es doch, den die Schlampe gestern besuchte. Tee, Brühe und schwarzes Pulver – deine Verordnung! Teufelszeug! Schwarze Magie! Nur seinen Tod willst du erreichen – ich kenne dieses liederliche Frauenzimmer viel zu lange, um nicht zu wissen, was hier gespielt wird! Den Kopf hat sie dir verdreht. Das tut sie bei allen Männern, also bilde dir nichts darauf ein. Du glaubst, wenn du meinen Sohn geschickt aus dem Weg verarztet hast, kannst du die Witwe heiraten und dir meinen Hof unter die gierigen Klauen reißen!«

»Nicht doch! Ihre Schwiegertochter kam um ärztlichen Rat und Hilfe. Nichts lag ihr ferner, als mir den Kopf verdrehen zu wollen. Wo ist sie denn?«, tat er harmlos und fügte hinzu: »Ich möchte wissen, ob sie der Verordnung gefolgt ist und die Medizin geholfen hat.«

»Das hat dich nicht zu interessieren. Reite nach Hause, so schnell das Pferd dich tragen kann. Hier bist du nicht willkommen.« Dabei fuchtelte die Greisin mit der Waffe herum. »Und solltest du glauben, ich sei des Schießens nicht oder nicht mehr mächtig, so zeige auf ein beliebiges Ziel und ich will es treffen!«

»Ich glaube Ihnen, dass Sie eine gute Schützin sind. Doch meine Frage haben Sie nicht beantwortet: Wo ist Anne?«

»Scher dich um deine eigenen Angelegenheiten. Du hergelaufener Wichtigtuer. Ein schwarzes Pulver – ja, das hast du dir fein ausgedacht. Die Braunerin mag ja alt sein, dumm ist sie jedoch nicht.«

Prätorius erkannte, dass er im Moment nichts ausrichten konnte. Er beschloss, den Hof zu verlassen. Langsam drehte er sich um, ging zu seinem Pferd zurück.

Hinter ihm keifte die Alte: »Anne ist eine Hexe. Wir haben beschlossen, mit ihr so zu verfahren, wie es Hexen zukommt. Solltest du uns weiter stören, werde ich zuerst dein Pferd erschießen. Dann magst du zu Fuß nach Hause gehen. Wenn ich dich dabei verletzen muss, so wirst du eben hinken!«

Der Medicus griff nach dem Zügel, tätschelte den Hals seiner Stute. In jeder Sekunde war er sich der Augen und der Flinte in seinem Rücken allzu bewusst. Es muss mir gelingen, ihr Misstrauen einzuschläfern, sie soll den Eindruck haben, dass ich aus Furcht davongeritten bin, überlegte er.

Etwas ungeschickt schwang er sich in den Sattel. Warf einen Blick über den Hof. Wo mochte sie Anne versteckt haben? Was plante sie der armen Frau anzutun?

Die Stute tänzelte ein paar Schritte am Stall entlang, dann erst machte sie widerstrebend kehrt und setzte sich gemächlich in Bewegung.

»Los! Mach dass du von meinem Hof kommst!«, rief ihm die Alte zu.

Vorsichtig setzte das Tier einen Huf vor den anderen, darauf bedacht, im glitschigen Untergrund Halt zu finden. Im Schneckentempo brachte Prätorius sich und das Pferd aus der Schusszone.

Der braune Hund winselte zum Abschied. Der Medicus ahnte den Grund dafür.

Wenn Anne die Tiere fütterte und nun gefangen gehalten wurde, hatte diese Arbeit wahrscheinlich niemand übernommen. Die Mutter des Bauern war mit dem Bewachen des Anwesens mehr als ausgelastet. Hühner und Hund hatten schlicht Hunger.

An der nächsten Ecke, mit Sicherheit nicht mehr vom Haus her einsehbar, drängte er sein Pferd auf einen Trampelpfad, von dem er hoffte, der würde ihn von hinten an den Braunerhof heranführen.

»Die arme Frau ist in ernster Gefahr, würde ich meinen«, vertraute er der Stute an. »Vielleicht komme ich schon zu spät. Wer weiß, ob der Sohn noch am Leben ist. Wenn es die Krankheit aus der Stadt ist, standen die Chancen schon gestern schlecht für ihn. Die Alte mag glauben, die Ehefrau hat den Mann vergiftet. Was mag ihr wohl eingefallen sein, um sie zu quälen?«

Das Tier bewegte sich geschmeidig auf dem kaum hufbreiten Pfad, als habe es verstanden, dass sie sich möglichst geräuschlos nähern mussten.

»Und wie ich ins Haus komme, steht in den Sternen! Eine alte Frau zu überwältigen erscheint nicht allzu schwierig – doch sie ist bewaffnet. Und außerdem sprach sie von wir. Wollte sie mich damit nur verunsichern oder hat sich in diesem Haus ein ganzer Zirkel hexenbesessener alter Frauen versammelt, die ihre Söhne beschützen wollen?«, murmelte er leise vor sich hin.

Ganz mit seinen Überlegungen beschäftigt, schrak er heftig zusammen, als plötzlich ein Gewehr auf ihn angelegt wurde.

»Absitzen!«

»Das können Sie nicht von mir verlangen!«, winselte der Gerber. »Nicht schon wieder! Ich habe noch nicht einmal die Kosten für die letzte erstattet bekommen.«

»Hör auf zu lamentieren. Bei dir werden zehn Mann einquartiert. Es trifft alle, du kannst dich nicht weigern. Die Truppen werden zusammengezogen, wir brauchen also mehr Plätze!« Der Quartiermeister leckte an der Feder und begann in einer langen Liste Eintragungen vorzunehmen.

»Was werden Sie tun, wenn ich einfach meine Tür verschließe und niemanden ins Haus lasse?« Kampflustig reckte Bernd sein Kinn vor. »Standrechtlich erschießen?«

Der Quartiermeister sah den widerspenstigen Gerber nachdenklich an. »Wäre nicht die schlechteste Idee. Auf dem Markt, zum Sonntag. Und wir sorgen schon für genug Publikum, damit sich rumspricht, was passiert, wenn man die Einquartierung verweigert.«

Bernd schluckte. »Das würden die Leipziger nicht hinnehmen. Das ist Mord.«

»Nun, für dich käme der Protest der Bürger in jedem Fall zu spät!«

Ungerührt beugte sich der Mann wieder über seine Aufzeichnungen.

»Zehn Mann ziehen bei dir ein. Die Liste mit den Verpflegungsrichtlinien hast du hoffentlich noch?«

»Nein. Und finanzieren kann ich das ohnehin nicht. Es reicht nicht mal für meine eigene Familie. Die Stadt hat Schulden bei mir, die Leder sind noch nicht bezahlt, beim Metzger lasse ich seit Ewigkeiten anschreiben. Wie soll ich da zehn Männer versorgen?«

»So, wie es vorgeschrieben ist, würde ich dir raten. Ich habe ein Auge auf dich«, erklärte der Quartiermeister und reckte drohend den rechten Zeigefinger.

Verzweifelt warf Bernd die Hände in die Luft.

Es war sinnlos.

Im Rausgehen konnte er sich doch nicht verkneifen, gerade so laut vor sich hinzumurmeln, dass der andere es hören musste: »Ist typisch. Bei denen, die nur schmale Börsen haben, da wird einquartiert. Die Reichen lässt man von dergleichen Ungemach unbehelligt. Bei Weller wohnen nur zwei!«

»Pack dich, bevor ich mir überlegt habe, wie ich auf diese Frechheit reagieren möchte!«

Als Bernd auf der Straße stand, unschlüssig, wohin er sich wenden sollte, dem Wirtshaus oder der Werkstatt zu, riss der Quartiermeister sein Fenster auf und schrie auf ihn hinunter: »Der sächsische König steht im Bündnis mit uns! Unsere Weisungen sind auch die seinen. Wer sich uns widersetzt, stellt sich gegen den eigenen König. Das wird er wohl kaum dulden, nicht wahr?«

»Der sächsische König ist im Moment nicht zu Hause, wie man munkelt. Mag sein, er hat die Lust am Bündnis verloren?«, fragte Bernd zurück und machte, dass er davonkam, bevor der andere ihm folgen konnte.

Zügig wandte Bernd sich dem Wirtshaus zu.

Es galt, gründlich darüber nachzudenken, was nun geschehen sollte. Und seiner Erfahrung nach ging das bei einem Krug Bier am besten. Bei dem, was ihm schon vage als Lösung vorschwebte, war alkoholische Unterstützung ohnehin hilfreich.

Er setzte sich in eine dunkle Ecke, nippte still am Bier und brütete vor sich hin.

Vom Nachbartisch wehten Fetzen der Unterhaltung zu ihm herüber.

»So eine Einquartierung muss ja nicht in jedem Fall schlecht sein.« Kurt strich wohlig und zufrieden durch seinen ordentlich gestutzten Bart. Die grauen Augen huschten derweil von einem Gesicht zum anderen. Jetzt war ihm die Aufmerksamkeit der anderen gewiss.

»Wie meinst du das?«

»Na, wie werde ich das wohl meinen?«, äffte Kurt den Frager nach und lachte tief aus dem fassartigen Bauch heraus. Dann beugte er sich mit Verschwörermiene über den Tisch. Die anderen taten es ihm gleich, mussten aufpassen, dass sie nicht mit den Köpfen zusammenstießen. Kurt senkte die Stimme und erklärte: »Es kommt doch wesentlich auf das Geschick des Einzelnen an. Natürlich muss man ihnen anbieten, was ihnen zusteht. Aber niemand kann dich zwingen, die Waren auch zu dem Preis einzukaufen, den man dir als Auslage berechnet. Wenn du günstiger wirtschaften kannst, streichst du am Ende deinen Gewinn ein.«

»Gewinn? Ach, viel wird das nicht sein!«, murmelte einer am Tisch skeptisch.

»Es mag beim einzelnen Mann nicht viel sein, aber es fließt!«, prahlte Kurt.

Der Gerber schüttelte den Kopf.

Dummes Gerede und Angeberei, wohin man hörte. Jeder behauptete, einen Schnitt zu machen, und doch blieben die meisten oft genug auf den Kosten sitzen. Die

Soldaten zogen weiter und die Rechnung geriet in Vergessenheit, die Auslagen wurden nie beglichen.

»Früher kamen die wenigstens mit Zelten. Da gab es so was nicht, dass die Soldaten in den Dörfern wohnen. Neumodischer Kram!«, schimpfte einer, der so faltig war, dass Bernd glaubte, der sei sicher schon beim Dreißigjährigen Krieg mit dabei gewesen.

»Das nennen sie Taktik!«, wusste Kurt.

»Aha?«, machte der Verleger, an dessen Namen sich Bernd nicht erinnern konnte.

»Ja. Wenn die Truppen Zeltlager aufbauen, sehen das die Gegner möglicherweise. Die wissen dann genau, wo der Feind sich gerade aufhält und können in Ruhe ihren Angriff planen. Außerdem müssen die Lager auch wieder abgebaut und eingepackt werden. Das dauert. Indem sie die Soldaten in den Häusern verstecken, sieht keiner, wo sie sind. Und wenn der Befehl zum Angriff kommt, stehen die nur auf und greifen nach Gewehr und Tornister. Sie sind viel schneller da, wo sie gerade gebraucht werden.« Kurt lehnte sich auf seinem Stuhl zurück und nahm einen großen Schluck aus seinem Krug.

»Das verstehe ich schon. Aber ehrlich gesagt, diese Taktik bringt die Leute gegen die Soldaten auf.« Plötzlich entdeckte der Sprecher den schweigenden Gerber. »Mensch Bernd, du sagst ja gar nichts.«

Das Rattern des vorbeifahrenden Leichenkarrens enthob den Angesprochenen erst mal einer Antwort.

»Du liebe Güte. Voll beladen. Ist eine Schande, dass so viele junge Männer sterben müssen. Bestimmt weiß man bald nicht mehr, wohin mit all den Leichen.«

»Sie heben große Gruben aus und setzen mehr als zehn in einem Grab bei. Manchmal mit Pferden. Das habe ich gelesen«, sagte der Verleger, dessen Name Bernd noch immer nicht einfallen wollte. »Der Friedhof kann kaum mehr welche aufnehmen.«

»Na, Bernd, Ärger mit der Familie?«, fragte er dann in Richtung Ecke.

»Nein. Den Kopf voll anderer Dinge.«

»So? Nun, komm rüber zu uns und erzähle!«

Bernd nahm seinen Krug an den Nachbartisch mit, die anderen rückten zusammen, und so fand sein Stuhl zwischen ihnen Platz. »Ich war gerade beim Quartiermeister«, stöhnte der Gerber.

»Du also auch. Tja, wäre vielleicht noch zu ertragen, wenn es alle gleichermaßen träfe. Aber es drängt sich schon der Eindruck auf, dass die kleinen Leute die Last schultern müssen, während die Reichen geschont werden.«

Der Verleger wusste es offensichtlich nicht besser oder er versuchte Stimmung gegen die Franzosen zu machen. In Zeiten wie diesen schien beides an einem derart öffentlichen Ort gefährlich, und so beschloss Kurt das Thema zu wechseln. »Wie viele bekommst du denn?«, erkundigte er sich mitfühlend. »Bei deiner großen Familie ist nicht viel Platz zu vergeben.«

»Das will er aber nicht einsehen! Ich habe versucht zu erklären, dass es schon ohne ›Gäste‹ bei uns sehr beengt ist. Er meinte, wir sollten eben zusammenrücken, das würde auch wärmen! Bei dem Wetter sogar angenehm.«

Bernd starrte trübe auf die derbe Tischplatte.

»Ist wie immer: Wer den Schaden hat, muss sich um Spötter nicht sorgen.«

»Hast du nicht acht Töchter?«, hakte der Ausbeiner nach und betonte das letzte Wort so, als handle es sich dabei um eine ansteckende Krankheit.

»Eben«, bestätigte Bernd, dem der seltsame Ton entgangen war. »Genau das habe ich auch gesagt. Zehn ausgehungerte Männer zu meinen acht Mädchen! Eine Katastrophe.«

Der Verleger wiegte den Kopf und meinte im Versuch zu trösten: »Mit ein bisschen Glück sind die Soldaten zu müde, um mit deinen Töchtern ins Heu zu steigen.«

»Ha! Und wenn nicht? Dann ziehen die ab und ich werde kurze Zeit später mehrfacher Großvater. Ihr wisst doch selbst, wie diese Kerle sind. Die nehmen ungefragt alles, worauf sie gerade Lust haben. Es ist zum Verrücktwerden.«

»Lecker sehen deine acht schon aus. Zum Anbeißen! Besonders die Sabine.«

»Acht Töchter durchzufüttern ist schon schwer genug. Und wer soll sie dann noch nehmen, wenn sie einen Wechselbalg haben? Stellt euch vor, jede ... Das sind dann sechzehn!« Bernd schüttelte sich bei der Vorstellung. »Und die Sabine hängt immer noch ihrem Soldaten nach. Ihr wisst schon, sie hat ihn im Sommer gesund gepflegt – und es kam, wie es eben kommen muss. Das unerfahrene Ding hat sich verliebt. Und nun ist ihr das Herz schwer, weil der junge Mann wieder zu seinen Kameraden zurückkehren musste. Jeden Tag läuft sie zum Friedhof, um zu sehen, ob er unter denen ist, die sie dort abladen. Das ist nicht gesund für ein so junges Ding, sicher nicht. Weiber!«

Die Runde schwieg nachdenklich.

Als Erster erhob sich Kurt, klopfte dem Gerber auf die Schulter und ging mit schweren Schritten aus der Tür.

»Wir kriegen auch welche. Ich muss nach Hause und es Grete sagen!«, murmelte der Ausbeiner, machte eine eindeutige Armbewegung, die alles, was seine junge Frau dazu sagen würde, als Weibergezänk in den Orkus schleuderte, und strebte mit unsicherem Gang dem Ausgang zu. Auch der Verleger nutzte die günstige Gelegenheit und schickte sich an aufzubrechen.

Prätorius erstarrte.

»Absitzen!«, wiederholte der Wachposten.

Der Arzt tat, was von ihm verlangt wurde. Er hatte auch keine andere Wahl. Ein vorsichtiger Blick ins Rund zeigte ihm, dass das Waldstück mit Soldaten gespickt war. Die Läufe der Gewehre zielten direkt auf ihn. Ausnahmslos alle.

Langsam hob er sich aus dem Sattel. Reichte die Zügel an den Uniformierten weiter. Der Blick seiner Stute war eindeutig: Sie wollte dem Fremden nicht ins Unterholz folgen. Beruhigend tätschelte der Medicus dem Tier den mächtigen Hals, redete ihm gut zu.

»Was zur Hölle tun Sie hier?«, forderte eine zornige Stimme hinter ihm Aufklärung.

Prätorius schoss herum und begegnete den hasslodernden Augen de Carants. »Wohin ich auch gehe, ich begegne Ihnen!«

»Ich bin Arzt«, gab der Medicus zurück, versuchte den anderen nicht hören zu lassen, wie wütend er war. »Ich wollte einen Hausbesuch bei einem meiner Patienten machen. Aber Sie und Ihre Männer haben hier tatsächlich nichts verloren!«

»Welch anmaßende Formulierung. Zu beurteilen, wo wir etwas verloren haben, können Sie getrost mir überlassen«, fauchte de Carant zurück. »Jemandem wie Ihnen bin ich keinerlei Rechenschaft schuldig.«

»So? Sind Sie sicher, dass es die Bürger Leipzigs nicht zu interessieren hat, was die Verbündeten des Königs vor den Toren der Stadt tun und lassen?«

»Sie haben Ihren Patienten nicht aufgesucht! Wir haben Ihr sonderbares Treiben beobachtet. Man hat Ihnen den Zutritt zum Haus verwehrt!«, trumpfte der Franzose auf.

»Das will ich gar nicht leugnen. Die alte Mutter meines Patienten ist verwirrt. Sie glaubt, überall die Brut der Hölle zu sehen und ist davon überzeugt, ihr Sohn sei nicht krank und bedürfe keiner Hilfe.«

»Was wollten Sie nun im Wald? Hinter dem Haus, das man Sie nicht betreten lassen wollte?«

Prätorius zögerte mit seiner Antwort. Schließlich hatte er vorgehabt, Haus und Hof unbefugt zu durchstöbern. Was einem Einbruch gleichkam.

Es lag nicht in seiner Absicht, de Carant eine Handhabe zu liefern, ihn festzusetzen. »Und das geht Sie nun wieder nichts an!«, entgegnete er deshalb scharf.

Schweigend, bebend vor Zorn standen sich die beiden Männer so dicht gegenüber, dass ihre Leiber sich beinahe berührten. »Wollen Sie mich jetzt von Ihren Leuten erschießen lassen, weil ich einem schwer kranken Patienten beistehen wollte?«, gab sich der Arzt unerschrocken.

»Nein, wahrscheinlich nicht«, quetschte der General zwischen den zusammengebissenen Zähnen hervor.

»Sie sind mir mit Ihren Männern gefolgt, nicht wahr? Warum? Wollten Sie sich davon überzeugen, dass ich mich nicht konspirativ mit dem Feind treffe?«, zischte Prätorius erbost.

Die Überraschung im Gesicht seines Gegenübers war echt.

De Carant schien den Arzt eine Ewigkeit wortlos anzustarren. Selbst unter den Soldaten war Sprachlosigkeit ausgebrochen, alles Gewisper verstummt.

Dann begann der Offizier zu lachen. Dunkel und verhalten.

»Nun, mir scheint, Sie nehmen sich gar zu wichtig«, gab er schließlich atemlos zurück. »Natürlich sind wir Ihnen nicht gefolgt. Und ich bin sicher, dass Sie das Leben einer gewissen jungen Frau nicht gefährden wollen, indem Sie hinter meinem Rücken mit dem Feind in Kontakt treten. Ich denke, in diesem Punkt herrscht Einigkeit zwischen uns.«

»Dann kann ich also jetzt nach dem kranken Bauern sehen!«

»Nein!«, de Carants Ton war scharf wie eine neue Säbelklinge.

Er winkte einen der Soldaten heran.

»Du bist mir verantwortlich, dass dieser Mann unseren Einsatz hier nicht stört. Versagst du, bezahlst du das mit deinem Leben!«

Zu Prätorius gewandt meinte er: »Es geht Sie nichts an, aber ich will es Ihnen dennoch sagen: Dieser Bauer beherbergt eine Gruppe preußischer Soldaten. Wir werden das Nest jetzt ausheben!«

Besorgt dachte der Medicus an den Preußen, der unter seinem Dach Schutz gefunden hatte – und an die Konsequenzen, die es für ihn, Eleonora und Matthias haben konnte, wenn die Franzosen den Mann entdeckten. Weder das Leben dieser beiden noch sein eigenes wäre dann zu retten.

Zwei der Soldaten fesselten Hand- und Fußgelenke des Medicus. Ein dritter stand ihnen derweil gegenüber und zielte unverwandt mit dem glänzenden Lauf der Waffe auf seine Brust. De Carant persönlich überwachte seine Männer und kontrollierte sogar zum Abschluss selbst die Festigkeit der Knoten und die Spannung der Seile, mit der man Prätorius an einen Stamm gebunden hatte.

»Bon! Allez!« Damit machte sich der Trupp auf den Weg zum Hof.

Prätorius hatte verloren.

Für Anne und ihre Familie konnte er nichts mehr tun.

Von fern zog das Geschrei der Soldaten zu ihm herüber.

Das Schwein quiekte entsetzt, die Kuh protestierte mit lautem Gebrüll, Gegröle aus Männerkehlen, aufgeregtes Gegacker von Hühnern, ein Schuss, ein gellender Frauenschrei – Türen schlugen krachend zu, Soldaten traten sie offensichtlich kurzerhand ein. Der Arzt zerrte vergeblich an den Fesseln, wand sich wie eine Schlange, um sich vom Baum lösen zu können, keuchte und musste schließlich die Vergeblichkeit seiner Anstrengungen einsehen. Er spürte, wie Blut von seinen Gelenken über die Finger rann, hörte weitere Schüsse, erst zwei, dann noch einmal drei.

Danach war es vollkommen still.

Prätorius senkte den Kopf.

Tränen rannen über seine Wangen.

Es war vorbei.

Plötzlich zerriss wieder das Gejohle der Soldaten die unheilschwangere Ruhe.

Es dauerte eine gute Weile, bis der Trupp zurückkehrte.

Den alten Gaul des Braunerhofs führten sie vorneweg, zwei hatten die Kuh zwischen sich, zwei weitere das über einer Stange baumelnde Schwein geschultert, anderen hingen die Hühner an den Beinen aus den Händen. Die Köpfe der Tiere schwangen hin und her bei jedem Schritt.

Ganz offensichtlich waren außer der Kuh und dem Pferd keine Gefangenen gemacht worden.

»Ihre Bauersfrau war das Schlimmste, was ich je an verlogenem Pack erleben musste. Selbst als ich auf ihren Mann anlegen ließ, der zu feige war, auch nur aus seinem Bett zu kriechen, selbst da behauptete sie noch, von fremden Soldaten nichts zu wissen. Auch die Alte war nicht einsichtig. Die widerwärtige Hexe hat doch tatsächlich einen meiner Männer erschossen. Die Preußen hatte man offenkundig rechtzeitig gewarnt«, ein eisiger Blick traf Prätorius, »die waren bereits ausgeflogen.« De Carants Augen verengten sich zu Sehschlitzen, hinter denen das wütende Flackern nur zu erahnen war. »Sie haben da nicht zufällig Ihre Hände im Spiel gehabt, Herr Doktor Prätorius?« Er betonte das Wort Herr so, dass es verächtlich klang. »Schließlich waren Sie kurz vor uns bei den Bauern.«

»Sie haben mich die ganze Zeit beobachtet. Haben gehört, was die Alte zu mir gesagt, wie sie mich vom Hof getrieben hat. Sie wurden Ohrenzeuge ihrer Drohung, mich zu erschießen. Meinen Sie nicht, einem so fähigen Offizier wie Ihnen wäre aufgefallen, wenn ich jemanden warne!«, gab Prätorius süffisant zurück.

Der General beugte sich zu Prätorius' Ohr hinunter.

Als der heiße Atem ihn traf, schauderte der Medicus zusammen. »Morgen! Kann er nicht aufsitzen, ist Ihr Leben keinen Brotkrumen mehr wert! Vergessen Sie das nicht. Und sollte ich Sie heute Abend nicht zu Hause antreffen, so will ich meine Leute mit Freuden auf Sie hetzen. Es wird den Männern ein Vergnügen sein, mir Ihren Kopf zu Füßen zu legen.«

»Dieses Gemetzel hier war nicht notwendig.«

»Vielleicht nicht. Ich sage meinen Leuten auch immer wieder, dass so etwas nicht dem Willen des Kaisers entspricht. Aber was soll ich machen? Junge Heißsporne«, heuchelte de Carant Betroffenheit. »Ich werde den Anführer zur Rechenschaft ziehen. Wie war noch gleich sein Name? Parler! Genau. Ihr besonderer Freund mit dieser schrecklichen Verletzung quer über seinem schönen Gesicht. Mag sein, wenn Sie heute Abend wieder unser Gast sind, können Sie seiner Hinrichtung beiwohnen!« Damit schlug er die Reitgerte gegen seine Stiefel und richtete sich auf. Wandte sich um und gab seinem Tross ein Zeichen.

Langsam setzten sich die Männer in Bewegung. Den Leichnam ihres Kameraden warfen sie bäuchlings über einen Pferderücken – ähnlich verfuhren sie auch mit dem erbeuteten Fleisch.

»Was wird mit ihm?«, fragte einer der Männer im Vor-übergehen und deutete auf Prätorius.

»Um den mögen sich die Wölfe, Bestien oder Bären kümmern. Er mag zusehen, wie er sich befreien kann. Sind Sie heute Abend nicht zu Hause, komme ich vorbei und überprüfe, ob Sie noch am Baum kauern«, lachte de Carant, ohne sich die Mühe zu machen, sich nach dem Arzt umzudrehen. »Allez! On décampe!«, kommandierte er und trieb sein Pferd zur Eile.

Stolz und unbeugsam.

Hart und entschlossen.

Gegen seinen Willen empfand Prätorius so etwas wie Achtung für ihn.

Als die letzten Soldaten an ihm vorbeikamen, spürte der Medicus etwas Hartes neben sich auf den Boden plumpsen. Er versuchte auszumachen, welcher der Män-ner da unter Lebensgefahr versuchte, ihm die Freiheit zu schenken. Parler? Weil er dessen Wunde versorgt hatte? Von hinten nicht zu entscheiden.

Doch dann wandte sich einer noch einmal um. Und Prätorius erkannte den jungen Soldaten.

Heiße Dankbarkeit erfüllte ihn.

Als vom Trupp nichts mehr zu hören war, versuchte Prätorius mit den Fingern, das kleine Messer zu errei-chen. Er dehnte den Körper zur Seite, bewegte die Arme in der Verschnürung, streckte und spreizte die Finger, soweit es ihm möglich war – und konnte doch nicht an das rettende Werkzeug kommen.

Er holte tief Luft. Bog den gedehnten Oberkörper mal zur einen, mal zur anderen Seite. Doch die Stricke waren von guter Qualität und gaben nur Winzigkeiten nach, die Knoten hatte man gut geschnürt. Mit Sorge merkte er, wie der Regen in die Fasern der Stricke zog. Sie würden quellen, die Fesselung noch enger werden lassen. Er zerrte, ruckelte, dehnte wie besessen.

Entsetzt bemerkte er, wie er das Gefühl in den Händen verlor! Wenn ich mich nicht in kürzester Zeit befreien kann, wurde ihm bewusst, finde ich vielleicht nicht den Tod, doch, sollte erst de Carant mich losschneiden, werde ich wohl nie wieder ein Skalpell führen können!

Prätorius hörte sich verzweifelt schluchzen. Ärgerte sich über seine eigene Schwäche. »Das ist eines Prätorius unwürdig. Heulen und Lamentieren ist sinnlos. So lange eine Chance besteht, kämpfe gefälligst!«, schimpfte er mit sich selbst. »Du wirst doch wohl noch an dieses Messer reichen! Nimm dich zusammen!«

Warm schnaubte seine Stute am linken Ohr. »Wie gut, dass du hier bist. Ich fürchtete schon, man habe dir dasselbe Schicksal zugedacht wie dem armen Gaul vom Braunerhof.«

Blut sammelte sich in seinen Handtellern.

»Los!«, kommandierte er sich selbst und spannte alle Muskeln an.

Erschöpft und mit schwerem Herzen trottete er wenig später zum Braunerhof.

Die Stute führte er locker am Zügel, hoffte, sie würde

bei dem, was sie jetzt zu sehen bekommen würden, Ruhe bewahren.

Je näher sie kamen, desto lauter schnaubte das Tier.

»Es riecht nach Blut, meine Gute. Das magst du nicht, ich weiß. Aber wir müssen nachsehen, was hier passiert ist, vielleicht hat doch wenigstens einer der Familie überlebt«, flüsterte er ohne echte Hoffnung.

Der Schlamm zwischen Stall und Haus war braunrot verfärbt, die roten Pfützen wiesen einen schaumigen Rand auf. Federn verteilten sich über die gesamte Fläche.

Prätorius ächzte leise, konnte sich kaum mehr aufrecht halten. Von bösen Erwartungen erfüllt, zwang er sich, das Haus zu betreten.

Das Holz der Tür hatten Soldatentritte vollkommen zerborsten. Sie hing lose in der einen Angel, die Ecke steckte fest im Schlamm.

»Hallo!«, rief Prätorius beim Hineingehen. »Hallo?«

Niemand antwortete.

Auch Stöhnen war nicht zu hören.

Dämmerlicht empfing ihn.

Durch die dicken schwarzen Wolken drang nicht einmal mehr so viel Tageslicht in die Räume, dass man hätte lesen können.

Die Küche bot einen Anblick der Verwüstung. Schubladen waren aus den Führungen gerissen worden, die Schränke hatten die Männer kurzerhand geleert. Auf dem Boden lag das Geschirr in Scherben. Der Vorratsschrank, in dem sicher nicht viel aufbewahrt worden war, zeigte nur leere Haken, abgeräumte Bretter. Töpfe, Pfannen und Schüsseln lagen in buntem Durcheinander neben dem Tisch.

Zögernd ging der Arzt weiter.

Im Erdgeschoss entdeckte er weder eine der Frauen noch den Bauern.

Mit schweren Schritten stieg er die schmale Treppe hinauf.

Die Greisin lag auf dem Treppenabsatz.

Unter ihrem Körper hatte sich eine große Blutlache gebildet, ausgehend von dem großen Loch, das ihr jemand in den Hinterkopf geschossen hatte. Der Lebenssaft tropfte von Stufe zu Stufe, braunrot und anklagend.

»So hatte dein Mörder nicht einmal den Mut, dir ins Gesicht zu sehen«, murmelte Prätorius traurig. »Als du vor ihnen weggelaufen bist, hat man dich abgeknallt wie ein Beutetier.«

Im angrenzenden Raum fand er den jungen Bauern.

Entgegen der Behauptung de Carants hatte der Mann zumindest versucht, aus dem Bett zu kommen.

Er hing halb drinnen, halb draußen, seine Brust war von den Salven blutig – fleischig aufgerissen. Den starren Blick richtete er in weite Ferne. »Hoffentlich findest du dort, was der Herr Pfarrer dir versprochen hat! Ich werde ihn bei euch vorbeischicken, damit er alles in die Wege leitet.« Damit schloss er dem Toten die Augen und ging weiter.

Den Hund, der als Vorkoster für die alte Bäuerin alle Speisen probieren musste, hatte man mit einem langen Messer an die Wand gespießt. Bis zum Schaft war es ihm durch den Leib gerammt. Kopfüber hing er dort, Blut troff aus der Wunde in eine kleine Pfütze am Boden.

»Warum nur? Du hast doch gewiss keine Preußen bewacht!«

Anne war offensichtlich nicht im Haus gestorben.

Müde kehrte er auf den blutig-schlammigen Hof zurück.

Seine Stute schnaubte auffordernd. Sie tänzelte nervös, wollte so schnell wie möglich diesen Ort des Grauens verlassen.

»Gleich. Ich muss erst Anne finden.« Im Vorübergehen tätschelte er die weiche Nase des Tieres, flüsterte ihm Besänftigendes in die großen Ohren.

Kaum hatte er einen Blick in den Stall geworfen, fuhr er mit einem heiseren Aufschrei wieder zurück.

Lehnte sich außen an die nasse Wand, rang um Fassung und versuchte die Übelkeit niederzuringen.

»Was haben sie dir nur angetan? Warum nur? Was haben sie dir nur angetan?«, flüsterte er gebetsmühlenartig immer wieder vor sich hin. »Ein Akt sinnloser Barbarei!«

Als sein Herzschlag sich etwas beruhigt hatte, trat er an den Schweinekoben heran. Obgleich er nun schon wusste, was er zu sehen bekommen würde, war sein Entsetzen ungebrochen.

Anne.

Zerrissene Kleidung in den Ecken.

Peitschen und Ketten, achtlos weggeworfen, neben ihr.

Völlig nackt lag sie im Heu, über und über mit Kot beschmiert.

Tiefe, aufgerissene Striemen zogen sich quer durch ihr Fleisch.

Die Spuren an ihrem Körper legten Zeugnis davon ab, wie sehr sie um ihr Leben gekämpft haben musste. Selbst das dunkle Haar hatte man ihr in Büscheln ausgerissen, wohl um sie zu Boden zu zwingen. Als das gelungen war, mussten die Soldaten wie ausgehungerte Tiere über die junge Bäuerin hergefallen sein.

»Hoffentlich hat dich ein gnädiges Schicksal sterben lassen, bevor sie dir all das Grauen zufügen konnten.« Sein Blick glitt über all die Gerätschaften, die im Koben herumlagen, und er schüttelte sich angewidert. Tränen brannten hinter seinen Augen, die Brillengläser beschlugen, in seinem Kopf hatte ein wildes unrhythmisches Hämmern eingesetzt. Langsam zog er eine Pferdedecke von der Holztrennwand und legte sie über den geschundenen Körper. »Es tut mir so leid, dass ich nicht helfen konnte. Hätte ich mich nicht von der Schwiegermutter vom Hof jagen lassen – wer weiß, vielleicht wären de Carants Leute dann unverrichteter Dinge abgezogen. Mich brauchen sie heute Abend noch einmal, möglich, dass diese Tatsache selbst Vieren zum Schutz gereicht hätte.«

Die Stute erwartete ihn nun mit deutlicher Ungeduld.

»Wem erzählen wir nun von dem Schändlichen hier?«, flüsterte er ihr zu. »Ich fürchte, es wird sich niemand dafür interessieren, was Napoleons Truppen hier angerichtet haben.«

Schon war er im Begriff aufzusitzen, da erinnerte er sich an den kalbhohen Wachhund.

»Wo mag denn der Hund abgeblieben sein? Zum Essen werden sie ihn wohl kaum mitgenommen haben, zu wenig Fleisch auf den Rippen. Vielleicht kann ich wenigstens ein Leben vom Braunerhof retten.«

Er pfiff einen Dreiklang. Nichts passierte.

»Hund! Ich habe mit dem hier nichts zu tun. Ich war vor den Schlächtern hier. Du kennst mich doch noch.«

Ein neuer Versuch. Keine Reaktion.

»Komm! Du wirst sonst verhungern.«

Wieder ein Pfiff.

Und diesmal bemerkte Prätorius eine Bewegung an der abgewandten Giebelfront des Stalls. Ein graues nasses Etwas schob sich auf dem Bauch um die Ecke, rappelte sich auf und kam misstrauisch näher. Nervös zuckte seine Nase hin und her, es schnupperte an einer der Blutlachen, zuckte zurück, näherte sich noch ein bisschen, blieb unschlüssig stehen.

Prätorius ging in die Hocke, streckte dem Tier seine Hand weit entgegen.

Der Hund machte den Hals so lang es ihm möglich war, sog laut die Luft ein, ohne mit der Nase die Hand zu berühren.

»Das ist alles mein eigenes Blut«, versicherte Prätorius, »von deiner Familie klebt keines daran.«

Dann drehte er sich bedächtig um, stieg in den Sattel, und die Stute setzte sich in Bewegung.

»Komm, Hund!«, rief er auffordernd und beobachtete, dass das Tier in sicherem Abstand folgte.

»Wir werden die Wege meiden und versuchen, uns querfeldein zu bewegen. Ich denke, es wäre keine gute

Entwicklung, wenn wir de Carants Leuten begegneten«, erklärte er der Stute und lenkte sie tiefer in den Wald.

Diese Strecke führte ihn schon bald an eine Lichtung.

Wagen standen dort, dicht bei dicht. Wäsche hing auf Leinen, würde es aber bei dem Wetter sicher nicht so bald schaffen zu trocknen. Als er näher heranritt, entdeckte er ein Feuer, das in der Mitte der unordentlichen Planwagenansammlung brannte.

Prätorius ließ die Stute anhalten. Sah sich neugierig um.

Dies musste das Lager der Marketenderinnen sein, von dem in der Stadt so viel erzählt wurde, nachdem die Leiche der jungen Französin gefunden worden war. Wenn ich nun schon einmal bei den Frauen gelandet bin, kann ich auch versuchen, mit ihnen ins Gespräch zu kommen. Wer weiß, was sie mir alles berichten werden.

Er war gerade mit sich übereingekommen, es lohne, eine Pause einzulegen, da bohrte sich unerwartet der harte Lauf einer Waffe in seine Lende.

»Wer bist du und was willst du hier?«, fragte eine weibliche Stimme scharf. »Ich warne dich! Meine Waffe ist geladen und ich werde nicht zögern, von ihr Gebrauch zu machen, sollte es sich als notwendig erweisen. Und das tut es in diesen Zeiten schnell!«

Das ist heute schon das zweite Mal, dass eine Frau auf mich anlegt, dachte Prätorius, die Zeiten haben selbst die Alten und Zarten unter ihnen wehrhaft gemacht.

»Ich bin Arzt. Auf diesen Lagerplatz bin ich zufällig gestoßen. Eigentlich hatte ich nur geplant, fernab der

Soldatenpfade nach Hause zu reiten. Und da dachte ich, vielleicht braucht hier jemand eine Wundversorgung?«

Er saß ab. Versuchte der Frau Sicherheit zu vermitteln. Schließlich war er auf zwei Beinen kaum größer als sie selbst. Der Hund schob sich sofort unter den ausladenden Pferdebauch, als sei er sicher, die Stute werde ihn beschützen, sollte es Ärger geben.

»So? Du willst uns helfen?« Das klang zynisch.

»Aber das ist mein Beruf.« Der Medicus lächelte vertrauensstiftend. »Es wird auch nichts kosten.«

»Sondern? Du willst eine andere Art der Bezahlung, nicht wahr?« Die Augen der matronenhaften Frau blitzten zornig. »Solche wie du kommen hier jeden Tag vorbei. Glauben, sich unsere Dienste erschleichen zu können.«

»Ich will mir nichts erschleichen.« Er nahm die Tasche herunter und öffnete sie, ließ die Frau hineinsehen. »Mein Werkzeug, meine Kräuter. Ich bin tatsächlich Arzt.«

Die stattliche, wilde Erscheinung gab ein Grunzen von sich.

»Braucht hier wer einen Arzt?«, rief sie grinsend über ihre Schulter in Richtung der Wagen.

Das Feuer war angenehm warm.

Prätorius hielt seine Hände in die Nähe der Flammen, wusste aber, dass er nicht der Kälte wegen zitterte, sondern das eisige Gefühl der Nachhall der Schandtat auf dem Braunerhof war. Dennoch war es angenehm, mit den Frauen um dieses Feuer zu sitzen. Ihr Geplapper verdrängte ein wenig die Dunkelheit, die sich in seinem Gemüt festsetzen wollte.

»Du bist wirklich Arzt, ja?«

Prätorius nickte.

»Gut, sieh dir doch mal mein Bein an. Ich kann schon seit mehreren Tagen nicht laufen – von arbeiten rede ich erst gar nicht.« Sie hob den schmutzstarrenden Rock an und rollte einen löchrigen groben Wollstrumpf zur Fessel hinunter.

»Wie ist denn das passiert?« Der Medicus betastete sanft die Umgebung der beeindruckenden Schwellung. Die Frau zischte und stöhnte.

»Nun, ein Soldat schlug nach mir. Erst begehrte er meine besonderen Dienste, dann, ganz plötzlich schwenkte seine Stimmung hin zum unbändigen Zorn und er griff nach einem schweren Ast. Schlug zu. Zweimal. Schließlich warf er mir meinen Lohn vor die Füße und verschwand.«

»Kommt so etwas häufiger vor? Sie prügeln euch gern?«

»Am Anfang war es nicht so oft. Aber in letzter Zeit schon«, erzählte eine andere. »Ich denke, es ist die Angst vor der großen Schlacht. Alle wissen, dass es nun nicht mehr lange dauern kann, bis es losgeht. Zu viele Truppen überall. Dass ihnen bang ist, sie könnten schon morgen ihr Leben verlieren, würden sie natürlich nie zugeben. Ein Soldat fürchtet sich nicht.«

»Und doch hast du recht«, bestätigte eine weitere. »Ist ja auch nicht leicht, mitansehen zu müssen, wie jeden Tag unzählige von ihnen sterben. Da fällt es schwer, daran zu glauben, dass ein guter Stern dafür sorgen wird, dass man selbst heil und gesund davonkommt.«

»Das Bein ist gebrochen«, stellte Prätorius fest. »Du hast Glück, dass die Wunde nicht aufgeplatzt ist. So wird es reichen, wenn wir eine Schiene anlegen und das Bein fest verbinden. Es wird noch einige Zeit dauern, aber dann kannst du wieder laufen.«

Er griff in seine Tasche und zog Verbandsmaterial hervor. »Ich brauche zwei möglichst gerade Äste oder Latten.«

Eine schweigsame Rothaarige erhob sich ungelenk und rief im Weggehen: »Ich habe so etwas. Moment.«

»Für einen Arzt siehst du bemerkenswert krank aus«, meinte eine Brünette und beäugte den Fremden am Feuer kritisch. »Wenn du dir nicht einmal selbst helfen kannst, wie willst du dann andere heilen?«

»Oh, ich bin nicht krank«, versicherte Prätorius. »Aber, obwohl ich den Tod nun schon so unendlich oft gesehen habe, muss ich zugeben, dass mir der Anblick, der sich mir heute bot, ziemlich zu schaffen macht.«

»So? Was hast du denn so Schreckliches gesehen? Was kann schlimmer als der Tod sein?«

»Soldaten haben einen Bauernhof überfallen und die drei Menschen dort auf grausame Weise getötet. Geschlachtet. Vorher jedoch wurden die Bedauernswerten gefoltert.« Er schüttelte den Kopf, wie um die furchtbaren Bilder zu vertreiben.

»Und so etwas ist dir nie zuvor begegnet? Dabei ist das Schlachten doch gar nicht weit von hier entfernt!«

»Ich glaube, das ist anders, wenn man Soldaten sieht, die im Kampf gefallen sind. Diese Menschen, von denen du sprichst, waren nicht in den Krieg verstrickt, nicht wahr? Es traf sie unschuldig und willkürlich.«

Prätorius nickte stumm. Schloss für einen Moment die Augen, um die Frauen seinen Schmerz nicht entdecken zu lassen.

»Dann muss es wohl besonders schlimm gewesen sein.«

»Ja. Die Soldaten glaubten, die drei hätten in ihrem Haus Preußen versteckt«, erzählte Prätorius leise, während er das Bein weiter betastete. »Das Schienbein ist gebrochen, das Wadenbein nicht. Diese schwarzblaue Verfärbung wird sich zurückbilden, aber es ist keine Sache von Stunden, eher von Wochen. Möglicherweise wird so etwas wie ein Schatten auf deinem Unterschenkel zurückbleiben.«

Die Rothaarige brachte zwei gerade Holzlatten herbei und einen Stock mit silbernem Knauf.

»Besser es fragt mich keiner, woher ich den habe. Er wird gute Dienste leisten, und wenn du ihn nicht mehr brauchst, gibst du ihn zurück, ja? Das musst du schon versprechen, sonst kann ich ihn dir nicht überlassen.«

Die verletzte Frau versprach es. Was blieb ihr auch für eine andere Wahl.

»Ihr habt es alle gehört!«, rief die andere in die Runde und übergab in einer theatralischen Geste die Gehhilfe.

Der Arzt arbeitete zügig.

»Ihr habt doch sicher von der Bestie gehört, die hier ihr Unwesen treiben soll?«, fragte er, während er die Schienen anlegte. »Sie tötet Frauen. Ihr letztes Opfer war eine von euch, oder?«

»Chantal. Sie hatte ihren Wagen etwas abseits von unseren abgestellt. Manche unserer Kunden möchten nicht von ihren Nachbarn bei Geschäften mit unsereiner ertappt werden. Ist überall das gleiche. Günstig Waren oder Dienste kaufen, aber mit uns gesehen werden will keiner.«

»Hm. Denkt ihr auch, dass es ein wildes Tier war, das Chantal getötet hat?«

Schweigend starrten die Frauen in die Flammen.

»Chantal war leichtsinnig. Sie hat den Männern schöne Augen gemacht. Manch einer versteht das falsch und glaubt, ihm sei von ihrem Blick etwas versprochen worden. Da kann es gelegentlich zum heftigen Streit kommen.«

»Dann gebt ihr nichts auf dieses Gerücht über ein Untier?«

»Nein. Es kommt gar nicht so selten vor, dass in der Dunkelheit jemand um unsere Wagen schleicht. Aber ein Untier war bei den heimlichen Besuchern nie dabei. Deshalb haben wir beschlossen, uns beim Bewachen abzuwechseln. Und bewaffnet sind wir stark.«

»Die meisten der Gestalten verschwinden rasch, wenn sie sehen, dass mit uns nicht zu spaßen ist. Einige von denen sind hartnäckiger, die kommen beinahe jeden Abend wieder. Einen von denen haben wir gestern Nacht den Soldaten übergeben. Sollen ruhig alle wissen, dass wir nicht so wehrlos sind, wie sie glauben.«

»Manche von denen, die hier in der Finsternis herumschleichen, sind wirklich unheimlich. Besonders dieser eine. Er trägt einen so breitkrempigen Hut, dass man sein Gesicht selbst im Schein des Feuers nicht erkennen kann. Seine lockigen Haare fallen bis auf die Schultern, der speckige Mantel verleiht ihm ein verwegenes Äußeres. Groß ist er und schlank.«

»Ja, und er weiß sich geschickt zu bewegen. Man hört ihn nicht, wenn er sich anpirscht.«

»Ich weiß, dass er in Preußen wegen Mordes gesucht wird. Ein Bekannter von mir hat das neulich bei seinem Besuch erzählt.«

»Uihh!«, quietschte eine der Frauen entsetzt.«

»Ja. Er hat wohl eine ganze Familie getötet. Mit einem Messer. Mein Gewährsmann berichtete, er soll die Köpfe abgetrennt und so lange gekocht haben, bis nurmehr der blanke Schädel übrig war. So habe er versucht zu verhindern, dass man die Körper der Toten, die man übrigens bisher noch gar nicht gefunden hat, der verschwundenen Familie zuordnen könnte. Nur die vier Schädel, über deren Herkunft er verständlicherweise keine Angaben machen wollte, sollen in seiner Wohnung entdeckt worden sein.«

»Ach«, beruhigte eine andere, »es wird viel gemunkelt im Wald. Deine Bekanntschaft hat sich sicher getäuscht. Auf mich wirkt der Kerl zwar sonderbar aber nicht gefährlich.«

Prätorius dachte derweil mit eisigem Schreck an Mozarts Schädel in der Kiste auf seinem Regalbrett. War das gar nicht Mozarts Kopf? Half er einem Mörder, Leichenteile zu verbergen und sogar noch Geld mit deren Verkauf zu erzielen?

»Der ist so unheimlich. Manchmal habe ich das Gefühl, seine Augen könnten sich heiß durch meinen Körper brennen.«

»Das wünschst du dir wohl!«, lachte die Rothaarige.

»Vergeblich!«, setzte die Matrone hinzu.

Hans Bäumler!, dachte der Medicus erstaunt. Was will der bei den Marketenderinnen? Welch anderer Grund käme in Betracht, die wehrlosen Frauen auszuspionieren als ein boshafter, gar zwielichtiger oder mörderischer? Undurchschaubarer Kerl, sollte er nun glauben, Bäumler habe die Frauen auf solch bestialische Weise getötet? Man kann nicht hinter die Stirn der anderen sehen, wer weiß, was jemanden umtreibt, der Mozarts Schädel im Gepäck mit sich führt. Ich werde ihn im Auge behalten müssen, beschloss der Medicus.

»Warum ist Chantal ohne Begleitung zum Fluss gegangen?«

»Um einen zu treffen, der ihr Liebe schwor!«, erklärte die Matrone voller Verachtung. »So ein dummes Ding! In dem Brief stand, er wolle sie an einem bestimmten Baum am Ufer treffen und sich ihr erklären. Da er wohlhabend sei, könne sie ihr unstetes entbehrungsreiches Leben aufgeben und ab sofort mit ihm in einem großen Haus leben. Sie hätte sogar Personal! Das muss ihr den Kopf vernebelt haben. Sonst wäre sie vielleicht nicht zu dieser Verabredung gegangen.«

»Es stimmt schon, was diese Gräfin so sagt: Wir Frauen lassen uns zu leicht von Worten verführen und geraten in Kontakt mit Männern, die gar nicht um unser, sondern nur um ihr eigenes Wohl besorgt sind. Die suchen Bequemlichkeit. Wird ihnen die eine Frau ermordet, nehmen sie sich einfach eine andere. Alles bleibt so beim Alten. Sie hat uns gesagt, das sei der Grund, warum niemand wirklich darum bemüht ist, denjenigen zu finden, der diese Gräuel begeht.«

Corinna von Blanstaff. Sie war eine rührige Frau, die sich für ihre Geschlechtsgenossinnen einsetzte. Seine Achtung vor ihr wuchs. »Habt ihr diesen Brief an Chantal noch?«, fragte der Medicus gespannt.

»Nein. Sie sollte ihn mitbringen. Aber sie zeigte mir das

Schreiben. Nicht, weil sie das Geheimnis mit mir teilen wollte, sondern weil sie nicht gut lesen konnte!«

Er lauerte hinter dem Busch, bis alle gegangen waren. Der Geruch nach frischem Blut weckte die Gier erneut. Nach allen Seiten sichernd huschte er verstohlen näher an den Ort heran, von dem der verführerische Duft ausging. Witterte aufgeregt.

»Ja, das dachte ich mir schon. Ist so ganz nach deinem Geschmack, nicht wahr?« Der Begleiter erinnerte sich mit Freude daran, wie leicht es gewesen war, diese Vorstellung zu arrangieren. Ein Wort hier und eines da – der Hinweis auf das Versteck im Keller, das es natürlich nie gab, die Soldaten waren gierig nach solchen Geschichten, glaubten das Geschwätz bereitwillig.

Völlig mit sich und ihrem Tun beschäftigt, hatten die Männer nicht einmal bemerkt, dass sie diesmal Publikum hatten.

»Das war so, wie es dir gefällt, nicht wahr?«

Der andere grunzte. Es klang auf jeden Fall zustimmend.

»All die Schreie, sehr beeindruckend.« Auch der Begleiter behielt die Umgebung im Auge. »Wir müssen vorsichtig sein. Niemand soll uns entdecken«, flüsterte er.

Der andere schien die Warnung nicht gehört zu haben.

Das laute Schnüffeln und Wittern nahm sogar noch zu. Die Geschwindigkeit, mit der sie sich den Häusern näherten, ebenfalls.

»Gut. Ich glaube, sie sind weg. Sieh dir das alles an, aber trödele nicht unnötig herum. Wenn ich rufe, machst du sofort kehrt und kommst zu mir zurück!«

Doch als er die Bestie über den blutgetränkten Hof
rennen sah, begeistert, aufgeregt, wild, wurde ihm klar,
dass dieser Plan diesmal nicht aufgehen würde.
Zu viel Blut, zu viel Gewalt, zu viel Tod.
Entschlossen zog der Begleiter eine Peitsche und einen
breiten Lederriemen mit einem fest geknoteten Ende aus
dem Hosenbund.

Theodor saß bei Hartwig in der Bibliothek und suchte nach den richtigen Worten, sein Anliegen so vorzutragen, dass es nicht beleidigend oder gar verletzend klang.

Schwierig.

Nicht, dass Hartwig seiner Corinna von Herzen zugetan gewesen wäre – das nun wirklich nicht –, dennoch hatte es Ehrabschneidendes, wenn er sich jetzt beim eigenen Bruder über seine Schwägerin beschwerte.

»Möchtest du noch einen Cognac?«, erkundigte sich Hartwig lächelnd und hob die Karaffe leicht an.

»Einer mag noch gehen, bevor ich mich auf den Weg nach Hause mache«, stimmte Theodor mit behaglichem Räkeln zu.

»Ist gar nicht so unangenehm, so ein brüderlicher Abend ganz ohne Frauen, nicht wahr?«, freute sich

Hartwig und bot so dem Bruder ungewollt die passende Gelegenheit, mit seinem Anliegen direkt anzuknüpfen.

»Stimmt. Bei dir ist es wunderbar ruhig. Ich für meinen Teil habe, wenn wir in der Stadt sind, meist gleich zwei Frauen bei mir sitzen.«

Hartwigs Augenbrauen schossen Richtung Haaransatz.

Er musterte den Bruder interessiert über den Rand seiner Augengläser. Wartete.

»Ich will wirklich nicht undankbar erscheinen«, holte Theodor aus, »glaub mir. Corinna kümmert sich während unserer Abwesenheit gut und zuverlässig um unseren Friedrich. Mir will allerdings scheinen, sie tut etwas zu viel des Guten.«

»Das musst du erklären, fürchte ich.« Die Haltung des Älteren hatte sich wahrnehmbar versteift, sein Ton an Schärfe zugelegt.

»Ich will gern zugeben, dass genau das mein Problem ist. Ich kann nur schlecht vermitteln, was ich meine.«

»Versuch es.«

Theodor seufzte tief. Er hatte geahnt, dass es ein unbequemes Gespräch werden würde. »Es ist eine sonderbare Vertrautheit zwischen den beiden gewachsen. Als teilten sie ein Geheimnis. Friedrich fühlt sich offenbar von seiner Tante auf eine intensive Weise verstanden. Man könnte es wohl seelenverwandt nennen.«

»Es liegt mir fern, Corinna gegen berechtige Anwürfe in Schutz zu nehmen. Aber ich muss dich fragen: Bist du sicher, dass es nicht eher möglich wäre von Eifersucht auf deiner Seite zu sprechen? Du und deine Frau seid dem Jungen nicht mehr so wichtig? Weil ihr oft für längere Zeit abwesend sein müsst oder dürft?«

»Das genau ist es, was ich meinte. Es ist schwierig zu erklären, denn genau das, was du wie erwartet vermutest, ist es nicht. Meine Frau blüht in Dresden auf. Sie kann all das genießen, was das Leben bei Hofe so bietet – es ist trotz der komplizierten und beängstigenden

Entwicklungen viel mehr, als sie in Leipzig in den vergangenen Jahren erleben konnte. Besonders beruhigend ist, dass wir Friedrich währenddessen nicht nur von der Pflegerin, sondern auch von seiner Tante aufs Liebevollste umsorgt wissen. Bleibt das unangenehme Gefühl, das sich einstellt, wenn man ihnen beim Umgang miteinander zusieht.«

»Ich kann deine Besorgnis nicht teilen. Corinna tut all dies nicht aus reiner Liebe zu Friedrich, mag es ihm auch so erscheinen. Sie wünscht sich sehnlichst von euch, nach Dresden eingeladen zu werden. Meine Entscheidung zu deinen Gunsten hat sie schwer getroffen. Wenn aus ihrem Verhalten, dem Bemühen um Friedrich, nun eine wahre Freundschaft zwischen den beiden gewachsen sein sollte, so sieh es als günstige Entwicklung für deinen Sohn«, riet Hartwig, dem bei der Vorstellung, es existiere eine Seelenverwandtschaft zwischen seiner Frau und dem Jungen eine Gänsehaut über den gesamten Körper lief.

»Es ist unheimlich. Sie verstehen sich mit Blicken, winzigen Gesten, die wir gar nicht wahrnehmen.«

»Ach, Theodor. Friedrich ist nicht viel gegeben, was ihm Freude machen kann. Nicht einmal fröhlich herumzutoben oder zur Zerstreuung ein Buch zu lesen ist ihm möglich. Es gibt nichts, um ihn von seinem Elend abzulenken. Wenn er Corinnas Anwesenheit genießt, mag uns das auch schwer nachvollziehbar erscheinen, würde ich dir dennoch raten, es ihm zu gönnen.«

Der Jüngere, dessen Haare im Gegensatz zu denen des älteren Bruders bereits früh ergraut waren, nickte bedächtig. »Wahrscheinlich hast du, wie so oft, recht mit deinem Rat. Möglicherweise bin ich etwas ungerecht.«

»Corinna ist eine starke Persönlichkeit.« Hartwig wählte die Formulierung mit Bedacht, um den Bruder nicht weiter zu beunruhigen.

»Das ist nicht zu leugnen. Bei jeder sich bietenden Gelegenheit fordert sie die Verfolgung des Frauenmörders ein. Sie glaube nicht an eine Bestie, wird sie nicht müde zu versichern. Es sei an der Zeit, die Augen zu öffnen und konsequent nach dem Mörder zu suchen. Das beeindruckt mich durchaus, ist es doch nicht populär, eine solche Haltung zu vertreten. Amalie lässt sich davon zum Glück nicht anstecken. Es würde unsere Position in Dresden nicht unbedingt stärken.«

Sie schwiegen, tranken ihren Cognac. Jeder hing seinen eigenen Gedanken nach.

Hartwig legte sich vorsichtshalber schon Formulierungen für sein Gespräch mit Corinna parat, die ihm scharfzüngig genug erschienen, um sie von der Schändlichkeit ihres Tuns zu überzeugen. Für ihn bestand natürlich gar kein Zweifel, dass seine Frau sich bemühte, die Familie des Schwagers zu zerrütten. Da er ihr selbst geraten hatte, sich um die Familie Theodors zu bemühen, sich nachgerade unverzichtbar zu machen, wäre es sicher ein guter Gedanke, zunächst diplomatisch zu beginnen, geschickte Fragen zu stellen und elegant erste Hinweise in die Argumentation zu verpacken.

Um den Abend harmonisch ausklingen zu lassen, wechselte Hartwig das Thema.

»Es freut mich zu hören, dass deine Aufgabe in Dresden

dich ausfüllt. Mich erreichen Nachrichten von Bekannten und Freunden, alle sind voll des Lobes über deine neuen Ansätze, deine Disziplin und deine Schaffenskraft. Den König hast du ja sicher auch bereits getroffen.«

»Nein«, bekannte Theodor zerknirscht, »leider noch nicht ein einziges Mal. Es wird so allerhand geflüstert, zum Beispiel, er sei gar nicht im Lande, vielmehr in geheimer Mission unterwegs. Was ja nach meiner Überzeugung nur heißen kann, dass er darum bemüht ist, das Bündnis zu wechseln. Aber ob das Getuschel auch nur ein Körnchen Wahrheit enthält, kann niemand sagen.«

»Nun, so geheim kann die Mission ja nicht sein, wenn allerorten darüber spekuliert wird.«

»Ja. Das will mir auch so scheinen. Ein jeder hat eine neue Ergänzung, und inzwischen wird von einigen sogar behauptet, er habe die gesamte Staatskasse bei sich.«

»Klingt auf jeden Fall nach einer teuren Mission«, schmunzelte der Bruder.

»Na, getratscht und geklatscht wird bei Hofe wie anderswo. Jeder weiß etwas Neues, schmückt aus, bläst auf. Und – mal abgesehen davon, was man redet oder als wünschenswert ansehen mag: Napoleon wird den König der Sachsen nicht aus dem Bündnis entlassen! Warum sollte er?«

10

Kaum war Prätorius in die Stadt zurückgekehrt, geriet er in eine Menge aufgeregter Menschen, die ihn mit sich zog. Der Arzt fragte, was es denn zu sehen gäbe, doch um ihn herum zuckte man allenthalben mit den Schultern.

»Muss was Wichtiges sein! Mein Nachbar hat jedenfalls berichtet, es sei jemand gekommen, der dem Biest von Angesicht zu Angesicht begegnet sei!«

»Dem Biest? Da nimmt es mich wunder, dass er noch lebt und darüber sprechen kann.«

»Ist ja kein junges Mädchen, sondern ein junger Mann!«, wusste die Frau, die neben dem Mann her eilte. »Die mag das Untier wohl nicht.«

Auf dem Markt angekommen, schoben sich die Leiber ineinander, bis für den einzelnen kaum mehr Platz zum Stehen und Luft zum Atmen blieb. Prätorius erkannte an der Häuserfront den breitkrempigen Hut Bäumlers! Der Mann ist doch wirklich überall anzutreffen, dachte der Arzt, und sein Verdacht gegen den Händler wuchs erneut. Neben Bäumler stand die alte Katharina Ambrosia, eine Frau, die nach großzügiger Bezahlung ihre Kristallkugel nach der persönlichen Zukunft des Kunden befragte.

Der Redner stand auf einem Tisch, den man eilig aus einem der Wirtshäuser herbeigetragen hatte.

Ein junger Mann mit blonden Locken und einem Bart, der gut die Hälfte seines Gesichtes verdeckte. Die Kleidung war von guter Qualität, aber abgetragen. Er wirkte gesund und kräftig. Prätorius überraschte, dass er noch nicht von den Soldaten ausgehoben worden war.

»Ich bin Gregor!«, rief der junge Kerl mit lauter Stimme über den Platz. »Ich habe das Biest gesehen! Nicht weit von hier hockte es im Unterholz.«

Allgemeines Gemurmel rauschte durch die Menge und verstummte wieder.

»Du hast es gesehen? Das glauben wir nicht!«

»Nun, so berichtet doch, was ihr von der Bestie wisst, dann will ich euch erzählen, wie sie wirklich ist«, schlug Gregor geduldig vor.

»Das Untier hat vor einigen Tagen ein drittes Opfer getötet, aber das reicht ihm nun nicht mehr, um seinen Appetit zu stillen. Es giert nach neuem Blut junger Frauen! Niemand ist vor seinen Zähnen und Klauen sicher«, rief einer aus der Menge.

Gemurmel.

»Habt ihr denn schon einmal darüber nachgedacht, woher dieses Tier gekommen sein könnte?«, wollte der Redner wissen.

»Aus der Hölle!«, rief jemand über die Köpfe der Versammelten hinweg.

»Das hat euch sicher der Herr Pfarrer erzählt. Was, wenn das gar nicht stimmt?«, bohrte der junge Mann den Stachel des Zweifels tief ins Fleisch der Männer und Frauen.

»Was glaubst du? Das Biest sei ein Vampir?«, fragte einer und lachte laut. Viele stimmten ein.

»Nein. Nicht bei uns. Vampire mögen keine Überschwemmungen, keine Kälte und keinen Regen, der alles durchweicht. Ihr wisst, dass sie den Kontakt mit Wasser scheuen, wie den mit der Sonne.«

»Das ist doch alles Blödsinn. Vampire trinken Blut, sie zerfleischen ihre Opfer nicht, weiden sie nicht aus«, wusste einer aus der Menschenansammlung. Spitze Schreie des Entsetzens begleiteten seine Worte.

»Bei uns gibt es die nicht. Die hausen in Österreich und noch weiter östlich. Hier hat noch nie jemand einen zu Gesicht bekommen«, bereicherte eine andere Stimme das Wissen auf der Menge.

»In Zeiten wie diesen, wo so viele Tote anfallen, spricht sich das rum und die kommen die vielleicht zu uns. Wegen des frischen Geschmacks«, warnte ein anderer.

Gregor breitete seine Arme weit aus.

Stille legte sich über den Platz, erwartungsvolle Blicke waren auf den jungen Mann gerichtet.

»Ich höre, dass ihr nichts wisst! Gut, so will ich euch gern von dem berichten, was ich mit eigenen Augen gesehen habe«, kündigte der Redner an. »Es gibt viele Menschen, die es geheim halten wollen, gerade in solch finsteren Tagen wie diesen, die wir erleben müssen. Viele wissen, was dort draußen vor sich geht, doch sie schweigen, weil sie ihren privaten Nutzen daraus ziehen wollen.«

»Im Krieg muss jeder sehen, wo er bleibt, Mann! Sonst gehst du mit der gesamten Familie unter.«

»Davon rede ich nicht! Ich spreche von den seltsamen Dingen, die sich nachts ereignen, wenn der brave Bürger schläft und nichts von dem ahnt, was geschieht, während er unter der Decke liegt und schnarcht.«

»Welche Decke meinst du? Mein Bettzeug wurde komplett konfisziert. Ich liege, höchst unbequem, auf Stroh«, rief eine tiefe Stimme, und andere pflichteten dem Sprecher bei. Unmut regte sich. Auch darüber, als brave Bürger beschimpft zu werden, was dem Selbstverständnis vieler Leipziger zuwiderlief.

Hans Bäumler versuchte, den Redner nicht aus dem Blick zu verlieren. Er reckte sich hoch auf, schob gar den Hut in den Nacken zurück.

Prätorius beobachtete ihn dabei. Misstrauisch.

»Wenn solch schreckliche Morde geschehen, gibt es immer jemanden, der euch Gruselgeschichten als Wahrheit unterschieben will. Glaubt das alles nicht! Bei dem, was ich euch erzählen werde, geht es nicht um billige Gänsehaut. Ich will, dass ihr den Blick in den Himmel richtet! Besonders nachts. Der Mond ist Zeuge großer Schlachten!«, rief der Blondgelockte pathetisch.

Er erntete erneut Gelächter. Jemand rief: »Hört, hört! Der weiß ja ganz was Neues!«

Deshalb beeilte sich der junge Mann schnell weiterzusprechen: »Aber die Sterne künden von etwas anderem. Sie stürzen aus dem Firmament wie Feuerbälle.«

»Die Deutung der Sterne kannst du beruhigt unserer Katharina Ambrosia überlassen. Die sieht sogar, was sein wird – nicht nur, was war!«

»Diese Feuerbälle sind ein Naturereignis, du Gelehrter! Manche glauben, sie erfüllen Wünsche, gefährlich sind sie jedenfalls nicht«, grölte ein anderer, machte eine eindeutige Handbewegung, die alles, was der junge Mann gesagt hatte oder zu erzählen beabsichtigte, als Weibergewäsch abtat. Der Mann wandte sich um, machte Anstalten, den Platz zu verlassen. Mit ihm schickte sich eine ganze Gruppe an, wieder an die Arbeit zu gehen, rüstete zum Aufbruch.

»Halt! Wartet!«, rief ihnen der Redner zu. »Ihr würdet es bedauern, wenn ihr mir nicht zuhört. Was ich euch erzählen will, ist kein Märchen. Ich habe es schon oft genug erlebt. Es ist nicht in jedem Fall ein Stern, der da brennend vom Himmel und als Lichtball auf die Erde fällt. Ich habe selbst gesehen, dass es ein Ding aus Metall war. Glänzend und glatt. Es landete auf der Lichtung in der Nähe der Elster. Die Stelle ist noch immer zweifelsfrei zu erkennen. Das Ding war so heiß, dass es das Gras dort verbrannt hat. Das ist wahr.«

»Das ist die Folge von zu viel Schnaps!«

»Und zu wenig zwischen den Zähnen!«

»Oder er hat …«

»Nein! Wer will, kann mir morgen in aller Frühe dorthin folgen. Das Beste wisst ihr aber noch gar nicht. Eine Tür öffnete sich …«

»Klar«, wurde er erneut höhnisch unterbrochen, »und heraus trat eine wunderschöne Frau!«

Ein Mann hinter Bäumler schrie: »Deine Mutter hat dich schon immer gewarnt: Deinem Vater hat die Sauferei geschadet, und dir bekommt sie augenscheinlich auch nicht gut.«

Doch der Redner war nicht aufzuhalten.

»So glaubt es oder eben nicht. Ausgestiegen ist erst einmal niemand. Jedenfalls war keiner zu sehen. Nur Nebel und dieses glänzende Ding. Aber eigenartige Geräusche konnte man hören. So, als würde man im Innern jemanden schrecklich quälen, foltern oder umbringen. Ich hielt mir die Ohren zu, doch das Schreien und Stöhnen, Flehen und Wimmern war in meinem Kopf und konnte nicht ausgesperrt werden.« Das Gesicht des Blonden verzog sich zu einer grässlichen Fratze, schloss die Augen und hob wie betend die Hände gen Himmel. Dann wartete er einen Augenblick, um sicher zu sein, dass ihm nun wirklich jeder zuhörte. »Und wie aus dem Nichts stand dann diese kleine Gestalt vor mir. Ein winziger Mann. Er trat hinter einem der Bäume hervor, bunt angezogen, nicht wie ein Soldat, sondern in weiten Gewändern. Wie der nun auf mich zukam, trat ein Zweiter hinter dem Baum hervor, nämlich gekleidet und dem Ersten wie aus dem Gesicht geschnitten. Ein Zwilling, dachte ich zuerst. Doch kaum dass sich der Zweite anschickte, dem Ersten zu folgen, trat ein Dritter hervor, der den beiden anderen haargenau glich. Sie bewegten sich vollkommen im Gleichklang, wie Marionetten, so, als hörten sie eine Musik, die meinen Ohren verborgen bleiben musste. Und immer wenn einer auf mich zuging, folgte ein weiterer, der hinter dem Baum hervorkam. Bis es sieben waren. Sieben kleine bunte Gestalten, die sich in vollkommenem Gleichklang bewegten. Ich drückte mich hinter meinen Baum, hoffte, sie würden mich nicht bemerken. Meine Augen schienen an ihnen zu kleben, ich konnte mich nur unter Aufbietung aller Kräfte beherrschen, so stark war mein Drang mitzutun. Als das erste Wesen an mir vorbeikam, hörte ich es plötzlich: wundervolle Musik! Wie von einer himmlischen Harfe! Es war eine Offenbarung. Sie sog mich auf, ich spürte, ich könnte einer dieser unglaublichen Klänge werden! Dieser Wunsch füllte mein gesamtes Sehnen!«

Die Menge auf dem Markt hielt gebannt den Atem an.

»Und die Musik hatte eine Farbe. Wie ein zartes Frühlingsblau am Himmel, einen feinen Duft nach Lavendel, einen Geschmack, wie er mir noch nie zuvor begegnete. Wunderbar. Als die Wesen ganz nah waren, streckte ich vorsichtig eine Hand nach ihnen aus.«

Raunen machte sich breit, die Menschen traten unruhig von einem Fuß auf den anderen. Eine wellengleiche Bewegung ließ die Menge mal hierhin und mal dorthin wogen. Mochte auch mancher diesen Bericht für die Erzählung eines Spinners halten, interessant war es allemal.

»Alle Angst war von mir abgefallen, denn diese Gestalten wirkten so fröhlich, unbeschwert. Doch was soll ich euch sagen: So sehr ich mich bemühte, meine Hand fand keinen Widerstand. Es war, als griffe ich in Nebel. Völlig unbeeindruckt von meiner Anstrengung, sie zu berühren, zogen die Sieben weiter. Seither allerdings begleiten sie mich. Hinter mancher Ecke warten sie, überraschen mich, wenn ich eine Schranktür öffne. Es ist, als wollten sie mich beschützen. Vielleicht, weil ich gesehen habe, was nicht für meine Augen bestimmt war. Im Wald waren sie plötzlich verschwunden. Das Einzige, was blieb, war die tote Frau.«

»Was?« Unruhe machte sich breit. Die Leute drängten in Richtung Tisch, um besser hören zu können und nichts zu verpassen.

»Schon wieder eine?«

»Wo hast du sie gesehen? Kannst du uns hinführen?«

Aufgeregt riefen die Versammelten durcheinander.

»Liegt sie am Fluss, wie die anderen?«

»Kennst du sie?«

Eine Stimme, tief und laut, fragte über das Durcheinander: »Hast du gesehen, wer die Tote dort ablegte?«

Prätorius erkannte, dass die Stimme zu Bäumler gehörte. Sofort war sein Argwohn erneut entfacht. Fragte der sonderbare Mann nur deshalb nach, weil er befürchtete, gesehen worden zu sein? Wollte er sichergehen, nicht unter Verdacht zu geraten?

Auf der Mitte des Platzes entstand unerwartet ein Tumult.

Prätorius reckte den Hals, um erkennen zu können, was dort vor sich ging.

Ein lautes Brummen hing in der Luft, es steigerte sich, wurde einer Bärenstimme nicht unähnlich, bekam dann einen harten Rhythmus, kurze unterschiedlich schnell aufeinanderfolgende spitze Schreie mischten sich wie ein Stakkato darunter. Es schien beinahe, als wehre sich der Betroffene gegen das Brummen.

Der Arzt wusste, was nun folgen sollte.

Die Wahrsagerin der Stadt hatte ein Gesicht.

»Ich sehe es! Ich kann es deutlich erkennen!«, kreischte eine Frauenstimme.

»Helft ihr wieder auf. Na, los. Nun macht schon«, forderte jemand kalt, »sie inszeniert mal wieder ein großes Drama.«

Doch wie auf eine lautlose Anweisung hin, rückte man von der Frau ab, die zuckend auf dem Boden lag. Keine Hand streckte sich ihr entgegen, niemand machte Anstalten, sie wieder auf die Beine zu ziehen.

»Oh, nein. Es ist Katharina Ambrosia! Die muss aber auch wirklich jede Gelegenheit als Bühne für sich nutzen. Wie peinlich!«, murrte jemand neben dem Medicus.

»Die Leipziger Hellseherin hat mal wieder ihren Auftritt!«, meckerte eine andere Stimme. »Ist aber auch verlockend, wenn so viele Menschen beieinander stehen. Diese Gelegenheit konnte sie sich nicht entgehen lassen.«

»Ich sehe weitere Leichen!«, schrie Katharina Ambrosia und die in der Nähe Stehenden bemerkten mit Schaudern, dass ihre Augäpfel nach hinten rollten und ihren Körper ein heftiges Beben in Wellen durchlief. »Noch mehr Frauen werden sterben! Die Gier nach Blut wird das Untier weiter zu grausamen Taten treiben! Geschändete Frauenleiber überall!« Sie trommelte mit den Fersen auf den Boden, stöhnte, ächzte, keuchte. »Oh, mein Gott, welche Qual! Er hat ihnen bei lebendigem Leib den Bauch aufgerissen, sie versuchten gar selbst, das Gekröse am Herausquellen zu hindern. Dabei hatte ich sie gewarnt! Vor der Bestie, vor dem Tod.«

Die kleine, kugelige Frau wälzte sich wild von einer Seite zur anderen und zurück.

Unerwartet stockte die theatralische Bewegung.

Katharina Ambrosia setzte sich auf und verkündete mit Grabesstimme: »Der Mörder steht mitten unter uns!«

Danach schloss sie die Augen und schwieg. Ließ sich von einer Freundin widerstandslos vom Platz führen. Ein jeder starrte derweil seinen Nachbarn an. Mit unverhohlenem Misstrauen. Denn eines wussten alle: Mitunter steckte mehr als nur ein Körnchen Wahrheit in dem, was Ambrosia prophezeite.

Bäumler nutzte die entstandene Schweigsamkeit und fragte erneut: »Hast du gesehen, wer die Tote dort ablegte?«

»Sie muss schon dort gelegen haben, als ich kam. Doch ich glaube, das Biest war noch in der Nähe. Ich erkannte ein großes, plumpes Tier zwischen den Büschen, das sich zu verbergen suchte«, antwortete der Blonde, noch gefangen von der Darbietung der Hellseherin.

»Willst du damit sagen, die Bestie sei vom Himmel gefallen?«, kreischte eine Frauenstimme hysterisch und eine grobe männliche knurrte laut: »Aus der Hölle kommt diese Kreatur. Lass bloß den Pfaffen nicht hören, sie könne aus dem Himmel gefallen sein. Das gibt Ärger! Und jetzt halt dein Maul, Weib, sonst verstehen wir die Antwort nicht.«

»Was für eine Art Tier?«, hakte Bäumler hartleibig nach.

»Das kann ich nicht sagen. Ich war eher darauf bedacht, dafür zu sorgen, dass es mich nicht entdeckte. Aber ich weiß sicher, dass es nicht allein dort war.«

»Du willst damit sagen, es gäbe mehr als das eine?«

»Das ist schwer zu entscheiden. Ich habe zwei Schatten gesehen. Nur einer davon lief zu der Toten hinüber. Groß und schwer. Es wirkte, als ginge das Vieh nicht gern aufrecht. Immer wieder fiel es auf alle viere zurück, wobei sein Hinterteil hoch aufragte. Dann schwang es den Körper erneut hoch, ging ein Stück aufrecht. Als es die Frau erreicht hatte, streichelte es sie zunächst und dann …«

Der Redner stockte.

»Was und dann?« Bäumler ließ nicht locker. Während er sprach, bewegte sich sein Hut wie von Geisterhand von der Stirn weit in den Nacken und zurück.

»Dann ... Es tat schreckliche Dinge mit ihr. Unaussprechliche Dinge.« Offensichtlich wollte der junge Mann nicht ins Detail gehen. Er strich sich übers Gesicht, wirkte sehr betroffen. Schwieg.

»Nun?«, Bäumler war unerbittlich.

»Es schlug Zähne und Klauen in ihr Fleisch, riss es in Stücken aus ihrem Körper!«, schrie der junge Mann schmerzerfüllt. »Es war grässlich! Die Bestie hob den Oberkörper und alles war voller Blut! Da, wo das Gesicht hätte sein sollen«, er schluchzte auf, »war vor lauter Fleischresten und Blut nichts zu erkennen!« Dem Blonden liefen Tränen über die Wangen. »Auf ein leises Geräusch hin ließ es von der Toten ab und trollte sich in den Wald.«

»Wir sollten dorthin gehen und nachsehen!«, forderte einer.

»Gerade hat der Kerl noch behauptet, Musik gehört zu haben, die gar eine Farbe, Geschmack und einen Duft hatte. Warum glaubt ihr, ist der Rest des Berichts nicht auch eine Lügengeschichte?«

Prätorius schmunzelte. Er wusste, dass der Blondgelockte all das wirklich erlebt hatte, auch wenn es in den Ohren der Leute wie ein fantasievolles Märchen klang. Es gehörte zu einer rätselhaften Erkrankung, die ihm schon mehrfach begegnet war, und es hätte ihn nicht gewundert zu hören, dass der Redner an Ort und Stelle das Bewusstsein verloren hatte. Möglicherweise verschwieg er dieses Detail, um nicht als Schwächling beschimpft zu werden.

Sollte es sich wirklich um ein Tier handeln? Prätorius war trotz der Schilderung nicht überzeugt. Nun, vielleicht würden sich diesmal Spuren finden, die Licht in diese Angelegenheit brachten.

»Natürlich habe ich nicht fabuliert! Wenn ihr wollt, werde ich euch zu der Stelle führen.«

»Gut. Freiwillige vor, wer kommt mit?«, erkundigte sich eine militärische Stimme, und Prätorius erkannte einen der Bürgergarde. »In einer Stunde hier! Vielleicht ist das Tier noch ganz in der Nähe der Leiche.«

Der Medicus sah sich nach Bäumler um. Doch der schien die Gabe zu haben, sich unsichtbar machen zu können. So sehr er sich auch nach ihm umsah – Bäumler war unbemerkt aus der Menge verschwunden. Warum lungert der Kerl in der Nähe der Marketenderinnen herum? Aus welchem Grund ist dieser Sonderling überhaupt in der Stadt?, überlegte der Medicus, hier wäre doch nun eine gute Gelegenheit gewesen, den Menschen irgendein Wunderding zu verkaufen, das sie vor der Bestie schützen konnte. Eine seltsam geformte Wurzel oder ein mit geheimnisvollen Zeichen versehenes Stöckchen. Nutzlos zwar, aber teuer. Um Geschäfte ging es Bäumler also nicht. Wovon lebte er dann? Wie ein wohlhabender Mann sah er nicht aus, und sein Verhalten war suspekt, nicht aristokratisch. Prätorius beschloss, der Sache auf den Grund zu gehen.

Doch zunächst galt es, die Leiche in Augenschein zu nehmen und nach Spuren zu suchen, bevor die halbe Stadt alles zertrampelte, die entrüsteten Bürger durchs Unterholz krochen. Der Medicus wandte sich um und eilte davon. Er wusste, er würde den toten Körper auch ohne die Hilfe des Redners finden.

11

BERND SUCHTE HASTIG ZUSAMMEN, was er nun – sozusagen als Eilmaßnahmeausrüstung – brauchen würde. Er kam sich dabei vor wie ein Verbrecher.

»Aber in schwierigen Zeiten muss man auch die Chuzpe zu solchen Maßnahmen haben!«, sprach er sich Mut zu. »Ich tue es ja nicht, um jemanden zu quälen, es ist nur zu ihrem Besten. Aber neun gegen einen, das wird nicht einfach.«

Über der Lehne des Küchenstuhls hingen eine unförmige Hose und ein raues Hemd, unter der Sitzfläche standen ausgetretene Schuhe. Grobes Seil rollte sich auf der Sitzfläche zusammen wie eine Schlange beim Verdauungsschlaf in der Sonne. Bernd seufzte. Er stellte einen alten Koffer daneben ab, musterte seine Vorbereitungen kritisch. »Es gibt kein Zurück mehr. Es muss sein!«

Er trat an die Treppe und rief hinauf: »Martha, komm runter und bringe deine Schwestern mit.«

»Ja, ich komme gleich!«

Sabine, die Jüngste fand sich zuerst ein. Ihr Schritt war so leicht, dass der Vater sie fast nicht hatte eintreten hören. Sie warf einen überraschten Blick auf die vorbereiteten Utensilien, fragte aber nicht, wozu ihr Vater all die Dinge brauchte. Schweigend lehnte sie sich an die Wand neben der Kommode.

»Sabine, meine Kleine. Setz dich bitte.«

Er wies auf einen Stuhl.

Sabine sah ihn erschrocken an, tat aber, wie ihr geheißen wurde.

»Was ist dir?«, fragte sie besorgt. »Du bist ja ganz weiß.«

»Gleich. Wir warten noch auf die anderen. Sonst muss ich es jeder Einzelnen erklären.«

Sabine lächelte nachsichtig. »Wir wissen alle, dass du kein Freund vieler Worte bist.«

Die Zweite, die allerdings nicht in die Stube schwebte, sondern trampelte, war seine Frau Erna. Zornig stemmte sie ihre drallen Fäuste tief in die Stelle, an der früher einmal ihre Taille zu finden war. »Was soll das? Glaubst du vielleicht, es gäbe nicht genug zu tun für uns? Du rufst alle zusammen – warum?«, zeterte sie laut.

»Er wird es uns sicher gleich sagen. Ich höre die anderen schon kommen«, meinte Sabine ruhig.

Und tatsächlich. Einer Katastrophe gleich schwappten all die Frauen in den Raum, der sie kaum aufnehmen konnte. Eng drängten sie sich aneinander, warfen sich fragende Blicke zu. Nach und nach verstummte ihr Geplapper. Stille kehrte ein.

Bernd zog die Tür zu. Schloss sie ab. Fädelte unter dem Protest der angehäuften Weiblichkeit den Schlüssel auf ein Band, hängte es sich um den Hals und versenkte das kalte Metallstück auf seiner Brust.

»Was soll das?«

»Mann, bist du von Sinnen?«

»Wir wollen sofort hier raus!«

»All die Arbeit bleibt liegen. Lass uns gehen!«

Eine einzige Kakophonie.

Bernd reagierte nicht wie sonst. Statt nervös und ängstlich eilig das zu tun, was seine Frau von ihm forderte, stand er abwartend in der Mitte des Raumes. Tat dann etwas, was noch nie vorgekommen war. Er stieg auf einen Stuhl und überragte so die anderen.

»Seid alle still! Ich habe euch etwas mitzuteilen.« Er holte tief Luft. »Wir bekommen noch heute eine Einquartierung.«

Protest regte sich.

»Warum hast du das nicht verhindert?«, wollte seine Frau übellaunig wissen. »Andere Männer mit mehr Rückgrat wissen solch ein Schicksal von ihren Familien abzuwenden.«

»Schluss! Ich habe alles versucht, fast hätte der Quartiermeister mich ins Gefängnis geworfen. Keine Streitereien mehr! So! In ein Haus mit so vielen Frauen eine große Menge Soldaten zu schicken, ist für die Frauen und Mädchen gefährlich. Deshalb habe ich beschlossen, einer jeden von euch die Haare zu schneiden und euch in Hosen und Hemd zu stecken, damit ihr wie Knaben ausseht und die Soldaten keinen zweiten Blick an euch verschwenden. Ihr wisst selbst sehr genau, was man sich über das Verhalten der Soldaten erzählt. Ich werde vorbeugen!«

Spitze Schreie.

Die Mädchen griffen schützend nach ihren Haaren, als wäre es möglich, ihn von der Entscheidung abzubringen, wenn er nur ihre Zöpfe nicht mehr sehen konnte.

Einige schluchzten.

Nun, das habe ich nicht anders erwartet, dachte Bernd unbehaglich.

Seine Frau baute sich vor ihm auf. Drohend. Zwar überragte er sie dank des Stuhls um mehr als eine Hauptteslänge, konnte es aber an Gewicht, Entschlossenheit und Kraft nicht mit ihr aufnehmen.

»Wage es nicht!«, geiferte Erna. »Wir werden uns das nicht bieten lassen! Ausgeschlossen!«

»Es ist so: Ich habe den Schlüssel. Wenn er gewaltsam in eure Hände wechseln soll, so müsst ihr mich schon totschlagen.« Bernd warf einen flackernden Blick auf seine Frau, um zu sehen, ob sie sich zu einem Mord an ihrem Gatten bereitfände. Der Ausdruck ihrer Augen blieb unergründlich. »Eine jede von euch kann den Raum verlassen, wenn ich ihr die Haare geschnitten habe. Vorher nicht.«

»Ach, Vater!«, rief Sabine entsetzt. »Rede nicht von solch schrecklichen Dingen! Natürlich wird keine die Hand gegen dich erheben. Wir alle wissen doch von dem Grässlichen, das in anderen Häusern an den Frauen verübt wurde.«

»Grausames hat man den Frauen angetan! Ich will euch vor solch einem ähnlich furchtbaren Schicksal bewahren. Meine Absichten sind die besten, die ein Vater haben kann. Und die Haare werden nachwachsen. Eure Unschuld, einmal geraubt, kann euch niemand wiedergeben. Deshalb werdet ihr euch wie Jungen kleiden und euch zur Sicherheit Schmutz ins Gesicht schmieren. Am besten verdreckt ihr die Hosen mit Mist, damit ihr nicht wie Frauen riecht.«

»Du musst toll geworden sein!«, empörte sich seine Frau. »So etwas erlaube ich nicht!«

»Frau! Ich möchte nur die Haare abschneiden! Ich habe nicht vor, ihre Gesichter mit Narben zu verunstalten, indem ich ihnen tiefe Schnitte zufüge! Es geht nur um Haare und darum, dass sie für die Zeit der Einquartierung keine Weiberklamotten tragen dürfen. Und? Das tut nicht weh und ist nach einiger Zeit nur eine Geschichte, die man im Winter am Feuer erzählt. Eine, über die sich Kinder und Enkel herzlich amüsieren. Wollt ihr nicht alles versuchen, um zu verhindern, dass diese rohen Kerle über euch herfallen?«

Gemurmel.

»Beim letzten Mal ist auch nichts geschehen«, wandte Martha ein.

»Das war vor Monaten! Inzwischen haben diese Männer viel Leid gesehen, viele Kämpfe überlebt, und der eine oder andere mag den Eindruck gewonnen haben, jeder Tag hier könne sein letzter sein. Die Erinnerung an die genossene Erziehung ist längst verblasst.«

Weinen.

»Sabine, sag doch auch was! Was, wenn der Deine unter den einquartierten Männern ist? Er wird dich nicht einmal erkennen!«

»So muss ich seinem Gedächtnis auf die Sprünge helfen«, antwortete die Jüngste leise. »Er wird stolz auf einen Vater sein, der seine Töchter mit allen Mitteln zu schützen sucht. Und die kurzen Haare werden ihn nicht lange stören. Übers Jahr sind die Zöpfe wieder da.«

»Gut.« Martha sah ihre Schwestern entschlossen an. »Hört auf zu heulen! Sabine hat recht! Es tut nicht einmal weh. Seht her, ich mache den Anfang!«

Schwungvoll setzte sie sich auf den Stuhl, von dem Bernd eilig geklettert war.

Er spürte ihr Zittern, als er ihr seine Hand auf den Kopf legte, die Haube vorsichtig aus den Haaren löste.

»Das ist Frevel!«, beschwerte sich Erna, und für einen Augenblick sah es so aus, als wolle sie ihn ins Gesicht schlagen.

Unbeeindruckt und mit harter Miene griff der Gerber nach der Schere.

Schnell war die dunkle Pracht abgeschnitten, ringelten sich die Locken auf dem Fußboden.

»Mann! Lass das!«, fuhr seine Frau ihn an. »Wenn du ihr schon ihre wunderbaren Haare nimmst, dann soll sie doch wenigstens eine dieser modernen Frisuren tragen dürfen, mit denen sich die jungen Männer schmücken!« Sie entwand ihm die Schere, griff nach Kamm, Bürste und Rasiermesser, die der Gerber vorbereitet hatte.

Mit großen Augen und angehaltenem Atem beobachteten die Schwestern die Verwandlung der Ältesten.

»Das sieht nicht verkehrt aus«, lobte Sabine, als Martha in Hemd und Hose geschlüpft war. »Einen hübschen Burschen haben wir da unter uns.«

Martha schnitt ein Stück von dem Strick ab, zurrte damit die Hose in der Taille fest. Dann fuhr sie in die Schuhe. »Oh, da werde ich die allerdicksten Wollsocken brauchen, damit ich die nicht verliere, wenn ich über den Hof gehe«, lachte sie leise. »Von nun ist mein Name Mart!«

Nun, nachdem die erste Tochter in einen Sohn umgewandelt worden und die ganz große Rebellion ausgeblieben war, beruhigte Bernd sich langsam.

»Wir müssen Stroh im Dachboden einstreuen. Schnaps

und Brot vorhalten, eine Suppe kochen. Woher soll ich Gemüse und Fleisch nehmen?«, lamentierte die Gattin.

»Sei lieber froh, dass sie keine Offiziere schicken. Die bekommen edlen Wein und Braten!«

»Es sind bedauernswerte Männer«, mischte sich Sabines tränenschwere Stimme ein. »Sie kämpfen weit weg von zu Hause für ihr Land, und dann werden sie auch noch schlecht versorgt. Sogar angefeindet. Es sind ja nicht alle verroht! Dabei macht es ihnen doch keine Freude, Tag für Tag in Gefahr für Leib und Leben verbringen zu müssen. Möglich, dass sie heute Abend bei uns zum letzten Mal in ihrem Leben etwas zu essen bekommen. Und dabei sind sie kaum älter als wir selbst!«

Betretenes Schweigen.

Bernd griff beherzt nach dem Band um seinen Hals, zog den Schlüssel unter dem Hemd hervor.

»All das rechtfertigt nicht die Schändung einer meiner Töchter!«, stellte er klar. »Du solltest dir den feschen Kürassier endlich aus dem Kopf schlagen, meine Kleine. Kaum weitergezogen, haben sie doch die Frauen längst vergessen, die sie zurücklassen, die ihnen ihr Herz geschenkt haben. Und für ein junges Mädchen ist es keine gesunde Beschäftigung, an jedem Tag zum Friedhof zu laufen und beim Abladen der Toten zuzusehen, um zu überprüfen, ob der eine darunter ist. Aber du hast recht, diese Soldaten müssen an jedem Tag mit ihrem Tod rechnen. Dennoch wünschte ich mir – wenn gerade keine Schlacht und kein Scharmützel zu schlagen ist –, sie würden sich in den Gefechtspausen nicht so widerlich und unannehmbar aufführen. So – wer traut sich als Nächste?«

12

Eleonora stand am Feuer. Sie rieb sich die kalten Hände, wartete, träumte. Das gesamte Haus war erfüllt vom Duft nach frisch gebackenem Brot und würziger Suppe. Als sie Hufgetrappel hörte, warf sie einen ängstlichen Blick aus dem kleinen Fenster. Sollte etwa dieser unheimliche Franzose schon wieder vorbeikommen? Erleichtert erkannte sie die Stute, beeilte sich, einen Teller auf den Tisch zu stellen, ein Glas für den Wein daneben. Ihre zitternden Hände verbarg sie hinter dem Rücken, verschränkte die Finger fest ineinander. Der Medicus sollte nicht sehen, welche Ängste sie um seinetwegen ausgestanden hatte.

Prätorius riss voller finsterer Besorgnis die Tür auf, atmete tief ein.

Fühlte sich für einen Moment beinahe getröstet, wünschte sich nichts sehnlicher, als dass sein Leben endlich in ruhiges Fahrwasser einlaufen und jeder Tag ein friedvoller sein könne. Eleonora und er!

»Eleonora!«, rief er, und sein Herz sprang vor Freude und Erleichterung wild hinter den Rippen, als er sie antworten hörte.

Noch also hatte General Maurice de Carant seine Drohungen nicht wahr gemacht.

Der Hund trabte wie selbstverständlich zum Ofen und rollte sich zu einem Häufchen zusammen, so gut das bei seiner schieren Größe nur möglich war und als lebe er seit Jahren mit dem Arzt unter einem Dach.

Schnell entledigte sich der Medicus des nassen Mantels, stürmte in die Küche.

»Wie das duftet! Es ist wunderbar, nach all den Schrecken dort draußen in so ein gemütliches Heim kommen zu dürfen!« Er musste an sich halten, die junge Frau nicht ungestüm in seine Arme zu reißen.

»Ich dachte, eine gute heiße Suppe ist bei diesem Wetter genau das Richtige. Ihr Patient muss auch schnell zu Kräften kommen.«

Prätorius zögerte. Ging auf und ab. Rang mit sich.

Die Augen Eleonoras folgten jedem Schritt. Wird er mir sagen, dass ich nicht mehr zu ihm kommen darf?, überlegte sie bedrückt. War dies mein letzter Tag in seinem Haus?

»Eleonora – es ist sicher kein guter Moment für so eine wichtige Angelegenheit, aber dennoch will ich etwas mit dir besprechen.«

Eleonoras Augen weiteten sich vor Schreck.

»Schwierigkeiten?«, flüsterte sie mit bebenden, bleichen Lippen.

»Nun, wer hat die nicht in diesen Tagen? Aber nein, darum geht es mir nicht. Lass uns erst essen. Dann kann Matthias sich um den fremden Soldaten kümmern. Und wir setzen uns drüben in der Stube ans Feuer. Ich nehme an, Heinrich wird auch geschickt, dich abzuholen? Oder darf ich wenigstens die Begleitung für den Rückweg übernehmen?«

Sie lachte warm. »Mein Vater meint, Heinrich sei als Eskorte die bessere Wahl. Vertrauenswürdiger«, neckte sie kokett, und ein plötzliches Strahlen ließ ihr ebenmäßiges Gesicht leuchten.

Rasch wandte sie sich wieder der Suppe zu, als sei ihr unangenehm, was er gesehen hatte.

»Ach, Eleonora! Was wäre mein Haus ohne deinen Glanz darin?«, entfuhr es Prätorius unbedacht, und nun war es an ihm, nach einer Tätigkeit zu suchen, die von seinen Worten ablenkte und der Situation jede Peinlichkeit nahm. Er begann Brot aufzuschneiden. Nahm einen großen Korb aus dem Schrank, der die dreifingerdicken Scheiben aufnehmen sollte.

Als er das Brot zum Tisch trug, berührte er wie zufällig Eleonoras Arm. Sie ließ es geschehen, kommentierte nichts.

»Matthias!«, rief der Medicus ins Zimmer des Gehilfen, der sofort herbeigelaufen kam.

»Gibt es Schwierigkeiten?«, erkundigte er sich. Die sonderbare Stimmung in der kleinen Küche schien er nicht zu bemerken.

»Das scheint heute die Frage aller Fragen zu sein!«, lachte Prätorius und zwinkerte. »Schwierigkeiten gibt es nicht – aber Suppe und Brot.«

»Wir haben uns große Sorgen gemacht. Wegen dieses sonderbaren Franzosen heute Morgen und weil Sie so lange ausblieben. Wir ...« Der junge Mann stockte.

»Ist gut. Im Moment macht man sich um jeden Sorgen, den man nicht mit eigenen Augen sieht oder einem von Angesicht zu Angesicht gegenüber sitzt. Der Überfall in der Frühe hat mich, ehrlich gesagt, auch überrascht. Und tatsächlich fühlte ich mich ausgesprochen mulmig, als ich mit ihm los ritt. Doch das war unbegründet. Dem Patienten dort geht es viel besser, die Maßnahmen zeigen die erhoffte Wirkung. Dieser Offizier, übrigens ein hohes Tier, der mich abholte, heißt de Carant. Er wird am späten Abend wiederkommen.«

»Nun da wir das wissen, wird der Schrecken nicht so groß sein«, meinte Eleonora vernünftig und füllte die Suppe mit einer großen Kelle in die Teller. Prätorius bemerkte, dass sie zitterte. »Die für den Patienten halte ich noch einen Moment auf dem Feuer warm.«

»Hmmmm«, lobte Matthias. »Du kannst zaubern. Noch nie hat mir eine Erbsensuppe so gut geschmeckt. Was ganz Besonderes!«

Geschmeichelt lächelte die junge Frau zurück: »Die Köchin ist ehrlich erfreut, Matthias. Dankeschön!« Dann zwinkerte sie dem Gehilfen zu und reichte Prätorius den Brotkorb.

»Mein Bruder Klaus war vorhin hier. Er berichtete, es habe einen wahren Menschenauflauf in der Stadt gegeben. Jemand habe vom Geschmack der Musik gefaselt, aber am Ende von einer weiteren Leiche am Fluss erzählt.«

»Das ist kein Thema bei Tisch«, wies Eleonora den jungen Mann zurecht.

Matthias sah beschämt in seinen Teller.

»Es stimmt. Er hat davon gesprochen. Und er behauptete, er habe das Biest gesehen. Wir werden schon bald erfahren, was an der Geschichte wahr ist«, bestätigte der Medicus. »Die Tote jedenfalls hat er nicht fabuliert. Ich habe sie gefunden und untersucht.«

Er wich den Augen Eleonoras aus. Versuchte das Entsetzen, das von ihm Besitz ergriff, sobald er sich an die schrecklichen Bilder erinnerte, zu verbergen. Dennoch zitterten seine Hände, wenn er den Löffel in die Suppe tauchte oder das Brot in den Teller brockte.

Nach einer langen Phase des Schweigens, in der die Teller geleert und das Brot zum Aufnehmen der letzten Suppenreste verwendet worden war, erkundigte sich Prätorius: »Wie geht es ihm?«

»Er sieht schon viel wohler aus. Natürlich weiß er, dass man ihn hier bei uns nicht entdecken darf. Also verhält er sich vollkommen ruhig, tut, was man ihm sagt. Er ist sehr bemüht, keinen Ärger zu machen. Ich habe ihm ein paar Bücher neben sein Bett gelegt und er beschäftigt sich damit.« Matthias schob ein großes Stück Brot in den Mund, kaute zufrieden. »Das Einzige, was uns noch Sorge bereiten muss, ist seine unverständliche Angst vor der Bestie. Ich habe ihm erklärt, ins Haus käme sie nicht, er sei sicher – da hat er mich so angesehen, als glaube er, ich sei entweder ahnungslos oder grenzenlos dumm.«

»Interessant. Diese Angst beschäftigt ihn die ganze Zeit, füllt sein Denken aus?«

»Ja.« Matthias nickte ratlos. »Er kommt immer wieder darauf zurück.«

»Ich werde mich mit ihm unterhalten, wenn er gegessen hat. Es ist wahr, dass der Redner auf dem Markt behauptete, er habe die Bestie gesehen und sie gar eine Weile unbemerkt bei ihrem grausigen Tun beobachtet. Die unappetitlichen Details erspare ich uns. Er sagte aber, sie sei groß und plump gewesen, hätte sich auf zwei Beinen nicht gut bewegt, habe sich deshalb immer wieder auf alle Viere fallen lassen, um voranzukommen. Den hinteren Teil des Körpers habe sie dabei hochgereckt.

Ich grüble schon, doch mir will kein Tier einfallen, das solch eine Körperform hat.«

»Oh, übrigens ist ein Brief von Miriam Weller gekommen! Zugestellt durch einen Boten.« Eleonora sprang auf und holte den versiegelten Umschlag vom Tisch in der Stube. »Das war ein Kerl! Lockige Haare bis auf die Schultern, und sein Gesicht konnte man unter der Hutkrempe fast gar nicht erkennen. Eigenartig, dass ausgerechnet Miriam Weller solch einen Sonderling beschäftigt.«

Hans Bäumler!

Prätorius schnappte nach Luft, tarnte die Reaktion als Husten. Dieser Mann ist wirklich überall und nirgends, dachte er gereizt. Während ich ihn im Auge behalten will, schleicht er sich davon und besucht mein Haus! Gerade so, als wolle er mich zum Narren halten. Einige meinen, er sei gefährlich, glauben, er habe mit der Bestie zu tun – und dieser Kerl wird von all dem nicht im Mindesten berührt! Es ficht ihn schlicht nicht an. Ist das nun Leichtsinn, Überheblichkeit oder Dummheit?

Eleonora legte den Umschlag auf den Küchentisch.

»So hat wenigstens das funktioniert«, stellte der Arzt fest. »Sie hat geschrieben, und ihr Vater hat die Zeilen wohl nicht zu Gesicht bekommen.« Er schob die Brille zurecht und untersuchte akribisch das Siegel. »Nein, das wurde nicht erbrochen. Gut! Ich glaube, ich kenne ihr Geheimnis bereits, weiß, warum sie sich selbst das Sprechen verbietet. Mit ein bisschen Glück, kann ich Weller umstimmen und seinem Kind die Sprache wieder geben.« Er öffnete das Schreiben, trat ans Fenster, um besser lesen zu können. Sprachlos vor Erstaunen, schob er die Seiten in seine Jacke. Diese Neuigkeiten musste er erst einmal in Ruhe überdenken.

Aber dazu blieb jetzt keine Zeit.

Wichtiges musste besprochen werden!

Das Essen war beendet.

Matthias griff nach Brot und Suppe für den Patienten. »Sag ihm, ich komme etwas später nach«, bat Prätorius und sah dem Gehilfen nach, der den gut gefüllten Teller langsam und konzentriert vor sich her trug, ganz darauf bedacht, nichts zu verschütten.

Eleonora räumte mit geübten Handgriffen die Küche auf.

Prätorius wurde es abwechselnd heiß und kalt, wenn er an das dachte, was er nun mit ihr besprechen wollte. Gern hätte er es aufgeschoben. Wie schon so oft. Aus Angst vor ihrer Antwort, die ihn in tiefstes Unglück stürzen könnte.

Hatte er sich auch wirklich die richtigen Worte zurechtgelegt? Was, wenn sie einem anderen versprochen war? Oder sie selbst einen anderen …? Er spürte, wie Suppe und Besorgnis in seinem Magen arbeiten. Meine Aufgabe ist doppelt schwierig, erkannte er beunruhigt, muss ich ihr doch im gleichen Atemzug von der schrecklichen Gefahr berichten, in die ich sie gebracht habe.

Er gab sich einen Ruck.

Er hatte ein Gespräch angekündigt – es gab kein Zurück!

Sanft nahm er der jungen Frau das Tuch aus der Hand, mit dem sie gerade den Tisch abwischen wollte, griff nach ihren Fingern und zog sie in den angrenzenden Raum.

Setzte sie in den bequemen Sessel neben dem Ofen, der angenehme Wärme abstrahlte.

Eleonora sah ihn ängstlich und besorgt zugleich an.

»Aber was ist denn?«, hauchte sie. »Ich habe …« Sie verstummte, setzte erneut an. »Ich komme, selbst wenn ich die Begleitung durch Heinrich akzeptieren muss. Ich arbeite gern hier. Bitte schicken Sie mich nicht wieder nach Hause.«

»Ach, Eleonora!« Prätorius überlegte, ob sie erwartete, dass er vor ihr auf die Knie fiel. Entschied sich dagegen und zog stattdessen mit den Zehen den Fußschemel heran, setzte sich darauf, nahm die bebenden Hände der jungen Frau behutsam in die seinen. »Im Gegenteil! Ich würde mir nichts mehr in meinem Leben wünschen, als dich zu jeder Stunde um mich zu haben. Eleonora, ich liebe dich! Schon seit Langem.« Er holte tief Luft. »Willst du meine Frau werden?«

Sein Herz schlug bis zum Hals.

Seine Augen suchten die ihren.

Eleonoras glänzten vor Glück.

»Ich liebe dich auch! Und ich möchte zu gern deinen Antrag annehmen, Frau Prätorius zu werden.«

Er umarmte sie stürmisch, küsste ihre weichen Lippen mit einer Leidenschaft, die er selbst bei sich gar nicht vermutet hätte.

»Hast du schon mit Vater gesprochen?«, fragte sie vorsichtig zwischen zwei heißen Küssen.

»Ich weiß, er will einen Bäcker und gleich gar keinen Prätorius«, meinte er stirnrunzelnd. »Wenn ich morgen in aller Frühe zu ihm gehe – meinst du, es könnte helfen, ihn milde zu stimmen, wenn wir ihm viele Enkel versprechen, von denen einer bestimmt die Bäckerei übernehmen wird?«

Eleonora sprang auf, wirbelte selig durch den Raum.

»Ein Versuch kann nicht schaden!«, kicherte sie. »Es ist immer besser etwas zu versuchen, als sofort mutlos den Kopf in den Sand zu stecken. Manchmal reagiert selbst mein Vater überraschend. Sollte dein Argument nicht sofort überzeugen, will ich gern auch an ihm arbeiten. So gelangen wir mit vereinten Kräften zu seiner Zustimmung.«

Der Medicus hatte sie noch nie so glücklich gesehen. Und er schämte sich ein wenig für das, was er ihr nun sagen musste. Er fing die tanzende Frau ein. Hielt sie fest umfangen.

»Ich liebe dich so sehr, wie ich noch nie in meinem Leben einen Menschen geliebt habe oder lieben werde.« Sie schmiegte ihren Kopf an seine Brust. »Und genau das ist diesem Franzosen sehr bewusst. Er hat uns beobachtet und seine eigenen Schlüsse gezogen. Heute nutzte er eine sich bietende Gelegenheit, um mir klarzumachen, wozu seine Männer fähig sind. Es sind Raubeine, benehmen sich wie Tiere, brutal und ohne Gnade gehen sie gegen jedermann vor, ganz gleich ob Mann oder Frau, jung oder alt, hässlich oder schön. Eleonora, ich könnte mir nie verzeihen, wenn dir etwas zustieße, nur weil Liebe uns verbindet. Wenn ich morgen bei deinem Vater um deine Hand anhalte, werde ich ihn auch bitten müssen, in den kommenden Tagen gut auf dich aufzupassen.« Sie versteifte sich in seinen Armen. »Glaub mir, es ist besser so.«

»Nein!«, Eleonora war entsetzt. »Das kann nicht dein Ernst sein!«

»Hör zu!« Prätorius hielt ihre beiden Hände fest und führte sie zum Sessel am Ofen zurück, setzte sie hinein. »Dieser Patient bei den Franzosen ist ein enorm wichtiger Mann. Man holte ausgerechnet mich zu ihm, weil mir der zweifelhafte Ruf vorauseilt, ich könne selbst Todgeweihte retten. Und bei meinem ersten Besuch an seinem Krankenbett sah es auch so aus, als wolle der Tod ihn bei sich beherbergen. Ich konnte mich heute davon überzeugen, dass der Mann auf dem Weg der Genesung ist. Doch selbst wenn ich den Franzosen rette: Es ist möglich, dass ich in den Augen der Offiziere zu viel weiß, zu viel gehört und gesehen habe von dem, was andere auf keinen Fall erfahren dürfen. Deshalb hat de Carant damit gedroht, dich …«

»Schschscht!« Eleonora legte ihren Finger auf seine Lippen. Dann küsste sie ihn liebevoll. »Wenn du es so willst, werde ich mich fügen. Ich verstehe, dass du nicht die ganze Zeit auf mich aufpassen kannst, Matthias gegen einen de Carant und seine Männer allein nichts ausrichten kann. Mein Vater wird seine Tochter gut bewachen – da kommt kein Franzose ins Haus. Sei unbesorgt.«

»Es tut mir leid, Eleonora. Du wirst mir in jeder Sekunde schmerzhaft fehlen.«

Unerwartet erhob sich der struppige Riesenhund, der bisher mucksmäuschenstill in der Ecke gelegen hatte. Er knurrte, sträubte das drahtige Fell.

»Wen haben wir denn da?«

»Oh, den habe ich ja fast vergessen. Das ist Hund. Er hat der Familie eines Patienten gehört. Heute am späten Vormittag ist er herrenlos geworden. Die Franzosen haben alles Leben auf dem Hof ausgelöscht.« Seine

Stimme war leise und traurig. Das Tier kam näher heran, rieb sich an Prätorius' Bein.

Eleonora warf dem Arzt einen raschen Blick zu. Also das haben die Franzosen ihn sehen lassen, schlussfolgerte sie, eine ganze Familie und das Vieh getötet.

»Du bist allein? Was magst du heute an Schrecklichem gehört, gesehen und gerochen haben. Komm mit in die Küche, ich habe ein paar Kartoffelreste für dich.« Brav trottete das Tier neben ihr her. In der Tür drehte sie sich zu Prätorius um: »Das war das Exempel, von dem du gesprochen hast? Alle wurden getötet?«

Er nickte. »Bauer und Frau und seine Mutter. Alles Vieh. Nur den Hund haben sie nicht erwischt.«

»Ich bereite noch etwas für morgen zum Essen vor. So habt ihr drei wenigstens eine warme Mahlzeit, selbst wenn ich nicht hier bin.«

Sie schickte ihm einen Kuss quer durch den Raum und sah belustigt zu, wie er tat, als sei er so hart davon getroffen worden, dass er das Gleichgewicht verlor. Gleich darauf errötete er wegen seiner unangemessenen Lausbubenhaftigkeit.

Als Eleonora mit dem Hund in der Küche verschwunden war, besuchte der Medicus seinen geheimen Patienten. Selbstmitleid machte sich in seinem Denken und Fühlen breit. Warum, dachte er griesgrämig, warum kann nicht auch ich einfach nur glücklich sein? Andere verlieben sich, heiraten, bekommen Kinder trotz schwerer Zeiten, sind selig und unbeschwert. Nur ich habe, kaum dass mein Antrag angenommen wurde, jemanden im Nacken sitzen, der mein Glück zerstören möchte.

Und nicht genug damit, er würde nur allzu gern meine Braut töten. Ganz abgesehen davon, dass mein künftiger Schwiegervater nun von mir annehmen wird, ich sei ein Feigling, weil ich ihn darum bitten muss, seine Tochter vor meinem Widersacher zu beschützen!

Wenn du meiner Eleonora auch nur ein Haar krümmst, wirst du das mit deinem Leben bezahlen!, wallte nun endlich Zorn in ihm auf. Und um ehrlich zu sein, hast du dieses Schicksal schon heute durch diesen feigen Überfall auf den Braunerhof verdient. Wie menschenverachtend – nur, um mir zu zeigen, was du kannst! Prätorius schob die geballte Faust in die Tasche.

Der Fremde sah tatsächlich wohler aus.

Seine Augen hatten einen neuen Glanz, lagen nicht mehr so tief in den Höhlen wie zuvor, die Schwellungen an seinem Körper bildeten sich rasch zurück, ja, selbst der Gestank, der hartnäckig von ihm ausgegangen war, hing nur noch als Erinnerung im Raum.

»Ich weiß nicht, wie ich Ihnen je danken kann!«, erklärte er. »Ohne Sie wäre ich jetzt einer der unzähligen nackten Toten, die man irgendwo am Wegesrand verscharrt. Ohne Namen, mit vielen anderen, gleichgültig ob Freund oder Feind.«

»Zwei Bauern haben Sie zu mir gebracht. Denen muss Ihr Dank in erster Linie gelten. Sollte ich die beiden einmal treffen, richte ich es ihnen aus.«

Prätorius gab seinem Gehilfen ein Zeichen, er solle sie beide allein lassen.

»Ich bringe das Geschirr in die Küche zurück«, murmelte Matthias und sammelte Teller und Löffel ein.

»Sie wissen schon, was viele tun, wenn sie einen wie mich finden?«

Der Arzt schüttelte den Kopf.

»Nein? Ich will Ihnen erzählen, was ich selbst erlebt habe.«

Prätorius, der in Wahrheit meinte, er sei für einen Tag schon genug Gräuel und Schrecken begegnet, setzte sich auf die Bettkante, nickte Bries auffordernd zu.

»Zuerst treten sie die Verletzten. So finden sie heraus, ob die sich im Zweifel noch wehren können. Grunzen sie nur schwach, reichen in der Regel zwei Mann aus. Ist er ausreichend kräftig, genügt auch einer, der alles allein erledigt und den Vorteil hat, nicht teilen zu müssen. Der verletzte Soldat wird kurzerhand erschlagen. Kaum hat er seinen letzten Atemzug getan, beginnen sie damit, ihm seine Kleidung auszuziehen, alles an Waffen, was er bei sich trägt, nehmen sie auch mit. Den erkaltenden Körper lassen sie einfach liegen, nackt und bloß. Hat der tote Soldat richtig Pech, kommt ein paar Stunden später einer mit einer metallenen Stange oder einer Zange vorbei. Der bricht ihm dann aus dem Kiefer die besten Zähne, um sie gewinnbringend zu verscherbeln. Ich selbst hatte in dieser Hinsicht also besonders großes Glück.«

»Nach so langer Zeit mit dem Tod scheint mir sind viele Menschen abgestumpft.«

»Die Uniformen werden umgearbeitet oder einfach aufgetragen. Da klebt Blut dran – und niemanden stört es.

Später fragt sich keiner mehr, wessen Lebenssaft die Flecken verursacht hat«, sagte der Mann bitter. »Die Zähne eines dieser armen Schweine dienen irgendjemandem als Ersatz für die eigenen ausgefallenen Beißer. Menschenzähne sind da besser als Kälberzähne – und schöner. Wer mag da noch an die armen Soldaten denken, denen sie zuvor gute Dienste geleistet haben oder gar daran, wie sie aus dessen Mund in den eigenen gelangen konnten. Alle machen Geschäfte mit dem Tod, den wir auf dem Feld sterben müssen!«

»Sie sind Preuße.«

»Wir können doch nicht zulassen, dass dieser Franzose uns unterjocht und alles in Frage stellt, was wir uns mühsam erstritten haben. Allem will er seinen Stempel aufdrücken, jede Eigenständigkeit mit harter Hand vernichten! Bildung, Kultur! Nichts bleibt von Preußen, wenn wir jetzt die Hände in den Schoß legen. Überall regieren die dümmlichen Verwandten dieses Größenwahnsinnigen. Übrigens wird es auch den Sachsen nicht anders ergehen. Aber das hat euer König zu spät eingesehen. Der dachte, er tut sich am besten frühzeitig mit dem Gewinner zusammen – und nun, wo sich so viele gegen Napoleon stellen, ist es für ein geordnetes Umkehren zu spät. Niemals wird Bonaparte zulassen, dass zum jetzigen Zeitpunkt noch einer aus dem Bündnis ausschert. Wenn er verliert – und das wird er – wandert euer König in ein finsteres Verließ. Wer weiß, ob er von dort je wieder an die Macht zurückkehren kann!«

»Die Lage spitzt sich dramatisch zu. Soldaten unterschiedlichster Nationalitäten, wohin man schaut. Es ist nicht zu leugnen, dass sehr bald eine Entscheidung erzwungen werden soll.«

»Schade, dass dieses Ungeheuer nur Frauen tötet. Sonst könnte man die Bestie auf den kleinen Franzosen hetzen«, plante der Preuße, dessen Blick vor Hass glühte. »Vielleicht nimmt ihre Gier noch zu, dann verschmäht sie auch Soldaten nicht länger!«

»Aber ich entnehme Ihren Worten, dass Sie sich vor dem Untier fürchten. Warum? Und wie sollte man solch ein ungezähmtes Tier unter Kontrolle bringen?« Prätorius schlug einen leichten Plauderton an. Er wollte verhindern, dass der Preuße seine Geschichte mit dramatischen Fantasieergänzungen ausschmückte.

»Der Bestie entkommt keiner. Niemand ist an irgendeinem Ort sicher.«

»Sie jagt junge Frauen. Warum sollten Sie sich sorgen?«

Der Kranke beugte sich zu Prätorius' Ohr und flüsterte: »Sie ist hinter mir her. Weil ich sie gesehen habe. Nun geht es dem Untier darum, einen Zeugen und Wissenden zu beseitigen, der vor einem Richter mit dem Finger auf es zeigen kann.«

»Vor einem Richter? So denken Sie in Wirklichkeit nicht, dass diese Morde von einem Tier begangen werden?«

»Es sind mindestens zwei!«

Prätorius runzelte die Stirn.

»Mag sein, sie haben Nachkommen. Dann sind es am Ende viel viel mehr.«

Als Heinrich kam, übergab der Medicus seine Geliebte nur ungern an den stummen Begleiter. Er händigte ihm auch einen Brief aus, schärfte ihm ein, diesen zusammen mit der jungen Frau dem Bäcker persönlich zu übergeben. Dennoch war ihm unwohl, als er die beiden in die hereinbrechende Dunkelheit gehen sah. Kurzentschlossen schlüpfte er in seine Jacke und folgte ihnen. Zwei Bestien, rumorte es in seinem Denken, es sind zwei. Das hatte auch der Redner auf dem Markt behauptet. Liege ich völlig falsch mit meiner Überzeugung, dachte Prätorius, ist es doch kein Mensch, den wir suchen? Doch!, fiel ihm ein, natürlich! Alle Frauen hatten ein Schreiben bekommen, das sie zu einer Reise oder Ausfahrt einlud. Es war kein Tier! Die Bestie als ein Produkt der Fantasie verängstigter Bürger! Oder – eine neue Idee: Wenn ein Mensch sich die Bestie hielt, die Briefe schrieb, und dann bei günstiger Gelegenheit das Tier auf sein Opfer hetzte? Er schüttelte den Kopf. Nein, es hatte an keinem der Schauplätze der grausamen Verbrechen Tierspuren gegeben. Es blieb dabei, es existierte kein fleischfressendes Raubtier, dem von seinem Herrn mit Hilfe von Briefen und vorgegaukelten Verabredungen lebende Nahrung an versteckte Orte bestellt wurde! Nein!

Wenig später beobachtete er, wie Heinrich Eleonora und den Brief in die Hand des Bäckers ablieferte.

Traurig kehrte er um. Machte sich auf den Rückweg.

»Herr Doktor Prätorius! Herr Doktor Prätorius!«

Verwundert hielt er an, wandte sich um.

Corinna von Blanstaff eilte mit wehendem Schal und Mantel auf ihn zu.

»Stimmt es, was man sich überall erzählt? Es hat wieder einen Mord gegeben? In der Nähe der Parthe?«, fragte sie vor Aufregung ganz außer Atem.

»Ja. Das ist wahr. Ich selbst habe die Frau kurz gesehen. Verstümmelt wie die anderen – nein, das trifft es nicht. Schlimmer zugerichtet als die anderen. Niemand konnte sagen, um wen es sich handelt.«

»Und vom Täter gibt es auch diesmal keine Spur? Was für ein geschickter Mörder das sein muss, dass nicht einmal ein Mann wie Sie, der sich in der Wissenschaft bestens auskennt, ihm auf die Schliche kommt.« Sie versuchte vergeblich, die Haare, die sich beim raschen Laufen aus der Haube gelöst hatten, zurückzuschieben.

»Es gibt auch diesmal keinerlei Spuren, die auf einen Überfall durch ein Tier hindeuten. Weder kleine Pfotenabdrücke, noch die von riesigen Tatzen. Allerdings fand ich zum zweiten Mal einige ausgerissene Haare an Zweigen im dichten Gesträuch.«

»Fell? Bärenfell oder von einem Wolf?«

»Das vermag ich nicht zu sagen. Ich hatte noch keine Gelegenheit, es zu untersuchen.«

»Wir müssen dringend etwas unternehmen! Es kann doch nicht sein, dass diese Stadt es hinnimmt, wenn Mordbuben ihre schönsten Töchter töten! Es ist Zeit, dass die Leipziger aufwachen!« Die Gräfin Blanstaff wirkte kampfeslustig und entschlossen.

»Es ist das viele Sterben in unseren Straßen. Es stumpft den Blick und das Gefühl der Menschen ab. Ich habe heute einen Bauernhof besucht, auf dem alles Leben gewaltsam ausgelöscht worden war. Manche empfinden vier weitere Tote nicht mehr als großen Schlag des Schicksals. Sterben wird Normalität.«

»Das können wir nicht zulassen! Ja, es ist Krieg. Ja, es sterben Soldaten, fremde und eigene. Sie glauben, sie gehen für ihre und unsere Freiheit in die Schlacht und erkennen nicht, dass nur die Welt des Geldes wegen neu verteilt werden soll. Der Stärkste bekommt die am besten gefüllte Kiste! So ist es doch. Aber die Städter dürfen sich nicht einbinden lassen in diese Gleichgültigkeit und Rohheit.«

»Zweifellos haben Sie recht. Doch ich fürchte, es wird sehr schwierig werden.«

»Wenn wir aufgeben, gibt es keine Stimme der Vernunft mehr in der Stadt. Ich will weiter versuchen, die Leipziger wachzurütteln! Morgen komme ich bei Ihnen vorbei, und wir überlegen gemeinsam, welche Option uns noch bleibt. Gute Nacht!« Damit reichte sie ihm die Hand und war verschwunden, ehe er ihr noch sagen konnte, dass er nur selten zu Hause anzutreffen war. Ich muss Matthias warnen. Nicht auszudenken, wenn sie unseren Soldaten entdeckt!, überlegte er, seltsam, kaum habe ich einen geheimen Patienten, schon findet sich die halbe Stadt ständig bei mir ein!

»Doktor Prätorius, wie gut, dass wir uns gerade jetzt begegnen«, sprach ihn eine weibliche Stimme an. Er erkannte die Pflegerin seines ganz besonderen Patienten Friedrich.

»Oh, guten Abend. Stimmt etwas nicht mit Friedrich?

Bei meinem letzten Besuch schien er wohlauf zu sein. Ist er plötzlich erkrankt?«

»Nein. Nein, das ist es nicht. Wir machen uns aus anderem Grund Sorgen um ihn. Er ist unruhig.«

»Wie soll ich das verstehen?«

»Seine Tante kümmert sich um ihn. Sie tut das sehr verständnisvoll und mir scheint, sie nimmt diese freiwillige Aufgabe sehr ernst.«

»Nun?«

»Zu ernst möglicherweise. Der Hausdiener hat mir von Vorfällen berichtet, die würden Sie nicht für möglich halten. Ich selbst wollte ihm auch erst kein Wort glauben. Seine Tante saß auf der Kante des Bettes, als der Diener hereinkam, hatte das Mieder geöffnet«, sie hustete, »und legte mit ihrer Hand Friedrichs Hand auf ... Mein Gott, wie kann sie nur so etwas tun?« Die Pflegerin war empört. »Einen Jungen wie Friedrich soll man nicht auf diese Art Gedanken bringen!«

»Friedrich ist im Grunde ein ganz normaler Junge. Und in seinem Alter ist es normal, dass man«, er wand sich, suchte nach einer unverfänglichen Formulierung, »Gefühle entwickelt. Nur weil er nicht gehen und nicht sprechen kann, muss ihm das nicht ebenfalls fremd sein.«

»Sie muss das doch nicht auch noch unterstützen!«

»Haben Sie die Gräfin auf das beobachtete Verhalten angesprochen?«

»Aber ja. Sie meinte, sie übe mit Friedrich die Bezeichnungen für Bereiche des Körpers. Das sei sehr sinnvoll, denn so könne der Junge bei Beschwerden auf die Frage, wo es ihm wehtue, viel besser antworten.«

»Nun, diese Absicht ist sehr löblich, will mir scheinen. Vielleicht wurde ihre Geste missverstanden? Sonst ist sie auch nett zu ihm? Sie nutzt den Räderstuhl, den wir eigens haben anfertigen lassen? Bringt ihn damit in den Garten?«

»Oh, das tut sie. Auch seine Übungen machen dem Jungen mehr Spaß, seit sie das übernommen hat. Und er liebt es, wenn sie mit ihm auf der Terrasse sitzt. Sie füttert ihn dort. Bei ihr isst er mit wesentlich größerem Appetit als bei mir. Und neulich habe ich sogar Morast von seinen Schuhen gebürstet!« Die Rührung trieb ihr Tränen über die Wangen. Sie wischte sie rasch fort.

»So sind Sie im Großen und Ganzen durch die Tante bei der Pflege entlastet.«

»Ja. Nur wenn die Tante geht, wird Friedrich unruhig. Er ist dann schwer zu besänftigen.«

»Weil er sich nach ihr sehnt. Wie oft kommt die Tante denn? Gibt es einen regelmäßigen Rhythmus?«

»Nein. Aber sie besucht ihn mehrfach in der Woche. Wenn seine Eltern zu Hause sind auch, aber seltener.«

»Sie wissen aber, wann die Tante ihren nächsten Besuch geplant hat?«

Die Pflegerin, deren Name dem Medicus partout nicht einfallen wollte, nickte.

»So handhaben Sie es auf diese Weise: Nehmen Sie ein Blatt und malen Sie Striche darauf für jede Stunde, die Friedrich auf den nächsten Besuch warten muss. Streichen Sie nach und nach die Striche durch. So kann er erkennen, dass seine Tante schon bald wieder bei ihm ist.«

»Und Sie denken wirklich, wir sollen das andere … zulassen?«

»Ja. Ich werde mit der Tante sprechen. Dann sehen wir weiter.«

»Dankeschön!« Die Pflegerin huschte um die nächste Ecke, und Prätorius war wieder allein.

Was für ein seltsames Verhalten, dachte er bei sich. Das Schlimmste konnte ich durch meine Argumentation wohl abwenden, aber ich schätze, ein Gespräch mit der Gräfin über ihr Gebaren ist sicher unausweichlich. Er seufzte. Es scheint, ich habe noch nicht Probleme genug, die ich bewältigen muss. Wie peinlich, wenn sich am Ende tatsächlich herausstellte, der Hausdiener habe eine harmlose Geste nur falsch verstanden? Ich muss dieses Gespräch geschickt einfädeln, sonst bringt es mich in Schwierigkeiten, schloss er seine Überlegungen ab, und vielleicht hat es ja auch keine Eile.

Corinna suchte Verbündete.

All das Getuschel über die geschickten Schachzüge des Königs bestärkten sie nur in ihrem Entschluss.

Ein neues Gerücht erzählte gar, der König sei samt Gefolge in Leipzig und wolle dort für die nächsten Tage bleiben. Wenn sie jetzt ihre Chance nicht nutzte, bekam sie möglicherweise nie wieder eine.

Zufrieden überdachte sie die Lage. Geschickt eingefädelt hatte sie die ganze Angelegenheit, da konnte sie stolz auf sich sein. Nun galt es noch, dafür zu sorgen, dass nicht der Hauch eines Schattens auf sie selbst fiele. Und es war Eile geboten. Das Personal berichtete, man habe den Frauenmörder gefasst.

So ein Schreck!

Und abgesehen davon auch völlig unmöglich.

Es störte ihre Pläne – sie musste sich also darum auch noch kümmern. Hoffentlich hatten sie dem armen unschuldigen Kerl nicht schon kurzerhand den Kopf abgeschlagen!

Der Salon von Hilla war mit Nippes überladen.

Überall standen kleine Figurinen, Vasen, Döschen.

Rund um den Tisch hatten vier Damen Platz genommen, die sich mit Likör zuprosteten. In der Mitte stand eine Etagere, auf der feinstes Gebäck auf den Verzehr wartete. Henriette, die ihr rosafarbenes Kleid beinahe sprengte, griff begeistert zu, Antonia, die wie immer elegantes Schwarz trug, was sie noch knochiger aussehen ließ, warf direkt hasserfüllte Blicke auf die unschuldigen Törtchen und Biskuits. Gerlinde in einem Traum aus grüner Seide trug ihren Schmuck wie eine Trophäe auf dem üppigen Busen, Hilla, die ein Faible für Violett hatte, reichte die Karaffe mit blutrotem Likör herum.

»Bedient euch. Und greift ruhig zu – es ist genug da!«

Zu Gerlinde meinte sie: »So ein prachtvolles Collier!«

»Nicht wahr! Perlen und Emerald. Was für eine wunderschöne Kombination. Mein Gatte brachte es von seiner letzten großen Reise mit.«

»Lass es lieber niemanden sehen«, mahnte Antonia bissig. »Es weckt Begehrlichkeiten! Einen Krieg zu führen ist eine recht teure Angelegenheit.«

»Die Preußen haben ihren Schmuck freiwillig an die Armee abgetreten, habe ich gehört«, ächzte Henriette.

»Die Frauen tragen dort Colliers und Armbänder aus

Eisen! Und sie tun es mit Stolz, denn es beweist ihren großzügigen Verzicht für die Befreiung des Vaterlandes.«

»Verzicht für das Vaterland? Warum sollten sie das tun?«, bewies Gerlinde ihr politisches Desinteresse eindrucksvoll.

»Weil man in Preußen eine neue Freiwilligenarmee aufgebaut hat. Die Staatskassen sind leer. Also sorgt die Bevölkerung dafür, dass die Männer ausgestattet und versorgt werden können. In Preußen will man sich bis zum letzten Atemzug gegen Napoleon wehren.«

Gerlindes Lider flatterten, ihr Busen wogte. »Nein. Niemals gebe ich dieses Stück in die Hände der Soldaten! Der König mag sich seinen Krieg aus der Staatskasse finanzieren.« Schützend legten sich ihre Patschhändchen um die Kette.

»Ich hoffe, du kannst das Funkeln auf dem Heimweg unter einem Schal verbergen. Zur Not kann ich dir selbstverständlich aushelfen«, erklärte Hilla und warf Antonia einen tadelnden Blick zu.

Es klopfte.

»Oh«, dankbar über die Ablenkung sprang die Gastgeberin auf, »das wird Corinna sein!« Sie eilte zur Wohnzimmertür und streckte ihrer Besucherin beide Hände entgegen. »Corinna! Wie schön, dass du es einrichten konntest!«

»Wenn du mich zum Kuchen bittest, setze ich Himmel und Hölle in Bewegung, um der Einladung nachkommen zu können. Das weißt du doch!«, gab Corinna lachend zurück und erlaubte der anderen, sie zu einem freien Stuhl am Tisch zu ziehen. »Allerdings ist es dieser Tage etwas schwierig geworden. Die Straßen sind so voll, man muss sich schon beinahe gewaltsam einen Weg bahnen!«

»Ja, es ist voll in Leipzig. Die vielen Bettler auf den Straßen. Am schlimmsten sind die Verwundeten dran. Ich habe einen gesehen, dem fehlten beide Arme und ein Bein. Hoffentlich findet er jemanden, der ihm beisteht«, meinte Gerlinde voller Mitgefühl. Sie angelte sich ein weiteres Törtchen aus der mittleren Etage. »Ein großes Lob an deine Köchin!« Wegen des vollen Mundes war sie schlecht zu verstehen. »Sie kann wirklich wunderbar backen. Vielleicht kann ich meine mal vorbeischicken, damit sie sich was abschaut!«

»Das kannst du gerne. Aber bitte erst dann, wenn die Beschaffung der Zutaten nicht mehr solche Schwierigkeiten macht.« Hilla schenkte Corinna einen Kirschlikör ein.

Corinna wusste, dass sie nur Geduld haben musste. Das Thema Bestie musste man nicht anstoßen, das tauchte in jeder Runde unweigerlich auf.

Nach einem Törtchen und zwei weiteren Gläschen Likör war es soweit.

»Stimmt es eigentlich, dass man einen Mann verhaftet hat, der die Frauen auf so grässliche Weise umgebracht hat? Ich kann mir gar nicht vorstellen, dass jemand zu so etwas in der Lage sein soll.« Henriette sah bekümmert aus.

»Es ist nicht sicher, dass er etwas damit zu tun hat. Sie haben ihn in der Nähe der Händlerinnen aufgespürt, er hockte da wohl im Gebüsch und beobachtete die Frauen.«

»Nur weil jemand Frauen beobachtet, muss er noch

kein Mörder sein! Du liebe Güte, wenn wir jeden, den wir hinter einem Strauch finden, ins Gefängnis werfen, sind die Zellen bald so dicht belegt, dass man sich im Stehen darin zusammenquetschen muss.« Hillas Lachen klang angenehm. Warm und weich, wie ein Versprechen auf sonnige Zeiten.

»Manche glauben, dass es ein Wolf ist.« Antonia leerte ihr Glas auf einen Zug. »Vor Jahren hat man wohl ein riesiges Exemplar in Frankreich gefangen. Es überragte einen Mann, stand es auf den Hinterbeinen, um eine Mannshöhe! Wer weiß, vielleicht haben die Franzosen dieses Tier mitgebracht, um es auf die Feinde zu hetzen.«

»Die in diesem Fall aus jungen hübschen Frauen bestünden!«, neckte Corinna vorsichtig, um den Bogen nicht zu überspannen.

»Möglich, dass es ihnen entkommen konnte und nun selbst Jagd macht.«

»Ich glaube nicht, dass es ein Tier ist.«

»Warum nicht?« Henriettes blaue Augen wurden rund vor Erstaunen.

»Es gab keine Eindrücke von großen Tatzen an den Orten, an denen man die Leichen fand. Wäre es ein Tier gewesen, hätte man sie finden müssen.«

»Ach, das sagt doch nur dein Doktor Prätorius!«

»Und? Ein Wolf, der die zerfetzte Kehle unter einem Schal verbirgt – so einen habe ich noch nie gesehen.«

»Hast du überhaupt je einen gesehen?«, fragte Antonia giftig.

»Aber ja. Manchmal kommen Wölfe ganz in die Nähe des Gestüts. Angefallen wurde niemand. Noch nie!«, wehrte sich Corinna tapfer. »Nein, nein. Ich denke, es ist ein kranker Mensch, der dergleichen Dinge tut.«

»Ein kranker Mensch? Also Mann? Diese Spezies ist durch und durch krank, das kann ich euch versichern! Da wird sich die Suche nach einem speziellen Exemplar sehr schwierig gestalten.«

»Ich glaube, er kennt sich in Leipzig aus. Stammt von hier. Schließlich tötet er nicht wahllos.«

»Ein Kranker aus Leipzig. Hm. Die Stadt ist voller fremder Menschen. Möglich, dass einer von denen die Bestie mitgebracht hat. Er wurde verletzt, wird vielleicht gerade im Lazarett behandelt und das Tier ist sich selbst überlassen«, spann Henriette eine neue Geschichte.

»Das erste Opfer war die Tochter unseres ehemaligen Stadtschreibers. Ein Kind aus besonders gutem Hause. Die Familie untadelig, die Eltern angesehen. Das zweite Opfer die Tochter unseres früheren Bürgermeisters. Auch eine Familie mit bestem Leumund. Das konnte nur jemand wissen, dem Leipzig nicht fremd ist. Mag sein, er wusste gar nicht, dass die Franzosen ... nun, ja.« Corinna schlug die Augen nieder, als treffe es sie, wie sehr sich ihr Leipzig verändert hatte.

»Die Dritte war eine dieser Händlerinnen. Sie bieten ja wohl auch Liebesdienste an. Ist nicht auszuschließen, dass die Gäule mit ihm durchgegangen sind und er sie im Rausch ermordet hat.« Antonias Miene blieb ausdruckslos, und doch starrte Corinna die andere lange fasziniert an, hatte doch ihr Ton eindeutig einen sehnsüchtigen Klang gehabt. Und dann fiel ihr wieder ein, dass Antonias Mann vor etwa einem Jahr mit einer Jüngeren durchgebrannt war, Antonia mit den drei Kindern – sie glaubte sich daran erinnern zu können, dass es drei besonders hässliche Exemplare waren – ihrem Schicksal überlassen hatte. Sie grinste in ihr Taschentuch, mit dem sie vorgab, die Oberlippe abzutupfen.

Der Zweifel war gesät.

Wenn sie jetzt unter einem Vorwand aufbräche, würden die anderen hinter ihrem Rücken zu tuscheln beginnen und am Ende genau den von ihr, Corinna, gewünschten Schluss ziehen.

»Ach herrje. Es ist ja schon so spät geworden«, leitete Corinna ihren Rückzug ein. »Ich muss euch verlassen. Tut mir leid, aber ich habe versprochen, die Pflegerin bei Friedrich abzulösen, damit sie ihre kranke Mutter besuchen kann.« Sie erhob sich geschmeidig. »Merci beaucoup et au revoir!« Damit umarmte sie Hilla noch einmal herzlich und rauschte zur Tür hinaus.

»Ach, wie vorbildlich. Sie ist immer um ihren Neffen bemüht. Ist ja auch schwierig für das Kind. Die Eltern sind nun so häufig nicht zu Hause.« Hilla seufzte ergriffen. »Corinna ist so gut zu ihm.«

»Friedrich? Was für eine sonderbare Krankheit hat er eigentlich?«, fragte Antonia. »Muss schlimm sein. Sonst dürfte er schließlich seine Eltern begleiten, oder? Er spuckt und beißt und weiß sich auch sonst nicht zu benehmen?«

13

PETER PRÄTORIUS BESCHLOSS auf dem Weg nach Hause, bei Frau von Heimstätt vorbeizugehen, um dem Wunsch des Hausherrn zu entsprechen.

Die aktuelle Lage machte es für die Familie nicht einfacher mit dem seltsamen Verhalten, das sie an den Tag legte, umzugehen.

»Sie hat sich heute wieder mit den beiden im Park getroffen. Eine ihrer sogenannten Freundinnen war hier und erzählte ihr von Gustavs Verhaftung. Diese dramatische Entwicklung wollte sie mit seinen Brüdern besprechen. Als ich sie im Park fand, war sie vom Regen vollkommen durchnässt und ließ sich nur mit Mühe davon überzeugen, wieder ins Haus zurückzukehren. Helfen Sie, Dr. Prätorius, so kann das nicht weitergehen! Wenn in Gustavs Lage nun jemand von diesem eigentümlichen Verhalten seiner Mutter erfährt, kann ihm das nur schaden!«

»Das verstehe ich natürlich. Dennoch hat sich an meiner Einschätzung nichts Grundsätzliches verändert. Ihre Frau hat den Tod der beiden Söhne nicht verkraftet. Sie kann nicht akzeptieren, dass die beiden nie mehr zu ihr nach Hause kommen werden. Der Wunsch, sie in der Nähe zu behalten, ist so stark, dass sie sie sehen und mit ihnen sprechen kann. Geben Sie ihr Zeit.«

»Zeit ist nicht mehr übrig. Das Personal wird nicht ewig schweigen. Die eine oder andere unbedachte Äußerung und schon weiß ganz Leipzig, dass meine Frau Gespenster im Park trifft und sich mit ihnen unterhält. Natürlich wird man sagen, sie sei verrückt geworden!«, brauste der Herr des Hauses auf.

»Was wollte Gustav nur bei den Marketenderinnen?«

»Das ist eine lange und höchst unerfreuliche Geschichte. Er behauptete, einem suspekten Individuum gefolgt zu sein. Schwarzer Ledermantel, schwarzer Hut, lange lockige Haare, geheimnisvolles Benehmen. Kurz, er hält diesen Kerl für den Frauenmörder. Er ist deshalb mehrfach bei der Brigade vorstellig geworden. Nie wurde eine Akte angelegt, ich bin sicher, dass keiner auch nur ein Wort von dem geglaubt hat, was mein Sohn berichtete. Er beobachtete den sonderbaren Mann nämlich schon seit einer Weile.«

»Darf ich einen Vorschlag machen?«

»Nun, deshalb habe ich Sie rufen lassen«, erklärte von Heimstätt und zuckte mit den Schultern.

»Ich spreche mit Ihrer Frau und untersuche sie. Wenn ich zurückkomme, müssen wir uns auf eine Diagnose einigen, die einen mehrwöchigen Kuraufenthalt in wärmerem Klima erforderlich macht. So kann sie vom Personal unbeobachtet von ihren Söhnen Abschied nehmen und kommt genesen nach Hause zurück.«

»Ist einen Versuch wert!«, stimmte der Gatte zu.

Prätorius deutete eine Verbeugung an.

»Meine Liebe, ich habe gehört, Sie waren bei diesem grässlichen Wetter draußen im Park?«

»Ja, das ist wahr. Ich merkte eigentlich kaum, dass ich vollkommen durchnässt wurde. Erst bei meiner Rückkehr. Mein Mann bestand darauf, dass ich ein heißes Bad nehmen und danach ins Bett gehen sollte. Dabei ist soweit alles in Ordnung!« Frau von Heimstätt saß von unzähligen Kissen gestützt aufrecht im Bett, hatte über dem Nachtgewand ein Bettjäckchen übergezogen. Ihre Korrespondenz hatte sie beiseitegelegt, als der Arzt eingetreten war. Das Mädchen hielt sich in gebührendem Abstand bereit, dem Arzt zur Hand zu gehen.

»Genau das, nämlich ob alles in Ordnung ist, werde ich jetzt überprüfen, wenn Sie erlauben.« Der Medicus fühlte nach dem Puls der Dame des Hauses, überprüfte, ob sie vielleicht fiebrig sei. Er gab dem Mädchen ein Zeichen. Es half Frau von Heimstätt dabei, das Jäckchen auszuziehen und das Nachtkleid im Rücken fallen zu lassen, damit Dr. Prätorius die Lunge abklopfen und beim Ein- und Ausatmen abhören konnte.

Danach setzte er eine besorgte Miene auf. Zog ihr die Bettdecke hoch bis unter das Kinn und ordnete Bettruhe an.

»Aber das geht nicht«, protestierte Frau von Heimstätt.

»Doch. Es muss sein.«

»Aber der Garten! Ich treffe sie nur dort. Wenn ich nicht komme, machen sie sich Sorgen.«

»Ihr Mann wird es den beiden erklären. Jetzt muss die Mutter erst wieder gesund werden.«

»Also?« Der Gatte klang deutlich gereizt.

»Bronchitis mit einem Hang zur sich ausprägenden Lungenentzündung. Suchen Sie ein Sanatorium in einer warmen Gegend, weit weg vom Kriegsgemetzel. Wenn Sie Freunde in solch einer Gegend haben, senden Sie Ihre Frau noch heute fort. Geben Sie ihr ein Mädchen und einen kräftigen Mann mit, der sie notfalls beschützen kann.«

»Ja. Ist gut. Ich leite sofort alles Nötige in die Wege. Hauptsache, meine Frau ist in den nächsten Wochen nicht hier.«

Damit war der Arzt entlassen.

Auf dem Weg zu seinem Pferd wog der wohlgefüllte Lederbeutel schwer in seiner Hosentasche.

»Wenigstens können wir über den Lohn nicht klagen! Das reicht für Heu und Verpflegung für uns alle – für einen ganzen Monat.« Er setzte sich in den Sattel und drängte die Stute zu einer scharfen Gangart.

De Carant sollte nicht vergeblich zu seinem Haus kommen.

Er würde ihn dort erwarten, so, als sei das Lösen der Fesseln kein Problem gewesen und er bereits den ganzen Abend zu Hause. Die tiefen Hautabschürfungen würden lange Ärmel gut verbergen.

Im regelmäßigen Schlag der Hufe begannen seine Gedanken erneut um Bäumler zu kreisen.

Offensichtlich fühlte der Mann sich sicher – er wusste, dass man ihn gesehen hatte, und hielt sich dennoch nicht verborgen. Aus welcher Quelle speiste sich dieser Mut? Oder handelte es sich doch eher um Leichtsinn? Wenn er in Preußen tatsächlich wegen Mordes gesucht wurde, so war diesem Mann alles zuzutrauen.

Gleich morgen musste er auch mit Corinna von Blanstaff sprechen. Ihr sonderbares Verhalten brachte nicht nur ihren Ruf in Gefahr. Legte die Hand des Knaben auf ihre entblößte Brust! Wenn nun Schwager und Schwägerin davon erfuhren! Was hatte sie sich nur dabei gedacht?

Prätorius stöhnte leise.

Der Bericht des Hausdieners könnte nun genau der Tropfen sein, der das Fass zum Überlaufen brachte. Bisher waren Friedrich und seine Familie unbehelligt geblieben, doch das konnte sich sehr schnell ändern. Die Stimmung in der Stadt war derart, dass man ein Umkippen beim Aufkeimen eines Gerüchts als wahrscheinlich annehmen musste. Jetzt bekam Gustav von Heimstätt die Wut und Angst der Bürger zu spüren, niemand wusste zu sagen, wen es als Nächsten treffen könnte.

Der Medicus war sich sehr wohl im Klaren darüber, dass auch er selbst gut zum Ziel eines ungerechtfertigten Anwurfs taugte. Zumal er von Anfang an nicht an die Bestie glauben wollte. Wer zu genau Bescheid weiß, ist in jedem Fall suspekt!

So viele offene Fragen.

Und so wenig Antworten!

Die Bestie musste ein Mensch sein, daran gab es keinen Zweifel, schließlich schrieb sie Briefe und Nachrichten an ihre Opfer. Doch wie kamen der Blondgelockte und der Preuße auf den Gedanken, es handle sich um zwei? Beide behaupteten, diese beiden Gestalten gesehen zu haben.

Gute Freunde, die Freude daran hatten, schönen Frauen Schmerzen und unerträgliche Qualen zuzufügen? Zwei, die sich in diesem Punkt einig waren? Konnte es so etwas geben?

Zu Hause setzte sich Prätorius in seine Küche und grübelte.

Den Kopf in die Hände gestützt bedauerte er nun, Eleonora bis auf Weiteres zu ihrem Vater zurückgeschickt zu haben. Wie einsam das Haus war, sobald sie es verlassen hatte. Es fehlten ihm Wärme und Fröhlichkeit, ja, seine Seele war mit ihr gegangen. Er sehnte sich nach einem aufmunternden Wort von ihr, einem Lächeln.

Traurig stand er auf und schnitt sich noch eine Scheibe vom Brotlaib ab.

Ohne sie bin ich ganz allein, dachte er wehmütig.

Zwar hörte er Matthias in seiner Kammer rumoren, doch ansonsten war alles still. Niemand sang, keine Töpfe klapperten, es wurde kein Sand auf dem Parkett zusammengefegt.

Der Fremde verhielt sich ebenfalls mucksmäuschenstill. Sehr vernünftig, der Mann.

Bestimmt ging es ihm morgen schon besser und sie konnten sich längere Zeit miteinander unterhalten, ohne dass es den Patienten zu sehr anstrengte.

Plötzlich durchzuckte ihn ein völlig neuer Gedanke! Konnte es sein …?

Das war undenkbar – und doch, wenn er es genauer überlegte, war es zumindest nicht ausgeschlossen. Er rief Matthias zu sich und meinte: »Diesmal habe ich einen durchaus nicht ungefährlichen und ungewöhnlichen Auftrag für dich. Wenn du es nicht tun möchtest, werde ich dich nicht zwingen und dir die Ablehnung auch nicht übelnehmen. Also, hör zu …« Den Rest flüsterte er dem jungen Mann ins Ohr, als fürchte er, die Töpfe und Pfannen könnten zum Tratschen neigen.

»Und?«

»Das erledige ich noch heute Nacht. Wird nicht so schwierig, denke ich.« Matthias nickte aufgeregt, seine

Augen leuchteten unternehmungslustig. »Keine Sorge, keiner merkt etwas«, versicherte der Gehilfe noch und verschwand.

Der Medicus verfiel erneut in dumpfes Brüten. Wie lange würde der Franzose ihn noch drangsalieren? Dieser gnadenlose Peiniger! Aber, tröstete sich Prätorius endlich, wenn ich mich von de Carant verabschiedet habe, bleibt mir vielleicht noch etwas Zeit und ich kann nach Eleonora sehen! Doch dann verfinsterte sich sein Denken erneut.

Nach einer Weile erhob er sich schwerfällig und ging in sein Behandlungszimmer, um eine winzige Flasche in die Jacke zu senken. Vielleicht würde ihm der Inhalt gute Dienste leisten müssen!

Es klopfte fordernd.

Prätorius griff nach seiner Tasche und öffnete.

»Oh, so ist es Ihnen also doch gelungen, sich aus den Fesseln zu befreien. Ich nehme an, es ist Ihnen niemand zu Hilfe gekommen? Sollten Sie im Übrigen geglaubt haben, Sie seien damit auch jener Ketten ledig, die Sie an mich fesseln, so muss ich Sie enttäuschen.« Der Franzose verzog das Gesicht im Versuch, einen Ausdruck des Bedauerns zustande zu bringen, was allerdings gründlich scheiterte.

»Nein, Hilfe war nicht notwendig und falscher Hoffnung habe ich mich nicht hingegeben«, gab der Arzt kalt zurück.

De Carant musterte ihn nachdenklich. Dann schnipste er mit den Fingern. »Ach, ich verstehe! Sie haben sich nach unserem Abzug auf dem Braunerhof umgesehen. Nun, das ist nicht einer Ihrer besten Einfälle gewesen.«

»Abgeschlachtet. Alle drei!«, fauchte Prätorius. »Sie haben sehr genau gewusst, dass Sie dort keine Preußen finden würden.«

»Da wissen Sie ja mehr als ich!«, lachte de Carant und saß auf.

Danach herrschte frostiges Schweigen zwischen den Reitern.

Prätorius, den die Bilder vom Braunerhof heimsuchten, versuchte, seinen Zorn zu zügeln. Einzig seine Angst um Eleonora hielt ihn davon ab, de Carant seine Verachtung vor die Füße zu speien. Sein Denken kreiste um den gewaltsamen Tod des Franzosen an seiner Seite und den seines Kaisers, die beide so gleichgültig über das Leben anderer entschieden. Die Stute spürte seine finstere Stimmung und schnaubte beruhigend.

De Carant unterbrach die wütenden Gedankengänge des Arztes nicht, so, als wisse er, was den Mann beschäftigte.

Erst als sie die letzte Kontrolle passiert hatten und sich aus den Sätteln stemmten, brachte er sich wieder in Erinnerung.

»Denken Sie nicht länger darüber nach. Zu töten, um Rache zu üben, bedeutet den sicheren Tod für Sie und das Mädchen. Wir werden ohne Zweifel siegreich aus der Schlacht um Leipzig hervorgehen, abziehen, und schon bald sind Ihre Ausflüge hierher, ich und Ihre momentane Lage nur noch blasse Erinnerung. Ihrem späteren Glück mit der Bäckerstochter können nur Sie selbst wirksam im Wege stehen. Begehen Sie keinen Fehler!«

Weiß er wirklich von dem Fläschchen Gift in meiner

Jackentasche? Oder ist das wieder nur ein geschickter Schachzug, um mich zu verunsichern?, überlegte Prätorius beunruhigt darüber, dass er so leicht zu durchschauen sein könnte. Das Leben des Kaisers für seinen Seelenfrieden. Hatte Carant das am Ende tatsächlich geahnt?

Skeptisch sah er dem Offizier nach, als dieser sich wortlos umwandte und weiterlief – wie gewohnt, ohne sich nach dem Arzt umzudrehen.

Und plötzlich bot sich Raum für eine völlig neue Überlegung. De Carant hatte den Gesundheitszustand Napoleons mit keiner Silbe auch nur gestreift. Im Gegenteil: Er war genauso schweigsam gewesen, wie er selbst. Lag das daran, dass der Patient doch noch gestorben war, wie so viele Soldaten in den Lazaretten, und de Carant ihn zum Henker führte?

Du siehst Gespenster an jedem Ort, rief er sich zur Ordnung. Schließlich konntest du dich mit eigenen Augen davon überzeugen, dass es dem Patienten wesentlich besser ging. Was nicht bedeuten muss, dass er keinen Rückschlag erlitten und im Fieber verstorben war, wusste seine innere Stimme – der es offensichtlich nicht recht war, dass seine Besorgnis so rasch von ihm abfallen wollte – und schlug ihm vor, nicht zu vergessen, dass der Franzose von dem preußischen Patienten im Haus des Arztes wissen konnte. Und was mit Leuten geschah, die Feinde beherbergten, habe er selbst gesehen.

Prätorius beschloss, nichts auf die ständige Mahnerei zu geben.

Der Bäcker würde gut auf sein Kind aufpassen, das war sicher, beruhigte er sich etwas. Und Eleonora war vernünftig genug gewesen einzusehen, dass seine Nähe sie in große Gefahr bringen könnte.

Als er aufsah, war de Carants eckiger Rücken verschwunden.

»Was hat er sich gedacht? Dass ich an seinen Rockschößen hänge wie ein Hündchen? Wenn es ihm so gleichgültig ist, ob ich ihm folge, mag es mir auch egal sein, wohin er gegangen ist.« Zornig stampfte er mit dem Fuß auf, beschloss, sich an der nächsten Ecke nach links zu wenden.

Gedacht, getan.

Bei jedem Schritt musste er seinen Fuß schmatzend aus dem Schlamm befreien, Gehen war hier eine anstrengende Herausforderung. Der Gestank über der Anlage hatte nicht weiter zugenommen – vielleicht hatten die Soldaten seinen Rat beherzigt und neue Latrinen angelegt.

Das Lager hatte sich verändert, war um viele Zelte abgeräumt worden. Es wirkte, als habe man alles zum Aufbruch verpackt. Furchen durchzogen den tiefgründigen Boden wie Gräben, als habe jemand schweres Gerät durch die Zeltgasse gezogen. Offensichtlich wurden auch die Kanonen anderenorts dringender benötigt.

Wenige Schritte später erspähte er drei Soldaten, die auf geschnürten Bündeln hockten.

Auf den zweiten Blick erkannte er die drei Sachsen.

Dumpf stierten die drei jungen Burschen vor sich hin, machten einen unglücklichen Eindruck.

»Wir hätten niemals unterschreiben dürfen! Der König wird nun die sächsischen Truppen doch nicht dem französischen Kommando unterstellen! Nichts kommt, wie sie es uns haben glauben machen. Die Kerle haben uns eiskalt belogen. Von wegen: Euer König wird seine Soldaten mit unseren vereinen und wir kämpfen unter der Führung Napoleons Seite an Seite gegen den gemeinsamen Feind! Es ist eins, ob ihr bei ihm oder bei uns unterschreibt. Ha! Lüge!« Der Rothaarige schlug sich kraftvoll auf die Oberschenkel.

»Die Franzosen hatten so viele Verluste, die nehmen, wen sie kriegen können.«

»Du sagst es. Selbst solche wie uns!«, spottete der Dunkelhaarige.

»Ich habe die anderen darüber sprechen hören, dass bei dem Russlandfeldzug mehr als sechshunderttausend französische Soldaten umgekommen sein sollen! Summa summarum. Das ist eine so unvorstellbare Menge an Toten, das mag man sich gleich gar nicht ausmalen! Der Kaiser konnte dreihunderttausend Mann neu ausheben, und als das nicht reichte, noch einmal dreihunderttausend für diese neuen Schlachten hier. Ehrlich, wir sind nur Krümel im Huf seines Pferdes.«

»Was du nicht alles weißt! Ich würde dir raten, nicht jedem Schwätzer zu glauben, der behauptet, neue Erkenntnisse zu haben. Woher soll ein einfacher Soldat denn diese ganzen Zahlen wissen? Aus den Fingern gesogen sind die, da verwette ich meinen Arsch drauf!«

»Ich denke, sie stimmen so ungefähr. Ist euch nicht auch aufgefallen, wie schrecklich jung manche der Soldaten aussehen? Milchbubengesichter! Einige sind ganz gewiss nicht älter als vierzehn oder sechzehn. Die Sterben bevor sie überhaupt gelebt haben!«

Für einen Augenblick brüteten die drei wortlos vor sich hin.

»Habt ihr eigentlich auch davon gehört, dass die Leichenfledderer gar nicht mehr warten, bis der verwundete Soldat endlich eine Leiche ist?« Der Blonde fuhr sich mit allen Fingern durch die Haare.

»Einige hier berichten von unglaublichen Szenen, die sich abspielen, wenn die Truppen abgezogen sind«, schwankte die Stimme des Burschen durch die Tonleiter. »Stellt euch das vor: Der Verwundete liegt in seinem Blut, hat unvorstellbare Schmerzen. Es kommt jemand vorbei. Der Mann glaubt an Rettung, fleht den anderen an, ihm zu helfen, ihn zu einem Arzt oder ins Lazarett zu bringen. Doch was geschieht? Der, von dem er sich Rettung erhoffte, nimmt einen großen Stein und zertrümmert ihm den Schädel!«

»Ich habe auch gehört, dass manche der Fledderer schon mit Äxten bewaffnet über das Schlachtfeld gehen. Sie spalten die Schädel mit einem kräftigen Hieb. So können sie ungestört die Opfer ausrauben.«

»Klar«, meinte Rolf sarkastisch, »stört ja auch bei der Arbeit, wenn du dem die Uniform ausziehst und der die ganze Zeit dabei schreit und jammert.«

Sprachlos starrten die beiden anderen den Sprecher an.

»Na, ist doch wahr. Und mal ehrlich: Im Lazarett stapeln sie die Neuzugänge inzwischen vor der Tür. Drinnen ist gar kein Platz mehr. Im Grunde warten sie darauf, dass du freundlicherweise stirbst, denn Verbandsmaterial gibt es ohnehin keines mehr, und wegen des Wundbrandes überleben die wenigsten eine Amputation. Machen wir uns doch nichts vor! Wenn es tatsächlich zur großen Schlacht kommen sollte, wird sich die Lage dramatisch verschlechtern. Da kommt der Tod schneller und weniger quälend durch die Axt eines skrupellosen Händlers«, rechtfertigte der Rothaarige seine Auffassung.

Betreten glotzten die drei in die Pfütze zu ihren Füßen. Schwiegen.

Plötzlich meinte der Blonde: »Napoleon soll schon längere Zeit nicht mehr gesehen worden sein.«

»Ach, komm nicht wieder mit der Geschichte! Das erzählst du uns nun schon seit Tagen. Aber außer dir ist das wohl niemandem aufgefallen! Gib acht, dass du nicht Weibergewäsch weiterträgst.«

»Der Einzige, der wirklich verschwunden war, ist unser König. Aber mir hat vorhin jemand erzählt, er sei in der Umgebung von Leipzig gesehen worden. Stimmte also nicht, dass er zum Zaren aufgebrochen war, um sich mit ihm gegen die Franzosen zu verbünden! Man darf in solchen Zeiten eben nichts glauben!«

»Nun, vielleicht ist das Unterfangen auch schlicht gescheitert.«

»Wir werden siegen! Keine Frage. Und da wäre es ausgesprochen dumm, auf die Seite der Besiegten gewechselt zu sein!«

»Ja«, bestätigte der Dunkelhaarige. »Besonders für uns.«

»Im Zweifel ist es auf jeden Fall besser, mit dem Sieger Schulter an Schulter zu kämpfen, als mit dem Verlierer im Blut der Kameraden zu stehen.«

Eine Hand legte sich schwer auf Prätorius' Schulter.

Er fuhr wütend herum. Hob entschlossen seine Faust, bereit, den anderen niederzuschlagen.

»Na, nicht so hitzig. Sie haben den Anschluss verloren und ich musste Sie suchen. Diesmal werde ich besser auf meinen Begleiter aufpassen.« De Carant streckte seinen Arm auffordernd nach links aus, und dem Arzt blieb keine andere Wahl als dem Wink zu folgen.

»Morgen wird er sich in der Öffentlichkeit zeigen. Es gibt unliebsame Gerüchte, das beunruhigt die Truppen, die fürchten, ohne strategisch genialen Kopf in eine Schlacht getrieben zu werden. Das werden wir morgen durch den öffentlichen Auftritt zum Verstummen bringen. Und Sie werden dafür Sorge tragen, dass man ihm nichts mehr anmerkt.«

Dabei hob er die Plane eines Zeltes an und stieß den Medicus unsanft hinein.

Prätorius stolperte, stürzte.

»Na, Carant, seien Sie nicht so ruppig mit unserem fähigen Arzt!«

Der Medicus rappelte sich auf, begann, seine Kleidung zu ordnen, und bemerkte, dass Napoleon ihn dabei amüsiert beobachtete.

»Sire!« Prätorius verbeugte sich.

»Wie Sie sehen, war Ihre Behandlung außerordentlich erfolgreich. Im Gegensatz zu vielen unserer Soldaten, die offensichtlich von unfähigen Medizinern betreut werden, habe ich die Folgen der Verwundung nicht nur überlebt, sondern kann sagen, dass es mir gut geht. Ganz außerordentlich, Prätorius!«

Wieder verbeugte sich der Medicus.

»Im ersten Licht des Tages werde ich mich morgen nach Reudnitz begeben, wo ich, gezielt ausgestreuten Gerüchten zufolge, schon seit einigen Tagen Quartier bezogen habe. Dort und später in Leipzig wird die Öffentlichkeit Gelegenheit bekommen, sich selbst von meinem robusten Gesundheitszustand zu überzeugen. Auf diese Weise wird allen eventuellen Gerüchten die Nahrung entzogen. Außerdem erwarte ich dort gegen Mittag Ihren König und sein Gefolge. Niemand darf etwas bemerken. Die Botschaft, die auszusenden ich beabsichtige, wird sein: Napoleon ist stark – er führt seine Männer entschlossen in die Schlacht. Ich werde Ihre Erfolge Ihrem König gegenüber lobend erwähnen.«

»Danke, Sire. Sehr freundlich von Euch, Sire. Das erscheint mir nicht notwendig.«

Napoleons Gesichtsausdruck wechselte zwischen Ärger und Erstaunen.

Dann schob er seine Rechte knapp unter dem Herzen in die Weste. Offensichtlich eine Angewohnheit von ihm, denn der Knopf an dieser Stelle war nicht geschlossen worden und das Kleidungsstück so darauf vorbereitet, die Hand jederzeit aufzunehmen.

»So? Nun, dennoch möchte ich Sie für die geleisteten Dienste gebührend entlohnen.«

»Mir wäre Lohn genug, wenn Ihr mir zusichertet, dass meine Braut ab sofort sicher ist, niemand Ihrer Leute ihr nach dem Leben trachten oder sie ihrer Freiheit berauben dürfte.«

Napoleon warf einen raschen Blick auf seinen Offizier. »Carant?«

»Jawohl, Sire!« Zu Prätorius gewandt zischte de Carant böse: »Sie werden jetzt den Verband wechseln. Und ich werde ein wachsames Auge auf Ihr Tun haben! Damit Sie nicht in Versuchung kommen.«

»Ach, Carant. Seien Sie nicht immer so schrecklich misstrauisch. Wollte dieser begnadete Arzt etwas Unüberlegtes in die Tat umsetzen, so hätte er dazu längst eine Vielzahl an Gelegenheiten gehabt.« Napoleon wedelte ungeduldig mit der freien Hand, und Prätorius bat die Ordonnanz wie üblich das Notwendige zu holen.

»Honig auf eine solche Wunde zu streichen, ist bei unseren Ärzten als Behandlungsmethode nicht bekannt. Von dieser Heilkunst hat bisher niemand gehört.« Napoleon entkleidete den unteren Teil des Körpers, setzte sich und warf eine Decke über Bauch und Oberschenkel.

»Nun, ich probierte vieles aus. Was sich bewährte, nutzte ich weiter.«

»Und dieses Pulver, das Sie gegen Schmerzen und Fieber verabreichen – um was handelt es sich?«, wollte der Kaiser wissen.

»Weidenrinde. Sie enthält offensichtlich einen Wirkstoff, der diese beiden Leiden mildert.«

»So sind Sie sicher eine anerkannte Persönlichkeit in Leipzig. Die Leipziger können sich glücklich schätzen, einen solch fähigen Mediziner unter sich zu wissen.«

»Nun«, begann Prätorius, »nicht alle sind mit meinen Methoden einverstanden. Sie sind vielen zu unorthodox, sie halten es für Scharlatanerie, die Erfolge schlicht für Zufälle.«

Als die Ordonnanz zurückkehrte, erklärte der Medicus: »Da Ihr für morgen viel Bewegung eingeplant habt, Sire, möchte ich noch einmal eindringlich davor warnen, das Bein über Gebühr zu belasten. Es muss, so oft es nur möglich ist, ruhig gelagert werden. Zieht einen zweiten Stuhl heran oder verwendet etwas anderes, um es hochzulagern. Eine Verwundung ist schicksalhaft und nichts Ehrenrühriges, das Bein zu schonen allgemein als sinnvolle Maßnahme anerkannt und wird Euch nicht als Schwäche ausgelegt. Aufs Reiten solltet Ihr verzichten, wenn das nicht geht, so nutzt das Pferd nur für ein kurzes Stück, das Gros der Strecke legt besser in einem Wagen zurück.«

Napoleon nickte, wirkte aber nicht sonderlich interessiert.

»Sollte sich der Zustand Eures Beines erneut verschlechtern, ist eine Amputation möglicherweise nicht mehr abzuwenden. Ihr würdet auf eine Krücke angewiesen sein, das Bein müsste wohl oberhalb des Knies abgenommen werden, die Heilung verliefe zumindest schleppend – solltet Ihr den Eingriff überhaupt lebend überstehen.«

Napoleon nahm diese Information gelassen zur Kenntnis, verzog keine Miene. Er schlug die Decke zurück.

Prätorius begann mit dem Verbandswechsel.

Die Wunde war tatsächlich überraschend gut geheilt. Der ursprünglich tiefe, schwärende Schmiss wirkte nicht mehr bedrohlich, die Rötung war bis auf diskrete Reste verschwunden, die Schwellung des umgebenden Gewebes deutlich zurückgegangen. Wahrscheinlich verursachte sie dem Kaiser nur beim Gehen Beschwerden. Eine lange und breite Narbe würde wohl zurückbleiben, aber es war nicht zu befürchten, dass sich die Verletzung nicht vollständig schließen würde. Zufrieden mit dem Heilungsverlauf, schöpfte Prätorius neue Hoffnung für eine gemeinsame Zukunft mit Eleonora.

Da der Medicus davon ausging, zum letzten Mal zu Napoleon gerufen worden zu sein, weihte er die Ordonnanz in Grundregeln beim Anlegen eines Verbandes ein, wies erneut darauf hin, dass die Hände sauber sein und das Wasser blasig gekocht haben musste. Er riet für den kommenden Tag zu einer stabilisierenden Hose, da er keine Schienen mehr anlegen konnte. Der junge Mann hörte aufmerksam zu, versprach, alle Ratschläge gewissenhaft zu beherzigen.

Langsam räumte Prätorius seine Gerätschaften in die Tasche zurück.

Als er in die Jacke griff, ertastete er neben dem Briefchen mit Weidenrinde das Fläschchen mit Eisenhutextrakt. Es wäre ein leichtes, der Ordonnanz die Flasche mit der giftigen Substanz zu geben, wenn der Tod einträte, hätte er längst Leipzig erreicht. Eleonora jedoch müsste am Ende mit dem Tod für sein Verhalten bezahlen, gleich, ob er mit ihr gemeinsam in den Freitod ginge oder die Truppen Napoleons sie fänden. Nach kurzem Zögern umfassten seine Finger doch das Heilmittel. Er zog es heraus, reichte es an den jungen Mann weiter. Begegnete den Augen Carants, in denen er lesen konnte, dass der

Menschenkenner sehr genau wusste, welche Überlegungen der Arzt gerade angestellt und welche Entscheidung er getroffen hatte.

»Dies ist das Mittel gegen Schmerzen und Fieber. Ihr solltet es noch für etwa drei Tage einnehmen. Die von mir vorgeschlagene Diät hat offensichtlich gewirkt. Ihr solltet sie beibehalten und auf Wein und rohe Kost sowie zu viel Fleisch verzichten.«

Der französische Kaiser lachte leise.

Diesen medizinischen Rat würde er ab sofort nicht mehr beherzigen, wusste der Medicus.

»Bis morgen in aller Frühe!«

Prätorius durchfuhr ein eisiges Entsetzen.

Widerspruch war zwecklos, also deutete er erneut eine Verbeugung an und floh beinahe aus dem Zelt.

Nun stehe ich vor einem der größten therapeutischen Erfolge meines Arztseins und bin nicht im Mindesten stolz darauf, diesen Mann geheilt zu haben!, dachte er zornig, im Gegenteil, ich schäme mich dafür.

Immerhin hat Napoleon seinen General und dessen Männer angewiesen, Eleonora nichts anzutun, schloss er seinen Gedankengang beruhigt ab. Wenigstens ihr wird nichts geschehen.

Direkt nach der Passage des letzten Postens trennte er sich von Carant.

Wortlos. Grußlos.

»Ich möchte meinen Rat an Sie wiederholen: Seien Sie besser zu Hause, wenn ich Sie morgen beim ersten Tageslicht abholen möchte!«

Carant presste seine Fersen in die Flanken des Pferdes, das sich sofort in Bewegung setzte. Über die Schulter rief er zurück: »Wie klug von Ihnen, sich gegen das Gift in Ihrer Jacke entschieden zu haben.«

Damit tauchte de Carant in die Dunkelheit ein. Prätorius schüttelte den Kopf, fragte sich zum wiederholten Mal, woher dieser Mann von dem wusste, was doch als innerer Kampf zwischen Herz und Hirn stattgefunden hatte.

Je näher er seinem Haus kam, desto mehr Reiter und Fußgänger begegneten ihm.

Erstaunt sah er ihnen nach.

»Was ist denn los?«, hielt er einen der Entgegenkommenden schließlich an. »Wohin geht ihr? Selbst unsere Wahrsagerin habe ich schon zwischen euch entdeckt.«

»Es wurde heute eine weitere Frau gefunden, getötet wie die anderen.«

»Aber das weiß ich schon. Dieser Redner auf dem Markt hatte uns zu ihr geführt. Wo aber wollt ihr nun hin?«, unterbrach der Medicus den anderen.

»Es gibt ein Standgericht. In der Scheune vom Handke, der früher der Polizei angehörte.«

Alarmiert erkundigte sich der Arzt weiter. Die Informationen, die er bekam, waren nicht dazu geeignet, ihn zu beruhigen.

»Die haben den Kerl laufen lassen, den sie bei den Weibern im Wald aufgegriffen hatten. Angeblich sei der es nicht, der die Frauen tötet. Wie sie nun zu dieser Erkenntnis gekommen sind, wollen sie uns nicht offenbaren. Also haben wir den Hund gefangen und stellen ihn nun selbst vor unser Gericht. Die Franzosen interessiert es einfach nicht, wenn jemand unsere Frauen quält, denen ist es sogar gleichgültig, wenn es eine der ihren trifft.«

»War ja nur eines dieser liederlichen Frauenzimmer, da ist es wohl nicht so ungewöhnlich, dass denen etwas zustößt«, ergänzte ein anderer, der vorübereilte.

Bäumler!, durchfuhr es Prätorius, und automatisch tastete die Linke nach Miriam Wellers Brief, der in der Satteltasche steckte.

»Dieser Haderlump wird sich jedenfalls verantworten müssen, so einfach kommt der nicht davon.«

Der Medicus stieg aus dem Sattel, nahm die Zügel in die Hand und lief neben dem anderen her.

»Und wer wird ihn befragen?«

»Das entscheidet sich vor Ort. Sie haben gesagt, Sie hätten die Hellseherin gesehen? Wir suchen nämlich schon überall nach ihr. Wegen der Szene auf dem Markt, als sie behauptet hat, es gäbe noch mehr tote Frauen in der nächsten Zeit. Wir wollen ihr nämlich auch ein paar Fragen stellen.«

»Aha?«

Die Stute knabberte an der Schulter seiner Jacke. Er tätschelte ihre warmen, weichen Nüstern.

»Nun, wenn wir diesen Kerl für schuldig befinden – dann müsste sie uns doch sagen können, ob es dann keine weiteren Frauenleichen mehr geben wird. Wenn sich die Zukunft verändert, wäre das ja dann der Beweis dafür, dass wir den Richtigen aufknüpfen.«

»Habt ihr irgendwo die Wahrsagerin gesehen?«, erkundigte sich eine Frau mit flackerndem Blick. »Die, die heute auf dem Markt von den toten Frauen gesprochen hat?«

»Nein. Aber wir suchen ebenfalls nach ihr.«

»Aber gefunden habt ihr sie nicht, wie schade. Es gibt schon einige, die sie dabeihaben wollen.«

»Ihr Blick in die Zukunft war sehr eindrucksvoll. Ich denke, sie könnte auch jeder Frau weissagen, ob sie unter den Opfern sein wird«, meinte die asketische Gestalt. »Es wäre sehr beruhigend zu wissen, dass es einen selbst nicht trifft, und die anderen könnten geschützt werden.« Damit schwebte sie weiter, um sich bei anderen nach Ambrosia zu erkundigen.

Der Verleger, der unlängst wegen der Zensur in eine finanzielle Schieflage geraten war, weil sich nur noch sehr wenige Leser für seine Druck-Erzeugnisse interessierten, lief ein paar Schritte neben Prätorius her.

»Es ist nicht so einfach, wie es auf den ersten Blick scheinen mag. Die halbe Stadt ist auf den Beinen. Viele suchen nach dieser Frau, die auf dem Markt schreckliche Dinge prophezeit hat.«

»Ja, wir wurden schon mehrfach nach ihrem Verbleib gefragt. Eine bühnenreife Theatereinlage, muss man ihr lassen.«

»Sicher. Aber es gibt Leute, die wollen nun um jeden Preis einen Schuldigen präsentieren können. Wilde Verdächtigungen machen die Runde. »Auch Ihr Name, Dr. Prätorius ...« Der Mann verstummte, als sei ihm peinlich, was er anzufügen hätte.

Auch Matthias tauchte unerwartet neben der Stute des Medicus auf. Besorgt meinte er: »Sie sollten vielleicht besser nicht mitgehen. Ich habe sagen hören ...«

»Ach, Matthias«, unterbrach der Arzt den Gehilfen.

»Das ist guter alter Brauch. Wann immer man für irgendein Unbill einen Verantwortlichen braucht, so fällt der Name Prätorius. Das kann man den Leipzigern nicht übel nehmen, mein Großvater und Vater geheimnisten viel um ihre Heilmethoden, was sie in gefährliche Nähe zur Hexerei brachte. Dabei basierte alles nur auf Beobachtung und Probieren, war im Grunde zutiefst wissenschaftlich. Ich erkläre den Menschen, was ich tue – aber auch das hilft nicht immer.«

Weller war ebenfalls unter den Schaulustigen. Er erkannte Prätorius und bahnte sich rüde einen Weg zu ihm vor, achtete nicht auf die wütenden Proteste derer, die er beiseite rammte.

»Miriam spricht noch immer nicht! Ich bezahle Sie dafür, dass sie ihre Stimme wiederfindet, nicht dafür, dass sie weiter kein Wort spricht! Sie hat einen Brief an Sie gesandt – über einen Boten. Das ist ein Vertrauensbruch mir gegenüber. Was hat sie Ihnen zu schreiben, was sie mir nicht genauso gut hätte sagen können? Ich weiß, was für ein Spiel Sie da treiben, Prätorius, ich sehe genau, was vor sich geht. Sie wollen mir das Kind entfremden! Und am Ende wird meine wunderschöne Tochter aufgefunden wie die anderen.«

Prätorius war stehen geblieben. Schnell hatte sich ein Kreis um den wütenden Vater und den Arzt gebildet.

»Herr Weller, Sie wissen sehr wohl, warum Miriam ihre Sprache verloren hat. Sie wird sie wiederfinden, aber erst dann, wenn sie das Gefühl haben kann, wertgeschätzt zu werden. Ihre Tochter widersetzt sich Ihren Wünschen, das ist der Grund, der Sie so wütend macht.«

»Weller, komm. Er hat recht. Solche Auftritte verschlimmern die Lage nur.« Der dicke Fremde fasste nach dem Arm des Zornigen, doch der schüttelte ihn ab, wie ein lästiges Insekt.

»Er selbst spricht doch die ganze Zeit darüber, dass es kein Untier gibt, sondern diese mordende Bestie ein Mensch sein muss. Wie kann er das so genau wissen? Doch nur, wenn er weiß, wer diese Morde begangen hat. Und über sein eigenes Handeln weiß der Mensch nun mal am besten Bescheid.«

Protest regte sich unter den Schaulustigen.

»Weller! Lass das jetzt. Vielleicht könnt ihr beide das morgen besser klären? Bei Tageslicht sieht manches anders aus als beim Schein des Mondes.«

»Sie sind der vorgesehene Bräutigam?«, fragte Prätorius den Fremden.

»Ja. Weller hat mir die Hand seiner Miriam versprochen. Noch vor dem Weihnachtsfest sollte Hochzeit gefeiert werden.« Stolz reckte der Mann seinen fassähnlichen Bauch vor, unter dem die dünnen Beine wie Stelzen wirkten.

»So bringen Sie Ihren zukünftigen Schwiegervater am besten nach Hause zurück.«

»Mischen Sie sich nicht in meine Angelegenheiten, Prätorius!«, brüllte Weller unbeherrscht. Trotz der Dunkelheit war zu sehen, wie sein Gesicht tiefrot anlief. »Bei Ihnen kann mein Kind sprechen, und zu Hause schweigt sie Stunde um Stunde. Wahrscheinlich bekommt sie bei Ihnen einen Zaubertrank.«

»Gehen Sie weiter, Herr Weller. Wenn es Ihnen morgen besser geht, so kommen Sie zu mir und ich will Ihnen erklären, wie man die Stimme Ihrer Tochter vielleicht wiedererwecken kann.«

»Habt Ihr das gehört?«, wandte sich Weller an die Umstehenden, drehte sich um die eigene Achse, um alle ins Blickfeld zu bekommen, taumelte, stürzte, stand wieder auf. »Er versucht mir zu drohen! Wenn ich nicht komme, bleibt Miriam für immer stumm – so ist das zu verstehen.«

»Nein, so war das nicht zu verstehen«, mischte sich nun Matthias ein. »Er spricht von dem Rausch, den Sie lieber ausschlafen, bevor dieses Gespräch eine Fortsetzung findet.«

Die Umstehenden lachten. Erst verhalten, dann immer lauter.

»Stimmt, Weller. Du hast den ganzen Nachmittag getrunken. Ein echtes Besäufnis! Allein oder mit Bekannten, dann wieder allein. Könnte sein, es waren einige Gläser über den Durst.« Der Schwiegersohn in spe griff beherzt nach Wellers Arm und zog ihn aus der Mitte des Kreises.

Kurze Zeit später setzte sich die Gruppe wieder in Bewegung.

»Sehen Sie, Dr. Prätorius? Die Lage ist ernster, als Sie gedacht haben«, warnte Matthias und reichte dem Arzt ein Stück Stoff.

»So?« Prätorius betrachtete es genauer, gab es an seinen Gehilfen zurück. »Das gehört der Gräfin von Blanstaff. Wir sollten es ihr schleunigst zurückgeben, sie muss es zwischen all diesen Menschen verloren haben.«

Der junge Mann nickte.

»Gustav von Heimstätt wurde so überraschend schnell

aus dem Gewahrsam entlassen, dass die Leute glauben, er habe eine stattliche Summe bezahlt und so den Hals aus der Schlinge gezogen. Schließlich, so meinen viele, sei das Militär zurzeit an Geld stärker interessiert als an der Überführung eines Frauenmörders«, erklärte Matthias.

»Aber er hat doch angeblich einen anderen verfolgt. Wurde das denn nicht überprüft?«

»Ach, was wird denn in diesen Tagen schon noch nachgeprüft?«, maulte der Mann an Prätorius' anderer Seite. »Heute kann man noch froh sein, hört überhaupt einer zu, wenn man von Überfällen, Rauben oder Morden erzählt!«

»Wilde Zeiten«, sagte jemand zustimmend.

»Dieses Tribunal soll durch eine peinliche Befragung klären, was in der letzten Nacht vorgefallen ist. Meine Mutter hat das von einem der Bauern gehört. Und am Ende könnte es eine Hinrichtung geben, meinte der, die Stimmung sei entsprechend, jedenfalls nicht danach, viel Federlesens zu veranstalten. Und man habe sogar einen Galgen vorbereitet.«

»Wer wird denn richten?«, fragte Prätorius und hoffte, man habe die Mutter des Beschuldigten bereits auf die Reise geschickt, damit ihr dieser Albtraum erspart bliebe.

»Richter Schultheiß und Richter Bernstein. Ja, sicher, jeder weiß, dass sie im Grunde nicht befugt sind, aber sie waren es ja, bis die Franzosen kamen.«

»Gustav von Heimstätt ist nicht der Einzige, den sie verdächtigen. Dieser Mann, der gleich ihm im Gebüsch gehockt haben muss, steht ebenfalls auf ihrer Liste, und selbst Friedrich ist manch einem der Täter«, wusste einer aus der Gruppe um den Medicus.

»Um Himmels willen!«, entfuhr es Prätorius bestürzt. »Der Junge ist krank. Er kann weder laufen noch sprechen.«

»Nun, eben das macht ihn für manchen suspekt.« Prätorius wirbelte herum. Die Stimme kannte er! Sein Blick traf genau in die Augen Hans Bäumlers.

»Wo kommen Sie denn schon wieder her?«

»Seien Sie nicht so unfreundlich zu mir. Ich weiß sehr genau, was hier gespielt werden soll – und Sie sind später sicher ausgesprochen froh darüber, dass ich hier bin.« Der wilde Mann breitete seine Arme aus, als wolle er den Medicus einladen, ihn an seine Brust zu drücken.

»Das wird sich erweisen. Im Augenblick sehe ich noch keinen Grund zur Dankbarkeit«, fiel die Antwort ziemlich unfreundlich aus.

»Ich floh rasch aus der Stadt und geriet in diesen Zug der Neugierigen, die zu irgendeinem Bauern in den Stall strebten. Gustav von Heimstätt wird wohl behauptet haben, mir gefolgt zu sein.«

»Und, stimmt das etwa nicht?«, staunte der Medicus.

»Eine Frage der Perspektive, meine ich. Wie man's nimmt: Er mag mir gefolgt sein. Was aber nur bedeutet, dass ich meine Fähigkeiten im unentdeckten Nach- und Heranschleichen deutlich verbessern muss.«

Prätorius schüttelte verwirrt den Kopf. »Wer ist denn jetzt wem hinterhergestiegen?«

»Ich gebe zu, es ist ein wenig komplizierter, als die Menschen, die hier zum Tribunal rufen, es vermuten möchten. Sie lieben es einfach, damit der Schuldspruch schnell gefällt und der Kerl aufgeknüpft ist. Aber tatsächlich verhielt es sich anders. Ich verfolgte eine Gestalt, um mir über deren Absichten zur nächtlichen Stunde Klarheit zu verschaffen. Das ist eine rein persönliche Geschichte, die mit den Frauenmorden nichts zu tun hat. Dabei begegnete mir jemand, dessen Tun mir höchst sonderbar vorkam. So beschloss ich, meine eigenen Nachforschungen zunächst aufzugeben und dem anderen zu folgen. Wie es der Zufall will, ergab sich für die beiden, die ich nun verfolgte, das nämliche Ziel. Dass ich nun selbst ins Visier eines anderen geraten war, dem mein Verhalten auffällig erschien, muss mir bei der Anspannung verborgen geblieben sein.«

»Und was geschah dann?«

»Offensichtlich war ich schon ungeschickt genug, seine Aufmerksamkeit zu erregen. Er jedoch war ungelenk, schließlich mangelt es ihm wohl an Erfahrung im Bewegen zwischen Gesträuch und Baum. So erregte er die Aufmerksamkeit der Frauen, die inzwischen ihre Wagenburg bewachen. Es kam, wie es kommen musste.«

»Bedeutet was?«, wollte Prätorius nun genau wissen.

»Viele dieser Händlerinnen reisen seit Jahren hinter den Soldaten her. Sie folgten ihnen an die schaurigsten und unwirtlichsten Orte, kennen sich mit Gefahren aus. Sie sind bewaffnet und verstehen es, mit dem Schießeisen umzugehen. Wer es nicht beherrscht, dem bringt man es bei, wenn sich die Frauen zu Lagern zusammenschließen. Ihre Kunstfertigkeit in dieser Disziplin ist nicht zu unterschätzen. Vor einiger Zeit wurde ich zu einem ihrer Wettkämpfe eingeladen, und was ich da sehen durfte …«

»Bäumler! Wir haben wahrlich keine Zeit für Ihre Reiseberichte.«

»Die Wache stellte den Mann im Busch. Mit dem Gewehr im Anschlag dirigierte sie ihn ans Feuer. Er versuchte, sich zu verteidigen, behauptete, einem anderen gefolgt zu sein und erntete dafür nur Spott und Hohngelächter. Sie fesselten ihn, banden ihn auf ein Pferd und führten ihn in einer Art Triumphzug in die Stadt, wo sie ihn an den erstbesten Soldaten, der ihnen begegnete, übergaben. Das ist die ganze Geschichte.«

»Nicht ganz, fürchte ich.« Prätorius starrte nachdenklich auf seine Schuhe, die bei jedem Schritt bis zur oberen Kante im Matsch versanken. Das Pferd hatte augenscheinlich Mühe, neben ihm her zu stampfen, es atmete laut und begann bereits zu schwitzen. Der Arzt tätschelte der Stute aufmunternd den Hals und flüsterte ihr Durchhalteparolen ins Ohr. Das verständige Tier nahm sofort den Kopf höher und bewegte sich energischer neben seinem Menschen her. »Den Frauen sind Sie durchaus bereits aufgefallen. Manche erzählten mir, Sie machten einen bedrohlichen Eindruck und wirkten gefährlich. Einige halten Sie für die Bestie. Sie fürchten sich.«

»Oh, die Bestie.« Bäumler lachte verhalten. »Sie wissen schon, dass es zwei gibt?«

»Der Redner auf dem Markt sprach bereits davon.«

»Genau. Er hat recht. Es sind zwei. Ich war schon einmal nahe an ihnen dran, aber dann verschwanden sie ganz plötzlich, und mir war es nicht möglich, ihre Spur aufzunehmen.«

»Tiere sind es nicht. Davon lasse ich mich nicht abbringen.«

»Nein, natürlich sind es Wesen wie wir. Sie sehen nur seltsam aus.« Bäumler machte eine kurze Pause, wurde still und nachdenklich. Dann meinte er: »Mag sein, sie verändern ihr Aussehen, bevor sie zu ihrem blutrünstigen Treiben ausziehen. Wollen Sie für die Zeit des Tribunals an meiner Seite bleiben?«, erkundigte er sich unvermittelt. »Es ist alles nur ein Missverständnis. Und Sie haben mir schon einmal den Kopf gerettet – vielleicht könnten Sie sich, falls es sich als notwendig erweisen sollte – dazu entschließen, dies noch einmal tun?«

»Als Leumundszeuge? Wie könnte ich das guten Gewissens tun?« Prätorius wandte sein Gesicht ab, damit der andere das Schmunzeln nicht sehen würde, das er nicht unterdrücken konnte.

»Sie sind es leid?«

Prätorius' Lippen spannten sich nun doch zu einem breiten Grinsen.

»Nein!«, mischte sich Matthias ein, noch bevor der Arzt antworten konnte. »Das wird er nicht tun! So rettet er am Ende vielleicht Ihren Kopf, verliert aber den seinen! Er selbst ist auch als Bestie im Gespräch. Man wird annehmen, er wolle Sie und den anderen retten, um nicht einen Unschuldigen für die eigenen Untaten am Galgen sterben sehen zu müssen.«

»Matthias, es ist ehrenhaft von dir, mich schützen zu wollen. Wir sind doch schon auf dem Weg. Wenn mir Herr Bäumler einen nachvollziehbaren Grund angeben will, warum ich für ihn Zeugnis ablegen soll, so werde ich es tun.«

Bäumler blieb stehen. Kramte aus seinem Beutel ein Schriftstück heraus.

Prätorius las den Inhalt des Schreibens.

Seine Miene blieb unergründlich. Doch er winkte den anderen zur Seite. »Zeigen Sie es mir!«

Matthias beobachtete mit Verwunderung, wie Bäumler seinen Oberkörper freimachte.

»So reisen Sie mit falschen Papieren«, flüsterte Prätorius, sodass nur Bäumler es hören konnte.

Der Mann nickte. »Es ist in Sachsen heutzutage einfacher, als Sachse zu reisen, denn als Preuße«, zischelte er zurück.

»Es geht das Gerücht, Sie seien ein mehrfacher Mörder und würden gesucht«, erklärte der Arzt leise. »Das unterstreicht jedweden neuen Verdacht gegen Sie.«

»Nun, wenn dem so ist, müssen Sie sich in dieser Sekunde entscheiden, wem Sie glauben möchten. Mir oder einem Gerücht? Wer weiß schon, ob nicht Weller das in Umlauf gesetzt hat!«

Wenig später schlossen die beiden wieder zu Matthias auf.

Der Gehilfe hätte zu gern gewusst, was die beiden Männer besprochen hatten, wagte aber nicht zu fragen. Eindeutig hatte sich jedoch etwas in ihrem Verhältnis zueinander verändert.

»Sie haben den Brief von Miriam gelesen?«

Der Brief!

Prätorius zog ihn aus der Innentasche seines Mantels. »Ja. Und es hat mich nur die Person überrascht, nicht die Tatsache an und für sich«, bekannte er.

»So will ich Ihnen erzählen, warum es so ist, wie man darin lesen kann.«

»Ich denke, ich weiß es schon. Es ist die alte Geschichte von Liebe und Verzweiflung. Sie sind der Stein des Anstoßes.«

Bäumler nickte selbstbewusst. »Herr Weller wird es einsehen müssen, so schwer es ihm auch fallen mag.«

»Matthias, ehe ich es vergesse: Morgen kommt der Franzose erneut. Ich hatte gehofft, seine Besuche seien nun beendet, aber an dem ist es leider nicht. Sei also darauf vorbereitet.«

»Ich verstehe. Nun, ich kümmere mich darum, dass er alles wohlgeordnet vorfinden wird.«

»Die Gräfin von Blanstaff hat ihr Kommen ebenfalls avisiert, aber keinen konkreten Zeitpunkt genannt. Wir sollten darauf eingestellt sein, dass sie unvermutet einen Besuch macht.«

»Ich werde aufmerksam sein«, versicherte der Gehilfe mit großer Ernsthaftigkeit.

Sollte sich Bäumler über den sonderbaren Dialog gewundert haben, ließ er sich jedenfalls nichts anmerken.

»Wir sind da. Na, dann!«

Verehrtes Fräulein, entschuldigen Sie bitte, dass ich Sie in Sorge versetze.

Mir ist bewusst, welch zartes Band Sie und den Arzt Dr. Prätorius verbindet. Aus diesem Grunde wende ich mich an Sie, denn im Augenblick dürften Sie die einzige Person sein, die ihm in seiner ausweglosen Lage noch helfen kann. Bitte treffen Sie mich Schlag Mitternacht an der

Mauer. Bedenken Sie, dass ich mich nicht an Sie wendete,
wäre er nicht in allergrößter Gefahr.
  Matthias
  Bitte bringen Sie diesen Brief mit, damit er nicht in die
falschen Hände gerät!

Eleonora starrte das Schreiben an. Las es bestimmt zum fünfzigsten Mal.

Was um Himmels willen war passiert? Die Franzosen hatten den Soldaten entdeckt, und nun würde man ihren Liebsten wegen Kollaboration mit dem Feind öffentlich hinrichten? Aber warum hatte Matthias das nicht geschrieben? Warum erwähnte er nicht, um welche Art von Gefahr es sich handelte und vom wem sie ausging? Das war gar nicht seine Art. Und doch – wenn Peter ihrer Hilfe bedurfte, würde sie natürlich nicht einen Wimpernschlag lang zögern, ihm beizuspringen!

Leise öffnete sie ihren Schrank und suchte ein paar dunkle, warme Kleidungsstücke zusammen. Kurz vor Mitternacht schlüpfte sie in die Strümpfe und huschte beinahe lautlos die Treppe hinunter. Die Haustür musste man ein wenig anheben, damit sie nicht in den Angeln quietschte.

Draußen war es dunkel und feucht. Rasch zog sie ihre Stiefel an und lief mit bangem Herzen in die Finsternis. Der Brief knisterte bei jedem Schritt in der Rocktasche. Geliebter, dachte sie innig, ich rette dich, glaube an mich!

Der Platz war voller Schaulustiger.

Alle drängten und schoben in Richtung eines vorbereiteten Galgens auf einem Podest. Gemurmel hing über den Köpfen der Menschen, dass es klang, als sei man mitten in einen riesigen Stock aufgebrachter Hornissen geraten. Fackeln tauchten die Szenerie in ein unwirkliches Licht. Das Zucken der Flammen erzeugte gespenstische, sich eckig bewegende Schatten auf der Wand des Stallgebäudes.

Im Stall selbst drängte sich das Vieh im hinteren Teil, während davor aus Tischen eine Art Tribüne dafür Sorge tragen sollte, dass jedermann erkennen konnte, was hier vor sich ging.

Prätorius sah sich unauffällig nach den Männern der Bürgergarde um, die solch einen Auftritt wohl verhindern sollten und könnten. Doch er entdeckte niemanden, der dem Treiben ein Ende bereiten wollte. Es war nicht möglich, dass unbemerkt geblieben sein sollte, wenn so viele Menschen die Stadt verließen. Selbst die Soldaten, deren Uniformen das Stadtbild prägten, waren wie durch einen Zauber nicht zu sehen. Mag sein, man hält die Jagd nach der Bestie für eine rein Leipziger Angelegenheit, überlegte der Medicus, und man hat nicht vor, sich einzumischen. In den Augen der Franzosen war es möglicherweise sogar eine günstige Entwicklung, die Städter mit ihren eigenen Problemen beschäftigt zu wissen – so sorgen sie nicht andernorts für Schwierigkeiten.

»Ruhe!« Jemand donnerte mit einem Besenstiel auf den Holzboden.

Doch die Menge, die nun vom Hof her nachdrängte, war nicht so einfach zu beruhigen.

Der Geruch von Mist und feuchtem Heu hing in der

Luft, machte sie schwer und klebrig. Fliegen und Stechinsekten freuten sich offensichtlich über die Abwechslung. Schon bald wedelten allenthalben die Besucher mit Händen und gar Tüchern, damit sich die Plagegeister ein anderes Opfer suchten.

»Ruhe! So seid doch endlich still!«, versuchte der Mann es erneut und rammte den Stiel mit noch größerer Wucht auf den Boden. Der durchschlug das Brett und blieb stecken.

Die vorderen Reihen, die freie Sicht auf die Tische hatten, begannen leise zu lachen.

Richter Bernsteins Stimme war laut und trug durch den gesamten Stall.

Selbst das Vieh hörte mit den Fraßgeräuschen auf. Es war, als wendeten sich gar Kühe, Schweine und Pferde nach dem Richtertisch um.

»Es wurde ein weiteres getötetes Fräulein entdeckt. Nicht weit entfernt von der Stelle, an welcher bereits die anderen gelegen hatten.« Richter Bernsteins Augen glitten über die Menge hinweg. »Doch dieses Mal gibt es einen Verdächtigen. Jener Mann dort drüben wurde von den Marketenderinnen im Strauchwerk aufgespürt. Man übergab ihn an einen Soldaten. Angeblich war die Kleidung des Mannes derangiert, sein Wams mit Flecken übersät, die wie Blut aussahen, und die Hose stand im Schritt offen, das linke Hosenbein verschmutzt. Nach einem kurzen Verhör schickte man den Mann nach Hause, behauptete, er habe mit der Sache nichts zu tun. Wir jedoch sind nicht so schnell zu überzeugen. Daher haben wir uns hier versammelt, um herauszubringen, was dieser Mann dort im Strauchwerk bezweckte und ob er erklären kann, wie er an jenen Ort geriet.«

Der Richter gab ein Handzeichen.

Daraufhin führte man den gut verschnürten Gustav von Heimstätt zu den Richtern. Bot ihm keinen Platz an, sondern hieß ihn stehen zu bleiben, sodass ihn ein jeder sehen könne. Die Arme waren mit dickem Seil fest an den Körper gebunden, die Beine so mit Tauen gefesselt, dass er zwar winzige Schritte machen konnte, aber an Flucht für ihn nicht zu denken war.

Die Versammelten reagierten mit wütenden Anwürfen. Pöbeleien schrie man in Richtung des jungen Mannes, der all das mit unbewegter Miene hinnahm.

»Das entdeckte Fräulein kam durch dieselbe Art von Verletzungen zu Tode wie die anderen, deren junges Leben auf so tragische Weise ein Ende fand.«

Die Menge stöhnte lustvoll entsetzt auf, als der Richter mit der Aufzählung der Wunden begann, dabei nicht unerwähnt ließ, dass die Bäuche nach Weidmannsart aufgebrochen worden seien und die Leichen Würgemale am Hals und unzählige andere Verletzungen, zum Teil Bisse aufwiesen.

»Wir können ihn nicht sehen!«, beschwerten sich gleich mehrere Stimmen aus dem hinteren Bereich. »Wo ist das Schwein? Wie sieht einer aus, der Frauen so etwas antun kann?«

Gustav von Heimstätt wurde rüde angerempelt und stolperte vor die Mitte des provisorischen Podestes.

Hände packten seinen Körper, hievten ihn vor den Tisch der Richter.

»Ahhh!«, kommentierten die Betroffenen zufrieden.

»Nur die Ruhe. Wir wollen – wie es guter Brauch ist – zunächst einmal anhören, was dieser Mann zu seiner Verteidigung anführen kann!«

»Nicht lange rumgefackelt!«, riet eine tiefe Stimme aus dem Türbereich.

»Es muss endlich ein Ende haben mit den Morden und mit ihm.«

»Lasst uns den Kerl gleich aufknüpfen!«

»Kopf ab gefällt mir besser!«

»Vorher könnten wir ihn quälen, so wie er die Frauen hat leiden lassen!«

Die Vorschläge aus dem Publikum wollten kein Ende nehmen.

»Nein!«, donnerte Schultheiß durch den Stall. »Erst wird er angehört.«

Mühsam gelang es, die Menschen zu beruhigen.

Die beiden Richter hatten Geduld.

Sie warteten wortlos, bis es so still geworden war, dass man die Stimme des Beschuldigten würde hören können.

»Also, was wollten Sie bei den Frauen im Wald?« Der Tonfall Bernsteins war drohend. Prätorius überlegte, wen er damit mehr einschüchtern wollte, die Schaulustigen oder den Beschuldigten.

»Ich folgte einem anderen, den ich für gefährlich hielt.«

Lautes Gelächter antwortete darauf.

»So?«, selbst der Richter konnte ein Schmunzeln nicht

verbergen.«Sie hören selbst, dass diese Antwort hier niemanden überzeugt.«

»Aber es ist wahr. Es gibt einen Kerl in der Stadt, der sich sonderbar benimmt. Als ich ihn im Wald entdeckte, machte ich mich daran, ihm zu folgen, um aufzudecken, was er da treibe.«

»So eine dumme Ausrede!«, schallte es dem Beschuldigten entgegen. »Denk dir gefälligst eine bessere Geschichte aus!«

»Der glaubt, Geld und Adel werden seinen Hals schon retten!«

»Herr von Heimstätt, es bleibt in jedem Fall festzustellen, dass Sie auch in jenem Waldstück unterwegs waren«, bemerkte Schultheiß.

Gejohle als Applaus für den Richter, der den Lärm mit einer ungeduldigen Handbewegung abwürgte. »Konnten Sie denn herausfinden, was dieser Mann im Wald vorhatte?«

»Nein. Bevor ich nah genug an ihn herankam, wurde ich von den Frauen mit der Waffe bedroht.«

»Aha! Jener Mann kam Ihnen sonderbar vor – warum?«

»Er versuchte den Schädel Mozarts zu verkaufen. Das ist eigentümlich genug, oder?«

»Vielleicht. Manche Leute in der Stadt meinen, der Frauenmörder müsse ein kranker Mensch sein. Erscheint es Ihnen krank, wen jemand den Schädel eines Komponisten verhökert?«

»Ja!«, gab Heimstätt mit fester Stimme zur Antwort.

»Würden Sie sich selbst ebenfalls als krank bezeichnen?«

»Nein!«

»Glauben Sie, jener Fremde würde sich als krank bezeichnen?«

»Wohl nicht«, räumte Gustav leise ein.

Prätorius ahnte, was nun kommen würde.

Er stieß Bäumler den Ellbogen in die Seite. »Gleich müssen wir ihn retten! Machen Sie sich bereit, für den Mann in die Bresche zu springen. Ich bin stets direkt an Ihrer Seite«, flüsterte er eindringlich.

»Stimmt es, dass Ihre Mutter sich mit ihren toten Söhnen im Garten trifft und sich dort sogar mit ihnen unterhält? Dass sie den beiden Äpfel mitbringt? Obwohl beide Männer, Ihre Brüder, schon vor Monaten gefallen sind?«

Der Kopf des Gefesselten sank auf die Brust.

»Wir können Ihre Antwort nicht verstehen!«, mahnte Bernstein.

»Ja!«, presste der junge Mann mühsam hervor. »Das stimmt.«

»Würden Sie dieses Verhalten als krank bezeichnen? Verrückt?«

Wieder wurde es unruhig im Stall.

»Manche würden es so sehen, das ist nicht zu leugnen.«

»Und Sie stimmen mir sicher auch zu, wenn ich sage, Verrücktheit der Eltern zeigt sich oft auch bei ihren Kindern wieder!«

»Dr. Prätorius hält meine Mutter nicht für verrückt!«, widersprach der Verdächtige vehement.

Immer mehr Leute drängten herein, um nichts von dem zu verpassen, was der Beschuldigte nun sagen würde.

Die Leute standen nun so dicht, dass sich keiner mehr bewegen konnte.

»Los!«, kommandierte der Medicus. »Bevor es gar keine Möglichkeit mehr gibt!«

»Es wird nicht einfach werden!«, stellte Bäumler fest und rammte dem Vordermann die Faust zwischen die Schulterblätter. »Mach Platz!«, forderte er, als der andere sich wutschnaubend umdrehte. »Wir müssen da durch, wir haben eine wichtige Neuigkeit für den Richter!«

»Das glaubt ihr nur!«, drohend hob der Mann die Faust, hatte aber keinen Platz, um schwungvoll auszuholen.

»Lass uns durch!«, zischte Bäumler und rollte mit den Augen. Dem Vordermann wurde es angst und bange, er versuchte, nach Möglichkeit einen Fußbreit Platz zu machen. Doch sein Bauch überragte die Füße bei Weitem, sodass sich weiteres Stoßen und Knuffen notwendig machte, um wenigstens die Bildung einer schmalen Gasse zu erreichen.

»Zum Glück sind wir beide nicht so fett wie du! Da werden wir es wohl hier entlang schaffen!«, maulte Bäumler und drängelte sich entschlossen durch.

»Halt«, rief Prätorius und reckte seinen Arm hoch. »Hört auf mit der Farce! Ich bringe einen Zeugen, der erklären kann, was der junge Mann dort wollte. Lasst uns durch!«

Die gereizte Stimmung schlug in echte Wut um.

Widerstrebend und mürrisch gaben die verkeilten Körper den Weg zum Podest frei. Schließlich wollten die Versammelten nicht um das zu erwartende Spektakel betrogen werden, und die Worte des Medicus ließen erahnen, dass er ihnen den Spaß gründlich verderben wollte.

»Hier ist der Mann, dem Gustav von Heimstätt in den Wald folgte, weil er ihn für die Bestie hielt.«

Ungeschickt erklommen die beiden Störenfriede die provisorische Bühne.

»So?« Selbst der Ankläger machte ein enttäuschtes Gesicht.

»Hans Bäumler mein Name!« Mit geradem Rücken trat der Fremde vor den Richtertisch, drehte sich dann um und präsentierte sich der Menge. Den Hut jedoch nahm er nicht ab.

»Gut, Herr Hans Bäumler – was genau können Sie uns von jener Nacht berichten?«, bemühte sich Bernstein um einen sachlichen Ansatz. Er spürte, dass er die Menge nicht mehr lang würde im Zaum halten können. Einen gelynchten Angeschuldigten, dessen Unschuld sich am Ende herausstellte, wollte er vermeiden, auch wenn es ihm an Verständnis für den Wunsch, den Mörder hängen zu sehen, nicht mangelte. Nur sollte es dann seiner Meinung nach auch der richtige Mann sein.

Die Leute murrten.

»Hört dem Kerl doch mal zu!«, forderte der Richter. »Erst habt ihr behauptet, es handle sich um ein wildes Tier, das diese Frauen tötet, nun seid ihr unerwartet alle der Auffassung, es handle sich um einen menschlichen Mörder – und den Täter präsentiert ihr mir auch gleich mit. Da müsst ihr aber schon erlauben, dass ich der Sache auf den Grund gehe!«, polterte Bernstein durch den Stall, und Schultheiß nickte unterstützend. »Zweifellos möchte uns dieser Mann etwas Wichtiges mitteilen. Er hat den Galgen gesehen und weiß gewiss, dass er auch zwei Männer aushalten kann, falls er uns hier eine Lügengeschichte anbieten will.«

Bäumler stellte sich breitbeinig, schob die Mantelseiten nach hinten und stützte die Arme in die Hüfte.

»Ich kann bestätigen, dass dieser Mann da drüben«, er deutete mit dem Kopf auf Heimstätt, »mir gefolgt ist. Wir waren also quasi gemeinsam unterwegs, ich vorneweg und er brav hintendrein. Zunächst versuchte ich ihn abzuschütteln, was mir auch gelungen wäre, ohne Frage. Aber dann gewann ich Spaß an diesem Versteckspiel und sorgte dafür, dass er meine Fährte nicht verlor. So wusste ich ihn jederzeit hinter mir. Als die Wache der Frauen ihn in seinem Busch entdeckte, brachte ich mich rasch in Sicherheit.«

»So? Da drängen sich mir gleich mehrere Fragen auf, Herr Bäumler, von denen ich dringend hoffe, dass Sie sie mir beantworten können. Zum einen: Was suchten Sie eigentlich mitten in der Nacht an jener Stelle? Zum anderen: Wie konnten Sie sicher sein, dass Ihnen nicht die Bestie folgte? Und: Warum gaben Sie sich nicht zu erkennen, als Heimstätt aufgebracht wurde?«

»Er hat sich doch mit dieser Geschichte selbst als verdächtig angezeigt!«, brüllte ein schwerer Mann aus der Mitte zum Richter hinauf.

»Da hören Sie es selbst«, lächelte Bernstein süffisant, »man bemerkt die Schwächen Ihrer Darstellung auch im Publikum.«

»Nun, ich sehe nicht, wo ich mich verdächtig gemacht hätte. Es steht einem jeden frei, sich auf die Pirsch nach dem Untier zu begeben. Es kann den Leipziger Bürgern nur recht sein, wenn jemand das Biest fängt oder tötet. Es liegt auf der Hand, dass einer, der jagt, einen anderen, der im Dunkel rumschleicht, für sein Ziel hält. So hat Herr von Heimstätt das sicher gesehen. Und als ich mich dem Lagerplatz der Frauen näherte, fühlte er sich ganz gewiss in seiner Überzeugung mehr als bestätigt. Im Gegensatz zu mir ahnte er nicht, dass die Frauen zum einen bewaffnet und zum anderen wachsam sind.«

»Und warum wussten Sie, dass nicht das Untier selbst hinter Ihnen her war?«

»Er bewegte sich derart ungeschickt, dass von Anschleichen beim besten Willen keine Rede sein konnte. Eine jagende Bestie macht mit Sicherheit nicht so viel Lärm!«, gab Bäumler selbstbewusst Antwort.

»Und nur um Ihre letzte Frage auch gleich zu erledigen: Ich sah zu, wie die Frauen den Mann aus dem Gestrüpp zogen. Es war klar, was geschehen würde. Und da ich ein unbescholtener Mensch bin, wollte ich mich nicht vor ein Gericht wie dieses zerren lassen. Deshalb beschloss ich, mich möglichst geräuschlos zu entfernen und meine Haut zu retten.«

»Und was hat Sie bewogen, Ihre Meinung zu ändern?«, fragte Bernstein in lauerndem Ton.

»Es ist nun mal nicht zu ändern, dass ich weiß, dieser Mann hat sich nichts zuschulden kommen lassen und hatte es auch nicht vor. Als ehrbares Mitglied der Gesellschaft ist es daher meine Pflicht, ihn vor den Fehlanschuldigungen in Schutz zu nehmen.« Bäumler warf sich in die Brust.

Prätorius spürte, wie die Menge vom Tor her gegen das Podest zu schwappen begann.

Er drehte sich um, wollte erkennen, was dort vor sich ging, bemerkte aber nur eine gewisse Unruhe in den Reihen.

»Sollte es also möglich sein, dass dieser Herr Ihnen folgte, weil er wusste, dass Sie derjenige sind, der die Frauen tötet?«, hakte der Richter nach, und sein Gesicht bekam einen schlauen Zug.

»Fragen Sie ihn doch! Abgesehen davon wäre es wohl eine ausgemachte Eselei von mir, hier für ihn einzustehen, wenn ich selbst der Täter wäre!« Bäumler lebte seine Entrüstung theatralisch aus.

Das zeigte Wirkung.

Offensichtlich begannen die ersten Neugierigen zu zweifeln.

»Ja, das ist wahr!«, rief eine heisere Stimme.

Zustimmendes Raunen schloss sich dieser Äußerung an.

»Wäre ganz schön dämlich!«

»Und dumm sieht er nicht aus. Verwegen, aber nicht dumm!«

»Ich kann dafür bürgen, dass dieser Mann nicht die Bestie ist!«, stellte Prätorius klar.

Mücken hingen in Trauben über den Menschen, die schon herzhaft bei sich und anderen auf die Kleidung schlugen, um die Plagegeister umzubringen. Durch das Licht im Stall und die Wärme der Leiber angelockt, fand sich immer mehr Getier ein. Die feuchte Kleidung der Schaulustigen begann zu trocknen, Nebel bildete sich, die Feuchtigkeit senkte sich langsam und verdickte die Luft zusätzlich.

Einige schwenkten gar Tücher über ihren Köpfen, um die Tiere zu vertreiben und für eine Luftbewegung zu sorgen, die ihnen beim Atmen Erleichterung verschaffen sollte. Am Rand drängten einige nach draußen, denen in der stickigen Luft die Sinne zu schwinden drohten.

»Ach, Dr. Prätorius, wie nett, dass Sie ebenfalls hier sind. So haben wir alle drei Beschuldigten vereint. Sie können für den Mann – wie hieß er noch – Hans Bäumler? – bürgen. Der besagte Hans Bäumler nun versichert, Gustav von Heimstätt habe keine bösen Absichten gehabt, als er im Wald die Frauen belauerte. Das ist sehr sonderbar.« Richter Schultheiß schüttelte verwirrt den Kopf.

»Herr von Heimstätt, was haben Sie dazu zu sagen?«, wandte sich Bernstein an den Beschuldigten. »Und wie können Sie uns den derangierten Zustand Ihrer Bekleidung erklären?«, als plötzlich in der Mitte der Gruppe der Schaulustigen ein heftiges Stoßen und Schreien einsetzte.

»Was geht da vor? Wollt ihr wohl aufhören, hier handgemein zu werden! Lasst das bleiben!«, wetterten die Richter.

»Hat jemand meine Sabine gesehen?«, schrillte die Stimme des Gerbers aus dem unübersichtlichen Handgemenge. »Meine Sabine ist verschwunden! Bitte, hat jemand von euch sie gesehen?«

»Du störst hier einen Prozess!«

»Halt's Maul! Wir wollen den Richter hören!«

»Hau ab, du Hund! Wir lassen uns von dir nicht stören!«

Prätorius erkannte den Gerber Bernd, der dem Verleger kraftvoll die Faust zwischen die Zähne schlug. »Ich will wissen, wo meine Kleine ist!«

»Ich denke, bei dir wurde einquartiert. So suche sie am besten bei den Soldaten. Deine Sabine hat da einen seltsamen Hang zum Militär«, grölte der Wagner und erntete lautes Gelächter dafür.

»Komm her und ich polier dir die Fresse!«, bot Bernd großzügig an und versuchte, zum Rufer durchzudringen.

»Ruhe!«, brüllte Bernstein. »So kann man keine Verhandlung führen!«

»Meine jüngste Tochter ist verschwunden!«, kreischte Bernd wie von Sinnen. »Versteht doch: Wenn keiner von den dreien die Bestie ist, dann jagt sie noch immer da draußen! Womöglich schleicht sie in diesem Augenblick meinem Kind nach, schärft sich die Krallen an Bäumen und schnauft laut über der Spur meines Mädchens!«

»Nun, ich glaube nicht, dass sie dort draußen jagt. Sie ist hier unter uns!«, verschaffte sich der Bäcker Gehör. Prätorius sah ihn erstaunt an, wähnte er den Vater doch zu Hause, wo er Eleonora beschützen sollte. Konnte es sein, dass der Bäcker den Brief gar nicht gelesen hatte, nichts von der Gefahr ahnte, in der seine Tochter schwebte?

»Woher willst du das so genau wissen?«

»Weil ich am Partheufer, ganz in der Nähe der Stelle, an der man die erste Frau entdeckte, dieses Taschentuch fand!« Er reckte einen weißen Stofffetzen hoch. »Hier, könnt ihr das Monogramm entziffern?«

Ein Stöhnen lief durch die Reihen.

»Ja, das ist schwer zu glauben, nicht wahr? Aber es ist deutlich zu sehen. PP!«, brüllte der Bäcker triumphierend, und seine Augen bohrten sich hasserfüllt in die des Medicus. »Meiner Tochter wolltest du auch den Kopf verdrehen! Du Mörder!«

»Ach was!« Bäumler zog die Aufmerksamkeit wieder auf sich. »Das glaubt ihr doch nicht im Ernst! Der Bäcker führt seine private Intrige mit eurer Hilfe durch. Weil er nicht zulassen will, dass die Liebe der beiden in eine Hochzeit mündet!«

»Der Bäcker will unser Tribunal für seine Zwecke nutzen – das werde ich nicht erlauben!«, polterte nun auch Bernstein.

Diesen Augenblick nutzte Katharina Ambrosia für sich.

Sie kletterte auf die Bühne.

Ihre Stimme vibrierte geheimnisvoll.

»Ich habe in meine Kugel gesehen! Schreckliches wird geschehen. Unsere Flüsse werden so voll sein mit Leichen, dass man über das Wasser gehen könnte, ohne Gefahr zu laufen, nasse Füße zu bekommen! Arme reckten sich aus dem roten Wasser, Beine, Pferde lagen darin. Alle Leiber aufgetrieben, weil es ihrer so viele waren, dass man sie nicht in angemessener Zeit aus dem blutigen Wasser bergen konnte. Manch einer hing zur Hälfte am Ufer, an das er sich retten wollte, wurde doch erschlagen. Zerfetzte Körper, Leichenteile! Unvorstellbar! Ich prophezeie euch: Noch Generationen nach uns wird man über diese Leichen gehen, nicht ahnend, dass sie unter dem Weg begraben liegen, nur wenig unter der Oberfläche. Die vergessenen Soldaten werden auch in mehr als zweihundert Jahren noch auf unseren Äckern zu finden sein, als mahnende Erinnerung an das Schlachten, das hier stattgefunden hat!« Sie reckte ihre Arme gegen das Stalldach. Schwankte bedrohlich. »Der Fluss wird so gespickt mit Toten sein, dass das Wasser Mühe hat, an ihnen vorbeizufließen. Vor den Lazaretten werden sich die Körper der Verwundeten zu hohen Bergen türmen! Keiner wird ihnen helfen. Denn es wird weder Platz im Lazarett noch Verbandmaterial geben. Dort, in diesen Haufen liegt tot neben gerade noch lebendig. Und alle werden am Ende Opfer des Schnitters sein.« Damit stürzte Ambrosia dramatisch vor dem Richter auf die Knie und verlor das Bewusstsein.

In die Stille hinein fragte jemand: »Was ist nun? Wen hängen wir auf? Prätorius?«

Prätorius spürte eine Hand, die sich gewichtig auf seine Schulter legte.

»Wie lange wollen Sie noch hier stehen bleiben?«, fragte eine ihm wohlbekannte Stimme. »Bis man Sie bindet und aufknüpft?«

»Ich kann das Tuch nur verloren haben, als ich die Leiche untersuchte. Das kommt vor und man wird es begreifen.«

»Nichts wird man begreifen! Los, nun kommen Sie schon!«

Die eiserne Hand packte ihn und schob ihn zum Stalltor hinaus.

»Los! Aufsitzen! Der Mob wird nicht lang auf sich warten lassen!«

»Ich laufe nicht weg. Das macht mich doch erst recht verdächtig. Ich bleibe.«

Zwei Mann setzten den sich sträubenden Arzt auf den Rücken seiner Stute, und de Carant versetzte dem überraschten Tier einen kräftigen Hieb mit der Gerte. Prätorius hatte Mühe, nicht von seinem Pferd zu fallen, als es losstürmte.

Sie schafften es, den Hof zu verlassen, bevor die Ersten erkannten, was geschehen war.

»Das war nicht recht von Ihnen!«, beschwerte sich Prätorius.

»Was?«, knurrte de Carant.

»Mich dort rauszuholen! Nun konnte ich den Verdacht nicht beseitigen und musste auch noch die beiden anderen, die auf meine Hilfe bauten, in diesem Stall zurücklassen, ohne ihnen ein Zeichen geben zu können! Was, wenn nun diese beide den Henker treffen? Nur weil die Menge die Schuldigen am Galgen sehen will und meiner nicht habhaft werden konnte?«

»So fügen Sie diese beiden meinem Konto zu. Es ist nicht Ihre Schuld, also hören Sie auf, sich zu grämen. Mit Ihnen zu reiten ist, als begleite man eine alte Frau zu einer Beerdigung. So ein Gejammer!«

»Dafür, dass es genug Trauerfälle gibt, sorgen Sie und Ihre Männer auf jeden Fall!«

De Carant lachte unfroh. »Sie leiden noch immer? Dabei muss Ihnen der Tod schon oft begegnet sein. Mon Dieu! Wer wird die drei Leute schon vermissen? Niemand! Bei Ihrer Eleonora wäre das etwas anderes. Überall ist man voll des Lobes über das Mädchen. Halb Leipzig wäre traurig, stieße ihr etwas zu.«

»Ihr Kaiser hat zugesichert, dass meiner Eleonora

nichts geschieht. Meinen Sie nicht, Ihre Drohung hat dadurch an Kraft verloren?«

»Sie sind undankbar, Prätorius! Wir haben gerade Ihren Hals aus der Galgenschlinge gezogen.«

»Und dafür vielleicht zwei andere Unschuldige dem Tod überantwortet!«

»Prätorius! Bäumler ist sehr redegewandt. Ich denke, er wird sich und den anderen längst gerettet haben! Ich führe Sie zu einer jungen Frau, die nach Ihnen verlangt. Ich fürchte jedoch, Ihre ärztliche Kunst kann ihr nicht mehr von Nutzen sein. Es wäre mir angenehm, wenn Sie den Rest des Weges schweigen könnten!«

Wortlos ritt der Arzt neben de Carant her. Er war so zornig, dass er fast froh war, dass nicht gesprochen werden sollte. Vielleicht hätte er manches gesagt, was er im Nachhinein bedauert hätte.

Undeutlich hörte er Stimmen hinter sich, offensichtlich stritten sich die Gefolgsleute des Franzosen.

Wahrscheinlich waren sie verstimmt, weil sie nun die Hinrichtung verpassten.

Wenn die beiden Männer gehenkt werden, so ist das meine Schuld, brütete Prätorius. Hoffentlich konnte sich wenigstens Matthias rechtzeitig in Sicherheit bringen. Die Meute konnte ihn gut mit in der Verantwortung wähnen, nur, weil er sein Gehilfe war.

Sie näherten sich der Brücke.

»Einer meiner Soldaten berichtete über den Vorfall. Er beobachtete einen jungen Burschen, der ins Wasser der weißen Elster starrte. Er sprach ihn an, bemerkte Tränen im Gesicht des Knaben, erkannte seinen Irrtum. Es handelte sich um eine junge Frau, der man die Haare nach Männerart gestutzt hatte und deren Figur in Mannskleidern steckte.«

»Und weiter?«

»Sie sprang.«

»Aber warum? War sie als Soldat ausgehoben worden? Dann wäre sie nie ins Feld geschickt worden.«

»Das war nicht der Grund.«

Die Reiter hinter ihnen schlossen auf.

Prätorius erkannte Bernd, den Gerber, zwischen den Soldaten.

Was hatte das denn nun wieder zu bedeuten?

»Sie liegt dort drüben.« De Carant wies ihnen den Weg. Ungewöhnlich ernst und betroffen.

»Sabine!«, schrie der Gerber auf, fiel neben der schmalen Gestalt am Ufer auf die Knie. »Aber meine Kleine, was ist denn nur passiert?«

Das Gesicht des Mädchens war ungewöhnlich bleich. Prätorius griff nach ihrer Hand. Eiskalt. Jemand hatte die junge Frau in eine warme Decke gehüllt, eine Uniformjacke lag unter ihrem Kopf.

»Schlagen Sie die Decke zurück«, flüsterte de Carant dem Arzt ins Ohr.

Prätorius schob den verzweifelten Vater ein wenig zur Seite, hob die Decke an und erschauderte.

In Sabines Brust steckte ein Messer!

»Tun Sie doch was«, flehte der Gerber.

Prätorius bat den Soldaten, der die Laterne hielt, näher heranzutreten.

Im Schein der Kerze erkannte er das ganze Ausmaß

der Verwundung. Sabine lag in ihrem Blut. Hatte das Ringen gegen den Tod bereits verloren.

»Wie lang liegt sie schon hier?«

»Eine halbe Stunde etwa. Wir sind sofort losgeritten, um Sie zu holen.« Der flackernde Schein aus der Laterne traf auch die Züge Carants, die zum Erstaunen des Medicus schmerzverzerrt waren. Das Gesicht glänzte feucht, als habe er gerade Tränen wegzuwischen versucht.

Prätorius schüttelte den Kopf. »Zu spät. Ich kann deine Tochter nicht mehr retten.« Er stand ächzend auf und trat zur Seite.

Bernd bettete den Kopf seiner Tochter auf seine Knie. Streichelte über das kurze Haar, strich ihr mit den rauen Fingern über die Wangen. Schluchzte.

»Er ist tot.«

»Wer, mein Kind?«, flüsterte der Vater.

»Er. Ich fragte bei den Soldaten, ob sie ihn irgendwo gesehen hätten. Und einer sagte, wenn ich eine Sabine kenne, so wolle er der eine Nachricht von Phillipe überbringen. Ich gab mich zu erkennen. Und so setzte er sich mit mir in eine stille Ecke und berichtete.« Erschöpft schloss Sabine die Augen, hob dann flatternd die Lider wieder. »Er wurde getötet. Schon vor einigen Tagen. Aber er starb in den Armen seines Freundes, den er bat, mir zu übermitteln, er liebe mich weit über den Tod hinaus und hoffe auf ein Wiedersehen in einer besseren Welt.«

»Sabine, meine Kleine. Dein Soldat? Wie schrecklich für dich.«

»Ohne ihn hat mein Leben jeden Sinn verloren. Ich eile ihm nun nach. Sei nicht betrübt, ich sterbe in großer

Vorfreude auf eine Wiederbegegnung mit ihm.« Als sie diesmal die Augen schloss, war es für immer.

Carant zog Prätorius einige Schritte fort.

»Sie stieß sich das Messer in die Brust, lief ins Wasser und stürzte sich mit dem Oberkörper voran hinein. Offensichtlich war sie fest entschlossen zu sterben.«

»Der Soldat zog sie heraus?«

»Ja. Ohne zu zögern.«

»Und warum fühlen Sie sich zuständig?«

»Weil der Mann, der sie liebte und dem sie nun folgen will, mein jüngster Bruder war.« Er wandte sich brüsk um und stakste sonderbar steifbeinig davon.

»Ich will, dass hier eine steinerne Engelsfigur aufgestellt wird! Und es soll eine Tafel mit dem Namen des Mädchens angebracht werden«, hörte er de Carant einem der Soldaten auftragen. »Eine so große Liebe soll ewig unvergessen bleiben!«

Bernd, der noch immer das Gesicht seiner Jüngsten streichelte, murmelte: »Aber der Herr Pfarrer wird sie nicht auf dem Friedhof beerdigen wollen. Er lässt meine Kleine vor der Mauer verscharren!«

Einer der vorbeilaufenden Soldaten hielt an und tröstete den Verzweifelten: »De Carant wird gewiss ein Gespräch mit ihm führen. Ich bin sicher, sie bekommt ein ordentliches Grab.«

Bernd schluchzte. »Ich hätte besser auf sie aufpassen sollen. Man weiß ja, was die Weibsleute so treiben, wenn sie verliebt sind. Meine Erna wird mir die Hölle heißmachen.«

Er hob die zarte Gestalt auf. »Meine Kleine! Vielleicht

hätte ich doch schon beim letzten Mal einen Knaben aus ihr machen sollen. Dann hätte der Soldat ihr keine schönen Augen gemacht und sie wäre nicht verliebt gewesen.« Langsam trug er sie zu seinem Pferd. Zwei Leute Carants kamen ihm zu Hilfe. Und so ritt er in der Dämmerung des neuen Tages nach Hause zurück, sein totes Kind fest im Arm.

Selbst die hartgesottenen Männer, die schon ungezählte Male auf den Schlachtfeldern getötet hatten, kämpften mit den aufsteigenden Tränen, als sie Bernd nachsahen.

Prätorius wandte sich zum Gehen.

Wie aus dem Nichts stand plötzlich der Offizier wieder hinter ihm.

»Wagen Sie es nicht, mich warten zu lassen. In wenigen Stunden hole ich Sie ab.«

Der Medicus nickte.

»Ich reite zurück, um den Kopf der beiden Unschuldigen zu retten. Hoffentlich komme ich nicht bereits zu spät.«

Ohne Gruß trabte der Arzt davon.

De Carant spuckte hinter ihm auf den Boden.

14

Offensichtlich hatte man sich nicht durchringen können, einen der Verdächtigen zu hängen.

Der Galgen war verwaist, der Stall fast völlig geleert. Einige Freiwillige waren noch damit beschäftigt, das Vieh in die angestammten Boxen zu dirigieren, die Tische fortzutragen und die Kerzen zu löschen.

»Ah, Prätorius!«, Hans Bäumler packte bei den Aufräumarbeiten gut gelaunt mit an.

»Schon alles vorbei?«

»Aber ja. Eine Frau mischte sich plötzlich ein und stützte die These von einem Leipziger, der die Frauen töte. Gab an, Gustav zu kennen und zu wissen, was er bei den Weibern im Wald vorhatte. Sie behauptete, er sei den Frauen noch nie zu nahe gekommen, halte immer Abstand und sei nur daran interessiert, ihnen bei ihren täglichen Verrichtungen zuzusehen. Dabei beschäftige er sich mit seinem eigenen Körper, was zwar verwerflich, für die Frauen aber nicht gefährlich sei. Eine Gräfin irgendwas. Beeindruckende Frau.«

»Er sieht ihnen zu? Wenn das sein Vater erfährt, wird den jungen Mann ein furchtbares Gewitter erwarten!«

»Ist ja nicht auszuschließen, dass er sich in eine der Schönheiten im Wald verguckt hat«, meinte Bäumler versöhnlich. »Als ich mich wortreich und unter Berufung auf Sie als Bürgen für meine Integrität herausgewunden hatte, kam jemand herein und berichtete von den Ereignissen am Fluss.

Als dann auch noch eine der Frauen an einer anderen ein Kleid entdeckt haben wollte, das ursprünglich der Tochter des Stadtschreibers gehört habe, wurde es endgültig bunt. Die Angeschuldigte beteuerte, das Kleid stamme aus einer Spende, die man dem Armenhaus gemacht habe, nun ja. Plötzlich hatten endlich alle genug für eine Nacht, und ein jeder trollte sich, so schnell er konnte.«

»Gustav ist frei?«

»Nicht ganz. Er ist zu Hause, darf aber bis auf Weiteres das Grundstück seiner Eltern nicht verlassen.«

Prätorius zog fragend eine Augenbraue hoch.

»Das kam wegen der Gerüchte über seine Mutter. Allgemein teilten die Schaulustigen die Auffassung, sie sei verrückt geworden und der Sohn sei auch von dieser Krankheit befallen. Das kam durch diese Frau, die Gräfin, die nämlich behauptete, der Frauenmörder sei ein Mensch und zwar ein kranker.«

»Oh nein!«, stöhnte der Medicus. »Nun werden neue Theorien wie Pilze aus dem Boden schießen! Lassen Sie uns gehen, Herr Bäumler. Wer weiß, was der morgige Tag für uns bereithält. Ein paar Stunden Schlaf sind ein guter Gedanke.«

Schweigend verließen sie den Stall. Kamen am unbenutzten Galgen vorbei.

»Hoffentlich kommt der nicht doch noch zum Einsatz!«, knurrte der Mann mit dem breiten Hut und versetzte dem Holzgerüst einen herzhaften Tritt. »Gut gebaut! Teufel auch!«, fluchte er dann, als der Galgen keine Anstalten machte, in sich zusammenzufallen.

»Der Stall gehört dem Sohn des Schreiners!«, lachte Prätorius leise. »Gute Handwerkerarbeit.«

Nach einem guten Stück des Wegs fragte der Medicus: »Und Sie sind tatsächlich ein Sohn preußischen Adels! Nie hätte ich das vermutet. Ihre Verkleidung wirkt unbedingt authentisch.«

»Muss sie auch. Wenn jemand bemerkt, wer ich bin, werde ich sofort aufgeknüpft. Ich bin ein Vertreter des feindlichen Bündnisses.«

»Und haben sich ausgerechnet in Wellers Tochter verliebt. Schlecht!«

»Ja, das kann man so sehen.« Bäumler ließ den Kopf hängen, stöhnte leise. »Und dann zaubert er auch noch diesen widerlichen Kerl aus dem Hut und will meine Miriam mit dem verkuppeln.«

»So beschlossen Sie, Miriam für den anderen unattraktiv werden zu lassen.«

»Das wäre natürlich ein guter Plan gewesen. Aber so war es tatsächlich nicht. Miriam war wie vor den Kopf geschlagen und hatte keine Worte. Sie spielt das nicht.« Plötzlich wirkte der sonst so leichtsinnige Kerl besorgt. »Ich liebe sie auch ohne Stimme«, murmelte er unglücklich. »Und so kann sie wenigstens nicht laut mit mir streiten!«

»Hm. Ich denke, wenn dieser andere Mann verschwindet, kommt die Stimme wieder.«

»Ach, und das behauptet einer, der verkündet hat, man könne an der Kopfnaht erkennen, dass der Schädel …«

»Ja, ja!«, unterbrach ihn Prätorius. »Aber es hat immerhin gewirkt. Außer Ihnen hat offensichtlich niemand den

Schwindel bemerkt.« Unsicher überlegte er, ob nicht de Carant in Wirklichkeit auch wusste, dass die angebotene Erklärung hanebüchen war. Wenn der Franzose von der Herkunft Bäumlers wusste, hatte es sich dann bei dem Streit in der Schänke um einen Test gehandelt? Wollte er wissen, ob der Arzt loyal handelte?

»Wenn jemand herausfindet, wer Sie in Wirklichkeit sind, werden nicht nur Sie gehenkt. Dann wird dieses Schicksal auch mich treffen – und im schlimmsten Fall noch einige andere, die mir am Herzen liegen.«

»So ist es am besten, wenn niemand davon Kenntnis erhält und es unser Geheimnis bleibt.«

»Um Weller zu umgarnen, wäre die Information eventuell hilfreich. Es könnte sich am Ende erweisen, dass er seine Miriam gern an einen Herrn von altem Adel verheiratet. Selbst wenn es sich dabei um einen verhassten Preußen handelt.«

»Warten wir den Ausgang der Schlacht ab«, riet Bäumler grinsend. »Wenn er unversehens auf den Verlierer gesetzt hat, ist der dicke Herr Valpas nicht mehr im Rennen.«

»Ich biege hier ab. Wo kann ich Sie finden, Herr Bäumler? Vielleicht entwickeln sich die Dinge schneller als gedacht.«

Bäumler lachte. Ritt unbeirrt weiter.

»Sie wissen doch, ich bin überall und immer an Ihrer Seite. Wenn Sie meiner bedürfen, drehen Sie sich um. Dort stehe ich«, hörte Prätorius die Stimme des Sonderlings, bevor er völlig aus seiner Sicht verschwand.

Am nächsten Morgen wartete er vergeblich auf den Franzosen.

»Mag sein, die Planung der großen Schlacht hat einen anderen Verlauf genommen und es bleibt keine Zeit für die Visite bei meinem Patienten«, erklärte der Medicus seinem Gehilfen. »Was mich angeht, so kann ich nicht behaupten, ich wäre traurig darüber, nicht gebraucht zu werden.«

»Glauben Sie wirklich, es gibt die große Schlacht hier bei Leipzig?«, fragte Matthias besorgt.

»Augenscheinlich treffen alle Parteien Vorbereitungen dafür. Sie ziehen nicht ab, sondern konzentrieren ihre Männer in einem Gürtel um die Stadt. Überall, wo unerwartet Soldaten der Lager aufeinandertreffen, gibt es ernsthafte Scharmützel mit vielen Toten. Das spricht dafür, dass man es auf beiden Seiten vorantreiben will, um eine Entscheidung herbeizuführen.«

»Heute in der Früh hörte ich zwei Frauen über ein Gefecht sprechen. Murat war verwickelt. Mit seinen Reitern. Erst fing wohl alles an wie gewöhnlich. Man schoss, rückte auf, wich zurück, schoss, kam sich näher, es gab Handgemenge. Geschütze wurden abgefeuert. Aber ganz plötzlich, meinte die eine, sei es ganz still geworden. Sie sei auf den Dachboden gelaufen, um besser sehen zu können, was passierte. Und da merkte sie, dass der Boden zu beben begonnen hatte. Jemand rief, dies sei die Strafe Gottes und nun täte sich die Erde auf, würde einem Höllenschlund gleich alles verschlingen. Selbst die Kämpfenden verharrten. Und da sah die Alte, was das Beben verursachte. Nicht der Höllenschlund tat sich auf. Nein! Murat hatte seine Kürassiere in Stellung gebracht. Pferdeleib an Pferdeleib, soweit das Auge sehen konnte. Alle in einer geschlossenen Reihe. Alle im gleichen Trab. So stürmten die mächtigen Tiere unerschrocken auf die feindlichen Linien zu, nahmen im Näherkommen immer mehr Geschwindigkeit auf, fielen gar in den Galopp. Überall brach der Tumult los. Die Soldaten versuchten zu fliehen, zunächst vergeblich, denn es gab keine Lücke zwischen den stampfenden Tieren und den dampfenden Körpern, um sich hindurchquetschen zu können. Viele wurden getötet. Niedergeritten oder erschossen, mit dem Säbel erdolcht. Doch dann geriet die Pferdereihe in Unordnung – und die gewonnen geglaubte Schlacht änderte ihren Verlauf. Am Ende zog Murat ab. Die Frau erzählte, es müsse daran gelegen haben, dass nicht alle Reiter die Reihen geschlossen halten konnten.«

»Sie haben die Pferde als Waffen eingesetzt. Ungewöhnliche Taktik. Meine Stute würde alles versuchen, um nicht auf jemanden zu treten. Diese Scheu haben sie den Kriegsgäulen wohl abgewöhnt.«

Der Medicus nahm eine kleine Holzkiste vom Regalbrett und trug sie zu einem Tisch am Fenster.

»Wenn der Franzose heute meiner Dienste nicht bedarf, so kann ich die unerwartet freie Zeit nutzen und mich mit den Fundstücken beschäftigen, die ich an den Orten gesammelt habe, an denen die toten Frauen entdeckt worden waren.«

Beinahe liebevoll packte er sein neuestes Mikroskop aus.

»Die beiden hatten gestern großes Glück. Und Sie auch. Eine Weile hatte es den Anschein, als sei die Menge nicht abgeneigt, alle drei aufzuknüpfen.« Matthias zerstieß einige Wurzeln mit dem Mörser.

»Ja. Aber es ist für alle gut ausgegangen. Die arme Sabine hat sich das Leben genommen. Du weißt schon, die jüngste Tochter des Gerbers. Als die Kunde in den Stall getragen wurde, brachen wohl viele auf, weil sie das Interesse an der Bestie verloren hatten.«

»Nein«, widersprach der Gehilfe, »deshalb nicht. Ich stand ja zwischen den anderen und so hörte ich, dass niemand so recht an die Schuld eines der Männer mehr glauben wollte. Zumal Richter Bernstein jeden, der sich zu Wort meldete, auch gleich unter Verdacht nahm. Das wurde den meisten zu bunt und sie beschlossen, das Spektakel zu beenden.« Der junge Mann arbeitete schweigend. Plötzlich setzte er hinzu: »Ich bin sehr froh darüber, dass Sie nicht am Galgen hingen! Sie vergessen immer, wie gern die Leute einem Prätorius etwas Schlechtes beweisen wollen! Ich konnte in den Augen Bernsteins das Leuchten sehen, als er dachte, jetzt kriegt er Sie zu fassen, endlich gelingt es ihm, Ihnen was am Zeug zu flicken. Wäre nicht der Franzose so plötzlich aufgetaucht, wer weiß, wie die Sache für Sie ausgegangen wäre.«

Der Hund stupste Prätorius an den Oberarm.

»Hast du Hunger?« Freundlich tätschelte er den Kopf des Tieres. »Matthias wird sehen, ob er etwas für dich in der Küche finden kann. Wie ich Eleonora kenne, hat sie extra für dich etwas zurückbehalten.«

Sehnsuchtsvoll dachte er an die junge Frau, die nun wahrscheinlich ebenso unglücklich wie er in ihrer Kammer saß. Hoffentlich weint sie nicht allzu sehr, dachte der

Medicus. Wie still das Haus ist ohne ihre Fröhlichkeit, ihren Gesang, ihr Lachen. Er seufzte. Sollte de Carant sich entschlossen haben, ihn nicht mehr zu benötigen, würde Eleonora rasch wieder zu ihm zurückkehren. Blieb noch das Problem mit dem Bäcker zu lösen.

Während Matthias mit dem Hund verschwand, legte Prätorius sein erstes Fundstück unter das Okular.

Ein Stück Stoff. Aus den Zweigen gelöst, im Unterholz bei der toten Tochter des Stadtschreibers.

Eindeutig hatte es nicht zur Kleidung der jungen Frau gehört. Das Gewebe war von edlem Garn, fein verwoben. Und von einer Farbe, die nicht vielen Frauen zu Gesicht stand.

Er kannte diesen Stoff, wusste, dass es von einem Schal stammte. Schlecht gelaunt grübelte er darüber nach, wie er sein Wissen mit dem Treiben der Bestie in Übereinstimmung bringen sollte.

Es wollte ihm nicht gelingen.

Gedankenverloren griff er nach einem weiteren Asservat.

Das Fell hatte unweit des Flussufers in einem abgeknickten Zweig gehangen. Fell. Keine Frage.

Aber schon auf den ersten Blick war zu erkennen, dass es sich weder um Wolf noch um Bär handelte. Schaf.

Stellte sich also die Frage, wie Schafsfell dorthin kam.

»Es bleibt dabei. Schafsfell. Vielleicht hat einer der Hirten seine Herde dort entlang getrieben, um sie vor dem Appetit der Truppen zu bewahren«, sprach der Medicus vor sich hin. »Aber auch dieses Fundstück hat am Ende vielleicht nichts mit den Morden zu tun.«

Es klopfte.

Prätorius ächzte gepeinigt.

Also kam er doch noch.

Träge erhob er sich und griff nach seiner Tasche, angelte die Jacke von der Lehne des Stuhls und war schon fertig angezogen, als der Franzose in seinem Untersuchungsraum stand.

»Nun«, fragte der ungeduldig, wippte von den Fersen auf die Hacken und zurück, strich über seinen, wie Prätorius im gnadenlosen Tageslicht auffiel, außerordentlich fetten Wanst.

»Ja. Sie hatten Ihr Kommen angekündigt. Nur das Pferd muss noch gesattelt werden.« Prätorius, darum bemüht, den Franzosen nicht länger als unbedingt notwendig in seinem Haus zu haben, bugsierte den Besucher schnell zur Tür hinaus.

Matthias kam ihnen auf dem Weg zum Stall schon mit der Stute entgegen.

»Ich habe ihr auch kräftig gegen den Bauch geklopft, falls sie sich mal wieder aufgeblasen hat. Sonst wird der Sattel nicht halten.«

»Dankeschön. Da hast du gut daran getan – ist ein alter Trick von ihr.« Der Arzt nahm die Zügel, saß auf.

Zu seiner Überraschung schlug de Carant nicht den üblichen Weg ein.

»Aha, wir wählen einen Schleichweg. Sind Ihnen die ausgetretenen Pfade zu voll?«

»Seien Sie still! Napoleon wohnt offiziell seit Tagen in einem Herrenhaus. Mit seinem Gefolge. Dorthin ist er in der letzten Nacht übergesiedelt, wie er Ihnen bei der

Visite ankündigte, das Zeltlager ist aufgehoben, der Kaiser wieder präsent. Noch heute wird er in die Stadt ziehen. Aber bevor er das tut, werden Sie sich die Wunde noch einmal ansehen.«

»Denken Sie, es ist klug, in die Stadt zu ziehen? Dort grassiert eine tödliche Krankheit, die jeden befallen kann. Wahrscheinlich auch den Kaiser von Frankreich.«

»Ihren Zynismus können Sie sich sparen«, gab der andere grantig zurück. »Hat man Ihre beiden Freunde am Ende hingerichtet?«

»Nein! Das Gericht kam zu dem Schluss, es sei keiner der beiden so verdächtig, dass er seinem Henker begegnen müsse. Selbst ich war unter Verdacht, wie Sie gehört haben. Sicher auch deswegen, weil ich seit Nächten mit Ihnen unterwegs bin! Dann trug jemand die Neuigkeit vom Tod der Tochter des Gerbers in den Stall und die Versammlung hatte keinen Appetit mehr auf das tödliche Schauspiel. Man ging nach Hause und entließ die beiden Verdächtigen.«

»Das arme Kind. Mein Bruder wollte sie heiraten. Als wir uns vor einigen Wochen begegneten, sprach er einzig von ihr. Tragisch.«

Prätorius warf einen prüfenden Blick zu seinem Begleiter hinüber. Doch dessen Miene blieb unergründlich. Die Gefühle, die ihn am gestrigen Abend übermannt hatten, waren nicht mehr zu entdecken.

Für den Rest des Weges herrschte Schweigen zwischen den Männern.

Von einer hohen Mauer umschlossen und einem Metalltor gesichert, wirkte das Landhaus in Reudnitz uneinnehmbar. Das große Haus selbst machte einen kalten, abweisenden Eindruck. Die ungemütliche Atmosphäre verstärkte sich noch, als sie das Gebäude betraten.

Viele der Räume, an denen sie vorüberkamen, waren ausgeräumt, die Möbel offensichtlich anderswo zwischengelagert worden. Über dem Parkett hatte man eine Lage Einstreu ausgebracht, vereinzelt hatten die Männer Stroh aufgehäuft.

»Ja, sehen Sie sich das nur gut an!«, empfahl de Carant. »So hausen der französische Kaiser und sein Gefolge! Die höchsten Offiziere der Grande Nation.«

»Hier?«

»Ja, hier. Selbst Ihr Patient hat nicht mehr Komfort«, betonte de Carant noch einmal. Selbstmitleid schwang in seiner Stimme mit, ebenso wie ein deutlicher Vorwurf, so, als sei es die Schuld des Medicus, dass sie so unbequem hatten nächtigen müssen.

Eilige Schritte auf der Treppe.

Eine Tür schlug krachend zu, wurde wieder aufgerissen.

»Nein! Solange wir nicht wissen, wo die Schweden sind, können wir nicht abschließend planen! Wenigstens kennen wir die Bewegungen Blüchers. Er ist mit seinen Mannen in der Gegend um Weißenfels unterwegs.«

Eine ruhigere Stimme antwortete.

»Warum habe ich keine verlässlichen Informationen darüber? Was ist los?«

Gemurmel.

»Der Kundschafter? Ja, haben wir nur den einen? Sacré!«

Eine Tür knallte. Hastige Schritte entfernten sich, eine andere Tür quietschte, wurde leise geschlossen.

De Carant warf seinem Begleiter einen eindringlichen Blick zu und hob mahnend den Zeigefinger, legte ihn über seine Lippen.

Prätorius zuckte mit den Schultern. »Warten wir, bis er sich ein wenig beruhigt hat«, schlug er dann vor.

»Wo ist Maurice de Carant?«, schallte die verärgerte Stimme erneut durchs Treppenhaus.

»Hier!«, beeilte sich der Franzose zu antworten und stürmte schon die Stufen hinauf.

Prätorius hatte Mühe zu folgen.

Oben angekommen war Carant so kurzatmig, dass er kaum mehr als ein: »Zu Eurer Majestät Diensten« verständlich hervorzubringen vermochte.

»Was soll denn der Arzt hier?«, schimpfte Napoleon. »Ich brauche keinen! Heute Morgen habe ich die ganze Zeit im Freien gesessen und habe mich von den Leuten bestaunen lassen. Geplant habe ich die weitere Strategie – und alle durften sich davon überzeugen, dass es Napoleon Bonaparte gut geht. Kein Grund, irgendeine Schwäche bei mir zu vermuten.«

Er trat an einen groben Tisch heran, setzte sich und legte sein verletztes Bein wie selbstverständlich auf der Bespannung einer größeren Trommel ab. Zufrieden registrierte Prätorius, dass seine Warnung offensichtlich verstanden worden war.

»Murat war in eine Handgreiflichkeit größeren Ausmaßes verstrickt«, erklärte Napoleon seinem General. Die Anwesenheit des Medicus schien er völlig vergessen

zu haben. »Hier.« Er deutete auf einen Punkt der Karte.
»Es wäre nicht so schlimm, wenn er das Scharmützel
für sich entschieden hätte. Was er aber nicht imstande
war zu tun. Er trieb seine Kürassiere als Phalanx voran.
Doch den Reitern war es nicht möglich, die Linie zu halten. Es gab hohe Verluste. Verluste, die ich gerade jetzt
nicht brauchen kann.«

»Euer Schwager wird kommen, um Bericht zu erstat-
ten?«

Johannes Murat, fiel dem Medicus ein, natürlich. Das
war der mutige Kämpfer, der sich immer bunt ausstaf-
fierte. Lockige Haare hatte er, einen dichten Schnurr- und
Backenbart – und einen Hang zu teuren Stoffen, Gold
und Edelsteinen, die gar sein Kampfschwert zierten.

»Natürlich. Er war schon hier und wird heute am
Nachmittag noch einmal zu uns stoßen. Seine Verluste
liegen bei sechshundert Mann, die tot auf dem Feld blieben oder verletzt worden sind, tausend Mann wurden
gefangen genommen. Die Verluste bei Schwarzenbergs
Männern dürften nämlich hoch sein. Nichtsdestotrotz:
Er hat mit diesem sinnlosen Handgemenge die Kaval-
lerie weiter geschwächt. Nicht einen Fuß Boden haben
sie gutgemacht!«, Napoleon donnerte mit der Faust auf
den Tisch.

»Wie sieht die Planung aus?« Maurice de Carant hörte
sich fast kleinlaut an.

»Mein Feldstuhl ist schon vorbereitet, der Tisch mit
den Karten wartet auf mich. Leipzig soll auch sehen,
dass der Kaiser entschlossen ist zu kämpfen. Die Sachsen brauchen ein deutliches Signal. Wo doch der eigene

König seine Wankelmütigkeit schon unter Beweis gestellt hat.«

Prätorius beschloss, sich unsichtbar zu machen. Aber wie?

»Ich habe eine List ersonnen. Sie werden einige Kürassiere aussenden, die Verhandlungen zum Freikauf von Gefangenen führen sollen – zum Schein. So erfahren wir, wo die Truppen der anderen lagern und mit welcher Stärke wir zu rechnen haben. Sorgen Sie dafür, dass besonders vertrauenswürdige und wortgewandte Männer für diese Aufgabe ausgewählt werden!«

De Carant wand sich. »Aber Sire ...«

Während die beiden heftig diskutierten, verließ Prätorius unbemerkt den Raum. Ging mit ruhigem Schritt und dem Ausdruck größter Selbstverständlichkeit im Gesicht die Treppe hinunter.

Unbehelligt konnte er das Gebäude verlassen.

»Alles gepackt?«, rief ein Soldat, den ein schwer beladenes Fuhrwerk in die Stadt bringen sollte, dem Kutscher zu.

»Ja. Ich habe Weisung, zum Galgen zu fahren und dort das Feuer neu zu entfachen, falls es verloschen sein sollte. Der Kaiser folgt in Kürze.«

Prätorius entschied sich dafür, zurück nach Hause zu reiten.

Kaum hatte er seine Stube betreten, hörte er laute, aufgeregte Stimmen. Matthias' ruhige und eine aufgeregte sehr tiefe, von der er nicht ahnte, wem sie gehören könnte.

Hoffentlich hat niemand meinen Patienten verraten, schoss es Prätorius durch den Kopf.

Er blieb stehen, lauschte, versuchte zu verstehen, worüber gesprochen wurde. Und schnappte den Namen Eleonora auf! Sofort trat er um die Ecke in die Küche. Erkannte den Bäcker auf einem der Stühle.

»Was ist mit Eleonora?«, fragte er alarmiert. »Was?«

»Mein Kind ist verschwunden!«, heulte der Bass und schlug beide Hände vors Gesicht. »Weg!«

»Das kann nicht sein! Sie wollten doch gut auf sie aufpassen!«

Ein zorniger Blick traf den Medicus.

»Das sagt der Richtige! Haben Sie meine Tochter nicht überhaupt erst in diese Schwierigkeiten gebracht? Ist es nicht in Wahrheit allein Ihre Schuld, dass das Mädchen jetzt in Gefahr geraten ist?«

Aufgeregt lief Prätorius in der Küche auf und ab. Rang die Hände. Kämpfte gegen eine so große Verzweiflung an, wie er sie nach dem Tod der Mutter nicht mehr gefühlt hatte. Für einen Moment befürchtete er gar, die Besinnung zu verlieren. Carant, du Teufel, du hast sie geholt! Trotz der Weisung deines Kaisers!, schrie seine innere Stimme in loderndem Hass.

»Ist jemand in Ihr Haus eingedrungen?«, fragte er dann mühsam beherrscht.

»Ich konnte nicht feststellen, dass etwa ein Eindringling sich Zutritt verschafft hätte. Keines der Fenster wurde zerbrochen, die Tür war fest verschlossen.«

»Hatte Eleonora noch Besuch gestern?«

»Woher soll ich das wissen? Wie Sie sich bestimmt erinnern, war ich gestern Abend in Handkes Stall. Mein Weib hat jedenfalls nichts gehört, was ihm sonderbar oder gar suspekt vorgekommen wäre«, versicherte der besorgte Vater.

»So wurde Eleonora«, er stockte, als er den Namen aussprach, schluckte schwer, »aus dem Haus gelockt? Sie ist freiwillig gegangen, hat die Tür hinter sich geschlossen und lief ohne jeden Schutz in der Dunkelheit davon?« Schreckensbilder narrten ihn, er sah seine Liebste in den Händen des Franzosen, hörte sie verzweifelt seinen Namen rufen.

Entsetzt sank er auf einen der anderen Stühle.

»Das tut Eleonora nicht!«, versicherte Matthias zuversichtlich. »Sie weiß, wie gefährlich es gerade jetzt für Frauen ist, die allein unterwegs sind. Eleonora ist eine kluge Frau. Nie würde sie sich einfach so aus dem Haus locken lassen!«

»Allen, die der Bestie zum Opfer gefallen sind, erging es ebenso!« Hans Bäumler stand unerwartet in der Tür. »Entschuldigen Sie, aber die Tür war nicht verschlossen und da …«

»Dachten Sie, Sie können einfach so eintreten?«, fuhr ihn der Medicus scharf an.

»Nun!« Bäumler lächelte freundlich, ein bisschen entschuldigend und zugleich dreist.

Es fiel schwer, diesem Mann ernsthaft böse zu sein. »Ich sagte, wenn Sie mich brauchen, wenden Sie sich um, ich bin jederzeit direkt hinter Ihnen. Ich löse nur ein, was ich versprochen habe.«

Der Medicus schien ihn nicht zu hören.

»Sie meinen, Eleonora könnte …!« Prätorius sprang auf, begann wieder auf- und abzugehen. Raufte sich die Haare. Neue furchtbare Bilder schoben sich in sein Bewusstsein, von all den zugerichteten Frauenleibern, die er in der letzten Zeit gesehen hatte.

»Matthias, ich gehe sie suchen. Wenn der Franzose wieder auftaucht, sag ihm, ich sei zur Parthe geritten, er solle mir folgen. Er darf natürlich auf gar keinen Fall hier im Haus auf mich warten! Herr Bäumler, wenn Sie mir helfen wollen, so fragen Sie bei den Marketenderinnen nach. Vielleicht ist sie dorthin gelaufen.«

Bäumler nickte und stürmte zur Tür hinaus, galoppierte bereits vom Hof, als der Medicus mit dem Bäcker das Haus verließ. Prätorius rief ihm nach: »Halt! Bäumler, was wollten Sie eigentlich von mir?«

Doch der Sonderling ritt unbeeindruckt weiter. Jedenfalls antwortete er nicht.

»Sie fahren nach Hause. Vielleicht ist Eleonora in der Zwischenzeit zurückgekommen. Wenn ja, so lassen Sie Ihre Tochter nicht aus den Augen!«

Der Bäcker grunzte, kletterte unbeholfen in den Wagen, griff mit zitternden Händen nach den Zügeln. »Hören Sie, Prätorius. Sie sind nicht der Mann, den ich mir für meine Tochter wünsche, aber wenn Sie mir mein Kind zurückbringen, so werde ich Ihnen ihre Hand nicht länger verweigern.«

Dann schnalzte er, und das brave, stämmige Pferd setzte sich langsam in Bewegung.

Prätorius lief ins Haus zurück.

»Matthias!«

Der Gehilfe flitzte aus der Küche herbei.

»Matthias, ich glaube, ich suche erst am Fluss. Ich hoffe inständig, sie dort nicht zu finden. Danach reite ich in die Stadt. Napoleon ist dort – ich will versuchen, zu ihm durchzudringen und ihn nach Eleonora zu befragen. Wer weiß, vielleicht ärgert er sich darüber, dass Carant sich seinem Befehl widersetzt hat und unterstützt mich bei der Suche nach ihr. Wenn ich sie gefunden habe, komme ich mit ihr hierher. Inzwischen denke ich, es war ein Fehler, sie dem Bäcker zur Aufsicht zu überlassen. Wir hätten sicher besser auf sie geachtet.«

Damit wirbelte der Medicus davon.

Wimpernschläge später klapperten die Hufe der Stute auf dem Weg entlang.

»Lieber Gott, hilf ihm, Eleonora gesund und munter aufzufinden!«, richtete Matthias ein Stoßgebet in Richtung Wolken. »Oder guckst du am Ende gar nicht mehr auf uns runter? Weil dir die Wolken den Blick versperren oder weil du die Schlachtvorbereitungen und die vielen Toten hier nicht mehr sehen willst? Hast du uns einfach uns selbst überlassen?« Matthias zögerte, sah dann noch einmal zum Himmel auf und setzte heftig hinzu: »Du, das wäre wirklich nicht recht von dir, uns hier in diesem Schlamassel sitzen zu lassen!«

Prätorius drängte das Tier zur Eile. Doch das wäre nicht notwendig gewesen, die Stute hatte sofort bemerkt, dass etwas Beängstigendes passiert sein musste. Willig steigerte sie ihr Tempo.

Bis zum Uferdickicht und dem angrenzenden Unterholz war es nicht so weit.

Die Angst schnürte dem Medicus die Brust zusammen, er bekam kaum ausreichend Luft.

Wenn Eleonora etwas zugestoßen ist, dann nur aus dem einen Grund, weil ich mit dem Franzosen geritten bin. Gleich als er mir das erste Mal drohte, hätte ich sie an die Hand nehmen und die Stadt mit ihr verlassen sollen. Aber so hatte de Carant alle Zeit, die er benötigte, um eine Entführung vorzubereiten.

Je näher sie dem Fluss kamen, desto mehr kreisten seine Gedanken um die Bestie.

Einen eigenen ungeheuerlichen Verdacht. Jemand, den er kannte – sonst wäre er vielleicht nicht auf den Gedanken gekommen, ausgerechnet Eleonora fortzulocken. Oder doch nur ein Zufall?

»Was hast du ihr erzählt, du Scheusal? Dass sie schnell kommen muss, weil ich in Gefahr bin? Dann wäre sie dir womöglich blind vor Sorge überallhin gefolgt!«

Als er an der Flussbiegung angekommen war, an der die erste Frau gelegen hatte, sprang er aus dem Sattel und lief in Richtung Wasser. Voller Angst, hinter dem nächsten Busch ihre Leiche zu finden, bog er doch die Zweige auseinander, suchte nach Spuren wie abgeknickten Zweigen, rief ihren Namen.

Keine Antwort.

Auch als er die Kreise weiter zog, entdeckte er nur den Kadaver eines Wildschweins, sonst nichts.

Zurück auf dem Weg kam ihm ein kleines Fuhrwerk entgegen.

»Dr. Prätorius, wie schön, Sie zu treffen. Aber was tun Sie denn hier? Auf der Jagd nach der Bestie?«, erkundigte sich die Frau fröhlich und schenkte dem Arzt ein strahlendes Lächeln. Dann erst schien sie das gramzerfurchte Gesicht des Mannes zu bemerken: »Du liebe Güte, was ist Ihnen? Ist irgendetwas geschehen? Wieder eine tote Frau?«

»Hoffentlich nicht«, presste der Medicus mühsam hervor. »Eleonora ist verschwunden.«

»Um Himmels willen! Ich fahre zum Gestüt zurück und komme mit ein paar Männern wieder, die können helfen, das Gebiet abzusuchen.«

»Das ist sehr freundlich von Ihnen!« Prätorius fuhr mit allen Fingern durch seine Haare, schob sie von der Stirn in den Nacken. Plötzlich kam ihm alles, was er sich über das Untier zusammengereimt hatte, falsch vor – er musste noch einmal von vorn mit seinen Überlegungen beginnen.

»Dann reite ich in die Stadt und suche dort nach ihr.«

»Ja, so ist es wohl am besten. Ich komme gleich mit ein paar Männern zurück.« Es war gar nicht so einfach, die kleine Kutsche auf dem schlammigen Weg zu wenden, doch Corinna beherrschte Pferd und Fuhrwerk. So sah er ihr schon bald nach, wie sie in Richtung Gestüt davonholperte.

»Grün. Vielleicht trägt man das bei Hofe in diesen Tagen. Wenn Eleonora nur nichts geschehen ist!« Er kehrte zu seinem Pferd zurück und machte sich auf den Weg in die Stadt.

Napoleon zu finden erwies sich als leichte Aufgabe. Die ganze Stadt schien bei ihm vorbeipilgern zu wollen. Die einen, um sich davon zu überzeugen, dass er voller Tatendrang steckte, die anderen vielleicht in der Hoffnung, Spuren von Schwäche oder Kriegsunlust an ihm feststellen zu können. Man hatte einen Feldstuhl aufgestellt, einen Sessel, der mit rotem Samt ausgeschlagen war. Auf dem Tisch vor dem Kaiser lagen Karten von Leipzig und Umgebung. Wer sich traute, konnte ungehindert so nah an den Franzosen herantreten, dass er erkennen konnte, was Napoleon sich notierte. Prätorius war beeindruckt von der bühnenreifen Inszenierung. Das verletzte Bein lag ruhig auf der Trommel. Immer dann, wenn er sich den Anschein tiefen Nachdenkens gab, zum Beispiel. Mal benutzte er den Fuß des verletzten Beines, um das Feuer, das ihn wärmen sollte ein wenig zu schüren. Legte ihn danach sofort wieder ab. Insgesamt tat er geschäftig.

Eine Frau, die vorübereilte, meinte zu ihrer Begleiterin: »Sieh mal, mir scheint, er ist noch dicker geworden! Beim letzten Mal, als ich ihn sah, war der Wanst noch nicht so feist.«

»Ist eine Schande. Dabei tut er immer so, als lebe er unter den Bedingungen, die auch seine Soldaten ertragen müssen. Die sehen allerdings ziemlich abgekämpft, zerrissen und mickrig aus«, meckerte die Freundin. »Da nützt ihm auch der einfache graue Mantel nichts. Uns kann er damit nicht täuschen.«

»Da, sieh mal. Er steht auf. Er wird doch nicht …«, entrüstete sich die Erste atemlos.

»Doch! Nun sieh dir das an! Wenn das mein Mann wäre, na, der könnte was erleben. Schlägt sich öffentlich das Wasser ab! Der Kaiser der Franzosen! Benimmt sich wie ein Bauer. Keine Manieren!«, meinte die andere.

Als der Kaiser sich wieder in den Sessel gelümmelt hatte, wagte Prätorius sich heran.

»Ach, der Arzt!«, begrüßte ihn Napoleon. »Sie entwickeln sich zu einem Lästling, mein Bester. Wollen Sie mir wieder etwas über das Abschneiden meiner Glieder erzählen?«, erkundigte er sich dann sarkastisch.

»Nein, das will ich nicht. Ich will wissen, wo meine Braut ist! Ihr selbst hattet de Carant aufgefordert, sie in Frieden zu lassen. Das war der Lohn für meine geleisteten Dienste.«

»War es das?«

»Wie bitte, Sire?«, schnappte Prätorius nach Luft.

Ein Soldat drängte den Arzt zur Seite, trat dann an ihn heran und flüsterte dem Medicus ins Ohr: »Tja, de Carant hat einen seltsamen Hang zu schönen Frauen. Sie wecken das Tier in ihm. Es ist besser, er lebt es dann mit einer aus, als die Soldaten zu tyrannisieren. Die sollen schließlich für ihren Kaiser kämpfen und eventuell sterben. Abgesehen davon ist es von jeher guter Brauch, eine schöne Frau als Kriegsbeute mit ins Biwak zu führen. Sehen Sie es ihm nach!«, grinste der junge Mann.

Prätorius' Faust ballte sich, zuckte, wurde mit allergrößter Willensanstrengung am Zuschlagen gehindert.

»Wo ist de Carant jetzt?«

»Das weiß niemand zu sagen. Der Kaiser selbst hat ihn zu einer geheimen Mission auf den Weg geschickt. Mag sein, er ist in Leipzig, mag sein, er ist anderswo.«

»Wann haben Sie ihn das letzte Mal gesehen?«

»Wer kann das schon sagen? Er ist mal hier, mal dort. Mag sein gestern Abend. Oder heute am späten Vormittag.« Er zuckte mit den Schultern. »Je ne sais pas!«

Mit wutsteifen Beinen stolperte Prätorius in Richtung Pferd davon. Finstere Wünsche und Gewitterwolken im Denken.

Dieser miese Hund!, dachte er, wenn ich den erwische! Ich drehe ihm den Hals um, ramme ihm mein Messer zwischen die Rippen, mitten ins Herz, erschieße ihn, ertränke ihn in der Pleiße …

»Aber erst muss ich Eleonora befreien!«

Die Stute schnaubte freundlich, als er wieder bei ihr eintraf. Er lehnte seinen Kopf gegen den muskulösen Hals des Tieres. »Wir beide müssen Eleonora finden.«

Die Stute bewegte den großen Kopf auf und ab, die Trense klirrte leise.

Müde hob sich der Medicus auf den Rücken.

»Wir reiten nach Reudnitz. Mag sein, er hatte Eleonora schon dort versteckt, als er mich heute abholte.« Er überlegte einen Moment. »Er wird zum Tier? Der wollte mir aber nicht zu verstehen geben, dass de Carant die Bestie ist? Oder?«

Der Rückweg glich einem Hindernisparcours.

Die Straßen waren voller Soldaten, die Körper drängten sich dicht an dicht, der Medicus musste bald einsehen, dass er sich nicht durch die Masse der Leiber hindurchzwängen konnte.

»Lasst mich durch!«, rief er ein ums andere Mal. »Ich bin Arzt, ich muss durch!«

Doch selbst wenn direkt vor ihm eine Lücke entstehen mochte, so kam er schon in der nächsten Reihe wieder ans Ende seiner Bewegungsfreiheit. Zornig passte er sich dem Tempo der Truppen an, versuchte, seitlich aus der Menge in eine Seitengasse zu gelangen. Vielleicht konnte er ja einen anderen Weg nehmen.

»Nun können wir gleich doppelt um Eleonora fürchten. Entweder ist sie in der Hand der Bestie Carant oder sie wurde von einem mordgierigen Leipziger aus der Stadt gelockt. So oder so schwebt sie in Lebensgefahr«, erklärte er der Stute, die nervös ihre großen Ohren nach hinten drehte.

Aus dem Haus zu seiner Linken trat unerwartet die Pflegerin Friedrichs.

»Oh, Dr. Prätorius! Ein Wunder! Friedrich kann gehen! Heute Morgen hat er es mir gezeigt. Welch eine Freude das wäre.«

»Wäre? Das ist doch Grund zur Freude. Schließlich haben wir immer erwartet, dass er es eines Tages doch wieder lernt. So ist es Ihrem jahrelangen Einsatz und der vielen Stunden Übung zu verdanken, dass es nun gelungen ist.«

Das Pferd tänzelte aufgeregt, Prätorius hatte Mühe, es unter Kontrolle zu halten.

»Nein. Es war mehr das Üben mit der Tante, wie ich einräumen muss. Mit ihr hatte er mehr Spaß daran. Aber das Schlimme ist, dass er weg ist! Tatsächlich weggelaufen!« Der Frau in den besten Jahren stürzten Tränen über die Wangen. »Und das jetzt, wo alle nach der Bestie suchen! Und Friedrich kann sich ja nicht verständlich machen! Wenn ihm nun etwas zustößt – die Herrschaft wird mir die Schuld geben.«

»Ich werde die Augen offen halten«, versprach Prätorius. »Hat er etwas mitgenommen?«

»Den grünen Schal, den seine Tante ihm geschenkt hat und seinen warmen Mantel. Den liebt er sehr. Das Futter ist aus reinem Schaffell, den würde er am liebsten auch im Haus tragen.«

»Nun, wenn er mir begegnet, bringe ich ihn nach Hause zurück«, rief er der Pflegerin nach, die schon um die nächste Ecke eilte.

Jetzt wird es endgültig brenzlig, überlegte der Medicus erschrocken. Friedrich kann laufen – wenn die Männer am Fluss ihn finden, halten sie ihn am Ende wirklich für das Untier und schlagen ihn tot. Und was, wenn es stimmt, wenn er die Morde ... Nein!, legte er seinem Denken enge Zügel an, das kann nicht sein. Er ist seit Jahren mein Patient und aggressives Verhalten ihm fremd. Aber, erinnerte er sich, genau von solchen Schüben hatte die Pflegerin bei ihrem letzten Gespräch berichtet. Eleonora hätte keine Angst vor ihm, würde sie ihm begegnen. Wäre er ... , dann hätte er leichtes Spiel.

Nachdem ihm gelungen war, die Stadt zu verlassen, beruhigte er sich etwas. Friedrich konnte nicht schreiben. Die Frauen waren aber mit Nachrichten an die Parthe gelockt worden. Siehst du, dachte er bitter, jetzt lässt du dich auch schon von dieser aufgeheizten Atmosphäre anstecken!

Er drängte die Stute vorwärts. Es galt, keine Zeit mehr zu verlieren.

Das Tor zum Anwesen in Reudnitz stand weit offen. Soldaten kamen in großen oder kleineren Gruppen, wurden umgruppiert und wieder auf den Weg geschickt. Schweres Kriegsgerät rumpelte vom Hof. Gruppen von Kürassieren mit entschlossenen Mienen sprengten durchs Tor auf die Straße hinaus und verschwanden, während der Boden bebte.

»Nun beeilt euch ein bisschen. Ihr seid der Nachschub,

die anderen warten auf euch. Versucht aufzuschließen, nicht so lahm! Na, los!«, kommandierte eine unfreundliche Stimme, deren Besitzer nicht zu sehen war.

Aus der Ferne war das dunkle Grollen der Kanonen zu hören.

Die Soldaten verfielen in Laufschritt.

Prätorius wartete, passte eine Lücke ab und ritt auf den Hof. Selbstbewusst saß er ab. Führte sein Pferd zur Seite. Band es locker an. Niemand hielt ihn auf. Entweder war man allerorten zu beschäftigt oder er wurde als befugt angesehen, da er heute Morgen mit de Carant bei Napoleon war.

Ungehindert betrat er das Herrenhaus.

»De Carant schon wieder hier?«, fragte er in schneidendem Ton einen jungen Soldaten, der die Treppe herunterkam.

»Nein. Wird aber in jedem Moment erwartet.«

Damit lief der Uniformierte rasch weiter auf den Hof hinaus. Er hörte ihn mit anderen sprechen, wandte sich nach links und rannte die Treppe hinunter in die Kellerräume. Dunkel, kalt und feucht war es hier. Es roch nach Urin und Schweiß, Dreck und Waffenöl. Prätorius riss die erste Tür schwungvoll auf. Der Raum dahinter war vollkommen leer, keine Vorräte, keine Möbel. Nur Einstreu auf dem Boden. Der Urin der Soldaten, die in diesem Raum die Nacht verbracht hatten, hing als Ammoniakwolke fest. Schwach konnte er noch den beißenden Geruch des Vitrioldampfs wahrnehmen.

Der Medicus entzündete eine Kerze, von denen einige hinter der Tür bereitstanden, und ging einmal rundherum an der Wand entlang, um sicher zu sein, keine abgehende Tür übersehen zu haben.

»Eleonora?«, rief er verhalten.

Nichts.

Der Raum gegenüber barg auch keine weiteren Geheimnisse.

Schon bald musste er erkennen, dass Eleonora nicht im Keller gefangen gehalten wurde. Seine Hoffnung sank. Wenn nicht hier, wo dann? In einer der anderen Etagen?

Er schlich über die Treppen ins Erdgeschoss.

»Ah! Da sind Sie ja schon!«, der süffisante Ton war bekannt.

De Carant stand in der Eingangshalle, die Arme in die Hüften gestützt. »So bald hatte ich gar nicht mit Ihnen gerechnet. Nun, wahrscheinlich hat der Vater Alarm geschlagen, nicht wahr?«

Prätorius schwieg.

»Die arme Kleine. In diesem Haus werden Sie sie ganz gewiss nicht finden. Und«, er warf einen prüfenden Blick durchs Fenster gen Himmel, »Sie sollten sich beeilen! Es beginnt gleich erneut zu regnen – und allzu viel Feuchtigkeit ist für junge Frauen diesen Alters nicht zuträglich, das brauche ich jemandem wie Ihnen nicht zu erklären.« Der Franzose grinste breit, wirkte ausgesprochen zufrieden, als er fortfuhr: »Ach herrje! Sie sind ja vom Kummer ganz zerfressen! Wie bedauerlich, dass ich Ihnen nicht helfen will!«

»Sie sollten Eleonora in Frieden lassen!«, brauste Prätorius auf. »Ihr Kaiser hat mir das als Lohn dafür versprochen, dass ich sein Bein rettete. Sie haben gegen seine ausdrückliche Anweisung gehandelt. Das wird ihm nicht gefallen.«

»Wen wollen Sie einschüchtern, Sie Wicht? Mich? Der Kaiser weiß, was er an mir hat. Er wird sich nicht wegen einer billigen Sächsin, einer ordinären Bäckerstochter aufregen! Er lässt mich natürlich gewähren! Ich bin einer seiner besten Männer!«

»Sie haben ihn hintergangen!«

De Carants Antwort war schallendes Gelächter.

Es hallte noch in Prätorius Ohren nach, als er nach oben stürmte. »Ich werde mich selbst davon überzeugen, dass sie nicht hier ist! Ihnen ist nichts zu glauben!«

De Carant wartete scheinbar gleichmütig am Fuße der Treppe.

Von oben war das Schlagen von Türen zu hören, Schritte klapperten über die Gänge, liefen durch alle Räume.

»Nun lassen Sie den Kopf nicht hängen!«, ermunterte ihn de Carant in seinem falschen Zungenschlag. »Noch hat es ja nicht angefangen zu regnen.«

Prätorius ließ ihn stehen, lief an ihm vorbei in den Hof hinaus.

»Wenn Sie Eleonora auch nur ein Haar gekrümmt haben, de Carant, werde ich Sie finden!«

Wieder lachte der Franzose.

»Am Fluss ist die Gräfin mit ihren Leuten auf der Suche. Wenn sie dort ist, finden die Männer sie.«

»Am Fluss?« De Carant klang ehrlich verblüfft. »Nein, Sie verliebter Idiot! Am Fluss ist niemand.«

Wahr oder gelogen?

Wollte der Franzose ihn nur auf eine falsche Fährte hetzen, damit für Eleonora jede Rettung zu spät kommen würde?

Mit zornigen Schritten stampfte der Medicus über den sandigen Hof zu seiner Stute.

Gerade, als er die Füße in die Eisen schob, preschte ein Pferd zum Eingangsportal des Hauses. Der Reiter fiel erschöpft aus dem Sattel, keuchte: »De Carant hier?«

Der trat sofort hinzu: »Was ist los, Kerl?«, fauchte er den Soldaten an, zog ihn am Revers der Uniform nah an sich heran, so hoch, dass jener den Boden nur noch mit den Zehenspitzen erreichen konnte.

»Wir schaffen es nicht ohne Verstärkung«, ächzte der Bote, der offensichtlich direkt vom Frontverlauf geschickt worden war.

»Was soll das heißen? Cretin!« De Carant schüttelte den Mann kräftig. »Was soll das heißen?«

»Wir sind zu wenige. Es sind viel mehr Truppen der anderen dort, als wir erwartet haben. Wir brauchen mehr Leute. Schnell!«

Carant ließ den Soldaten fallen wie einen Sack Mehl, schnalzte, sein Pferd eilte herbei, er schwang sich erstaunlich behände für einen so schweren Mann in den Sattel und galoppierte los. Über die Schulter rief er zurück: »Ich gebe dem Kaiser Bescheid. Jemand muss an die Front reiten und den Truppen dort die Hilfe zusagen.« Damit war er fort. Prätorius, der halb verdeckt hinter einem Schuppen gestanden hatte, war offensichtlich aus dem Gedächtnis des Franzosen verschwunden.

»Nach Hause!« Er presste seine Fersen fest in die Seite der Stute, die willig lospreschte.

Eleonora spürte, dass sie beobachtet wurde.

Es war ein Fehler gewesen, das Haus zu verlassen. Das war ihr längst klar. Ganz offensichtlich stimmte nichts von all dem, was in dem Brief gestanden hatte. Sie fror. Das raue Tau schnitt ihr in die Haut, der Schmerz brannte sich um Hand- und Fußgelenke. Wenigstens Heinrich hätte ich es erzählen sollen, dachte sie reumütig, der hätte mich bestimmt nicht verraten, aber so weiß überhaupt niemand, wo ich bin.

So ganz stimmte das nicht, durchzuckte sie ein neuer Gedanke. Derjenige, der mir den Brief schickte, der weiß sehr genau, wo ich gerade bin. Ärgerlich, dass sie in der Dunkelheit nichts hatte erkennen können. Der plötzliche Schlag hatte sie überrascht.

Und der, der sie hier hineingesteckt hatte, würde mit Sicherheit wiederkommen.

Sie sah zu dem kleinen Ausschnitt grauen Himmels hoch, den sie erkennen konnte.

Dicke Wände umschlossen sie, nur ein winziges Loch, weit entfernt am oberen Ende der Mauer erlaubte es hinauszusehen.

Rundgemauert.

Stecke ich in einem Brunnen?

Dummes Mädchen, schalt sie sich. Peter wird sehr verärgert über meine Naivität und meinen Leichtsinn sein. Wie konnte ich nur in solch eine plumpe Falle tappen?

Ein Geräusch ganz in der Nähe.

Ein lautes Schnaufen.

Was, wenn Peter unrecht hatte? Es doch eine Bestie gab?

Sie begann heftig zu zittern. Leuchteten da nicht zwei Augen in der Dämmerung?

Plötzlich kam Bewegung in den stillen Beobachter. Eleonora erhaschte einen kurzen Blick auf schulterlanges Haar. Friedrich? Gern hätte sie ihn gerufen, doch der Knebel in ihrem Mund verhinderte alles, was lauter als Grunzen gewesen wäre.

Wasser umspülte ihre Beine. Stieg kontinuierlich.

Panik machte sich in der jungen Frau breit.

Wenn er niemals zurückkommt, sterbe ich hier, erkannte sie mit großer Klarheit.

Wer sollte schon in einem Brunnen nach mir suchen?

Sie begann zu weinen.

Schnell war der Knebel durchnässt. Und dann fing es auch noch an zu regnen.

Ein neuer Gedanke quälte sie: Hielt die Bestie sie hier gefangen, um später ihr Vergnügen mit ihr zu haben?

Peter wird mich finden, wie er all die anderen gefunden hat, schoss ihr durch den Kopf, mit Wunden übersät, der Bauch ausgeweidet! Wie schrecklich für uns beide!

Prätorius spürte kaum, dass es wieder zu regnen begonnen hatte.

Es wurde schon zu einer Selbstverständlichkeit durchnässt irgendwo anzukommen, wenn man im Freien unterwegs sein musste. Der Stute machte der schwere Boden zu schaffen, ihr Atem ging tief und schnell. »Ich weiß, du bist nicht mehr die Jüngste. Aber um Eleonoras willen, gib nicht auf!«

Im scharfen Ritt erreichte er seinen Hof, die Stute stand noch nicht still, da war er bereits aus dem Sattel und rannte zur Tür.

»Matthias! Matthias!«

»Hier!«

»Neues?«

»Nein!«

»Pack eine Tasche mit den wärmsten Kleidern, die mein Schrank zu bieten hat. Bring sie zum Pferd.«

»Wie? Wollen Sie verreisen?«

Noch ehe der junge Mann aus dem Raum getreten war, in dem er die Pulver zubereitete, war Prätorius die Treppe nach oben gelaufen.

»Sie müssen sich anziehen!«, verkündete er dem überraschten Soldaten, während er wahllos einige Kleidungsstücke aufs Lager des Kranken warf.

Der schoss sofort hoch, sah sich nach allen Seiten um, als habe der Arzt die Verfolger ins Haus gebracht. »Hat man mich entdeckt?«, fragte der Mann entsetzt.

»Nein. Sie haben die Gelegenheit, Ihren Leuten zu helfen, die Schlacht gegen die Franzosen zu gewinnen! Los! Ziehen Sie das an, so werden Sie wie ein Bauer aussehen.«

Die Eingangstür schlug laut in die Falle.

»Da! Sie kommen, um mich zu holen!«

Doch Prätorius war schon auf den Flur getreten, schielte angestrengt durch die beschlagene Brille nach unten, erahnte jedoch nur, wer gekommen war.

»Bäumler?«

»Ja! Am Fluss war niemand!«

»Das habe ich schon gehört. Niemand bedeutet dann wohl, weder eine tote Frau, noch jemand, der nach ihr suchte. Nun, das will ich später klären. Kommen Sie rasch hoch, ich muss Sie mit jemandem bekannt machen.«

Bäumler nahm drei Stufen auf einmal.

»So?«

»Los, hier herein.«

Der Soldat sah den Fremden entgeistert an.

»Nicht doch! Ich hätte nicht geglaubt, dass Sie mich verraten!«, kreischte er.

»Hans Bäumler! Und Ihr Name?«

»Was geht Sie das an?«, quäkte der Soldat kleinlaut, eingeschüchtert vom selbstbewussten Auftreten des Neuankömmlings.

»Schluss! Er ist ein preußischer Soldat, Alexander Bries. Und dies ist Hans Bäumler, Handeltreibender aus Dresden, in Wahrheit ebenfalls Preuße. Ich weiß, dass Napoleons Truppen unerwartet auf heftige Gegenwehr gestoßen sind, die Schlacht nicht mehr unter Kontrolle haben. Sie rufen nach mehr Männern. Die wird der Kaiser auch schicken – und zwar schickt er die Truppen, die im Moment eher tatenlos im Norden lagern. Dort sind doch auch die Preußen, oder?«

Der Soldat nickte vage.

»Finden Sie dorthin? Oder zu einem Ihrer Bündnisbrüder? Dann informieren Sie die Soldaten. Wenn es denen gelingt, Napoleons abmarschierende Leute in ein Gefecht zu verwickeln, das sie dort im Norden festhält, können sie nicht als Nachschub zur Unterstützung im Süden …«

»Klar. Und dann erleiden die Franzosen eine Niederlage!«, freute sich Bäumler.

»Ich habe kein Pferd.« Die Stimme des Soldaten klang entschlossener.

»Sie bekommen das von Matthias. Bäumler, Sie haben eines?«

»Frisst gerade an Ihrem Heuvorrat«, grinste der große Mann unter seinem schwarzen Hut.

»Wenn Sie Franzosen begegnen, dann lassen Sie Bäumler reden. Er spricht Sächsisch und ist wortgewandt. Sie halten besser den Mund, den Preußen hört man Meilen gegen den Wind.«

Die beiden Verschwörer liefen schon die Treppe nach unten.

Plötzlich drehte Bäumler sich noch einmal um: »Haben Sie Eleonora gefunden?«

»Noch nicht. Aber sobald Sie beiden zur Tür hinaus sind, breche ich wieder zur Suche auf.«

»Matthias, du wirst heute auf dein Pferd verzichten müssen«, informierte er den Gehilfen.

»Ja, ich habe schon gesehen, dass die beiden zusammen losgeritten sind. Was haben die denn vor? So verbiestert wie die ausgesehen haben, nichts Gutes.«

»Doch. Etwas sehr Gutes. Sie sorgen dafür, dass Napoleon heute nicht als Sieger zu Bett gehen kann! Eleonora lag zum Glück nicht am Flussufer, ich suche jetzt anderswo. Ich denke, der Franzose hat sie entführt. Er will mich unbedingt da treffen, wo es am meisten weh tut. Aber das wird ihm nicht gelingen, Matthias! Das darf ihm nicht gelingen!«

»Was soll ich tun, wenn er hierher kommt?«

»Er kommt nicht. Er ist in der Schlacht.«

Damit stürmte der Medicus davon.

Matthias sah ihn wenige Augenblicke später vom Hof reiten. Ihm folgte ein großer Schatten.

»Jetzt läuft Hund auch noch mit. Es lassen mich alle allein zurück! Und was, wenn er doch kommt, dieser de Carant?«, flüsterte er ängstlich und verschloss vorsichtshalber den Eingang. Schob zur Sicherheit eine Kommode vor die Tür.

Wenn de Carant mich treffen wollte, wo es am meisten Schmerz verursachte, grübelte der Medicus, wo hielt er Eleonora dann gefangen? In Reudnitz war sie nicht – und das hätte dem Franzosen doch sicher ein teuflisches Vergnügen bereitet zu wissen, dass die Frau, die Prätorius liebte, unten im Keller um ihr Leben fürchtete, während dieser in einer anderen Etage den Kaiser verarztete. Ja, das wäre eine Situation nach de Carants Geschmack. Aber dort wurde sie nicht versteckt gehalten.

Der Braunerhof!

Würde es ihm nicht ebensolches Vergnügen bereiten, die schöne Frau an jenem Ort gefangen zu halten, an dem er ein schreckliches Blutbad angerichtet hatte?

Ein eisiger Schreck durchfuhr den Arzt. Wenn de Carant den Braunerhof gewählt hatte, dann vielleicht nur deshalb, weil er wollte, dass Prätorius eine geschändete Leiche vorfinden sollte? Lebte Eleonora längst nicht mehr? Sein Herz schlug bis zum Hals. Dann bringe ich ihn um!, dachte der Medicus, ich finde ihn und töte ihn. Seine Linke tastete nach der Pistole am Gürtel. »Das wirst du nicht überleben, de Carant, du Teufel!«

Der Regen peitschte ihm ins Gesicht. Tränen und Wetter vermischten sich auf seinem Gesicht, tropften auf den langen Ledermantel hinunter. Die Kälte kroch in seine Kleidung, von dort in alle Glieder, er bemerkte es kaum. Gelegentlich sah er sich um, prüfte, ob der Hund ihm noch folgte. Vielleicht konnte ihm das Tier noch gute Dienste leisten, ihm bei der Suche nach Eleonora helfen. Schließlich kannte sich der Hund dort besser aus als er.

Ein Wildschwein preschte aus dem Unterholz, rannte über den schmalen Pfad und verschwand im Gebüsch auf der anderen Seite. An einer Auseinandersetzung schien das stattliche Tier nicht interessiert. Auch für das Wild waren die Zeiten unruhig, sogar die kämpferischen Keiler brachten sich lieber in Sicherheit, als selbst zum Angriff überzugehen.

Der Braunerhof war etwa eine halbe Stunde weit entfernt.

Selbst hier, in der Stille des Waldes war der Kanonendonner der Schlacht zu hören. Gelegentlich glaubte Prätorius den Boden beben zu spüren und Brandgeruch in der Nase zu haben. Aber vielleicht narrten ihn auch seine angespannten Sinne.

Der Medicus saß ab. Der Hund erreichte ihn hechelnd. Blieb neben ihm stehen, laut sog er die Witterung ein. Winselte.

»Ja, ich weiß. Es ist ein grauenvoller Ort. Der Herr Pfarrer wollte zwar dafür sorgen, dass die Leichen abgeholt werden, ich kann dir aber nicht versprechen, dass sie nicht doch noch so liegen, wie wir sie verlassen haben.«

Das Tier senkte die Nase über den Boden, lief aufgeregt hin und her. Prätorius rannte zum Stallgebäude. Annes geschundener Körper lag unverändert im Koben.

Der Medicus durchwühlte die Heuballen, suchte nach einer verborgenen Luke im Boden.

Vergeblich.

Er schluchzte laut auf. Stieg auf den Dachboden, suchte in jeder Ecke.

»Eleonora!«

Keine Antwort.

»De Carant! Wenn Sie oder Ihr Spitzel mir zusehen, glauben Sie nicht, dass Sie gewonnen haben! Eleonora!«

Wieder auf dem Hof fühlte er sich plötzlich beobachtet.

Es raschelte ganz in der Nähe.

Etwas Großes, Ungelenkes verschwand schwankend zwischen den Bäumen. »Na, de Carant, du Teufel, weidest du dich an meiner Verzweiflung? Versteck dich nur gut. Um dich kümmere ich mich später«, schrie er der Gestalt bebend vor Zorn nach.

»Eleonora!«, rief er flehend.

De Carant hatte doch vom steigenden Wasser gesprochen. Den Fluss, an dem die anderen jungen Frauen den Tod fanden, hatte er offensichtlich nicht damit gemeint. Was dann?

Der Hund sprang energisch an der Brunneneinfassung hoch und bellte heiser.

Voll banger Erwartung sah Prätorius hinein. Der Schacht war tief, in der gemauerten Röhre herrschte tiefste Finsternis.

»Eleonora?«

Keine Antwort. Nur seine Stimme, die dumpf und hohl an den Wänden verklang.

Er kniff die Augen zu Schlitzen zusammen.

Schwamm da etwas auf dem Wasser?

»Bestimmt haben die Soldaten irgendetwas hineingeworfen«, erklärte er dem Tier und schob den winselnden Hund zur Seite. »Wir vertrödeln hier unsere Zeit.«

Er wandte sich um, überlegte, wohin er sich nun wenden sollte.

»Na, siehst du meine Ratlosigkeit?«, brüllte er und wirbelte um seine Mitte, sah plötzlich überall und nirgends Gestalten zwischen den Bäumen umherhuschen. »Macht es dir Spaß, mir bei der vergeblichen Suche zuzusehen? Lachst du so sehr, dass du dich an einen Baum lehnen muss?«

Der Hund rieb seine warme Schnauze an Prätorius' Bein.

Er tätschelte ihm den Kopf. Machte sich mit unsicheren Schritten auf den Weg zum Haus. »Ich war so sicher, dass wir sie hier finden. Die Stelle, an der Bernds Tochter starb kommt nicht in Frage. Die hat eine zu große Bedeutung für Carant, dort begeht er keinen Mord. Die Scheune des Tribunals scheidet auch aus. Die hat wieder zu wenig Bedeutung für ihn. Wo soll ich nur suchen?«

Der Hund trottete mit hängendem Kopf und gesenktem Schwanz hinter dem Arzt her. Als er das Haus betrat setzte er sich neben den Eingang und wartete.

»Hoffentlich holt bald jemand die Toten ab«, war der einzige Kommentar, den Prätorius hatte, als er wieder in den Regen trat. Er schlug den Weg zu seinem Pferd ein.

Doch der Hund drängte ihn sanft ab.

»Was soll das? Du hast doch gehört: Dort ist sie nicht!«

Er schluchzte leise, wischte sich mit beiden Händen durchs Gesicht.

»Sie ist längst tot! Und das ist ganz allein meine Schuld!

Ganz allein meine! Warum habe ich nicht selbst auf sie aufgepasst?«

Erneut liefen Tränen über seine Wangen.

Finstere, bleierne Schwere breitete sich in seinem Denken und Fühlen aus.

Hartnäckig drückte das Tier fester gegen Prätorius' Oberschenkel.

»Weißt du etwas, von dem ich nichts ahne?«, fragte er leise. Dachte an die Männer de Carants, die vielleicht gekommen waren, um ihn abzuführen.

Widerstrebend ließ er die Richtungsänderung zu, lauschte, ob vielleicht ein schnaubendes Pferd die verborgenen Männer verraten würde.

Beharrlich drängte der große Hund seinen neuen Herrn zum Brunnen zurück.

»Hier? Ich soll noch einmal hineinsehen?«

Der Medicus seufzte. »Gut.«

Beugte sich weit über den Brunnenrand.

»Eleonora?«

Seltsame Geräusche aus der Tiefe.

»Eleonora?«

Sein Blick wanderte zum Seilzug.

Der Eimer fehlte. Da, wo das Seil hätte sein sollen, hing nur noch ein trauriger Rest des Taus.

Im Stall, dort wird es doch ein Seil geben!

Er rannte zurück, suchte nach einem Führungsstrick für das Pferd. Fand ihn an einem Haken an der Wand. Lief so schnell er konnte zum Brunnen. Hoffte inständig, er möge lang genug sein, um ihn bis zum Wasser hinunter gelangen zu lassen. Sorgfältig knotete er das Seil an der

Brunnenstrebe fest. Zerrte heftig daran, um zu sehen, ob der Knoten auch halten würde.

Der Hund sah ihm dabei zu.

»Hilft doch nichts, wenn ich nun auch noch hineinfalle – falls Eleonora dort unten ist. Aber warum antwortet sie dann nicht?«

Er schwang sich über die Einfassung und kletterte am Strick in die Tiefe.

Je weiter er hinunterkam, desto weniger konnte er erkennen.

»Eleonora? Bist du dort unten?«

Immerhin schien sich dort etwas zu bewegen. Das Wasser schwappte gegen die Mauer, verursachte ein Plätschern. Hoffnung keimte auf. Und schlug um in wilde Freude. »Eleonora!«

Als er direkt über dem Wasser schwebte, erkannte er, warum sie ihm nicht antworten konnte. Sich mit einer Hand an das Seil klammernd, gelang es ihm, mit der anderen den Knebel zu lösen. Sie spuckte ihn aus, hustete, schluchzte, jauchzte – alles gleichzeitig. Schluckte Wasser, hustete wieder.

»Eleonora! Bist du verletzt?«

»Nein, ich glaube nicht«, röchelte sie zwischen zwei Hustenanfällen.

»Kannst du nach dem Seil greifen?«

»Nein. Meine Hände und Füße sind gefesselt.«

»De Carant wollte wohl ganz sichergehen, dass du dich nicht selbst befreien kannst. Ich lasse mich jetzt neben dir ins Wasser fallen. In meiner Hose ist ein scharfes Messer. Damit durchtrenne ich den Strick und du greifst nach dem Seil und ziehst dich hoch. Meinst du, du kannst es bis nach oben schaffen?«

»Ich weiß nicht, mir ist so schrecklich kalt und ich bin so müde.«

Prätorius fiel neben ihr in den Brunnen, sie spürte nicht, dass er die Fesseln löste. Erst als er ihre Hände vors Gesicht schob, erkannte, sie, dass sie frei waren.

»Versuch sie zu bewegen!« Er holte tief Luft, tauchte mit dem Oberkörper ins Wasser ein, bearbeitete vorsichtig die Verschnürung um die Fußgelenke, tauchte wieder auf, holte erneut Luft und versuchte im zweiten Anlauf die Fessel vollständig zu lösen, hielt ihr dann triumphierend die Taustücke vors Gesicht.

»Versuch so zu tun, als würdest du laufen!«

Die junge Frau wankte.

»Kannst du das Seil umfassen?«

Sie nickte unsicher, versuchte es, konnte jedoch die Finger nicht fest genug schließen, sie rutschten ab.

Prätorius nahm ihre eiskalten Hände in die seinen, versuchte durch Reiben die Durchblutung wieder in Gang zu setzen. Derweil bemerkte er, dass der Wasserspiegel unaufhörlich stieg.

Eleonora musste den Kopf weit in den Nacken legen, um kein Wasser zu schlucken.

»So geht das nicht. Ich kann dich nicht hier unten lassen, während ich hinaufklettere und eine Vorrichtung baue, du würdest ertrinken. Selbst hochziehen kannst du dich auch nicht. Da ist guter Rat teuer, wollen wir beide lebendig aus dem Brunnen steigen und nicht gemeinsam hier liebevoller Umarmung ertrinken.«

Sie lehnte ihren Kopf gegen seine Schulter.

»Kannst du nicht wenigstens dich selbst retten?«, flüsterte sie.

»Das könnte ich – will ich aber nicht. Entweder wir kommen hier gemeinsam raus oder sterben hier.« Er zog an dem Seil, schlang es um Eleonoras Taille, band einen festen Knoten in das Tau. Dann probierte er, ob der Knoten auch fest genug saß.

»Eleonora, ich werde jetzt am Seil hochklettern. Wenn ich oben bin, ziehe ich dich raus. Versuche dich am Strick festzuklammern, damit er nicht so sehr einschneidet und dich verletzt. Du darfst jetzt nur nicht ohnmächtig werden!«

Die junge Frau nickte schwach.

»Hör zu!« Er schüttelte sie sanft, zwang sie, ihm ins Gesicht zu sehen. »Dein Vater hat versprochen, mir dich zur Frau zu geben, sollte ich dich finden und retten! Also, auf in unsere glückliche Zukunft!«

Ihr leises Lachen ließ ihren Körper erzittern.

»Oben ist eine Tasche mit trockener Kleidung. Die ziehst du an! Sofort. Natürlich hatte ich keine Frauenkleider …«

Ihre Lippen bebten, waren eiskalt und tot.

Viel Zeit bleibt ihr nicht mehr, wusste Prätorius, sprang, griff ins Seil und rannte an der glitschigen Brunneneinfassung hoch, so schnell er umgreifen konnte. Er war kaum von der Mauer gesprungen, da begann er auch schon zu ziehen.

Es kostete ihn erstaunlich viel Kraft.

Ich hätte ihr die nassen Kleider ausziehen sollen,

erkannte er zu spät. Nun zerre ich nicht nur ihren Körper, sondern kannenweise Wasser mit hinauf.

Der Hund rannte aufgeregt um ihn herum, hätte sicher gern geholfen, wusste aber nicht, wie. Also bellte er aufmunternd.

»Eleonora?«

»Ja«, klang es wie ein Sommerlüftchen aus der Tiefe.

»Gleich haben wir es geschafft.«

Wieder zog er kräftig an.

Seine Muskeln schmerzten, die Arme begannen zu zittern.

Wieder ein kräftiger Ruck.

Ich hätte das Pferd besser hier angebunden. So hätte die brave Stute Eleonora heraufgezogen.

Gute Idee, lobte er sich in Gedanken und stellte klar, aber zu spät!

Er keuchte vor Anstrengung.

»Eleonora?«, stieß er hervor.

»Ja«, das klang deutlich näher.

Er mobilisierte alle Reserven, zerrte mit aller Kraft am Tau und sah plötzlich Eleonoras Kopf an der Einfassung auftauchen.

»Es ist geschafft!« Prätorius umklammerte das Seil, band es an dem Stützpfeiler fest, streckte seine Hand aus, half der jungen Frau über die Mauer. Sie sank erschöpft in seine Arme, spürte, wie sein Herz gegen die Brust rammte, merkte seinen schnellen Atemrhythmus. Als sie sich von ihm löste, erkannte sie Blut an ihrer Kleidung, ihren Händen, ihren Armen.

»Um Gottes willen, Peter! Du bist verletzt!«

»Das ist nichts!«, tat er ihre Besorgnis ab. »Hauptsache ist, dass du gerettet bist. Zieh dir trockene Kleidung an. Das Pferd steht beim Stall – aber du darfst nicht hineingehen, hörst du?«

Sie nickte und lief los.

Wenige Augenblicke später hörte er sie gellend aufschreien!

Er sprintete hinter ihr her, jederzeit bereit, es mit der Bestie aufzunehmen.

Das Pferd stand dort, wo er es angebunden hatte – doch Eleonora war fort.

Bäumler wies auf einen Trampelpfad.

»Hier hinein. Mit ein bisschen Glück umgehen wir so die Franzosen.«

»Woher soll ich wissen, dass ich Ihnen trauen kann?«

»Dr. Prätorius hat Sie mir anvertraut. Das sollte Ihnen Grund genug sein!«

»So? Diesen Arzt kenne ich im Grunde auch nicht. Was, wenn wir nun der Bestie in die Klauen fallen? Ich habe sie nämlich gesehen. Fürchterlich!«

»Ich habe sie auch gesehen.«

»Was?«, staunte der Soldat. »Sie auch? Und wurden nicht zerfleischt?«

»Na, Sie doch auch nicht! Wir sind nicht weiblich!«, erinnerte Bäumler seinen misstrauischen Begleiter.

»Es sind zwei!«

»Ja, ich weiß«, brummte Bäumler.

»Wer sagt mir, dass nicht Sie ein Freund der beiden sind und mich direkt in ihr Versteck locken?«

»Warum sollte ich das tun?«, fuhr der schwarzgekleidete Sonderling auf. »Sie sind der Soldat. Ohne Sie glaubt mir niemand, dass heute Napoleon geschlagen werden kann. Also brauche ich Sie. Sie brauchen mich, denn ich lebe hier schon eine Weile und kann Sie zu den Truppen führen. Das ist der Handel. Wenn Sie wollen, können Sie danach tun und lassen, was Ihnen beliebt. Sie müssen nicht mit mir zurückkreiten!«, fauchte er den anderen an, der in seinem Sattel auf die Hälfte zu schrumpfen schien.

»Ist ja schon gut. Ich kann nicht versprechen, dass man auf meinen taktischen Vorschlag eingehen wird«, gab er kleinlaut zu.

Schweigend legten sie ein gutes Stück Weg zurück.

»Eleonora!«

Prätorius lief in den Stall.

Dort stand sie wie angepflockt, konnte den Blick nicht von Annes erstarrtem Körper lösen, war unfähig, sich zu bewegen.

»Komm!«, vorsichtig führte er sie zum Tor.

»Schnell, zieh die nassen Kleider aus!«

Langsam begann Eleonora damit, die Knöpfe zu öffnen.

Er griff nach der Tasche, die sie hatte fallen lassen, zog ein Hemd und einen wollenen Pullover, eine dicke Jacke und eine wollene Hose heraus.

Während sie wortlos aus dem Kleid glitt, sah er züchtig zur Seite.

»Das war es, was du gesehen hattest?«, wisperte sie plötzlich.

Ihr Hemd fiel neben ihm zu Boden.

Sie glitt in sein raues. Streifte sich den warmen Pullover über.

»Ja. De Carant hatte sich mit ein paar Leuten hinter dem Anwesen versteckt. Sie behaupteten, die Familie hielte Preußen versteckt! Eine Lüge, um zu rechtfertigen, was dann geschah.«

»Was für eine Ausgeburt der Hölle! Hoffentlich kommt er bei nächster Gelegenheit um!«, wünschte sie sich laut, griff nach seiner Hose und schlüpfte hinein.

Er fand gestrickte Socken, reichte sie nach hinten.

»Mit denen passe ich nicht in meine Schuhe. So muss ich wohl ohne gehen.«

»Nein. Matthias hat das ebenfalls bedacht! Ein umsichtiger Bursche, fürwahr. Schuhe für dich sind auch hier drin.«

»So!«, verkündete die junge Frau und der Medicus drehte sich um.

»Was für ein schmucker Bursche.« Als er diesmal ihre Lippen berührte, waren sie warm, weich und willig.

»Die ganze Familie hast du gesagt?«

»Ja. Die anderen beiden liegen im Haus. Lass uns von diesem schrecklichen Ort verschwinden – und du erklärst mir, wie es möglich war, dass Carant dich in seine Gewalt gebracht hat. Dein Vater ...«

Sie legte ihren Finger auf seine Lippen.

»Hör mal!«, flüsterte ihr Mund tonlos.

Draußen schlich jemand herum.

Ungeschickt, ungeübt, konstatierte der Medicus.

Er griff nach Eleonoras Hand, drängte sie weg vom Eingang, während er selbst versuchte, um die Ecke zu sehen. Die Stute trampelte nervös von einem Huf auf den anderen, schnaubte drohend.

Derjenige, der dort unterwegs war, musste so nah sein, dass das Tier ihn witterte.

Prätorius löste seine Finger von Eleonoras Hand, wollte sich nach draußen stürzen, doch die junge Frau klammerte sich angstvoll an seinem Arm fest.

Mit der grausam zugerichteten Leiche wollte sie verständlicherweise nicht allein bleiben.

Er gab ihr ein Zeichen. Sie würden gemeinsam nachsehen, wer dort herumschlich. De Carant war es wohl nicht, der wäre – trotz seiner Leibesfülle – lautlos gekommen.

Als das Pirschen unweit vom Stall zu hören war, zog Prätorius Eleonora hinter einen Haufen Stroh. »Da kommt die Bestie«, flüsterte er, und die Augen der jungen Frau weiteten sich. »Keine Angst, ich weiß, wer es ist.«

Eine Gestalt kam durch das Tor, mit schnellem Schritt und ohne Heimlichkeit. Sie trat an den Schweinekoben, sah auf die Tote hinunter und lachte wild.

»Du warst so dumm!«, schimpfte sie.

Rascheln kündigte das Erscheinen einer weiteren Person an.

Prätorius Finger umklammerten Eleonoras Arm fester. Auf gar keinen Fall durfte sie jetzt etwa schreien!

Aus ihrem Versteck erkannten sie ein Schaf, das langsam näher kam.

»Na, komm nur her. Sie ist noch hier. Offensichtlich hatte noch niemand Zeit gefunden, sich um die drei zu kümmern.«

Das riesige Schaf richtete sich auf zwei Beine auf, tapste näher an den Koben heran.

»Sieh sie dir nur an! Auch andere tun das, was uns beiden Freude macht. Und sogar noch besser als wir.«

Das plumpe Wesen ging näher an die Tote heran. Schnüffelte laut.

Prätorius hielt den Atem an.

Das Wesen grunzte, warf sich neben die Leiche ins Stroh.

»Willst du nicht noch ein bisschen Spaß haben? Wir könnten ihr den Bauch aufschlitzen. Und zum Abschluss werden wir ihr Spuren wie von groben Krallen verpassen, damit alle glauben, das Untier habe zugeschlagen.«

»Wer ist das?«, fragten Eleonoras Lippen tonlos.

Der Medicus drückte seine Braut tiefer ins Stroh. Sprang mit einem mächtigen Satz aus der Deckung.

»Gräfin? Was tun Sie denn hier? Dies ist kein Ort, an dem sich jemand wie Sie aufhalten sollte.«

Aus dem Augenwinkel bemerkte er wie das große Schaf aus dem Koben schlich, zur Stalltür hinaus gelangte und versuchte, im Dickicht zu verschwinden.

»Hund!«, rief er. »Sieh mal, was da läuft!«

Das hätte er dem Tier nicht zu sagen brauchen. Das räudige Fellbündel kam angeflogen und setzte dem Schaf nach. Ein lauter Schrei war zu hören, das wütende Bellen des Hundes, wieder ein Schrei, schon näher. Der kluge Hund trieb das Wesen zum Hof zurück!

»Legen Sie die alberne Verkleidung ab!«, forderte Prätorius.

Die Frau zog die rote Perücke vom Kopf, legte den viel zu großen Fellmantel ab.

Darunter kam die Gräfin von Blanstaff zum Vorschein, wie sie jeder kannte.

»Nun, ich hörte, dass Friedrich fortgelaufen sei«, begann die überraschte Corinna stotternd. »Ich weiß, dass er Orte wie diesen sehr mag. So beschloss ich, hier nach ihm zu suchen.« Sie entdeckte Eleonora und lächelte. »Ach, Sie haben Ihre Verlobte gefunden! Welch ein Glück. So haben sich Ihre Befürchtungen, sie könne der Bestie zum Opfer gefallen sein, nicht bestätigt.«

»Zum Glück nicht«, entgegnete der Medicus schlecht gelaunt. »Sie und Ihre Männer vom Gestüt hätten sie auf jeden Fall nicht finden können. Sie waren gar nicht dort.«

Verlegenheit war Corinna nicht anzumerken. »Als ich erfuhr, dass Friedrich fortgelaufen war, suchte ich nach ihm. Er ist mit mir verwandt«, entrüstete sie sich.

Plötzlich brach das große Schaf durchs Gebüsch, fiel auf alle viere, lief zum Koben zurück, kroch winselnd auf die Gräfin zu.

Der Hund setzte sich und behielt die Gruppe aufmerksam im Auge.

»Nun, da ist er schon. Friedrich, steh auf«, forderte Prätorius ihn auf.

»Ich kann das alles erklären. Ich bin stets in seiner Nähe geblieben, um das Schlimmste zu verhindern. Aber manchmal kam ich zu spät.«

»Sie lügen. Über eine wahrhaftige Erklärung wäre ich überrascht gewesen – zumindest, wenn es sich um die gleiche Erklärung handelte wie die, die ich inzwischen gefunden habe«, baute sich Prätorius drohend vor der schmalen Frau auf. »Aber jede, die Friedrich zum Hauptakteur macht, kann nur gelogen sein.«

»Friedrich und ich unternahmen Ausflüge. Ich fuhr mit ihm raus – für ihn war alles außerhalb seines Zimmers völlig neu. Seine Begeisterung freute mich zunächst. Doch schon bald bemerkte ich, dass er ganz besondere Interessen hatte. Ich hatte plötzlich Schwierigkeiten, ihn zu bändigen.«

»Friedrich ist nicht von wildem Wesen! Wenn er eine Leidenschaft für Blut entwickelt hat, dann, weil Sie ihn dazu verführt haben!«, schrie Eleonora die Frau an.

»Ihre Vorliebe für Grün. Der Schafspelz. Das Geheimnis um die Fortschritte, die der Junge gemacht hatte! Ich war so blind!«, ärgerte sich Prätorius.

»Der Schal gehört ihm. Er liebt ihn sehr. Grün ist überhaupt eine Farbe, die ihm liegt.« Corinna funkelte die beiden an.

»Das haben Sie fein eingefädelt. Er trägt den Schal, den Sie ihm geschenkt haben. Gestern gehörte er noch Ihnen. Und diese geflickte Stelle hier passt genau zu dem Fetzen, den ich in der Nähe des ersten Opfers gefunden habe. So sollte seine Schuld vor aller Welt bewiesen werden, nicht wahr. Wehren kann er sich ja nicht!«

»Ich habe ihm das Laufen beigebracht! Nicht diese verblödete Pflegerin! Ich!« Der Gräfin Gesicht war aufs Grässlichste verzerrt. Die Augen traten aus den Höhlen, und der Speichel troff aus dem linken Mundwinkel, landete auf dem Mantel, zog einen langen Faden. »Mit mir ist er gern zusammen. Weil wir uns verstehen!«, kreischte sie schrill. »Ja, er kann laufen. Ja, wir haben es geheim gehalten. Es sollte eine Überraschung für alle werden!«

Sie starrte trotzig zwischen ihren Füßen auf den Boden.

»Sie haben ihn in den Wald geführt, haben ihm die Frauen zum Fluss gelockt. Er trat aus dem Wald, zog eine schreckliche Fratze. Die Frauen rannten weg. Wer hat sie getötet? Er oder Sie?«

»Ich! Er wusste ja nicht, was er in Wirklichkeit wollte. Diese Familie, die ihn in vollkommener Unwissenheit gehalten hat! Nur damit er brav war! Brav! Ha! Er ist genau im richtigen Alter, um zu entdecken, was wirklich Lust erzeugt!«

»Sie schrieben die Briefe, Sie organisierten die Kutsche. Spielten den Kutscher. Fuhren mit den Frauen ans Ufer der Parthe. Was taten Sie dann? Sie täuschten einen Achsbruch vor? Nach der Tat brachten Sie die Kutsche zurück ins Gestüt, wo es niemanden seltsam anmutete, dass sie damit unterwegs waren. Das Gepäck des armen Kindes gaben Sie in der dunkelsten Stunde der Nacht ans Armenhaus ab. Wie perfide. Natürlich wussten Sie, dass das eine oder andere Kleidungsstück erkannt würde. So konnten Sie sich immer wieder als rettenden Engel stilisieren. Sie widern mich an!«, schrie der Arzt die Frau an.

»Was wissen Sie denn schon?«, kreischte Corinna. »Gar nichts! Ihre Kleine da, die wird auch bald an Ihrer Seite vergehen wie eine Blume, die man zu gießen vergessen hat. Ihr Männer gestaltet euren Tag: aufregend, abwechslungsreich, unterhaltsam, amüsant. Und wir Frauen? Haben jeden Tag den gleichen Ablauf. Die ersten Jahre ist das noch ganz nett, aber dann kommt die große, dunkle Langeweile. Was bleibt dann schon außer Stickerei oder Stricken? Wenn Kinder kommen, in mehr oder weniger regelmäßigen Abständen, dann mag sich daraus eine gewisse Abwechslung ergeben. Aber wenn nicht, dann fehlt selbst das!«

Fassungslos starrte Eleonora die Frau an. »Soll das heißen, Sie haben diese unschuldigen Frauen getötet, um Ihr Leben abwechslungsreicher zu gestalten?«, keuchte sie.

»Komm zu mir Friedrich, mein Liebling!«, lockte die Frau, und das Schaffell tapste näher, ließ sich neben ihr in den Morast fallen und umklammerte mit seinen langen Armen ihre Beine.

Der Stoff ihres Kleides knisterte teuer unter seinem stürmischen Zugriff.

Angeekelt beobachtete Prätorius, wie Friedrich eine Hand langsam löste und unter das Kleid seiner Tante schob. Sie begann zu stöhnen, warf den Kopf in den Nacken, verdrehte die Augen, bis nur noch das Weiße zu sehen war. »Du weißt, was ich liebe«, hauchte Corinna schnellatmig.

Prätorius packte Friedrich am linken Arm und zog ihn unsanft auf die Füße.

Der Junge grunzte böse.

»Friedrich, das geht nicht. Wir kehren jetzt nach Leipzig zurück, deine Familie sucht schon nach dir.«

Friedrich schüttelte den Kopf. Vehement und entschlossen.

»Wenn wir in die Stadt kommen, wird man ihn für die Tötungen verantwortlich machen«, warnte Eleonora. »Das hat sie sehr geschickt eingefädelt.«

Der Medicus zögerte.

»Sie wurden gesehen«, stellte er dann klar. »Von zwei Leuten. Diese beiden werden bezeugen, dass Corinna Friedrich an den Ort des Mordes gelockt hat.«

»So, können sie das?«, kicherte die Frau hexisch. »Ich habe diesen Blonden reden gehört. Musik mit Farbe und Geschmack! Wer soll so jemandem glauben? Und tatsächlich gesehen hat er nichts.«

Geräusche kündeten davon, dass wenige Schritte vor ihnen Soldaten unterwegs waren. Bäumler trieb sein Pferd vom Weg, saß etwas abseits ab und wartete.

»Wer mag da kommen?«, flüsterte der Soldat.

»Ich kann nicht hellsehen. Ruhe!«

»Deutsch sprechen die nicht, oder?«

»Halt's Maul! Sonst entdecken uns die Falschen!«

Einige Momente später warnte Bäumler: »Franzosen!«

»Warum nehmen wir einen so weiten Umweg?«, erkundigte sich der eine.

»Weil wir nicht direkt zum Kaiser zurückreiten können! Das würde doch nur bestätigen, was die ohnehin vermutet haben.«

»Und, was haben die vermutet?«

»Mann, die haben uns durchschaut! Deshalb waren die an einem Gefangenenaustausch nicht interessiert.«

»Aber das viele Geld! Die brauchen doch auch finanzielle Ressourcen, um ihre Truppen zu unterhalten. Das hätte sie doch reizen müssen.«

»Nicht genug Geld vielleicht.«

»Daran lag es nicht. Sie haben unsere Fragen durchschaut. Der gesamte Plan war schlecht vorbereitet. Wenn jemand, der zum Gefangenenaustausch geschickt wird, ständig die Stärke des Heeres erfahren will, das der Feind zusammengezogen hat, ist das mehr als suspekt, würde ich meinen. Deshalb haben sie uns unverrichteter Dinge davongejagt.«

»Du meinst, die haben unsere Kriegslist durchschaut?«

»War eben viel zu fadenscheinig.«

Bäumler grinste.

Die Gruppe französischer Soldaten zog an ihnen vorbei, ohne etwas von den Lauschern zu bemerken.

»Ich weiß nicht, wie wir dem Kaiser einen solchen Fehlschlag erklären sollen!«

»Aber es war doch sein Plan!«, maulte einer. »Wenn der nicht aufgeht, liegt doch die Schuld bei ihm.«

»Eben, du Cretin! Glaubst du wirklich, er möchte genau das von uns hören? Erschießen wird er uns lassen. So sieht es aus!«

Der kleine Trupp war so mit sich selbst und seinem Scheitern beschäftigt, dass ihnen nicht einmal ein Fremder mitten auf dem Weg aufgefallen wäre.

Die beiden Männer im Versteck warteten, bis die Stimmen nicht mehr zu hören waren.

»Los! Weiter!« Bäumler trieb zur Eile an. Waren die Franzosen erst einmal auf dem Weg und unerreichbar für die Truppen ihrer Gegner, konnte Prätorius' Plan nicht mehr aufgehen.

Einige Meilen später trafen sie auf einen preußischen Wachposten.

»Halt! Wer da?«

Bries fühlte sich unwohl in seiner Verkleidung. Dennoch gab er sich soldatisch und verlangte, mit dem Kommandanten zu sprechen.

»Und das stimmt?«, der Offizier, der sich ihre Geschichte anhörte, war sehr überrascht. »Die Franzosen haben eine Informationslücke? Sie wissen nicht recht, wie viel Mann ihnen gegenüberstehen? Wie unangenehm für den Kaiser. Gut, wir rücken aus. Sie beide bleiben hier. Sollten Sie uns in eine Falle schicken, sterben Sie.«

Damit stürmte der Kerl davon und überließ die beiden einem finster dreinblickenden Soldaten, der aussah, als mache es ihm große Freude, hinterhältige Schufte standrechtlich zu erschießen – seien sie nun von Adel oder nicht.

Bäumler zuckte mit den Schultern und grinste Bries an.

»So geht es bei uns Preußen zu, nicht wahr? Wir setzen tiefes Vertrauen in unsere Mitpreußen.«

»Theodor und seine Frau gehen bei Hofe ein und aus. Es ist die Stelle, die Hartwig zugestanden hätte. Doch er verzichtete, weil er sein bescheidenes Leben auf dem Gestüt schätzt. Ich jedoch leide dort. Alles stinkt nach Pferd, nach Scheiße, nach Heu. Nie besuchen wir das Theater oder ein Konzert. Hartwig mag nicht mehr als drei Leute um sich herum haben. Mein Leben ist öde!«

Die Gräfin versuchte, sich aus dem eisernen Griff des Arztes zu winden.

»Sie klettern auf den Bock, werden zwischen Eleonora und mir sitzen. Friedrich helfe ich hinten hinauf.

Mein Pferd wird folgen, und der tapfere Hund vielleicht auch«, erklärte der Medicus und zwang die Frau auf den Bock zu steigen.

»Wenn Theodors Sohn die Bestie ist, alle das wissen, ist er für den König bei Hofe untragbar. Hartwig hätte, schon der Familienehre wegen, nachrücken müssen. So wäre ich endlich in die Gesellschaft gekommen.«

»Sie wollten …?«, Eleonora starrte die Frau an.

»Ja, glotz mich nur an! Ich bin keine jugendliche Schönheit mehr. In deinem Alter weiß man die glatte Haut noch nicht zu schätzen, sie ist selbstverständlich. Aber wenn du so alt bist wie ich … Wenn ich nicht bald aus dieser Ödnis herauskomme, sterbe ich hier! Ohne je mein Leben genossen zu haben. Das kann ich doch nicht zulassen. Friedrich hat mich verstanden.«

Zwei Stunden später saß Prätorius Hartwig gegenüber.

Der große Mann barg stöhnend sein Gesicht in den Händen.

»Und nur, weil ich nicht ein Leben am Hof führen wollte?«

»Ja. Sie war unglücklich darüber, dass sich in ihrem Leben nie etwas veränderte.«

»So trifft mich eine Mitschuld an all dem, was geschehen ist.«

Er stand auf.

»Ich glaube, ich muss Ihnen etwas zeigen.«

Langsam gingen sie die breite Treppe hinauf.

»Meine Ahnen sehen jetzt sicher mit Verachtung auf mich herab. So einen Fall gab es in meiner Familie noch nie. Gelangweilte Gattinnen schon, aber keine, die deshalb mordete.«

Sie erreichten einen Flur.

Vom Gram gebeugt, ging der Hausherr voran, öffnete dann eine Tür zu seiner Linken.

»Dies ist Corinnas Boudoir. Das ist zumindest die Bezeichnung, die sie dafür wählte.«

Prätorius trat ein.

Der Raum war vom klebrig-blumigen Duft eines teuren Parfums erfüllt, das sich schwer auf die Lungen legte.

»Sehen Sie hier.« Hartwig trat an den Schminktisch und griff nach einem Fläschchen mit bräunlicher Flüssigkeit. »Das hat sie gern benutzt. Vielleicht können Sie ja riechen, was es ist.«

Prätorius kippte den kleinen Flakon, beäugte den Inhalt skeptisch, zog den Verschluss auf und verzog dabei angewidert das Gesicht.

Totenblass verschloss er das Fläschchen.

»Das ist Blut.«

»Ja. Ganz besonderes Blut. Angeblich haben das schon die edlen Frauen der alten Ägypter benutzt, um die Unvergänglichkeit der Schönheit zu erreichen. Und in den Tiegeln hier finden Sie Dinge, die einem Arzt vertraut sein dürften. Als Pferdezüchter erkannte ich sofort, worum es sich handelte. Ich gehe regelmäßig damit um.«

Hartwig reichte dem Medicus Tiegel und Fläschchen.

»Nehmen Sie es an sich. Es wird im Prozess hilfreich sein.«

Dann zog der Graf die Schublade auf und entnahm ihr ein kleines Heftchen.

»Eines Tages entdeckte sie dieses Büchlein bei einem Händler in Leipzig. Es ist ziemlich alt. Der Text schwer zu lesen. Doch Corinna biss sich durch. Es handelt sich um einige Rezepte zum Erhalt der Jugend. Und das Wichtigste ist dabei Blut. Von Jungfrauen – oder, wenn die nicht zur Hand sind, wenigstens von jungen Frauen.«

Hartwig drehte sich um, sah aus dem Fenster.

»Ich hoffe, sie wird für ihre Untaten sterben!«, sagte er dann laut.

15

Erst nach Einbruch der Dunkelheit kehrte Bäumler zu Prätorius zurück.

»Nun? Es muss funktioniert haben, denn die Schlacht konnte nicht gewonnen werden«, begrüßte Matthias den späten Besucher. »Wein?«

Neben dem Ofen saßen bleich und etwas verstört der Medicus und seine Eleonora.

»Sie sind der Held des Tages!«, lachte Bäumler. »Die Bestie haben Sie auch noch gleich gefangen.«

»Bäumler! Ich bin sehr froh, Sie gesund und munter zu sehen.«

Prätorius sprang auf und begrüßte den Mann wie einen langjährigen Freund.

Selbst Hund, der zu erschöpft war aufzustehen, klopfte mit dem Schwanz auf den Boden.

»Es war nicht ganz so einfach, aber am Ende glaubten sie uns doch. Allerdings wurden wir festgesetzt, durften erst abziehen, nachdem sich unsere Darstellung als Wahrheit erwiesen hatte.«

»Und Bries?«

»Blieb bei den Seinen und will zu seinem angestammten Trupp weiterziehen. Er ist Soldat durch und durch. Das Problem mit der Uniform wird sich lösen, meinte er noch, dann zog er mit den anderen ab. Sein Pferd habe ich übrigens mitgebracht.« Matthias reichte ihm einen Krug Wein. »Du musst also nicht zu Fuß gehen«, neckte Bäumler den jungen Mann.

»Der Bäcker hat uns seinen Segen nicht mehr verweigert. Wir werden also so schnell es möglich ist heiraten. Er wartet schon jetzt dringend auf einen Erben für die Bäckerei. Aber unehelich soll der natürlich auch nicht sein. So wird er unseren Plänen nicht mehr im Wege stehen.«

Eleonora lächelte nur leicht. Nach all dem Schrecken fühlte sie sich nicht so stark wie sonst.

»Miriams Vater ist seiner Tochter sehr zugetan. Und wenn er erfährt, wen er da zum Schwiegersohn bekommen soll, willigt er sicher ein. Valpas wird sicher nicht auf die Absprachen bestehen. Aber nun will ich alles wissen! Die Gräfin habe ich gehört, soll …«

Der Medicus und Eleonora gaben sich redlich Mühe, Bäumler zu berichten, was geschehen war.

Matthias holte noch mehr Wein.

Eleonora sorgte für ein gutes Abendessen.

Als sie schließlich von ihrem Verlobten Abschied nahm, meinte er: »Wenn es dir mit mir zu langweilig wird, dann sage mir nur rechtzeitig Bescheid!«

»Ach, du hast recht. Das Leben an deiner Seite droht eine einzige Ödnis zu werden!«

Heinrich sah diskret zur Seite, als die beiden sich lange küssten.

EPILOG

Die Völkerschlacht ist längst Geschichte.

Auch die Stunde des Medicus, in der er erkannte, wie er die Truppen Frankreichs um den sicher geglaubten Schlachterfolg bringen konnte.

Die Historiker erwähnen seine Leistung nie. Nicht mit einem Wort. Wohl deshalb, weil es ihnen peinlich ist, eingestehen zu müssen, dass ein einziger entschlossener Mann aus dem Volk die Entscheidung herbeiführen konnte. Auch noch aus Liebe! Sie haben gern Strategen am Werk, die planen und dann erwartet den Sieg davon tragen, meine ich.

Napoleons Traum von der Weltherrschaft zerplatzte.

Sein Ende kam lange vor der Zeit. Er starb einsam und krank am 5. Mai 1821 auf der Insel St. Helena im besten Mannesalter. Hartnäckig hielten sich Gerüchte um seinen Tod, man munkelte, er sei vergiftet worden. Nicht zuletzt auch deshalb, weil sein Leibarzt behauptete, Bonaparte habe ihm vor seinem Sterben zugeflüstert, er wolle seziert werden. Doch bisher konnte niemand diesen Mordverdacht bestätigen. Ob er sich je wünschte, von dem fähigen Leipziger Arzt während der Haft behandelt zu werden, ist nicht überliefert – aber ich könnte mir vorstellen, dass er davon träumte. Schließlich hätte er ohne den Medicus mit Sicherheit sein Bein, wahrscheinlicher aber sein Leben noch vor der Schlacht um Leipzig verloren!

Seit der Medicus Leipzig verlassen hat, lebe ich in seiner Kate. Das Wissen, das er stets gern mit mir teilte, nutze ich gewinnbringend für meine Kräuterapotheke, die von den Leipzigern gern frequentiert wird. Ich bin eine Institution!

Tja, wilde Tage damals.

Der Bäcker musste sein Wort halten und Eleonora mit dem Arzt Peter Prätorius verheiraten. Die ganze Hochzeitszeremonie über sah er unglaublich zornig aus. Das Gesicht hochrot, die Hände schweißig. Und doch – was blieb ihm anderes übrig. Versprochen ist versprochen. Er hoffte, dass einer seiner Enkel nach Leipzig kommen würde, um das Bäckerhandwerk von der Pike auf bei ihm zu erlernen. Inzwischen sind sogar so viele Enkel geboren worden, dass er sich um die Zukunft der Bäckerei nicht sorgen muss. Im nächsten Jahr wird der Erstgeborene, der sich jetzt schon für das Handwerk interessiert, eine Lehre bei ihm beginnen.

Miriam und Hans Bäumler wurden eine Woche später getraut. Weller konnte nun nicht mehr auf einen reichen französischen Adligen vertrauen. Und da seine Miriam, nachdem sie ihre Sprache wiedergefunden hatte, ein selbstbewusstes Mädchen geworden war, blieb auch ihm nichts anderes übrig, als ihre Hand an den Grafen von Wetzlaff zu geben. Ja! So hieß Hans Bäumler nämlich in Wirklichkeit. Das erfuhr ich aber erst Wochen nach dem Tribunal. Auf dem Weg dorthin hatte sich Bäumler zu erkennen gegeben und das Familienmuttermal in Form einer Tulpe auf der rechten Schulter vorgewiesen.

Ich lebe in der Kate mit meinem Bruder Klaus zusammen. An der Zubereitung von Salben und Tinkturen oder der Zusammenstellung Linderung verschaffender Tees ist er nicht interessiert, aber er hat sich als hilfreich im

Haushalt erwiesen. Und gut kochen kann er überraschen-
derweise auch.

Corinna wurde ein Prozess gemacht, der weit über
Sachsen hinaus Aufmerksamkeit erlangte.

Sie starb auf dem Schafott. Tausende waren gekommen, um zu sehen, dass der Frau der Kopf abgeschlagen
wurde. Ich bin nicht hingegangen. Aber Klaus hat sich
das Spektakulum nicht entgehen lassen.

Vielleicht hatte sie es nicht anders verdient, als zu sterben – aber der Medicus meinte, sie habe eine Krankheit
im Kopf gehabt, die sie zu all dem Gräuel verführt hatte
und sie habe nicht denken können, als sie die Frauen
tötete. Für Friedrich ist die Angelegenheit gerade noch
gut ausgegangen. Seine Familie nahm ihn mit nach Dresden, wo er unter ständiger Beobachtung steht. Sein sonderbares Verhalten hat er gänzlich abgelegt. Aggressiv ist
er überhaupt nicht mehr. Allerdings lässt man nur noch
ältere Frauen in seine Nähe.

Hartwig zog sich damals aus dem Leben zurück, wie
die Alten gern sagen. Er kümmerte sich nur noch um seine
Pferde, verließ das Gestüt nie mehr. Sein Bruder, der ihn
selten besuchte, war sein einziger Kontakt zur Welt. Er
konnte nie begreifen, dass seine Frau eine Mörderin war.

Was aus General Maurice de Carant wurde, wissen wir
nicht genau. Sicher ist, dass er nach der Schlacht um Leipzig verschwand. Ob er nun als einer der namenlosen Toten
irgendwo verscharrt oder mit einem Tross Verletzter in die
Heimat transportiert wurde, bleibt für immer ungeklärt.
Nach dem Abzug der Kämpfer blieben vor den Toren der
Stadt viermal so viele Tote zurück wie Leipzig Einwohner

hatte und das waren knapp über dreißigtausend – da war es unmöglich den Namen eines jeden für die Nachwelt festzuhalten. Manch einer sah sich gar nicht mehr ähnlich als man ihn endlich in eine der vielen Gruben warf. Sicher ist, dass er an jenem Tag, an dem er Eleonora entführte, zum letzten Mal bei seinen Truppen auftauchte. Nun, keiner von uns weint ihm auch nur eine Träne nach.

Der steinerne Engel an der weißen Elster erinnerte noch einige Jahre lang an Sabine und ihre große Liebe. Manchmal legten Fremde Blumen dort ab. Doch nach der letzten verheerenden Überschwemmung ist das Denkmal verschwunden. Es gab Gerüchte, man wolle es wieder errichten, bisher jedoch ist nichts dergleichen geschehen.

Es bleibt die Erkenntnis, dass Sachsen nach dem Krieg nicht mehr das Sachsen war, das ich kannte. Unser König zum Beispiel wurde von den Preußen ungern, aber dennoch in Gefangenschaft genommen. Ein unglaublicher Vorfall! Er kehrte schnell zurück, aber mir schien, auch er war verändert, auch wenn alle anderen um mich herum das heftig bestritten.

Und Cottbus, die Heimatstadt meiner Großmutter, gehört nun wieder zu Preußen. Ihre Zeit als sächsische Stadt dauerte nur ganze acht Jahre lang.

Dr. Prätorius besucht mich manchmal mit der ganzen Familie.

Für mich, der seine Tage zurückgezogen und in aller Stille verbringt, ist das gelegentlich anstrengend, doch auf der anderen Seite immer wieder eine große Freude. Eleonora ist über die Jahre noch schöner geworden! Das

Glück sorgt dafür, dass ein wundersames Strahlen sie zu jeder Zeit umgibt. Die sechs Kinder sind wohlgeraten und artig, interessiert und neugierig auf das Leben. Er praktiziert in Preußen, in Potsdam, wohnt in der Nachbarschaft von Miriam und ihrem Grafen, die inzwischen auch schon eine zahlreiche Nachkommenschaft vorweisen können. Weller hat sein Landgut schon vor Jahren verkauft und lebt bei seiner Tochter. Bäumler, wie ich ihn für mich noch immer nenne, hat für ihn eine ganze Etage einrichten lassen. So kommt er ihm und seiner Familie nicht in die Quere.

Inzwischen ist der Name Dr. Prätorius einer mit gutem Klang in Preußen. Seine Methode, Menschen in eine Art Trance zu versetzen, ist heute eine anerkannte Heilmethode, und viele Studenten kommen zu ihm, um sie bei ihm zu erlernen. Hypnose. Auch seine Steine setzt er noch immer mit großem Erfolg ein, obwohl noch immer niemand zu sagen weiß, welche Kraft ihnen innewohnt. Und Honig streicht er noch immer auf schwärende Wunden. Der Erfolg dieser Methode hat ihn berühmt gemacht.

Und es gab in jenen Tagen noch eine bemerkenswerte Sache: Die Prophezeiung von Katharina Ambrosia! Oft war sie um Rat gefragt worden, hatte angegeben, das zweite Gesicht zu haben, aber so gut wie nie war eingetreten, was sie voraussah. Doch damals, als sie im Stall davon faselte, der Fluss sei voller Blut und so mit Leibern der Toten zugestopft, dass man trockenen Fußes von einem Ufer zum anderen gelangen könnte – da hatte sie tatsächlich einen unverstellten Blick auf die Zukunft gehabt.

Schon drei Tage später wurde genau das wahr.

DANKSAGUNG

Ein herzliches Dankeschön an Claudia Senghaas, die den Text intensiv durchgearbeit und Unschärfen in Formulierungen, Sprünge in der Handlung und viele Dinge mehr aufgedeckt hat.

Die Mediziner konnten damals tatsächlich wenig tun. Oft genug war ihre Kunst für den Patienten lebensgefährlich. Zum Glück gab es aber Pioniere, die neue Methoden ausprobierten und damit tatsächlich Erfolge erzielen konnten. Großer Dank gilt meinem Mann, der mich bei der Suche nach solchen Therapien tatkräftig unterstützt hat.

LITERATUR
ZUM WEITERSTÖBERN

Poser, Steffen: *Die Völkerschlacht bei Leipzig*, Edition Leipzig, 2013

Rodekamp, Volker (Hrsg.), mit Beiträgen von Poser, Steffen; Dura, Ulrike; Elbe, Annett: *Völkerschlacht, Ausstellungskatalog FORUM 1813*, Passage-Verlag, Leipzig, 2008

Münch, Reinhard: *Des Königs Butterkrebse*, Pro Leipzig, 2011

Münch, Reinhard: *Auf dem Weg zur Völkerschlacht*, Tauchaer Verlag, 2012

Vieser, Michaele; Schautz, Irmela: *Von Kaffeeriechern, Abtrittanbietern und Fischbeinreißern*, Pantheon, 2012

Zamoisky, Adam: *1812*, Beck-Verlag, 2012

Es gibt viele Geschichten, die sich mit dem Wiederauffinden von Mozarts Schädel befassen. Es scheint, dass fast jeder Österreicher eine eigene Version zu erzählen weiß. Einig ist man sich allerdings über den groben Ablauf der Geschehnisse um den Totengräber Rothmayer, der sicher war, den richtigen Schädel aus dem Grab gerettet zu haben.

Mir hat die Kurzfassung von Cynthia Ceilán besonders gut gefallen, deshalb habe ich sie meine etwas zwielichtige Romanfigur Hans Bäumler so ähnlich erzählen lassen. In Anlehung an:

Cynthia Ceilán: *Feierabend, Neue Missgeschicke mit Todesfolge*, Bastei Lübbe, 2013; Erstausgabe The Lions Press, Guilford, USA, 2010

Franziska Steinhauer
Sturm über Branitz
978-3-8392-1218-9

»Die prachtvolle Gartenanlage von Schloss Branitz dient als Kulisse für einen fesselnden historischen Kriminalroman.«

Die Lausitz, Mitte des 19. Jahrhunderts. Ein Unwetter tobt über dem Branitzer Schlosspark. Als begeisterter Landschaftsarchitekt ist Fürst Pückler besorgt und schickt am nächsten Morgen seine Gärtner aus. Sie sollen ihm berichten, ob Bäume beschädigt wurden. Bei ihrem Rundgang machen sie einen grausigen Fund: In den Wurzeln eines umgestürzten Baums hängt ein toter Knabe. Sein Körper ist übersät von blutigen Wunden. Im Ort kommt Unruhe auf und das Volk entwickelt abenteuerliche Theorien. Hat etwa der alte Fürst etwas mit dem Verbrechen zu tun?

Wir machen's spannend

Unser Lesermagazin
2 x jährlich das Neueste aus der Gmeiner-Bibliothek

24 x 35 cm, 40 S., farbig; inkl. Büchermagazin »nicht nur« für Frauen und HistoJournal

Das KrimiJournal erhalten Sie in Ihrer Buchhandlung oder unter www.gmeiner-verlag.de

GmeinerNewsletter
Neues aus der Welt der Gmeiner-Romane

Haben Sie schon unsere GmeinerNewsletter abonniert?

Monatlich erhalten Sie per E-Mail aktuelle Informationen aus der Welt der Krimis, der historischen Romane und der Frauenromane: Buchtipps, Berichte über Autoren und ihre Arbeit, Veranstaltungshinweise, neue Literaturseiten im Internet und interessante Neuigkeiten.

Die Anmeldung zu den GmeinerNewslettern ist ganz einfach. Direkt auf der Homepage des Gmeiner-Verlags (www.gmeiner-verlag.de) finden Sie das entsprechende Anmeldeformular.

Ihre Meinung ist gefragt!
Mitmachen und gewinnen

Wir möchten Ihnen mit unseren Romanen immer beste Unterhaltung bieten. Sie können uns dabei unterstützen, indem Sie uns Ihre Meinung zu den Gmeiner-Romanen sagen! Senden Sie eine E-Mail an gewinnspiel@gmeiner-verlag.de und teilen Sie uns mit, welches Buch Sie gelesen haben und wie es Ihnen gefallen hat. Alle Einsendungen nehmen automatisch am großen Jahresgewinnspiel mit attraktiven Buchpreisen teil.

Wir machen's spannend